L'enfant du cow-boy

*

Un tendre héritage

*

Un bébé à tout prix

EMILIE ROSE

L'enfant du cow-boy

HARLEQUIN

*Cet ouvrage a été publié en langue anglaise
sous le titre :*
THE COWBOY'S BABY BARGAIN

Traduction française de
AGATHE PASSANT

Ce roman a déjà été publié en juin 2010

HARLEQUIN
83-85, boulevard Vincent-Auriol, 75646 PARIS CEDEX 13.
Service Lectrices — Tél. : 01 45 82 47 47
www.harlequin.fr

ISBN 978-2-2803-5959-7

1

Brooke Blake but sa première gorgée de bière et fit la grimace. Elle reposa pourtant son verre en souriant. Après tout, le goût du breuvage mousseux lui était familier — autant que celui du succès — et elle était bien décidée à expérimenter tout ce que l'Etat où elle avait l'intention de s'installer définitivement avait à lui offrir, y compris le liquide fermenté qui y était mis en bouteille.

Après un bref regard à sa montre, elle s'accorda dix minutes de réflexion supplémentaires. Revenir sur les contradictions de son existence n'était pas un luxe. En effet, si d'un point de vue professionnel et théorique, sa réussite était certaine — ses livres et ses conférences sur le développement personnel lui apportaient une renommée croissante —, d'un point de vue pratique et personnel, sa crédibilité était en jeu : malgré tout ce qu'elle professait, elle était loin d'avoir atteint l'objectif de réussite majeur qu'elle s'était fixé.

Son but de fonder une famille avant l'âge de trente-cinq ans lui avait échappé. Pourtant, elle avait soigneusement analysé et pris toutes les décisions appropriées. Alors où s'était-elle trompée et qu'avait-elle négligé dans son approche ? Elle ouvrit son agenda et le feuilleta jusqu'à trouver son plan quinquennal.

Elle s'apprêtait à l'étudier lorsqu'un courant d'air frais agita le nuage de moiteur qui flottait dans la salle et souleva les pages de son agenda. Elle leva les yeux. La porte s'était ouverte et, dans le grand miroir installé derrière le bar, elle aperçut le reflet d'un cow-boy qui, depuis le seuil, parcourait la pièce du regard. Avant que le battant se referme, elle eut le temps d'être frappée par sa silhouette qui se détachait en contrejour des lueurs de fin d'après-midi, ainsi que sa stature. Il était grand, large d'épaules. Son allure était plutôt séduisante, impressionnante même, jugea-t-elle en admettant sa surprise, mais il n'était malheureusement pas son genre. Il semblait tout droit sorti d'une revue de tourisme. Il ne lui manquait que les jambières de cuir, un cheval et un lasso jeté en bandoulière.

Elle le regarda avancer sur le parquet de bois dur avec l'assurance d'un homme à l'autorité naturelle. Elle connaissait ce genre d'individus athlétiques et sûrs d'eux. Et elle savait très bien que la plupart se sentaient menacés par les femmes qui réussissent. Et elle en particulier.

Elle préférait encore consulter son agenda, mais au moment de baisser les yeux, le regard de l'homme croisa le sien dans le miroir. Il s'arrêta et elle oublia dans l'instant tous les refus polis qu'elle s'apprêtait déjà à lui offrir dans le cas où il l'entreprendrait — ce que ce type d'homme faisait toujours.

Les traits de son visage étaient sans doute trop rudes pour le qualifier de beau, mais son reflet ne lui rendait pas justice ! Ce qu'il dégageait était réellement… fascinant. Outre l'élégance et la force de sa silhouette, sa barbe naissante soulignait une mâchoire carrée pourvue d'une fossette incroyablement sexy. Et avec sa chemise à carreaux, juste assez ouverte pour révéler la toison de son torse, avec son jean juste assez serré pour laisser deviner une région impressionnante de son anatomie, il était l'archétype des modèles affichés par les calendriers destinés aux femmes éprises des fantasmes les plus débridés de l'Ouest sauvage.

Ce qui n'était heureusement pas son cas, se dit-elle en se forçant à reprendre ses esprits. Elle préférait les beautés plus classiques.

Elle vit néanmoins son regard glisser sur elle, ce qui suffit à la faire frissonner. Et lorsqu'elle croisa les yeux qui la détaillaient — les découvrant d'une teinte aussi riche que des grains de café —, elle se sentit fouettée comme par une gorgée d'expresso.

Il ôta son chapeau. Elle découvrit alors une belle chevelure de la même teinte sombre et chaleureuse que ses prunelles. Son malaise s'intensifia.

— Je peux m'asseoir ?

Sa voix était profonde, et ses lèvres semblaient faites pour murmurer de tendres fadaises aux oreilles d'une femme captive.

Réprimant son imagination, elle redressa les épaules et regarda autour d'elle. Elle avait été tellement préoccupée par l'analyse de son conflit intérieur, et la découverte de l'accroc qui avait fait dérailler ses plans, qu'elle n'avait même pas vu que le bar s'était rempli. Le seul siège disponible était le tabouret à côté d'elle.

Qu'il soit son genre ou non, ce cow-boy allait donc la côtoyer. Elle prit son sac sur le tabouret et l'accrocha à son dossier.

— Je vous en prie.

— Merci.

Sentant son genou frôler sa cuisse, elle le soupçonna de l'avoir fait exprès, mais il se tourna à peine vers elle.

— Excusez-moi, lâcha-t-il.

Ignorant le picotement de sa peau à l'endroit où il l'avait touchée, elle serra la main autour de son verre et le porta à ses lèvres brusquement sèches. Le liquide tiède lui inspira une moue de déplaisir, mais elle se força à l'avaler. Décidément, elle aurait bien du mal à se faire à ce breuvage.

En revanche, si les cow-boys qu'elle était appelée à croiser une fois installée dans son ranch avaient aussi belle allure et sentaient aussi bon que son voisin, elle n'aurait aucune peine à trouver celui dont elle avait besoin. Pourvu seulement qu'il soit un peu moins rustique, songea-t-elle. Un cow-boy cultivé — si un tel paradoxe était possible — ferait très bien l'affaire.

Elle prit son stylo et écrivit sur son carnet. « *L'échec est toujours temporaire.*

Se sentant légèrement rassérénée, elle ajouta une ligne. « *N'importe quel but peut être atteint. Il suffit de l'aborder de la manière adéquate.* » Alors où s'était-elle écartée du chemin soigneusement balisé qui aurait dû lui permettre de trouver un mari ?

Jusqu'à présent, tous les hommes qu'elle avait rencontrés avaient soit mis en cause le temps qu'elle consacrait à sa carrière, soit cherché à tirer profit de son succès. Elle fit un trait vertical sur sa page et en dressa la liste en deux colonnes : « profiteurs » et « minables ».

Du coin de l'œil, elle vit son voisin poser son chapeau sur son genou et lever la main pour appeler la serveuse. Elle sentait son regard peser sur elle.

— Je vous aurais plutôt prise pour une amatrice de chardonnay.

Elle haussa les épaules et, sans le regarder, se força à avaler une nouvelle gorgée de bière.

— Vous avez raison, mais à Rome…

— Qu'est-ce que je vous sers ? l'interrompit la serveuse en s'adressant à son voisin.

— Une téquila. Double. Vous n'avez pas de vin blanc pour la dame ?

— Si, bien sûr. Je vous en apporte tout de suite.

Elle sursauta. S'il s'imaginait qu'elle était dans ce bar pour se faire offrir à boire, il se trompait. Elle cherchait peut-être un homme, mais elle ne s'y mettrait qu'une fois installée dans son nouveau domicile. Et alors, elle chercherait l'homme idéal, et certainement pas le premier venu. Une image de son voisin entièrement nu lui sauta brusquement à l'esprit et elle faillit dégringoler de son siège. Elle se rattrapa de justesse et leurs genoux se frôlèrent de nouveau. Cette fois à cause d'elle.

— Excusez-moi, se reprit-elle, mais je ne crois pas vous avoir demandé de m'offrir un verre.

— Non, mais je n'ai pas envie de vous voir faire cette tête. On dirait que vous avalez un médicament.

Elle qui n'avait pas rougi depuis des années sentit brusquement ses joues la brûler. Elle se prit le menton dans une main, et laissa glisser un doigt désinvolte sur le flanc de sa bouteille.

— Je n'ai jamais été très fan de bière, reconnut-elle.

— Sans blague.

Son rire contenu ne lui échappa pas. Du coin de l'œil, elle examina ses grandes mains bronzées. De nombreuses cicatrices étaient visibles, mais ses ongles étaient propres et bien coupés. Il attrapa une cacahuète dans le bol posé devant eux et l'avala.

— Alors de quoi êtes-vous fan, en dehors de… faire des listes ?

Brooke ferma son agenda d'un geste sec. Elle refusait absolument de parler de ses échecs, et surtout pas avec un inconnu. Ce n'était pas à lui qu'elle risquait de confier que, dès le lendemain, elle devait procéder à une insémination artificielle.

La brûlure de son estomac devint plus aiguë. Ses mains se mirent à trembler. Elle avait tout étudié, se dit-elle aussitôt, longuement pesé le pour et le contre et, sa décision prise, elle avait choisi avec soin le donneur le plus approprié. Il était blond, comme elle, et il venait du même milieu social et intellectuel. Il avait subi tous les examens possibles, ne présentait aucun problème médical connu, et s'avérait le choix génétique idéal.

Affichant un sourire condescendant, elle se tourna vers le cow-boy et détourna habilement la conversation.

— Je suis passionnée par mon travail, répondit-elle. Mais parlons plutôt de vous. Vous avez commandé une double téquila. Votre journée a dû être rude.

Elle était passée maître dans l'art de sonder les gens et de convaincre les plus pessimistes de voir les bons côtés de la vie.

— Ma journée, commença-t-il, on peut dire qu'elle a été pire que celle de certains, et meilleure que d'autres.

Il sortit son portefeuille.

— En tout cas, personne n'est mort, acheva-t-il en posant un billet sur le comptoir.

Son humour caustique lui arracha un sourire.

— C'est toujours une bonne nouvelle. Des conséquences durables ?

— Sans doute pas.

La serveuse déposa leurs boissons et Brooke fouilla dans son sac.

Le cow-boy secoua la tête.

— C'est pour moi.

— Oh… merci. Mais je ne crois pas que…

— Pas de mais, la coupa-t-il. C'est juste un verre. Je ne cherche rien de plus.

Sa franchise la désarçonna.

— Moi non plus, affirma-t-elle avec un mouvement de recul.

— Alors vous feriez mieux de ne pas venir ici dans cet accoutrement.

— Mon… accoutrement ? Qu'est-ce qu'il a ?

Son chemisier lavande lui avait coûté une fortune et elle l'adorait. Quant à sa jupe, qui montait à peine au-dessus du genou, et à la veste cintrée qui soulignait sa taille, elle les avait achetées le jour où son premier livre était entré dans la liste des meilleures ventes du *New York Times*. C'était sa tenue fétiche. Elle ne la mettait que pour les grandes occasions. Comme aujourd'hui. Elle venait en effet de conclure l'achat d'un ranch à cinquante kilomètres au sud de Tilden dans le Texas.

La maison basse qui s'étendait en plusieurs dépendances au milieu des collines ressemblait presque en tout point à l'image qu'elle se faisait de la maison idéale. Mais la propriété n'abriterait pas seulement son nouveau domicile. Elle était aussi parfaite pour ses projets professionnels, et la nouvelle tournure qu'elle voulait donner à son existence. L'ensemble était bien un peu rustique, mais avec un peu de peinture, de l'huile de coude et l'intervention d'un ou deux bulldozers, l'ancien ranch ne tarderait pas à devenir l'endroit dont elle rêvait. Un complexe hôtelier destiné à recevoir les séminaires qu'elle comptait proposer au public, un endroit où elle pourrait poursuivre son travail sans avoir à voyager sans cesse et qui lui permettrait sans aucun doute de résoudre le conflit qui la taraudait.

Son voisin avala une gorgée de son alcool fort en plissant le front.

— En dehors de vos talents pour vous mettre en valeur, vous devez visiblement avoir de l'argent, et ce bar est assez proche du tribunal pour y croiser toute sorte de malfrats. Vous feriez mieux de garder votre sac sur vos genoux.

Troublée par le compliment dissimulé sous la grossièreté de sa réponse, elle jeta un nouveau regard sur la salle et remarqua cette fois l'allure moins que correcte de la clientèle. En arrivant, elle n'y avait prêté aucune attention, trop pressée d'admirer sous toutes les coutures son titre de propriété. Pour la première fois de sa vie, elle possédait un terrain et une maison. Elle prit son sac sur ses genoux. Savoir qu'il contenait l'acte notarié dûment signé l'emplissait d'une agréable sensation de réussite. Avoir atteint un objectif sur trois n'était pas un échec total.

— Une employée du tribunal m'a recommandé leur barbecue, répliqua-t-elle.

D'un doigt, il désigna l'attestation de licence de l'établissement. Devant son faible niveau, elle décida de se passer de nourriture, et prétendit du même coup ignorer l'absence d'alliance à l'annulaire de son voisin. Ce détail n'avait aucune importance. Elle ne s'intéressait pas du tout à lui sous cet angle.

— Et vous feriez mieux de ne pas dévisager tous les hommes qui franchissent cette porte avec l'attention que vous m'avez portée.

Cette fois, elle rougit violemment et reposa son verre de vin si brusquement qu'il aurait pu se briser.

— Je ne vous ai jamais dévisagé !

Il l'observa par-dessus le bord de son verre.

— De quelle couleur sont mes bottes ?

— Marron…

Une nouvelle rougeur lui enflamma les joues.

— Oh ! pour l'amour du ciel, s'exclama-t-elle, quatre-vingt-dix-neuf pour cent des hommes de cette salle ont des bottes marron.

Il imita un pistolet avec sa main, la visa et fit semblant de tirer sur la gâchette. Ses lèvres s'étirèrent en un sourire d'une blancheur éclatante et une étincelle illumina ses prunelles.

— Bingo !

Elle retint son sourire.

— Vous n'êtes pas très charitable.

— Au moins n'êtes-vous plus penchée sur ce carnet comme si quelqu'un venait d'écraser votre chien. Je ne plaisante pas pour le bar. Faites attention à vos affaires et ne sortez pas d'ici toute seule. Dites-moi quand vous voudrez partir. Je vous accompagnerai dehors.

Une telle prévenance était surprenante de la part d'un parfait inconnu, et pour le moins suspecte. Elle décida pourtant de l'accepter.

— Merci. C'est vrai que je n'aimerais pas gâcher mon anniversaire en allant faire une déposition au commissariat.

— C'est votre anniversaire ?

— Oui. Une année de sagesse et d'expérience en plus.

Elle vit un de ses sourcils se dresser et un demi-sourire étirer ses lèvres.

— Ne me dites pas que vous croyez vraiment à ces sornettes !

Elle avala une gorgée de vin et fit de nouveau la grimace. Il était aussi acide que sa bière.

— L'espoir est le premier pas vers la réussite, déclara-t-elle.

Il eut l'air sceptique.

— Croire, c'est pouvoir, hein ?

— Bien sûr ! On n'obtient de la vie que ce qu'on est convaincu de mériter.

— Vous parlez comme un livre.

Evidemment puisqu'elle citait le chapitre XIII de son premier ouvrage !

— Vous ne croyez pas à l'autopersuasion ?

Elle n'avait pas l'intention de s'étendre sur le sujet, mais elle ne pouvait pas croiser un sceptique sans éprouver le besoin de le convertir à ses théories.

— Si la vie récompensait vraiment les gens méritants, répliqua-t-il, le monde serait bien différent. Et probablement plus juste. J'en conclus que le vin n'est pas meilleur que la bière ?

— Il est loin des meilleurs vins californiens, concéda-t-elle.

— Je suis désolé de vous le dire, trésor, mais ici, vous êtes sacrément loin de la Californie !

Des cris l'empêchèrent de répondre. Elle se tourna. Au fond du bar, un homme avait attrapé une chaise et, comme dans un film de série B, la brandissait au-dessus de la tête de son voisin. Quand il l'abattit sur son crâne, à sa plus grande stupeur, le tollé fut général.

Son cow-boy lâcha un juron.

— Ce n'est vraiment pas un endroit pour vous.

— Je ne crois pas que…

Une bouteille volait dans sa direction. Avant qu'elle puisse réagir, le cow-boy l'avait arrachée à son tabouret et tirée sur ses genoux. Elle se retrouva la tête enfouie contre une poitrine solide et le visage protégé par une large paume calleuse. Elle recouvrait à peine ses esprits lorsqu'elle s'aperçut qu'elle avait posé la main… où il ne fallait pas ! Brusquement consciente de sa maladresse et pire, de l'intimité choquante de ce contact inattendu, elle la retira vivement.

Elle n'eut pas le temps de bredouiller des excuses. Les vociférations du patron répondaient au fracas du verre brisé. Elle glissa un œil entre les doigts du cow-boy et constata, incrédule, qu'elle se trouvait au beau milieu d'une bagarre générale, sa première.

Elle eut à peine le temps d'entendre les battements du cœur contre son oreille. En faisant de son corps un rempart pour la protéger du chaos ambiant, son cow-boy s'était levé. Sans la lâcher, il ramassa son agenda et son sac tombés sur le sol, les lui fourra entre les mains et lui désigna la sortie.

— Partons.

Le niveau sonore s'était accru, mais elle ne s'était pas trompée : il lui avait donné un ordre !

— Pardon ? dit-elle d'une voix étranglée.

Il mit son chapeau, lui jeta un regard de travers et se pencha pour grommeler à son oreille :

— Vous n'êtes quand même pas idiote à ce point ? Partons, répéta-t-il en la prenant cette fois par le bras.

Comme il n'avait aucun mal à se frayer un chemin parmi la débandade des autres clients, elle se laissa guider jusqu'au trottoir. Il s'arrêta sous un lampadaire à la lumière vacillante.

— Où êtes-vous garée ?

Elle passa l'anse de son sac sur son épaule, en se demandant pourquoi elle ne l'envoyait pas promener.

— Pas loin, à côté du tribunal, mais…

— Vous avez l'intention de dîner avant de prendre la route ? Si c'est le cas, enchaîna-t-il d'un ton rogue, je vous conduis au restaurant du coin et je vous offre un verre avant de filer.

Ce n'était pas la plus aimable des invitations qu'on lui avait faites, mais elle était déconcertée. Aucun homme ne lui avait jamais donné un tel sentiment de… sécurité. C'était une sensation étrange, songea-t-elle étonnée. Mais elle était curieuse, et elle mettait toujours un point d'honneur à mieux connaître ses ressorts personnels. Aussi décida-t-elle d'explorer les réactions curieuses que cet inconnu lui inspirait.

— Vous ne voulez pas plutôt dîner avec moi ? se surprit-elle à lui demander.

L'expression étonnée qu'il afficha la fit sourire. Elle lui donna aussi l'occasion de constater que ses cils, courbes et fournis, étaient aussi sexy que le reste de sa personne.

— Qu'est-ce qui vous fait croire que je ne suis pas un de ces voyous qui traînent autour du tribunal ?

— Vous avez un visage honnête, répondit-elle.

Son brusque éclat de rire — un rire qui la remua profondément — la prit au dépourvu. Décidément, songea-t-elle déconcertée, elle n'était pas dans son état normal, ce soir.

— On ne vous a jamais dit que l'habit ne fait pas le moine ? lui lança-t-il.

L'étude des gens était sa vocation. Et puis, quelque part dans ses notes pour son prochain livre, n'avait-elle pas écrit : *« Personne ne survient dans votre vie par hasard »* ? Le tout était de savoir pourquoi lui et pourquoi maintenant. Elle devait découvrir ce qui, dans cet homme fruste, lui inspirait des réactions aussi contraires à sa vraie personnalité.

— Je prends le risque, décida-t-elle. Vous connaissez une adresse où l'on peut déguster un vrai barbecue texan ?

Son regard se rétrécit.

— Pas question de laisser une femme m'offrir à dîner.

Son orgueil n'était pas surprenant. C'était la qualité commune à la plupart des hommes.

— Je vous le dois. Cette bouteille m'aurait blessée, sans parler du morceau de chaise. Disons que c'est l'occasion d'une expérience nouvelle. Le hasard est une chance.

— Vous parlez encore comme un manuel de bonnes résolutions.

— C'est une de mes tendances, répliqua-t-elle sans insister.

— Je vous préviens, ce n'est que le dîner que vous achetez.

Le sous-entendu la fit frissonner. Quel effet cela ferait-il d'acheter les faveurs d'un homme ? Elle repoussa cette réflexion absurde. Elle n'était pas du tout ce genre de femmes.

« Non, lui murmura une petite voix railleuse, tu es de celles qui achètent le sperme d'un parfait étranger et qui se font seulement inséminer par un médecin dans une clinique spécialisée. »

Elle ne faisait tout de même pas une erreur ?

— Venez dîner avec moi, s'il vous plaît. J'en ai assez d'être… seule.

Pour quelqu'un qui proférait qu'avant d'être bien avec quelqu'un, il fallait être en paix avec soi-même, cet aveu était pénible. Mais ce soir, elle ne voulait pas rester seule face à ses pensées, ses doutes, ses peurs.

Il se frotta la mâchoire. Ce geste eut le don de lui rappeler aussitôt le contact râpeux de sa paume contre sa joue. Qu'éprouverait-elle en sentant cette main puissante glisser sur son ventre, ou même lui caresser… les seins ? La brûlure de son estomac se mua en une sensation entièrement différente, une onde de chaleur aussi agréable que troublante.

— Je vous promets de ne pas vous attaquer avant l'entrée, avança-t-elle en maudissant les tremblements de sa voix.

— Hum… Pourquoi pas ?

Sa réticence n'était guère flatteuse.

— Le meilleur barbecue est à quatre kilomètres d'ici, vers le nord. Il faut y aller en voiture. Je suis garé à côté du tribunal. Alors soit vous montez avec moi, soit vous me suivez.

Si sa décision d'inviter un parfait inconnu à dîner était aberrante, elle n'était pas stupide au point de monter dans sa voiture. Et puis le restaurant était dans la même direction que son motel.

— Je vous suis.

Il lui tendit sa grande main bronzée.

— Je m'appelle Caleb.

Elle était si habituée à être reconnue qu'elle ne pensait jamais être obligée de se présenter, même ici dans le fin fond du Texas.

— Brooke, lui répondit-elle prudente.

Aucune lueur d'étonnement ne traversa ses yeux. Mais elle doutait que les cow-boys soient de fervents lecteurs de livres sur le développement personnel. Sa main enveloppa la sienne. Durant ce bref contact, elle enregistra une multitude de sensations : la force, la chaleur, la douceur. Au lieu de lui écraser la main, comme certains hommes se plaisaient à le faire — histoire de prouver leur virilité —, il la lui serrait comme s'il craignait de la briser. Son pouls accéléra.

L'ironie d'être attirée par un homme tellement contraire à ses besoins — parce qu'elle était attirée — lui arracha un sourire. Le destin avait un curieux sens de l'humour.

Il la relâcha et se tourna en direction du tribunal. Elle lui emboîta le pas et remarqua qu'il raccourcissait ses enjambées pour elle. Toute sa démarche témoignait d'une vigueur contenue.

Cet homme était vraiment remarquable, songea-t-elle légèrement étourdie. Elle admirait les traits de son visage lorsqu'il se tourna vers elle.

— Vous êtes en ville pour longtemps ?

— Non, seulement de passage. Je pars demain pour… Dallas.

Son estomac se serra de nouveau. Elle préféra penser que c'était dû à l'impatience du lendemain, plutôt qu'à sa nervosité ou aux doutes.

— Et vous ?

— J'avais une affaire à régler en ville, mais ça n'a pas marché.

Il se raidit et détourna les yeux.

— Je suis désolée. Peut-être pourrez-vous revoir les choses autrement et aborder la question sous un autre angle ?

Il lui jeta un regard de travers. Elle eut le temps d'apercevoir son sourire avant qu'il se détourne.

— Je parle encore comme un manuel ?

— Oui.

Ils allaient franchir un carrefour quand une voiture surgit à toute allure. Il jeta brusquement son bras devant elle. Ce geste protecteur provoqua une nouvelle onde de chaleur, et pas seulement parce que sa main l'avait effleurée. Elle l'avait sentie comme si elle s'était glissée sous la soie de sa chemise.

— Vous êtes un vrai chevalier blanc, n'est-ce pas ?

Il rougit.

— Pas du tout. Mais vous m'avez offert un dîner, et je n'ai pas l'intention de le perdre en vous laissant vous faire écraser.

Elle ne crut pas une seconde à cette boutade.

— Vous racontez des bêtises, Caleb.

Il toucha le rebord de son chapeau et lui adressa un clin d'œil.

— Oui, et je vous conseille de ne pas l'oublier.

A sa plus grande surprise, Brooke éclata de rire. Désorientée par sa réaction, et l'agréable sensation qui l'accompagnait, elle constata qu'elle ne se souvenait même pas de la dernière fois qu'elle avait ri. Cette réflexion aussitôt l'assombrit.

— Ah, non, pas de ça ! s'exclama Caleb. On dirait que votre chien vient encore de mourir et ça va me gâcher mon dîner.

Ils étaient arrivés au parking. Elle s'arrêta devant sa voiture. Louer ce petit bolide rutilant relevait aussi d'une impulsion, le genre d'élans auxquels elle ne cédait jamais. Cet étrange besoin de fougue et de liberté était sans doute lié à l'engagement qu'elle venait de prendre, se dit-elle. Si l'insémination réussissait, elle ne serait plus jamais seule et elle serait obligée d'acheter une voiture familiale.

Elle avait un besoin urgent d'un antiacide.

— Des doutes ?

Sa voix profonde la fit sursauter.

— Pas du tout ! rétorqua-t-elle avec vivacité. Je tiens absolument à découvrir votre fameux barbecue texan, se rattrapa-t-elle avec autant d'assurance qu'elle put.

Caleb eut l'air sceptique, mais il accepta sa réponse.

— Bon, alors suivez-moi. Si vos papilles gustatives s'accordent avec ce joujou mécanique, elles ne seront pas déçues.

Il la laissa pour rejoindre un pick-up gris métallisé stationné à quelques mètres. Elle le regardait s'éloigner, de sa démarche souple et athlétique, quand elle se surprit à admirer son postérieur. Elle sursauta et se mordit la langue. Que lui arrivait-il, ce soir ? Elle n'envisageait tout de même pas de se laisser aller avec ce cow-boy !

Non, bien sûr que non, se rassura-t-elle. Elle ne ferait jamais une chose aussi… insensée. Elle n'était pas de nature à prendre des risques inconsidérés — même pour la distraire de la procédure clinique qu'elle subirait le lendemain matin.

Cette fois, elle ouvrit son sac et prit un comprimé. Décidément, ses brûlures d'estomac étaient trop fortes.

2

Caleb Lander vérifia une fois de plus dans son rétroviseur. La petite voiture rouge, constata-t-il, le suivait bien, à quelques mètres.

Combien de temps faudrait-il à Brooke — à supposer que ce soit son véritable prénom — pour recouvrer ses esprits ? Les femmes comme elle ne perdaient pas leur temps avec des hommes comme lui. Tout en elle, sa démarche, sa façon de parler, ses vêtements, transpirait la culture, l'élégance, la bonne éducation. Toutes choses dont il était dépourvu. Amanda, son ex, le lui avait bien fait comprendre avant de le quitter, et il était certain de ne pas s'être amélioré dans la décennie qui avait suivi son départ.

Il n'était pas du genre à ramasser une fille dans un bar, mais cette rencontre tombait à point nommé. Elle lui épargnerait la beuverie qu'il avait envisagée en quittant le tribunal.

Il s'y était rendu dans l'espoir de voir annulée la vente aux enchères de l'autre moitié du ranch de Crooked Creek. Il était le second enchérisseur. Si le premier ne se présentait pas, il pouvait acquérir la propriété par défaut, et enfin solder la dette qu'il avait envers sa famille. Il était arrivé un quart d'heure avant la fermeture et la fin du délai. Le clerc lui avait annoncé qu'il avait raté l'acheteur de quelques minutes. Le titre avait été signé, l'argent remis et la vente définitivement conclue, détruisant ses dernières chances de récupérer les terres familiales.

Il avait attendu dix ans. Combien de temps lui faudrait-il encore pour se débarrasser de ce fardeau ?

Il mit son clignotant pour indiquer le restaurant et s'engagea sur le parking. Le bâtiment de bois ne payait pas de mine, mais derrière ses portes gris pâle, on servait le meilleur barbecue de tout le comté. Il venait y manger chaque fois qu'il en avait l'occasion.

Il descendit de voiture et glissa ses clés dans sa poche. Il commençait à regretter d'être venu quand Brooke se gara à côté de lui. Lorsqu'elle glissa ses jambes hors de la voiture, il sentit sa bouche se dessécher. Elle ne portait pas de collant et sa peau semblait si douce qu'il dut lutter contre l'envie de la caresser. Il lui tendit la main. Elle la prit. Sa poigne était ferme, mais la souplesse de sa paume le surprit. Voyant ses ongles vernis se refermer autour de ses doigts, il comprit qu'il devait faire attention.

Son ex-femme était douée en manucure. Elle lui faisait des tas de choses très agréables avec ses ongles. Jusqu'au jour où elle avait compris qu'il n'était pas de glaise et qu'elle ne pourrait pas le manipuler à sa guise. Elle avait alors fait ses valises et décampé. Son départ avait eu de graves répercussions sur sa vie, des répercussions qu'il n'avait fait qu'aggraver puisqu'il avait été incapable de racheter les terres qui appartenaient toujours à quelqu'un d'autre.

Le sourire de Brooke l'arracha à ses pensées. Ses jambes n'étaient pas son seul atout, constata-t-il. Elle était grande, mince, et généreuse à tous les endroits qu'il fallait. Ses yeux étaient aussi verts que son étang un jour d'été et si profonds qu'un homme pouvait avoir envie de s'y noyer. Quant à son visage, encadré par de magnifiques cheveux blonds, il était digne des couvertures des magazines les plus chic. Sa peau, elle, était pâle. Elle ne devait pas passer beaucoup de temps au grand air, se dit-il. Une preuve de plus, s'il en manquait, qu'ils n'avaient rien en commun.

C'était sans doute le clair de lune qui la rendait si désirable, et certainement le fait qu'il n'avait pas fait l'amour depuis longtemps. Il refusait de sortir avec les femmes du comté et il avait rarement le temps ou l'argent de s'en aller loin de Crooked Creek.

Il lâcha la main de Brooke et redressa son col d'un geste embarrassé. Ses pensées prenaient des détours beaucoup trop stimulants pour son corps. Une minute de plus et il risquait de se sentir à l'étroit dans son jean.

— Quel endroit ! s'exclama Brooke. Je suis sous le charme.

Un sourire flottait sur ses lèvres.

Il se demanda si elle se moquait du bâtiment vieilli par les ans et les intempéries, mais sa voix semblait sincère. Il songeait quant à lui à mille façons de passer le temps en compagnie d'une belle femme. Aucune d'entre elles ne comportait la largeur d'une table ou l'épaisseur du moindre tissu entre eux. Contenir ses impulsions risquait de s'avérer plus difficile que la situation le supposait.

Elle l'avait invité à dîner, se rappela-t-il. C'était tout. C'était le jour de son anniversaire, et elle se sentait seule. Il avait accepté son invitation parce qu'elle lui permettait de repousser le moment inévitable où il devrait regarder son père et son frère en face et leur dire qu'il avait encore échoué. Ce n'était pas parce qu'il avait surpris un ou deux éclats particuliers dans les yeux de Brooke qu'il allait y répondre. Pour l'amour du ciel, il avait trente-huit ans, pas dix-huit !

Son système nerveux n'avait qu'à bien se tenir.

Elle rejeta la tête en arrière et contempla le ciel.

— Quelle nuit splendide, soupira-t-elle.

— Oui.

Il se tourna vers le restaurant, la gorge nouée par le désir absurde de goûter ses lèvres et d'éprouver la souplesse de son corps. La nécessité de mettre une table entre eux lui paraissait de plus en plus urgente. Il était capable de se contenir, se rassura-t-il. S'il ne la touchait plus, et si les odeurs de grillades remplaçaient vite le parfum enivrant qu'elle dégageait.

Ils étaient sur le porche quand la porte du restaurant s'ouvrit à la volée. Un puissant éclat de musique sortit en même temps qu'un couple, et Caleb s'arrêta si brusquement que Brooke se cogna contre lui. Durant une seconde, il sentit ses seins s'écraser contre son dos et ses hanches venir à sa rencontre. Une décharge électrique le foudroya, faisant exploser toutes les cellules de son corps.

— Excusez-moi, fit-elle. Quelque chose ne va pas ?

Il avait oublié que le vendredi, le restaurant proposait une animation musicale. Les lumières seraient tamisées, et il y aurait des chandelles sur les tables. S'il y avait une chose qu'il devait éviter, c'était bien une atmosphère romantique ! Il serra la mâchoire.

— Il y a un orchestre ce soir, parvint-il à prononcer. Ça va être bruyant. On ferait mieux d'aller ailleurs.

Mais il avait eu le temps de voir passer un éclat de joie dans ses prunelles, et il étouffa un juron. Pourvu qu'elle ne veuille pas danser…

— Un orchestre ? C'est formidable ! s'exclama-t-elle en avançant vers la porte.

Avant qu'il puisse esquisser le moindre geste pour la retenir, une serveuse l'avait déjà invitée à entrer. Brooke lui demanda une table pour deux, et la jeune femme les conduisit vers une sorte d'alcôve, juste à côté de la piste de danse.

Caleb s'installa, l'estomac noué. Si la seule présence de cette femme suffisait à lui faire perdre tous ses moyens, alors danser avec elle risquait d'être une expérience complètement torride. Il aurait mieux fait de retourner dans le bar minable où il l'avait rencontrée et se soûler comme il en avait d'abord eu l'intention.

Il lui jeta un coup d'œil à la dérobée. Le regard rêveur et un peu triste, elle contemplait les couples qui évoluaient sur la piste. Il sentit tous ses muscles se raidir — d'agacement, bien sûr — parce qu'il savait ce qu'elle allait dire avant même qu'elle ouvre la bouche.

— J'aimerais savoir danser comme ça.

— Ce n'est pas difficile.

Il se mordit la langue.

— Vraiment ? Vous ne voulez pas m'apprendre, Caleb ?

Et voilà, songea-t-il consterné. Mais comment lui refuser une danse le jour de son anniversaire ? Son seul espoir était que l'orchestre s'interrompe et prenne une longue, une très longue pause avant de revenir.

— Peut-être. Après le dîner, concéda-t-il.

Les musiciens quittèrent la scène dès qu'ils eurent passé leur commande. Une fois de plus, il espéra que le service serait ultrarapide et que l'orchestre se ferait attendre.

— Alors, que faites-vous dans la vie, Caleb ?

— Je suis rancher.

Elle le considéra avec curiosité, mais il n'était pas disposé à poursuivre. Il aimait son travail, vraiment, mais la plupart des femmes bâillaient quand il commençait à expliquer en quoi il consistait. La vie du ranch et celle du rancher n'étaient pas compatibles avec les ambitions féminines. Il en avait fait l'expérience.

— Et vous ? interrogea-t-il à la place.

Elle inclina la tête et contempla la nappe à carreaux.

— Moi ? Je… J'écris.

— Vous écrivez quoi ? Des articles, des récits de voyages, des romans ?

— Des livres. Sur l'épanouissement personnel.

Elle l'observait avec méfiance et une pointe de défi, comme si elle craignait un sarcasme et se préparait à lui répondre. Il se contenta d'opiner.

— Alors ceci explique cela.

— Quoi ?

— Vos petites phrases. Mais pour qui venez-vous prêcher dans le comté de McMullen ?

— Moi.

Intrigué par sa réponse et le genre de problèmes qu'une belle femme comme elle pouvait avoir, il dressa un sourcil et attendit qu'elle poursuive.

Elle s'agita sur son siège.

— J'essaie de préciser mes objectifs, commença-t-elle embarrassée, de faire le point sur mes réussites personnelles.

Et puis elle enchaîna sur un discours qui parlait d'espérance objective, de construction et de persévérance. Ses mots et son message étaient parfaitement maîtrisés, mais l'ardeur qu'il lisait dans son regard lui disait combien ces sujets comptaient pour elle. C'était un peu professoral, mais touchant. En tout cas, il n'avait jamais eu de professeur aussi convaincu.

La serveuse leur apporta leurs plats et Brooke attendit qu'elle soit partie avant de demander :

— Et vous, j'imagine que vous n'avez jamais eu à redéfinir vos objectifs ?

— Pas vraiment. J'ai toujours su que je serais rancher.

— Pourquoi ?

Le fumet qui montait de son assiette lui donnait l'eau à la bouche. Chez lui, dès qu'un plat était posé sur la table, on se taisait pour se mettre à manger, mais il comprit que son appétit devrait attendre. Il y avait au moins un principe inculqué par sa mère qu'il n'avait pas oublié : on devait attendre que les dames aient commencé avant de prendre sa fourchette.

— Je suis le fils aîné d'un rancher. Texan dans l'âme. J'ai pris la succession de mon père.

— Vos frères et sœurs ont fait comme vous ?

Elle le dévisageait avec curiosité, ignorant la grande variété de grillades qu'elle avait commandée. Soit elle voulait tester toutes les spécialités du restaurant, soit elle avait un appétit d'ogre. Une réflexion qu'il regretta aussitôt. Les appétits de Brooke pour la nourriture, ou pour toute autre chose, n'étaient pas ses oignons. Il s'éclaircit la gorge et se concentra sur la question posée.

— J'ai trois frères. Et non, aucun n'a fait comme moi. l'un suit des études de médecine, l'autre est, ou plutôt était, jusqu'à son mariage cette année, un champion mondial de rodéo. Patrick est le seul encore chez nous.

— Alors vous aviez le choix et vous avez choisi le ranch, déclara-t-elle.

Caleb suivit le tracé d'un carreau sur la nappe. En grandissant, il s'était plutôt senti prisonnier du ranch. Et ce n'était que lorsque Amanda s'était mise en tête de lui faire quitter Crooked Creek — pour faire carrière, comme elle disait — qu'il avait compris à quel point il aimait le ranch et la vie qu'il y menait.

— Vous feriez mieux de manger pendant que c'est chaud.

Brooke prit une côte qu'elle grignota délicatement avant de la reposer dans son assiette. Ses yeux allèrent tour à tour de ses doigts, couverts de sauce, à la fragile serviette de papier sur la nappe.

— Léchez-la.

— Pardon ?

— La sauce sur vos doigts, léchez-la.

Elle hésita une seconde puis, voyant que tous les clients en faisaient autant, elle suça ses doigts un à un avant de s'attaquer au morceau suivant.

Caleb suivait du regard ses mouvements, fasciné par l'érotisme qu'elle dégageait. Il aurait mieux fait de la laisser parler, songea-t-il, distrait au point d'en oublier son plat.

— Et vous ? reprit-il en proie à une faim dévorante, mais d'une autre nature. Comment se passe la redéfinition de vos objectifs ? On dirait que c'est difficile.

Elle lui sourit.

— Il arrive que ça le soit. Découvrir qui l'on est et ce que l'on veut vraiment est toujours un chemin semé d'embûches.

— Vous n'avez pas suivi la voie tracée par vos parents ?

Elle haussa les épaules.

— Non. Ils sont tous les deux professeurs à l'université. Ils écrivent des thèses interminables que seuls leurs collègues sont capables de comprendre. Quelle que soit l'intelligence de leurs travaux, personne ou presque ne les lit. Je veux toucher le maximum de gens et les aider à concrétiser leur potentiel.

Il se déplaça sur son siège, en proie à un nouveau malaise. Elle recourait aux mêmes expressions que son ex. Amanda voulait qu'il « concrétise son potentiel » et pour cela, elle n'avait eu de cesse qu'il se présente aux élections de l'association des éleveurs du comté, puis de l'Etat. Elle lui avait même demandé pourquoi il ne briguait pas un poste politique ! Pendant ce temps-là, elle se peignait les ongles, dépensait son argent et se comportait comme une princesse. Le seul problème était que le ranch de Crooked Creek n'était pas un château et, en moins de deux ans, elle avait dilapidé tout l'argent mis de côté par sa famille. Elle n'avait pas seulement dépensé la somme destinée aux études de Brand. Ils avaient dû vendre une partie de leurs terres pour éviter de tout perdre.

— Est-ce que vos frères vivent dans la région ?

Elle se lécha les lèvres, puis les doigts et il dut se concentrer sur son assiette pour être capable de lui répondre.

— Tous, sauf Cort, le plus jeune. Il habite en Caroline du Nord.

— Vous avez des racines, dit-elle avec une pointe d'envie. Je travaille à établir les miennes.

L'orchestre revint quand la serveuse leur apporta le dessert que Brooke avait commandé.

Ce retour ne l'enchantait guère, mais la musique au moins lui permettrait d'échapper aux questions un peu trop personnelles de Brooke. Le chanteur se lança dans une mélodie douce-amère qui malheureusement n'était pas faite pour alléger son humeur.

Brooke refermait les lèvres autour d'une pleine cuillerée de chocolat. Elle baissa les paupières et poussa un faible gémissement. Il n'avait pas besoin d'une grande imagination pour faire le lien entre cet adorable son et le gémissement né d'un plaisir d'une tout autre nature. Sentant les battements de son cœur accélérer, il prit son verre de thé glacé et le vida d'une traite, dans l'espoir d'éteindre le feu qui lui consumait les entrailles.

Brooke ouvrit les yeux. La pointe rose de sa langue apparut au coin de ses lèvres pour attraper une petite miette. Il faillit s'étrangler.

— Vous devriez goûter, lui dit-elle. C'est encore meilleur que le péché.

Elle gloussa.

Le péché. Oui, c'était bien à quoi il pensait devant son ravissement. Caleb scruta ses profonds yeux verts, à la recherche d'une confirmation qu'elle lui faisait bien des avances et curieux de savoir s'il voulait y répondre. Il n'y lut rien d'ouvertement provocant, mais il manquait tellement de pratique qu'il n'était peut-être plus capable de lire l'évidence.

Après tout, se dit-il, il ne voyait aucun inconvénient à ce qu'elle veuille s'encanailler. Alors il décida de la tester, et de se mettre lui aussi à l'épreuve. Personne ne l'attendait, il n'avait pas d'obligation et il y avait des manières bien plus désagréables de passer la nuit qu'entre les bras d'une belle femme, surtout si elle n'était que de passage.

Il referma la main sur la sienne et, sans la quitter des yeux, guida la cuillère qu'elle lui tendait vers sa bouche. Le parfum, riche et puissant, explosa contre son palais. Il glissa les yeux jusqu'à ses lèvres et imagina qu'il goûtait le chocolat directement sur sa langue.

Brooke entrouvrit les lèvres. Il sentit sa main trembler légèrement dans la sienne et, lorsqu'il replongea dans son regard, il y surprit un éclat plus sombre, et plus sensuel. Son cœur, pour ne pas parler d'un autre de ses organes, pulsa douloureusement.

Elle reprit brusquement sa cuillère, la posa sur la table et détourna les yeux. Au creux de son cou, son pouls trahissait son trouble. Et à la façon dont elle s'humecta les lèvres, à son agitation sur son siège, il comprit que l'attirance qu'il éprouvait était au moins partagée.

— Est-ce qu'ils dansent le two-step ? demanda-t-elle d'une voix légèrement altérée, en désignant le couple qui passait devant eux.

Abandonnant le spectacle de sa poitrine frémissante, il porta les yeux sur le couple solidement enlacé.

— Non.

— Alors quel est le nom de cette danse ?

— Vertical sex.

Les lèvres entrouvertes, elle rougit et s'appuya contre le dossier de sa chaise. Elle garda les yeux sur les danseurs jusqu'à retrouver sa contenance.

— Et maintenant, reprit-elle, vous voulez bien danser ?

— Pourquoi pas ?

Il espérait seulement être capable de se contrôler.

Il se leva, l'accompagna sur la piste et la prit dans ses bras. Sa tête se nichait parfaitement sous son menton, mais son corps, malgré ses courbes sensuelles, était aussi raide qu'un bout de bois.

— Détendez-vous, lui dit-il. Faites deux pas rapides, deux plus lents. Puis en arrière. Laissez glisser vos pieds.

Elle fit la grimace.

— Vous dites ça parce que vous avez peur que je vous écrase les orteils.

Elle le regarda, fronça les sourcils, puis revint à leurs pas avec une concentration qu'il jugea digne d'un neurochirurgien. La deuxième fois que sa tête heurta son menton, il décida pourtant qu'il en avait assez.

— Brooke, regardez-moi et laissez-moi conduire. Ne vous inquiétez pas, je sais faire.

Elle obéit, mais continua de compter leurs pas en silence. Alors il glissa la main de son épaule à sa hanche. Ainsi maintenue, à la moitié de la seconde danse, elle entrait dans le rythme. Elle lui adressa un sourire tellement radieux qu'il faillit trébucher.

— Ça y est ! s'exclama-t-elle en le suivant dans plusieurs tours de piste. J'y arrive !

Plus elle se détendait, plus l'espace qui les séparait diminuait, et plus il était conscient du frottement de son corps contre le sien.

Se sentant perdre la tête, il s'éclaircit la gorge.

— On arrête ?

— Je pourrais continuer toute la nuit.

Il entendit à peine son commentaire tant la musique était forte, mais le ravissement qu'il lisait dans son regard était foudroyant. A cet instant, il y avait plusieurs choses qu'il aurait aimé faire avec Brooke et qui prendraient toute la nuit.

— Brooke.

Il attendit qu'elle croise son regard.

— Je ne peux pas continuer.

Elle dut comprendre ce qu'il voulait dire car elle trébucha contre lui et, rencontrant l'explication probante de son désarroi, ses yeux s'écarquillèrent. Un éclat sombre illumina ses pupilles et elle s'immobilisa, obligeant les autres danseurs à bifurquer autour d'eux.

— Je… ne voulais pas vous… Je veux dire… Oh, seigneur ! Je n'ai jamais… Je ne vous connais même pas et je veux…

Elle baissa le menton et se mordit la lèvre.

— Qu'est-ce que vous voulez, Brooke ?

Il attendit, en proie à un désir fou.

— Rien. Finissons cette danse et après nous pourrons…

Avec une rougeur adorable, elle l'entraîna dans la danse. Elle avait repris la conduite, mais il la laissa faire. Il avait l'esprit… ailleurs.

Si elle avait été la dragueuse invétérée pour laquelle il l'avait prise en entrant dans le bar, il l'aurait envoyée promener. Il avait assez souffert des manipulatrices. Mais elle rougissait comme une jeune fille, et son côté vulnérable et timide lui plaisait.

La danse achevée, il la reconduisit à leur table et se pencha à son oreille :

— Vous savez ce que je veux ? lui murmura-t-il plus détendu. Savoir si vous êtes aussi délicieuse que ce dessert.

Devant son regard choqué, il se demanda s'il n'avait pas été trop loin.

Brooke s'effondra sur sa chaise. Ses jambes ne la supportaient plus. Elle s'était dit qu'apprendre le two-step lui permettrait de mieux s'acclimater à son nouveau territoire. Mais au lieu de la familiariser avec les coutumes locales, cette danse lui ouvrait l'appétit pour un autre produit du Texas : le cow-boy à l'accent traînant, terriblement séduisant et un peu rude, assis en face d'elle.

Une rencontre d'un soir. L'idée faisait son chemin en prenant des virages successifs et troublants. Elle n'avait jamais fait ce type d'expérience — et ce n'était certainement pas ce soir qu'elle allait commencer —, mais cet homme était diablement tentant. Elle se sentait fébrile, comme si des ailes lui avaient brusquement poussé dans le dos et lui commandaient de s'envoler. Elle avait entendu parler du fameux « appel de la nature », cet instinct incontrôlable contre lequel on ne pouvait rien. Elle ne l'avait jamais ressenti. Jusqu'à ce soir.

Caleb la désirait. Il venait de le lui dire, et elle avait lu le désir dans ses yeux sombres, elle l'avait senti dans la force de son étreinte, et éprouvé dans son sexe tendu qu'elle avait malencontreusement heurté. Elle ne s'était jamais sentie aussi troublée, même dans les bras de ses anciens amants. Elle les avait pourtant fréquentés pendant des années avant qu'ils soient intimes, et elle était certaine d'avoir été amoureuse de chacun d'entre eux. Elle ne connaissait Caleb que depuis trois heures, et elle n'avait qu'une seule idée en tête : lui arracher tous ses vêtements.

Voyant passer la serveuse, elle lui demanda l'addition. Sa

voix lui parut si rêche qu'elle s'étonna que la jeune femme l'ait comprise. Que ferait-elle une fois leur dîner réglé ?

Elle n'en avait pas la moindre idée. Elle avait débuté la soirée poussée par la curiosité de découvrir ce que Caleb lui inspirait. Elle était convaincue d'être fixée avant le dessert. Jamais elle n'aurait soupçonné qu'il puisse la mettre dans cet état. La question était de savoir si elle avait le courage, juste pour un soir, d'aller plus loin.

D'un point de vue strictement sexuel, elle n'avait rien d'une aventurière. Un de ses amants l'avait même accusée un jour d'être coincée. Tout ça parce qu'elle aimait planifier leurs… rencontres des semaines à l'avance. Le résultat n'était pas franchement glorieux, se rembrunit-elle. Elle avait trois histoires d'amour avortées à son crédit, et le lendemain matin, un rendez-vous à Dallas avec une fiole de sperme congelé.

Une crampe douloureuse à l'estomac la poussa à chercher ses médicaments dans le fond de son sac. Après son insémination, elle s'envolerait pour la Californie afin de régler les derniers détails de son déménagement et transférer toutes ses affaires à son nouveau domicile, dans le sud du comté de McMullen. Elle ne reverrait plus jamais Caleb.

Le vide qu'elle éprouvait était nouveau lui aussi.

Peut-être était-il temps de se montrer spontanée ? La location de son cabriolet était un signe. Mais ce n'était qu'un pas ridicule en regard de celui qu'elle envisageait de franchir. Elle prit un comprimé et l'avala avec un verre d'eau.

— Le barbecue était trop épicé ?

— Non, répondit-elle, surprise — et de nouveau troublée — par sa sincère sollicitude. Je les prends pour le calcium.

Et pour le bébé qu'elle espérait concevoir.

— Vous ne terminez pas votre dessert ?

Elle n'en avait avalé qu'une bouchée. Caleb avait pris l'autre, et son regard lourd de sensualité avait annihilé tout désir de chocolat… pour le remplacer par un autre.

— Je… heu, non. Je vais l'emporter.

« Soyez entreprenant et lancez-vous toujours avec l'intention d'aller jusqu'au bout. » Chapitre I, livre 1.

Elle avait consacré les dix dernières années de sa vie à

bâtir son succès en essayant de satisfaire à la fois son éditeur, son comptable et ses parents. Elle s'était concentrée sur des objectifs externes — les signes visibles de la réussite — et elle avait négligé ses buts intimes. Quand un rival l'avait accusée d'hypocrisie sur une chaîne de radio nationale, elle avait secrètement admis qu'il n'avait pas forcément tort, et elle s'était fait le serment de revoir l'ordre de ses priorités. Elle avait décidé l'achat du ranch et son déménagement au Texas comme un premier pas vers la satisfaction de ses désirs émotionnels intimes.

Et pour l'heure, elle désirait Caleb.

C'était une catastrophe. Elle pouvait lui dire au revoir, rentrer à son motel et clore toute seule son anniversaire. Ou bien elle pouvait s'aventurer au-delà de ses limites et saisir l'occasion de cette rencontre pour tester sa résolution à découvrir vraiment qui elle était.

« Sois spontanée. » Elle réprima un frisson. La spontanéité allait à l'encontre absolue de toutes les fibres de son corps.

Elle avait besoin de son agenda et d'un stylo. Toute décision exigeait un examen approfondi. Elle ne pouvait pas envisager celle-ci sans en considérer toutes les implications. Mais elle avait laissé son carnet dans la voiture et si elle prenait le temps d'aller le chercher et d'élaborer une stratégie, elle prenait le risque de laisser passer l'occasion.

« L'épanouissement personnel ne s'atteint qu'en dépassant ses limites. Ne laissez jamais passer un jour sans avoir avancé vers l'objectif que vous vous êtes fixé. » Livre 1, chapitre II.

— Je… heu, mon motel n'est pas loin, lâcha-t-elle tout à trac.

Elle le vit cligner des yeux, dans un mouvement gracieux de ses longs cils, mais elle eut le temps d'apercevoir l'éclair brûlant — ravageur — de son regard. Il se pencha vers elle. Elle croyait — elle espérait — qu'il allait l'embrasser, mais à la place, il sortit son portefeuille et jeta quelques billets sur la table.

— J'étais censée payer, protesta-t-elle, piquée.

— Vous pourrez acheter les préservatifs. Allons-y.

Posée en des termes aussi crus, sa décision lui parut tout à coup dangereusement stupide.

— Je… heu…

Clouée sur sa chaise, alors qu'elle avait l'habitude de parler en public et se targuait d'avoir de la repartie, elle était incapable de réagir.

Il s'immobilisa.

— Si vous préférez, reprit-il prudent, je vous raccompagne à votre voiture et je vous laisse partir.

« C'est quand on refuse de la tenter que la chance nous échappe. » Hantée par ses propres maximes, elle prit une inspiration, s'humecta les lèvres et s'efforça de rassembler son courage.

Caleb prit son chapeau et la considéra avec une pointe d'hésitation.

— Ou bien, poursuivit-il, je vous remercie pour la soirée et on se dit adieu ici.

— Non ! Je…

Sa bouche était aussi sèche que le désert de Mojave. Elle déglutit péniblement.

— Caleb, attendez.

Elle n'avait jamais eu envie de coucher avec un parfait inconnu. Jamais. Cette idée même la terrorisait.

D'un autre côté, elle n'avait pas davantage été inséminée par un homme qu'elle ne verrait jamais. C'était pourtant exactement ce qu'elle ferait le lendemain.

« Sois spontanée. »

Alors elle se prépara à sauter le pas, aussi nerveuse que si elle avait dû sauter d'un avion sans parachute.

— Vous devez me dire où je peux acheter les… préservatifs. Je ne connais pas la ville.

Un éclair fulgura dans les yeux de Caleb.

— Il y a une pharmacie juste au coin.

Ses parents l'auraient traitée de folle. Une décision aussi fougueuse était contraire à toutes ses habitudes. Mais ils auraient eu tort. Le temps qu'elle arrive à son hôtel, elle était sûre d'avoir recouvré ses esprits, et avec eux, le contrôle de ses émotions comme celui de la situation. Mais avant, elle devait retrouver l'usage de ses jambes.

Elle se leva, légèrement vacillante.

— Je vous suis, dit-elle en maîtrisant son vertige.

Il posa la main sur son dos, puis l'accompagna dehors et jusqu'à la pharmacie sans la lâcher. La chaleur de sa paume, qu'elle sentait brûlante et riche de promesses à travers la soie de sa veste, n'était pas faite pour l'apaiser.

La pharmacie était petite. Elle repéra tout de suite son dernier livre sur un présentoir et pria pour que le propriétaire ne lui demande pas une dédicace. Elle aurait été incapable de tenir un stylo.

D'une main tremblante, elle prit la première boîte de préservatifs qu'elle repéra et, en espérant ne pas avoir l'air mortifié, la posa sur le comptoir. Elle s'aperçut alors qu'elle avait pris la plus grosse boîte des modèles XXL.

Caleb, qui n'avait rien dit pendant l'achat, souleva un sourcil amusé lorsqu'elle trouva le courage de le regarder en face en sortant de la boutique.

— Ambitieuse, on dirait.

Elle aurait volontiers disparu dans une craquelure du trottoir. C'était la première fois qu'elle achetait des préservatifs et, très franchement, c'était des plus embarrassant, mais elle refusait d'admettre qu'elle avait mis trop… d'enthousiasme dans son choix.

« Dépassez ces limites auto-imposées et saisissez l'instant qui passe. »

Elle se redressa et lui répondit du tac au tac :

— Peur de ne pas répondre à mes attentes, Caleb ?

A sa plus grande consternation, elle vit un sourire lent, d'une incroyable sensualité, se dessiner sur ses lèvres.

— Chérie, commença-t-il alors, plutôt mourir en faisant l'effort d'y parvenir que ne pas essayer.

Cette fois, elle se sentit défaillir. Elle allait vraiment faire ça.

— Mon motel est…

La gorge subitement nouée, elle fut incapable de poursuivre. Caleb n'éprouvait pas ce genre de difficultés.

— Un peu plus loin, acheva-t-il à sa place. Il n'y en a

qu'un en ville, ajouta-t-il avec un clin d'œil. La question est de savoir si ça te dérange ou non que mon pick-up soit garé devant la porte de ta chambre.

Considérant ce qu'ils s'apprêtaient à faire, son tutoiement ne l'étonna guère. Au contraire de sa prévenance. Car c'était elle qui, au lever du jour, avait bien l'intention de s'envoler sans plus se soucier de lui.

Devant son mutisme, il écarta une mèche de son visage et, avec une infinie douceur, lui souleva le menton.

— Donne-moi le numéro de ta chambre. Je vais me garer un peu plus loin et je te rejoindrai.

Elle avait franchi le point de non-retour. Mais la crampe qui lui nouait l'estomac n'avait rien à voir avec le stress. Le seul médicament qu'elle réclamait était le cow-boy aux cheveux noirs, à l'accent traînant et aux yeux sombres qui attendait sa réponse.

— 118. Elle est derrière.

Il l'accompagna à sa voiture et l'aida à s'installer. Quand il se pencha pour lui attacher sa ceinture, son bras lui effleura la poitrine. Ce geste était léger, mais il était délibéré, et il acheva de la consumer.

— Si tu changes d'avis, ne réponds pas quand je frapperai. Ne t'inquiète pas, je ne serai pas blessé.

Avant qu'elle puisse répondre, il claqua sa portière et s'éloigna.

Qu'elle veuille le reconnaître ou non, cet homme était d'une galanterie stupéfiante. Et au moment où elle s'apprêtait à quitter ses sentiers battus, elle était rassurée de pouvoir le faire avec quelqu'un qui, au moins, lui inspirait confiance.

Elle ne pouvait malheureusement pas en dire autant d'elle-même.

3

Caleb ne s'attendait pas à ce qu'elle lui ouvre. Avant même de se garer, il s'était convaincu qu'une fois dans sa chambre, elle aurait recouvré ses esprits et décidé de ne pas perdre plus de temps avec un cow-boy sans intérêt.

Il s'était néanmoins rendu jusqu'à sa porte, à laquelle il frappa discrètement, bien décidé à ne pas céder aux regrets que lui inspirerait son silence.

La porte pourtant s'ouvrit.

Elle avait enlevé ses chaussures et les ongles vernis de ses orteils brillaient faiblement sur la moquette. Il releva les yeux pour découvrir qu'elle se mordillait les lèvres.

— Entre, lui dit-elle en s'écartant.

Son invitation, prononcée d'une voix enrouée, précipita les battements de son cœur. Mais il ne pouvait pas la renverser sur le lit sans aucun préambule. Alors, maîtrisant la violence de son désir, il se balança légèrement sur ses talons et glissa les pouces dans sa ceinture.

— Vas-y.

Elle écarquilla les yeux et ses lèvres s'entrouvrirent de surprise.

— Pardon ?

— Si tu me veux, viens me chercher.

Elle avança et jeta un regard soupçonneux de part et d'autre de la porte. Constatant qu'ils étaient seuls, elle recula et croisa les bras.

— Et moi qui te prenais pour un cow-boy sûr de lui.

— Autant pour toi, rétorqua-t-il avec un clin d'œil.

Elle baissa les yeux, dut apercevoir le renflement de son jean car elle rougit et détourna le regard. Les narines palpitantes, elle prit une profonde inspiration.

Il commençait à se dire qu'il avait été stupide de se montrer aussi provocant lorsqu'il s'aperçut qu'elle l'observait à la dérobée. L'éclat de ses prunelles, combiné à la courbe sensuelle de son sourire, lui firent l'effet d'une décharge électrique.

Mais il n'eut pas le temps de réfléchir. Déjà, avec une lenteur délibérée, elle défaisait la ceinture de sa veste. Son cœur manqua un battement quand il la vit glisser le tissu, centimètre par centimètre, hors de ses attaches et l'enrouler, avec la même lenteur, autour de ses paumes. Et quand il la vit soulever le tissu, approcher pour le passer derrière sa nuque et l'attirer dans sa chambre, tous ses fantasmes d'adolescent surgirent en même temps.

Il l'avait mise au défi, mais il ne s'était pas attendu à une réponse aussi délurée. Il se retenait pour ne pas claquer la porte et coller ses lèvres et son corps contre les siens. Attendre la suite était presque une torture.

Sans le quitter des yeux, elle lui ôta son chapeau et le posa sur la petite table à côté de la porte avant de la fermer. Son cœur faillit exploser quand elle le détailla alors, avec une moue concentrée, de la pointe de ses bottes à ses sourcils.

— Je n'ai jamais fait ça, avoua-t-elle dans un souffle.

Il avait l'esprit embrumé, et ne comprit pas ce qu'elle sous-entendait.

— Ça quoi ? demanda-t-il d'une voix étranglée. L'amour ou ensorceler un homme ?

Son rire glissa sur lui comme une brise fraîche.

— Est-ce que je t'ensorcelle, Caleb ?

— Oh ! oui, m'dame.

Elle reprit l'extrémité de sa ceinture et l'obligea à se pencher vers elle. Il avait hâte de l'embrasser, mais comme il lui avait laissé l'initiative, il enfonça un peu plus ses pouces dans son ceinturon pour ne pas être tenté de le faire.

Son souffle lui caressait maintenant les lèvres. Il crut qu'elle allait l'embrasser, mais à la dernière seconde, elle s'écarta et lui déposa un baiser sur la mâchoire. Soumis à ses mordillements, au bout de la langue enjôleuse qui courait sur son menton, il se mit à compter des ratios alimentaires pour se calmer. Ses genoux le soutenaient à peine. Il déglutit.

Elle recula un tout petit peu, et sa bouche revint juste devant la sienne.

— Je n'ai jamais fait l'amour avec un homme avec qui je n'étais pas engagée.

Il recula, brusquement inquiet. Sa mère avait été infidèle. Il refusait de briser une famille.

— Tu n'es pas mariée, au moins ?

— Non.

Elle semblait légèrement contrariée.

— Tu es le seul homme dans ma vie, et uniquement pour ce soir. Après, nous nous dirons au revoir et nous oublierons que ça s'est jamais produit. D'accord ?

C'était lui qui d'habitude posait ce genre de conditions. Se retrouver dans l'autre rôle était un peu déconcertant, mais ne lui déplaisait pas. Pour autant, s'il était d'accord sur le fait qu'ils partageaient une aventure sans lendemain, il avait la ferme intention de rester inoubliable.

— Je veux la nuit entière, répondit-il alors, pas un seul round.

Il la sentit frémir.

— D'accord. Mais je ne suis pas experte en aventures d'un soir et… je ne sais pas quoi faire maintenant.

L'innocence de cet aveu lui coupa le souffle. Il avait des tas de suggestions en tête, mais il lui avait laissé l'initiative.

— Tu peux faire tout ce que tu veux, trésor.

Elle tira un peu sur la soie qu'elle lui avait passée autour du cou.

— Dois-je t'attacher ou seras-tu un bon garçon ?

Sa proposition et son regard faillirent provoquer un accident qu'il n'avait plus connu depuis l'adolescence. Il se raidit, et parvint heureusement à se maîtriser.

— Je serai bon, que tu m'attaches ou non.

Brooke recula de stupeur. Elle avait posé cette question dans le vague espoir qu'elle ferait fuir Caleb. Tous les hommes qu'elle avait rencontrés avaient cherché à la dominer ; or elle n'était pas femme à se laisser faire. Il suffisait de le demander à ses ex. Mais Caleb semblait disposé à la laisser faire ce qu'elle voulait.

— Tu accepterais vraiment que je t'attache ?

Il haussa les épaules.

— Pourquoi pas ? Je ne l'ai jamais fait. C'est peut-être très bien.

Un éclair fulgurant de désir la traversa. Elle n'avait jamais été affectée au point de frémir comme elle frémissait maintenant. Elle brûlait d'envie de tenter des expériences nouvelles, des expériences qui ne l'avaient jamais intéressée avant.

— Chérie ?

— Hum ?

— Je ne veux pas te brusquer, mais est-ce qu'on pourrait... poursuivre ?

Sa voix rauque et vibrante lui disait qu'elle n'était pas la seule en proie à un désir irrésistible.

— Tu es pressé de partir, cow-boy ?

Il rit.

— Partir n'est pas le mot que j'emploierais.

Il glissa une grande main sur sa nuque et caressa ses lèvres du bout de son pouce. Le contact de sa peau rugueuse la fit frissonner. Quant à son regard, brûlant, et son sourire, ils la mettaient sur des charbons ardents.

— J'ai faim de tes lèvres, poursuivit-il. Et je me demande combien de temps tu vas me torturer avant de mettre fin à mon supplice.

— Te... oh !

Ses précédents partenaires ne parlaient jamais pendant l'amour. Si Caleb parlait, il risquait de la distraire, or elle avait besoin de toute sa concentration pour... atteindre...

Sa bouche, à un centimètre de la sienne, lui faisait perdre le fil de ses pensées.

— Vas-tu me faire souffrir longtemps ?

Son cœur battait comme si personne ne l'avait jamais embrassée. Ce qui était parfaitement ridicule. Alors, pour élucider cette autre nouveauté, elle tira sur la ceinture et à l'instant où leurs lèvres se touchèrent, elle se sentit glisser dans un océan de sensualité proprement déconcertant. Elle glissa ses lèvres sur les siennes, une fois, deux fois. Curieuse. Etonnée. Affamée.

La main de Caleb se referma sur ses cheveux. Rassurée par le grondement prévisible qu'elle sentit rouler dans sa gorge, elle aspira sa lèvre et caressa l'ourlet soyeux du bout de la langue. Son gémissement plus rauque, plein d'impatience et de plaisir, était éloquent. Il ne fit pourtant pas un geste. Surprise, elle se demanda ce qu'il faudrait pour le faire sortir de ses gonds. La tentation était violente, mais elle refusa d'y céder. Elle devait attendre d'être prête, sous peine d'être exclue de la fête.

Elle fit glisser sa langue un peu plus loin, ce qui eut le don de lui arracher un autre soupir, et le força à poser les mains sur ses hanches. La longueur de chacun de ses doigts à travers le tissu la fit frémir. Pressée de découvrir ces sensations sur sa peau nue, elle prit son visage entre ses mains et, timidement, approfondit son baiser.

Caleb la surprit en aspirant sa langue tout en imprimant à son corps les mouvements qu'elle ferait sur lui — si elle avait de la chance — lorsqu'il serait en elle. Un frisson brûlant la traversa.

Elle se retint pourtant encore. Ses dernières expériences avaient toutes été une course acharnée vers la jouissance, une course qu'elle n'avait le plus souvent d'ailleurs pas terminée. Sa seule chance de trouver le plaisir consistait, elle le savait, à garder un rythme mesuré, assez lent pour laisser à son corps l'occasion de se réchauffer. Ce qui lui demandait toujours un temps d'une longueur embarrassante.

Même si cette fois, Caleb semblait lui avoir donné un bon départ.

Elle ferma les yeux et prit une profonde inspiration. Elle fit sauter sans peine les deux premiers boutons de sa chemise western. Le troisième lui demanda plus d'habileté, mais elle put enfin glisser la main sur sa peau. Et là, au contact de son torse, de ses muscles vibrants, mille étincelles de désir explosèrent sous ses paumes.

— Caleb, murmura-t-elle.

Toute la soirée, elle s'était demandé ce qu'elle éprouverait les seins emprisonnés par ses mains fortes.

— Dis-moi ce que tu veux, lui répondit sa voix contre sa joue.

Elle n'aimait pas parler pendant l'amour ; mais cette fois, elle ne pouvait plus attendre. Alors elle lui prit les mains, les remonta le long de sa taille et se résigna à lui dire :

— Je veux que tu me touches.

Comme s'il n'attendait que cet encouragement, il la plaqua contre lui et, une main sur ses reins, l'autre dans ses cheveux, il captura ses lèvres dans un baiser vorace.

Un sentiment de panique l'envahit aussitôt. Il reprenait les rênes. Ce n'était pas du tout ce qu'elle voulait ! Il allait se précipiter et, pour finir, il la laisserait frustrée dans son sillage. Elle voulait lui demander de ralentir — son corps avait des exigences incontournables —, mais la façon dont il dévorait sa bouche ne laissait aucune place à la conversation, ni aux pensées cohérentes.

Il la fit reculer jusqu'au mur. Prise en otage entre la surface raide et froide de la paroi et la chaleur de son corps, elle ne pouvait plus faire un geste. Mêmes ses mains étaient coincées contre son torse. Il glissa la jambe entre ses cuisses, imprimant une douce pression à l'endroit le plus sensible de son anatomie.

Ses mains pourtant la parcouraient avec une adresse provocante, terriblement tentante et… vertigineuse. Malgré ses vêtements, sa taille, ses cuisses, l'ensemble de son dos s'enflammaient. Et durant tout ce temps, il faisait à sa bouche des choses qu'aucun homme ne lui avait jamais faites. Elle n'avait jamais trouvé les baisers particulièrement excitants. Ses partenaires y prenaient d'ailleurs beaucoup plus de plaisir qu'elle, mais Caleb semblait déterminé à lui faire découvrir une multitude de sensations qu'elle ignorait.

Et elle s'apercevait qu'elle aimait ça.

Si elle avait pu se libérer, elle lui aurait pris les mains pour les poser sur ses seins, là où elle avait le plus besoin de ses caresses. Après tout, elle savait ce qu'il lui fallait : un minimum de préliminaires pour se mettre en condition.

Comme s'il avait lu dans ses pensées, il glissa ses paumes

sous son chemisier. Elle retint son souffle, et suivit en frémissant leur parcours sur sa taille.

Avec une lenteur insupportable, il remonta les pouces sous l'élastique de son soutien-gorge, et il la caressa enfin. Mais au moment où elle allait goûter pleinement ces sensations, il abandonna ses seins pour redescendre le long de son ventre. Elle faillit crier de frustration.

Il s'attaqua à la ceinture de sa jupe. L'agrafe céda presque aussitôt, la fermeture à glissière suivit. Il l'embrassait toujours, mordillant délicieusement ses lèvres, jouant avec sa langue. C'était à la fois trop et pas assez. Heureusement, il recula un peu. Mais avant qu'elle puisse le repousser, sa veste glissait sur ses chevilles. Elle s'apprêta à protester, à lui demander au moins de ralentir, mais il posa les mains sur sa taille, et les mots qu'elle allait prononcer brûlèrent sur ses lèvres.

Il recula et la contempla une seconde.

— J'aurais dû m'en douter, marmonna-t-il.

— De quoi ? demanda-t-elle en émergeant à peine du brouillard de sensualité dans lequel il l'avait plongée.

— Que tu ne porterais pas des dessous de coton blanc. Tu es décidée à me rendre fou, hein ?

Il lui caressa la joue, et son sourire déclencha instantanément un flot d'adrénaline dans ses veines.

Sans qu'elle puisse le retenir, il s'agenouilla et déposa un baiser sur son slip de dentelle. La chaleur de son souffle la fit chanceler. Elle dut s'agripper à ses épaules.

Elle devait lui dire qu'il était trop rapide, qu'il mélangeait toutes les étapes. Elle ouvrit la bouche pour lui dire ce qu'elle voulait et comment elle voulait qu'il s'y prenne, mais ses paroles s'évanouirent en même temps qu'elle sentait son slip glisser sur ses hanches et ses lèvres déposer un baiser sur…

L'audace de cette caresse lui coupa le souffle. Il avait sauté tous les préliminaires ! Or il y avait un ordre en la matière, un ordre qui devait être respecté. Elle n'aurait pas dû prendre autant de plaisir à la précipitation qu'il lui imposait. Mais c'était le cas, et il ne lui avait même pas touché les seins ! Elle devait absolument le repousser et dans ce but, elle enfonça les doigts dans l'épaisseur de ses cheveux. Elle savait ce qu'elle devait lui dire, mais ses jambes se dérobaient, et elle était incapable de prononcer un mot.

Caleb lui souleva les pieds l'un après l'autre, les libérant de la jupe et du slip tombés sur le sol, puis il les écarta. Il remonta alors le long de ses jambes en cercles lents, aussi lents que le mouvement que sa langue sur sa chair.

Un assaut de plaisir insensé la transperça.

Sa libido se déchaînait comme si ça ne faisait pas des siècles qu'elle avançait progressivement vers la jouissance. Le plus souvent, elle continuait de lui échapper, mais cette fois, son corps frémissait, son ventre et ses seins se contractaient, ses doigts s'enfonçaient dans ses épaules.

C'était impossible ! Elle n'avait jamais, jamais, atteint la jouissance avant trente minutes — au moins — de préliminaires sérieux qui comportaient toujours une attention particulière à ce qu'elle avait au-dessus de la ceinture — et en particulier son cerveau. Mais elle y était ! Les mains désespérément enfouies dans les cheveux d'un inconnu, accrochée à lui comme si sa vie en dépendait, elle se consumait spontanément. Et elle, elle qui n'avait jamais rien fait de spontané, explosa comme une bouteille de champagne.

Parcourue de frissons, le souffle court, elle tenait à peine debout et pourtant, elle se sentait galvanisée.

Que venait-il de se passer ? Qu'est-ce que cet homme venait de lui faire ?

— Où sont les préservatifs ?

Sa question la tira brutalement de sa stupéfaction. Son regard tendu lui disait qu'ils n'avaient pas terminé. Son pouls s'emballa. Sans un mot, elle désigna la table de nuit.

Il prit la boîte, déchira un emballage, le coinça entre ses dents et, en deux pas, revint devant elle. Fascinée, elle le regarda dégrafer en hâte son ceinturon et son jean. Otant le préservatif de sa bouche, il lui prit le menton et lui déposa un baiser rapide et brûlant sur les lèvres.

— La première fois sera rapide, lui dit-il en plongeant son regard dans le sien, mais je me rattraperai.

Avant qu'elle comprenne le sens de ses propos, il s'était débarrassé de son jean et avait glissé le latex sur son sexe tendu.

— Enroule tes jambes autour de ma taille et accroche-toi.

Elle aurait dû protester, lui dire qu'elle n'avait jamais apprécié la vitesse, mais son corps réclamait cet assaut, alors elle s'accrocha à son cou. Sans le moindre effort, il la souleva entre ses bras, la coinça contre le mur et, la maintenant solidement contre lui, la pénétra d'une brusque poussée.

Elle crut se désintégrer. Elle, elle qui n'avait jamais émis le moindre son pendant l'accouplement, poussa un véritable cri d'extase. Un cri qu'il aspira dans un baiser aussi enivrant que la cadence qu'il imprimait à son corps. Pour la première fois de sa vie, elle suivait la mesure du rythme effréné dans lequel il l'emportait ! Et quand il s'écarta, la passion qu'elle découvrit dans son regard la galvanisa encore. Aucun homme ne l'avait regardée avec une telle intensité. Savoir qu'elle était à l'origine du feu qui brûlait dans ses prunelles, que c'était elle qui provoquait la sueur qui perlait à ses tempes, en elle qu'il cherchait son souffle ultime, à elle que s'adressait la supplique vitale du corps pressé contre le sien, lui procura une émotion fulgurante.

Et, stupéfaite, elle se sentit happée de nouveau par la jouissance.

Elle le sentit frémir et, dans un râle brûlant, la pénétrer encore plus profondément. Une nouvelle vague déferla sur elle, plus stupéfiante que les deux précédentes. Elle retomba sur Caleb, abasourdie par une capacité au plaisir qu'elle ne se connaissait pas, et stupéfaite de sa facilité à s'abandonner entre ses bras.

Il recula jusqu'au moment où ses genoux entrèrent en contact avec le lit. Il n'avait plus de force, mais il n'avait aucune intention de la lâcher. Elle était enivrante, plus exquise qu'aucun des bonheurs qu'il avait jamais goûtés, et il aimait la façon dont elle s'enroulait autour de lui comme une liane.

Il s'effondra sur les couvertures avec elle. Sentant ses muscles l'enserrer, il poussa un gémissement. Il resta immobile, tâchant de reprendre son souffle et de comprendre pourquoi il avait été assez brutal pour la prendre contre le mur alors qu'ils avaient un lit si confortable à leur disposition.

Si elle avait une piètre opinion des cow-boys, se dit-il, il ne risquait pas de l'avoir améliorée.

— Qu'est-ce que tu m'as fait ?

Elle semblait indignée.

Brusquement gêné, il resserra son étreinte.

— Si tu poses la question, c'est que je m'y suis mal pris. Nous ferions peut-être mieux de recommencer.

La prochaine fois, il allait faire preuve de plus de finesse. Il pourrait même réussir à commencer d'abord par la déshabiller.

— Ce n'est pas ce que je veux dire, répondit-elle.

Son léger mouvement raviva aussitôt son désir. Il glissa la main sur son dos et la maintint contre lui.

— Je ne suis pas comme ça. Ce n'est pas moi.

— Ce n'est pas l'impression que j'ai, dit-il en soulevant légèrement les hanches pour lui rappeler que c'était bien elle qui l'enserrait.

Elle eut un hoquet, ferma les yeux, et se redressa.

— Tu ne comprends pas. Je ne fais pas… Je ne suis pas…

La façon dont elle s'humecta les lèvres lui fit craindre d'avoir été trop brutal.

— Je ne suis pas la femme débridée avec laquelle tu viens juste de…

— Faire l'amour.

Il préférait compléter sa phrase que d'entendre les termes moins flatteurs qu'il redoutait.

— Si ce n'est pas toi qui poussais ces adorables cris, alors les murs sont plus fins que je le croyais, poursuivit-il, et nos voisins s'amusent autant que nous.

Elle rougit et voulut s'écarter. Il la maintint par les cuisses.

— Pas si vite, trésor. Ou le préservatif va glisser.

Horrifiée, Brooke se retira délicatement avant de se lever en hâte. Elle n'avait pas passé des mois à chercher le donneur de sperme idéal pour se faire accidentellement inséminer par un homme dont elle ignorait tout. Un homme qu'elle avait ramassé dans un bar. Elle se mordit la lèvre, accablée.

Il regarda derrière elle, puis revint à sa silhouette et émit un petit sifflement.

— Ça, c'est sexy ! s'exclama-t-il.

Elle tourna la tête pour voir ce qui l'impressionnait tellement. Dans le miroir, la blancheur de ses fesses nues était soulignée par la teinte sombre de son chemisier. Elle ne pouvait qu'imaginer ce qu'il voyait de face. Subitement embarrassée, elle croisa les mains sur son sexe.

Il se leva en souriant.

— C'est un peu tard pour te cacher, lui dit-il en glissant une main dans son dos et l'autre sous son menton. J'ai goûté ta saveur, tu sais.

Il se pencha jusqu'à effleurer ses lèvres.

— Je te désire encore, Brooke, terriblement. Mais cette fois, je te veux nue entre mes bras.

Il disparut dans la salle de bains, tandis que son corps — celui censé être insensible autrefois — frissonnait avec une ardeur redoublée. Elle entendit la douche couler et dut s'appuyer contre l'armoire.

Qu'avait-elle fait ? Qu'avait-il fait ? se demanda-t-elle désorientée. Et surtout, comment pouvait-elle avoir envie de recommencer ?

— Brooke.

Caleb, entièrement nu, se tenait dans l'encadrement de la porte. Son visage rivalisait de virilité avec son corps merveilleusement sculpté. Ses épaules étaient larges, bronzées, ses hanches étroites et pâles. Le triangle de toison noire qui recouvrait son torse descendait en pointe sur son abdomen musclé jusqu'à une touffe plus dense au centre de laquelle se dressait son sexe triomphant de virilité. Elle comprenait pourquoi ses longues jambes n'avaient eu aucune peine à la soutenir pendant qu'ils faisaient l'amour.

La bouche tout à coup sèche, elle se demanda si elle aimait vraiment ce genre d'accouplement fruste.

Certainement pas, réagit-elle.

Il leva le doigt et lui fit signe de le rejoindre. Son cœur fit un bond violent dans sa poitrine.

— Je n'ai… jamais pris de douche avec un homme.

Il avança et entreprit de déboutonner son chemisier. Il l'en débarrassa et dégrafa son soutien-gorge. Lorsqu'il posa ses mains rugueuses sur ses seins, elle faillit défaillir. Puis, quand il écrasa doucement ses pouces sur les pointes tendues vers lui, elle crut qu'elle allait s'écrouler à ses pieds. Comment faisait-il pour la faire réagir de cette façon ?

— C'est le jour des premières, non ?

Après un regard brûlant, il fit demi-tour. Mais sur le seuil, il se retourna et l'invita à le suivre vers toutes les expériences nouvelles qu'il avait en tête.

Et elle obtempéra.

Elle émergea tout doucement du sommeil. De tous les voyages qui menaient à la découverte de soi, Brooke n'en avait jamais entrepris de plus agréable que celui qu'elle venait de faire avec Caleb.

Elle regarda en souriant l'homme endormi à son côté. Il lui avait fait découvrir des zones qu'aucune carte du plaisir ne répertoriait et, en une nuit, il lui avait appris sur elle des détails qu'à trente-cinq ans elle ignorait encore.

Son corps était délicieusement endolori et, pour la première fois de sa vie, totalement comblé. Entre les mains de Caleb, il ne s'était montré ni froid, ni revêche, ni insensible. Chacune de ses caresses, chacun de ses regards lui avaient au contraire donné l'impression, très surprenante, qu'elle était une déesse de l'amour.

Le souvenir de cette nuit, décida-t-elle, rendrait plus tolérable la procédure clinique qu'elle s'apprêtait à subir le jour même.

Ponctuelle au point d'en être rigide — comme le lui avait dit, en d'autres termes, l'un de ses ex —, elle se levait souvent avant la sonnerie du réveil. Elle tourna la tête pour vérifier l'heure sur le téléphone, mais la table de nuit était vide. Elle se dressa sur son séant et vit l'appareil au pied de la porte. En miettes.

Le souvenir du cordon enroulé autour de sa cheville au cours d'une position particulièrement acrobatique lui revint à la mémoire. Caleb l'avait libérée et jeté l'appareil loin du lit. Elle s'était montrée vraiment débridée.

Elle se leva, sans prendre la peine de s'enrouler dans le drap comme elle l'aurait fait en temps normal. Non, en temps normal, se reprit-elle, elle aurait déposé son peignoir au pied du lit, avant, en prévision du moment délicat du réveil, après.

Mais la nuit qui venait de s'écouler n'avait rien de normal — en tout cas selon les principes qu'elle développait dans ses livres.

— Où cours-tu comme ça ?

La voix traînante et la main de Caleb la retinrent.

— Voir l'heure. Nos montres sont dans la salle de bains.

Il tourna la tête vers la fenêtre. Les rayons du soleil éclairaient les rideaux tirés.

— Il doit être 9 heures. Peut-être 10.

Oh, non ! songea Brooke catastrophée. Il devait se tromper. Il fallait qu'il se trompe, parce que sinon…

— Viens.

— Je ne peux pas, répondit-elle. J'ai un avion à prendre, pour mon rendez-vous à Dallas.

Il la lâcha, non sans regret, et elle se précipita dans la salle de bains pour fouiller dans les serviettes négligemment jetées sur le sol. Elle trouva enfin sa montre et poussa un cri.

9 h 30 !

Caleb surgit dans la salle de bains, glorieusement nu et le regard inquiet.

— Que se passe-t-il ?

— Mon vol décolle dans vingt-trois minutes. Je vais le rater ! Je ne serai jamais à l'heure à mon rendez-vous.

Il se posa la main sur le ventre. Le regard attiré par son sexe tendu, elle s'efforça, en vain, de ne pas penser au goût et à la douceur de sa peau.

Il haussa les épaules.

— Change de vol et reporte ton rendez-vous.

— C'est impossible. L'aéroport est à une heure. Mon vol à 10 heures, et mon rendez-vous à la clinique à midi. En plus, le médecin part ce soir pour trois semaines de vacances.

Elle allait rater son rendez-vous. Submergée par l'énormité de son erreur — une de plus et la dernière en date —, elle s'assit sur le bord de la baignoire.

Il s'agenouilla devant elle, manifestement inquiet.

— Eh bien, nous allons prendre un rendez-vous avec un médecin de Tilden.

— Non, tu ne comprends pas…

Et elle n'allait certainement pas lui expliquer. Sa décision de se faire inséminer était privée, et désormais reportée.

Il lui souleva le menton.

— Ce n'est pas grave au moins ?

— Tu ne risques rien, si c'est ça qui t'inquiète.

Il poussa un juron et se leva.

— Nous nous sommes protégés toute la nuit. Je m'inquiétais pour toi.

Sa brusque sollicitude fit monter un sanglot dans sa gorge.

— Eh, ne pleure pas !

Il la prit entre ses bras et la serra contre lui.

Ses mains sur son dos, son corps nu pressé contre le sien, chassèrent ses larmes. Au beau milieu du désastre, il était encore capable de ranimer son désir ! Elle le fit taire. Son escapade hors des sentiers battus était terminée. Et quelle que soit la sollicitude de Caleb, il restait un étranger.

— Je vais appeler la compagnie aérienne puis le cabinet et voir ce que je peux faire.

— Tu as raison, murmura-t-il contre sa tempe avant de déposer un baiser sur son front.

Le contact de ses lèvres, celui de son torse contre ses seins, l'électrisèrent.

— Je… Tu ferais mieux de partir.

— Sans doute. Tu es sûre que tout ira bien ?

Elle se força à lui rendre son sourire et opina.

— Bon, alors je vais m'habiller. Si tu insistes, ajouta-t-il plein d'espoir.

— Ecoute, je suis désolée, mais je…

— D'accord, Brooke.

Après une dernière étreinte, il la laissa.

Elle se débarbouilla, en s'efforçant de trouver une approche positive à cette horrible situation. Mais elle n'en voyait pas. La reine de l'optimisme, la championne de l'organisation et de l'efficacité s'était laissée prendre au piège. Consternée, elle prit le peignoir accroché à la porte, le serra autour de sa taille et revint dans la chambre. Quelles que soient ses préoccupations, Caleb méritait ses remerciements et un adieu poli. C'était bien le moins.

— Tu n'es pas si mal, pour une fille de la ville.

Elle s'arrêta, surprise, et croisa son regard.

— Vraiment ? Heu, eh bien pour un cow-boy, tu es…

— Sacrément bon.

Il releva les yeux du ceinturon qu'il venait de boucler et son sourire plein d'humour la fit chavirer.

— C'est vrai, reconnut-elle en riant. Bien, alors, heu… merci pour cet anniversaire.

— Tout le plaisir était pour moi.

Il s'approcha.

— Je suis sincère, Brooke. D'ailleurs, si tu n'étais pas si pressée, je t'aurais suggéré de recommencer.

Une vague de tentation la submergea.

— Et contre toute raison, j'aurais probablement accepté.

— Probablement ? Détrompe-toi, trésor, il n'y a rien de probable. Si nous n'avions pas d'obligations toi et moi, je t'aurais arraché ce peignoir et en trois secondes, tu aurais décollé. Comme hier soir.

Il glissa la main dans ses cheveux et repoussa une mèche derrière son oreille. Il s'attarda sur sa nuque, assez pour la faire frissonner.

— J'adore ces petits bruits que tu fais.

Une chaleur envahit toutes les régions de son anatomie. Décidément, ce cow-boy était la tentation faite homme.

— Non, répliqua-t-elle pourtant. Nous n'aurions pas recommencé parce que… je ne suis pas comme ça.

— Comme quoi ?

Il pressa de nouveau les lèvres sur son front.

— Je ne suis pas… Je ne fais tout simplement jamais… ce que j'ai fait hier.

— Trésor, tu l'as fait une bonne douzaine de fois.

Elle aurait voulu disparaître sous la moquette.

— Je… Mais… Tu as compté ?

Il glousse.

— Oh, oui ! Pas toi ?

Elle aurait eu honte de l'avouer, mais la réponse était oui. Grâce au ciel, aucun tribunal ne la forcerait à admettre qu'elle avait été insatiable entre ses bras.

— Merci pour cette nuit mémorable, murmura-t-elle.

Il sortit son portefeuille et tira une petite carte.

— Nous avons fait attention, mais si jamais tu avais un problème, appelle-moi.

Elle prit la carte sans la regarder. Elle ne voulait connaître ni son nom ni l'endroit où il vivait parce qu'elle n'avait aucune intention de l'appeler ou le revoir.

Prolonger cette liaison ne ferait que le décevoir. Elle le savait parce que ses trois ruptures — dont aucune n'avait été de son fait, et deux après avoir découvert qu'on la trompait — lui avaient appris qu'elle n'avait pas ce qu'il fallait pour retenir un homme.

Devant son silence, Caleb enfonça son chapeau.

— Alors au revoir, Brooke, et merci d'avoir transformé une journée pénible en conte de fées. Je vais m'occuper de rembourser le réveil cassé à la réception.

— Ce n'est pas la peine de…

La porte se referma sur sa protestation.

Elle resta une seconde immobile et, avant de céder à la tentation de lire la carte entre ses mains, elle la déchira en mille petits morceaux qu'elle alla jeter dans les toilettes. Le fait de savoir qu'il vivait dans le même Etat était une torture suffisante.

Et au moment d'amorcer un nouveau départ, elle n'avait pas besoin de croire que les détours menaient quelque part.

Elle et ce cow-boy n'avaient rien en commun. Elle regardait vers les étoiles et il avait les deux pieds dans la boue.

4

— Alors, c'était qui ? lui demanda Patrick depuis la barrière sur laquelle il était perché.

Avant de sangler son cheval, Caleb fusilla son frère du regard.

— Qui quoi ?

— Celle qui t'a mis dans cet état.

Il était bien trop vieux pour rougir, et il n'avait jamais été du genre à raconter ses frasques, surtout à son frère. Probablement parce que Patrick, bien que de deux ans son cadet, en avait toujours plus à son actif. En matière de conquêtes, il était un champion toutes catégories.

— Ce n'était qu'une aventure.

— C'est ça ! s'esclaffa Patrick. J'ai prétendu ça avant toi. Mais une simple aventure ne laisse personne béat pendant une semaine. Or tu n'as pas cessé de sourire depuis ton retour. Je la connais ?

— Tu veux savoir si tu as déjà couché avec elle ? Ça m'étonnerait.

Le sourire de Patrick s'élargit et Caleb comprit qu'il en avait dit plus qu'il ne voulait.

Sa jument dut sentir sa tension car elle releva nerveusement l'encolure. Il la caressa et lui gratta les oreilles. Du jour où il avait vu cet animal ombrageux à la vente de bestiaux deux ans plus tôt, il avait su qu'il valait son prix, pourvu qu'il parvienne à lui faire oublier sa méfiance vis-à-vis des humains. Son précédent propriétaire l'avait maltraitée. Il lui avait fallu presque un an pour vaincre ses appréhensions, mais ses efforts avaient été largement récompensés. A ses yeux, Roquette était aujourd'hui sa meilleure monture.

— Elle habite Tilden ? insista son frère.

— Non.

— En tout cas, elle n'est pas du coin. Depuis Amanda, tu ne regardes aucune des filles de la région. Tu sais, reprit-il, toutes les femmes ne sont pas aussi tordues que ton ex, ou aussi infidèles que maman. Eh, ce n'est pas la peine de me regarder comme ça !

Heureusement que sa jument était entre eux, parce que ses poings le démangeaient. Il termina de sangler son cheval en silence puis le conduisit hors du corral et l'enfourcha. Patrick l'arrêta en lui prenant les rênes.

— Tu aurais dû parler à Brand de la vente aux enchères, lui dit-il. Il aurait pu te donner les dix mille dollars qui te manquaient.

— Notre petit frère m'a assez souvent tiré d'affaire pour que j'évite de lui demander quoi que ce soit. Et puis il va avoir assez de dépenses avec les jumeaux.

— Il a les moyens, rétorqua Patrick avec un haussement d'épaules.

— C'est à moi de régler cette dette.

— Ça fait dix ans que tu travailles comme une brute au ranch, sans parler de tous les petits boulots de la région que tu enchaînes. Tu gâches ta vie pour un bout de terre, Caleb.

— Le Double C, un bout de terre ! Tu ferais mieux d'espérer que le nouveau propriétaire continuera de nous louer les pâtures, ou nous risquons de perdre tout ce qui nous reste de Crooked Creek. Sans elles, nous n'avons pas les moyens d'entretenir un élevage rentable.

Patrick le regarda avec stupéfaction. Sa réaction n'était pas étonnante. Après une rude journée de travail, il préférait se détendre au bar, ou dans les bras d'une fille, plutôt qu'éplucher les comptes du ranch.

— La situation est si mauvaise ?

— Oui, répliqua-t-il. Je vais faire un tour là-bas. Les camions de déménagement sont partis, et le seul véhicule en vue est une routière. Pas de pick-up et pas de tracteurs. J'espère que le nouveau venu est un de ces citadins qui aiment l'idée de posséder un ranch, mais pas le travail ni le bétail qui vont avec.

— C'est peut-être un acteur ou un de ces banquiers qui vont et viennent en hélicoptère et fichent la trouille aux troupeaux. Tu veux que je t'accompagne ?

Sa proposition était inattendue. Patrick n'était pas du genre à rendre des visites de courtoisie, à moins qu'une célibataire soit annoncée. Il devait espérer que c'était une starlette d'Hollywood qui avait acheté la maison.

— Merci, mais je peux me débrouiller.

Pour ce premier contact, il préférait être seul. Il siffla. Le chien de son ancien propriétaire accourut.

— Allez viens, Rico, allons voir qui s'est installé chez nous.

Brook visitait son nouveau territoire, ses talons claquant sur le plancher de bois. Elle préférait les grandes pièces lumineuses des espaces communs aux plus petites et plus sombres des quartiers privés.

Le précédent propriétaire avait vendu la totalité de l'ancien ranch hôtelier, et presque tout laissé derrière lui. L'atmosphère lui paraissait un peu étrange, comme si le personnel était parti faire des courses et risquait de revenir à tout moment. Elle avait hérité jusqu'aux magazines destinés à la clientèle. Et le mobilier de pin massif était d'un style si différent de ses meubles californiens en verre et en rotin qu'elle doutait pouvoir s'y habituer.

En revanche, se dit-elle, ce décor rustique aurait parfaitement convenu à Caleb. Elle passa la main sur son front et lâcha un soupir de frustration. La facilité et la fréquence avec laquelle, depuis deux jours, elle l'imaginait étendu sur le canapé devant l'immense cheminée de pierre, ou adossé à la rambarde sur son porche, l'écœuraient. Elle avait eu le même problème la veille au soir, lorsqu'elle s'était couchée dans l'immense lit de bois. Vu le temps qu'elle passait avec lui en rêve, ou éveillée à chercher le sommeil, il aurait aussi bien pu être là.

Elle avait essayé sans succès de limiter les souvenirs de leur nuit à cinq maigres minutes à l'heure du déjeuner, au moment où elle se sentait la mieux armée pour affronter le mauvais tour que lui avait joué le destin. Mais Caleb franchissait sans vergogne les limites qu'elle s'efforçait de dresser devant lui. Quels que soient ses efforts, le souvenir de cette nuit continuait de la hanter.

Pourquoi, dans ses moments de plus grande faiblesse, regrettait-elle d'avoir jeté son numéro de téléphone aux toilettes ? Elle n'avait nul besoin d'entendre sa voix. Surtout maintenant qu'il savait tous les efforts qu'il fallait déployer pour la conduire au plaisir. Il n'aurait certainement aucune envie de lui parler. Il suffisait de demander à ses ex. Ils avaient tous préféré aller voir ailleurs.

Une partie de sa conscience — la plus béate — lui rappela qu'il n'avait pas fallu très longtemps à Caleb pour stimuler son corps habituellement si réticent.

Elle retint un soupir d'irritation et mit de côté le carton contenant ses verres de cristal. Peu importait Caleb, il n'était pas du tout l'homme qu'il lui fallait.

Repoussant les souvenirs de la douche chaude et des draps plus brûlants encore qu'ils avaient partagés, elle ouvrit le carton contenant son service de porcelaine et le ferma. Les placards étaient pleins de vaisselle et de plats de terre, mieux assortis à l'ambiance du Sud. Ses affaires n'appartenaient pas à cette maison. Pas encore, se reprit-elle, car elle avait bien l'intention d'y remédier. D'ici là, elle entreposerait ses cartons dans la grange, où attendait déjà son mobilier.

Elle se servit une tisane et s'installa à la table de la cuisine. Repoussant la carte topographique de sa propriété, elle ouvrit le dossier de son donneur de sperme. Celui-là était l'homme qu'il lui fallait — en tout cas sur le papier — et dans un mois, au cours du nouveau rendez-vous qu'elle avait pris à la clinique, leurs gènes se combineraient.

Elle ouvrit son carnet et dressa la liste des raisons pour lesquelles ce donneur lui convenait. Ses analyses génétiques étaient parfaites. Il ne se plaindrait pas quand elle devrait partir en déplacement, ni si ses revenus étaient plus élevés que les siens. Il n'amènerait pas une maîtresse dans leur lit. Elle souligna ce point deux fois.

Ecartant ses réflexions négatives, elle se concentra sur les autres. Si tout marchait selon ses plans, ce donneur absent enrichirait sa vie d'une manière considérable. Il allait lui donner la semence de la famille dont elle rêvait — un enfant. Elle ferma les yeux et tenta de visualiser le bébé qui naîtrait. Pourtant, malgré tous les indices qu'elle possédait, sur elle comme sur lui, aucune image ne lui vint à l'esprit. Au contraire d'autres pensées.

Son donneur anonyme ne hanterait pas ses nuits et ne la laisserait pas épuisée, endolorie et encore plus amoureuse chaque matin. Il ne l'aiderait pas à atteindre l'orgasme plus de fois en une seule nuit qu'elle ne l'avait fait pendant les dix années précédentes.

Excédée, elle se pressa les tempes dans l'espoir de chasser ses souvenirs et l'agitation qui les accompagnait. Avant, elle n'avait jamais eu de problèmes pour compartimenter sa vie. Aujourd'hui, un cow-boy au sourire narquois et aux yeux sombres refusait de se laisser écarter.

C'était peut-être à cause du sujet de son prochain livre, se dit-elle. Elle y abordait la question des rencontres. Et pour le traiter honnêtement, elle devait savoir pourquoi Caleb était entré dans sa vie à ce moment particulier, et pourquoi elle était incapable de s'empêcher de penser à lui.

Elle écrivit : *« On ne peut pas aller de l'avant tant qu'on ressasse le passé. »*

La sonnerie de la porte d'entrée retentit. Elle posa son stylo avec une grimace. Le premier changement à faire était de remplacer cette abominable sonnerie parfaitement ringarde. Sa retraite demandait quelque chose de plus digne qu'un vieux tube de Roy Rogers. Défroissant son jean rose tout neuf, elle ouvrit la porte et son cœur s'arrêta net.

Caleb, tout droit sorti de ses pensées, se tenait sur son paillasson !

Il s'était mis à sa recherche !

A cette idée, son cœur reprit à un rythme si rapide qu'elle crut s'évanouir. Elle avait oublié à quel point il était séduisant. Un mètre quatre-vingt-dix de muscles. Et ce qu'il pouvait faire avec… Un violent frisson la parcourut.

Que faisait-il ici ? Cette nuit ne lui suffisait donc pas à lui non plus ? Elle étouffa cette réflexion. Cette aventure était terminée, se rappela-t-elle. Elle relevait d'une aberration, et une aberration ne devait jamais être répétée.

— Caleb.

Un éclair de passion si brûlant qu'elle faillit gémir traversa son regard, et il fronça les sourcils.

— Que diable fais-tu là ?

La surprise qu'il manifestait à constater sa présence — et la réalité — la frappa de plein fouet. Il ne l'avait pas cherchée.

— J'habite ici, répondit-elle. J'ai acheté le ranch.

— Tu… Tu as acheté le Double C ?

Où était le problème ? Pourquoi cet éclair de colère dans ses yeux ? Mais la tension qui s'était emparée de ses seins l'empêchait de comprendre.

— Oui.

— Pourquoi ?

Quelle question saugrenue ! Se moquait-il d'elle ? Elle porta la main à sa gorge.

— Pour mon travail, répondit-elle, interloquée.

Son regard se rétrécit.

— Quel genre de travail ?

— Une retraite.

Voyant la tension de ses épaules enfin se relâcher, elle se demanda si les griffures qu'elle y avait laissées s'étaient effacées.

— Tant mieux. Comme ça, tu n'as pas besoin des pâtures.

Les pâtures ?

— Caleb, j'ai peur de ne pas comprendre. Pourquoi mon terrain t'intéresse-t-il ?

— Parce que j'habite à côté et ça fait dix ans que je les loue à l'ancien propriétaire. J'en ai besoin pour mon troupeau.

Elle considéra, stupéfaite, l'homme qui l'avait fait gémir comme la plus délurée des nymphomanes. Il habitait à côté ! Elle n'aurait plus besoin de l'imaginer. Elle devait s'asseoir.

— Tu ferais mieux d'entrer.

Un gémissement détourna son regard. Elle aperçut tout à coup le chien qui l'accompagnait. Elle n'avait jamais vu d'animal aussi piteux. Il avait un œil marron et l'autre bleu.

Une de ses oreilles semblait avoir été arrachée, et le pauvre n'avait que la peau sur les os.

— Couché, Rico !

Le chien obéit et s'allongea sur le seuil, la tête entre les pattes. Ses grands yeux tristes étaient si pitoyables qu'elle eut le cœur serré. Un seul problème à la fois, se dit-elle. Le plus important la suivit à l'intérieur.

Elle s'assit dans un fauteuil club du grand salon et s'enfonça jusqu'à ne plus sentir le sol sous ses pieds. Comme elle s'y attendait, la pièce démesurée convenait parfaitement à la stature de Caleb. Il avait l'air parfaitement à son aise chez elle.

De quoi lui avait-il parlé ? Ah oui, les pâtures.

— Je ne peux pas te les louer, je vais en avoir besoin pour la piscine, le terrain de tennis et le parking.

— Tu as déjà une piscine, et le reste ne prendra que quelques acres.

— Tu n'as pas compris, Caleb, j'ai besoin de tranquillité pour moi et mes hôtes. Ceux qui vont venir ici se reposer et retrouver le sens de leur existence. Cette minuscule piscine n'est pas du tout adaptée.

— J'ai besoin de tes terres pour faire paître mon bétail.

Il avança.

— Répète un peu. Des hôtes ?

— Oui.

— Tu parles des amis, de la famille, c'est ça ?

— Non, je parle des clients qui me paieront pour mes conseils et ma compétence.

— Te payer ? Tu veux dire que des gens paient pour entendre ces petites phrases que tu débites à longueur de journée ?

Elle s'efforça de ne pas se sentir insultée.

— Sache que je parle devant un public qui rassemble parfois plus de dix mille personnes. En plus de ça, de très grandes entreprises font appel à moi pour former leurs cadres. Je suis psychologue en motivation, Caleb. J'aide mes clients à concrétiser leur potentiel.

— Tu es psy ?

Elle se demanda s'il allait dénigrer son travail, comme le faisait sa mère.

— Pas exactement.

— De quoi parlons-nous exactement, Brooke ? Tu vas continuer les activités touristiques de l'ancien propriétaire ?

— Certainement pas ! s'exclama-t-elle, horrifiée. J'espère ouvrir un centre de séminaires haut de gamme où je pourrai accueillir et travailler avec de petits groupes. Je ne connais strictement rien au tourisme.

— Alors pourquoi as-tu acheté ce ranch ?

Il semblait complètement sidéré.

— Parce que la propriété correspond à mes besoins, ou en tout cas, elle y correspondra bientôt.

— Qu'est-ce que tu lui reproches ?

— Elle est un peu trop rustique. J'ai l'intention de démolir les granges et…

Il bondit. Intimidée par sa stature, elle recula au fond de son fauteuil.

— Ces granges ont été bâties avec le sang et la sueur des Lander.

Le tour étrange de leur conversation commençait enfin à prendre sens.

— J'en déduis que tu fais partie de ceux qui ont sué sang et eau pour construire les miennes ?

— Exactement. Mes arrière-grands-parents les ont construites et mes frères et moi les avons maintenues en activité pendant que Charlie s'occupait de ses touristes. Il nous louait aussi les terres.

— Je comprends ton souci, Caleb, et je suis désolée. Mais je n'aurai pas besoin des granges pour l'activité que je compte développer. Et j'aurai besoin des terres.

Il se dirigea vers la fenêtre. Derrière ses épaules tendues, la plus grande des bâtisses de bois rouge se détachait contre les rayons du soleil couchant. Elle n'était plus surprise d'avoir si fortement senti sa présence en s'installant ici. Autant dire qu'il faisait partie des meubles. Cette maison n'avait sans doute aucun secret pour lui. Il s'était même probablement souvent assis dans ce fauteuil. Troublée par cette pensée, elle se leva en hâte et revint à la table de la cuisine où étaient étalés la carte du ranch et les plans de l'architecte. Elle trouva un certain réconfort dans ce signe tangible de ses projets.

— Tu es déjà allée dans un de ces centres ? lui demanda-t-il dans son dos.

— J'en ai visité plusieurs. Ils sont très appréciés.

— Est-ce qu'ils sont tous d'un luxe extravagant ?

Son adjectif lui arracha une grimace.

— Ceux que j'ai vus sont plutôt haut de gamme. La clientèle est exigeante. Moi aussi. Et j'ai déjà rencontré des architectes d'intérieur pour apporter ici une décoration moins rustique.

Elle se tourna vers lui. Les poings serrés, vissé sur le seuil de la cuisine, il la dévisageait.

— Je suis désolé de te le dire, trésor, mais nous sommes ici à plus d'une heure de toute civilisation. Les touristes qui aiment la nature se moquent d'être au milieu de nulle part. Mais la clientèle que tu vises s'attend à quelques prestations. Ces cabanons dehors sont assez basiques.

— Parce que tu es un expert, maintenant ?

— En hôtels de luxe ? Non. Mais je sais ce que voulaient les clients de Charlie, et ce qu'ils avaient. Les plus râleurs se plaignaient — beaucoup — de la distance avec l'aéroport, du manque de bons restaurants et de l'absence de la télévision câblée. Enfin quoi, nous sommes à plus d'une heure de la moindre ville digne de ce nom ! Et le magasin le plus proche se trouve à une demi-heure de voiture !

En quelques pas décidés, il fut devant elle. Son parfum la fit frémir et sa proximité lui rappela l'ardeur de ses caresses.

— Si tu veux réussir ici, tu as tout intérêt à te différencier des autres. Sinon, ta clientèle ne viendra jamais dans ce trou perdu.

Il avait raison et elle le savait. La concurrence exigeait qu'elle sorte du lot des prestations généralement offertes dans ce domaine. Elle n'avait pas vraiment réfléchi à la touche particulière de sa résidence, seulement à ouvrir ses portes et travailler.

— As-tu jamais songé à profiter des ressources que tu as sous la main, et installer ton activité dans un vrai ranch ?

Elle eut un mouvement de recul et se força à se concentrer sur ses yeux au lieu de ses lèvres sensuelles.

— Je, heu… Non, répondit-elle en refoulant les souvenirs plus que troublants de ses baisers.

— D'abord, si tu ne détruis pas tout pour tout reconstruire, tu feras de belles économies.

Il marquait un point. Et même plusieurs. Toutes les résidences qu'elle avait visitées avaient la même allure. Les chambres étaient presque aussi anonymes que celles des chaînes d'hôtels classiques et cet anonymat la dérangeait.

Sa réputation imposait de plus en plus de distance avec son public, l'empêchant de nouer un vrai contact avec lui. Comment juger la portée de son discours lorsqu'elle était incapable de distinguer un seul visage dans la foule amassée devant elle ? Lorsqu'elle avait redéfini ses objectifs, le renforcement des contacts individuels était venu au premier rang de sa liste.

Il lui parlait d'économies, de conserver l'aménagement du ranch, mais elle ne connaissait rien aux activités proposées par l'ancien propriétaire. N'était-ce pas financièrement risqué de se lancer dans une entreprise au fonctionnement duquel elle était complètement étrangère ?

— Je ne sais pas, Caleb, répondit-elle franchement. Le cabinet d'architectes m'a déjà donné des plans.

Elle posa la main dessus et, en deux pas, il avait fait le tour de la table. D'un doigt, il suivit les préconisations marquées en rouge puis se redressa.

— Laisse-moi un peu de temps pour te convaincre que tout détruire n'est pas la solution.

Leurs regards se croisèrent et, aussitôt, la tension qui existait entre eux s'intensifia. Il lui prit le menton. Elle vit une flamme briller dans son regard avant qu'il ne glisse le pouce sur ses lèvres. Elle frémit. Sa main passa sur son cou, puis son épaule. Elle se souvint aussitôt de la force, de la douceur, de l'obstination dont il avait fait preuve. Il avait donné vie à une part d'elle-même si assoiffée qu'elle en restait effrayée.

Non ! sursauta-t-elle. Il n'était pas question de retomber dans cette folie. Durant une nuit entière, Caleb l'avait empêchée de contrôler ses émotions ; or, elle s'était battue trop longtemps et trop dur pour renoncer à la maîtrise qu'elle avait gagnée sur son existence. Au prix d'un effort considérable, elle parvint à faire taire la misérable supplique de son corps et elle le repoussa.

Il laissa retomber sa main et se tourna vers la fenêtre, mais il fit tout à coup volte-face.

— Je viens te chercher demain matin, à 7 heures. Mets une tenue pour monter à cheval.

Sur ce, il tourna les talons et la porte se referma sur lui. Par la fenêtre, elle le vit enfourcher son cheval et s'éloigner, le chien à son côté. Quand il eut disparu, elle s'effondra sur une chaise.

Elle savait maintenant pourquoi Caleb était entré dans sa vie. Il était le seul homme capable de lui faire oublier qui elle était, ce qu'elle voulait et où elle allait. Sa présence était une mise à l'épreuve de son attachement à ses objectifs.

« Rien de ce qui est bénéfique n'arrive facilement », avait-elle conclu dans son premier livre. Alors pourquoi se sentait-elle tellement désemparée ?

Caleb claqua si brutalement la porte que Patrick leva les yeux de son assiette.

— J'en déduis que le nouveau propriétaire refuse de nous louer ses terres.

— Elle veut ouvrir un de ces fichus centres de bien-être californiens.

Il traversa la cuisine et actionna brutalement l'interrupteur de son ordinateur.

— Elle ? Tu veux dire que tu t'es fait souffler la vente par une femme ? Tu plaisantes.

— J'aimerais bien te donner raison.

Il attendit que l'ordinateur lui donne accès à internet pour découvrir contre quoi — ou qui — il devait maintenant se battre.

— Et dire que je trouvais ses petites phrases amusantes. Si j'avais su que ça se retournerait contre…

— Tu la connais ? s'exclama Patrick penché sur son épaule.

Au lieu de lui répondre, Caleb prit sa souris et, en quelques clics, accéda au réseau. Dans la barre de recherche, il tapa

« conférenciers en motivation personnelle ». Une liste apparut qu'il fit défiler jusqu'à trouver le prénom qu'il cherchait. Brooke. Brooke Blake. Il cliqua sur le lien et son visage s'afficha sur l'écran. Sa page web prouvait qu'ils ne jouaient pas du tout dans la même cour et sa photo ne lui rendait aucune justice. Elle était belle, mais il la préférait les cheveux en bataille et les yeux brillants de cette lueur annonciatrice de la déflagration qu'elle était sur le point de déclencher en lui.

— C'est elle ?

Patrick émit un long sifflement.

— Bon, puisque tu as échoué, c'est à mon tour d'essayer.

— Non.

La seule idée que son frère puisse lui parler lui donnait des envies de meurtre.

— Chasse-gardée, hein ? s'amusa Patrick, mi-sérieux, mi-provocateur. Tu pourrais essayer de la séduire, on ne sait jamais. Oh, pardon, j'oublie qu'on parle de toi, pas de moi !

— Tais-toi un peu et laisse-moi lire.

— Oh, mais attends, ne me dis pas que c'est elle qui t'a mis dans cet état ?

La brusque rougeur de Caleb lui arracha un éclat de rire.

— Waouh, ça promet !

Caleb repoussa son frère d'une bourrade et se concentra, avec une contrariété croissante, sur la liste impressionnante des références de Brooke. Une clique d'hommes et de femmes politiques ou de responsables économiques de haut vol rivalisaient d'éloges sur son travail. Ce ne serait pas une tâche aisée de la convaincre d'écouter un cow-boy sous-éduqué, comprit-il. Mais il devait y arriver. Coûte que coûte. Car s'il échouait, ses meilleurs pâturages passeraient au bulldozer, et il n'aurait plus qu'à mettre la clé sous la porte.

Poussé par la nécessité d'assurer la survie de son ranch, il lui avait suggéré de conserver les installations du Double C, mais s'il connaissait parfaitement les activités de Charlie pour l'avoir longtemps aidé, il ne connaissait rien au charabia du « tout pour réussir sa vie ». C'était le moment d'apprendre, décida-t-il, et de fourbir ses armes.

— Ne perds pas ton temps à élaborer ta stratégie, lui dit

son frère avec une tape sur l'épaule. Les veaux ne vont pas attendre pour réclamer le pâturage.

Les bottes de Caleb frappèrent sur le perron à 7 heures tapantes, le lendemain et Brooke lui ouvrit avant qu'il ait eu le temps d'appuyer sur la sonnette. Après une nuit passée en rêve entre ses bras, et un réveil empreint de frustration, elle n'était pas d'humeur à entendre ce carillon si tôt.

— Que les choses soient bien claires, lui annonça-t-il d'emblée. Ce qui s'est passé à Tilden ne se reproduira pas. Je ne couche pas avec mes voisines.

Elle rougit, mais sa déclaration brutale la fit surtout frémir d'indignation.

— Je ne me rappelle pas avoir lancé d'invitation, rétorqua-t-elle.

Il l'examina quelques instants, comme s'il doutait de sa détermination, et désigna les chevaux.

— Tu sais monter ?

— Non.

Elle avait fait du poney dans son enfance, mais elle doutait que deux étés dans une colonie de vacances, quelque vingt ans plus tôt, soient une quelconque référence en la matière.

— Alors tu vas apprendre. Tu as un chapeau ?

— Non.

Il sortit une casquette de sa poche arrière et la lui vissa sur la tête, comme si elle avait douze ans.

— Tu en achèteras un. Maintenant, viens.

— Attends. J'ai gardé un morceau de viande pour ton chien. Je peux lui donner ?

— Ce n'est pas mon chien. Rico appartenait à Charlie, l'ancien propriétaire. Depuis sa mort, il ne mange pratiquement rien.

— Je peux toujours essayer, insista-t-elle.

Caleb haussa les épaules et elle se précipita dans la cuisine. Le chien inclina sa tête quand elle s'agenouilla pour lui tendre la viande, mais il ne quitta pas les pieds de Caleb.

Elle lui jeta le morceau et l'encouragea d'une voix tendre :

— Allons, goûte au moins.

Le chien avança timidement puis, après une brève hésitation, engloutit le morceau sous les yeux stupéfaits de Caleb.

— Je lui en redonnerai demain, déclara-t-elle, satisfaite. Il m'a tout l'air d'en avoir besoin.

Elle crut deviner une lueur d'approbation dans son regard, mais il se tourna vers les chevaux, son chien sur les talons. Toujours agenouillée, elle se demanda s'il savait à quel point, vue sous cet angle, sa démarche était séduisante.

Repoussant ses pensées déplacées, elle revint au problème présent et se leva. Les chevaux étaient gigantesques.

— On ne peut pas prendre ton pick-up ?

— Non, là où je t'emmène, le chemin est trop étroit. Viens. Roquette est docile. Elle ne te fera aucun mal.

Il avança à côté du cheval brun. Voyant son hésitation, il lui tendit la main.

— Allons, mademoiselle Blake, laissez-moi vous montrer votre propriété.

Elle ne lui avait pas dit son nom de famille, s'aperçut-elle. D'où le tenait-il ? Mais son regard coupait court à toute discussion. Elle avança, contre toute raison, et s'arrêta.

— Je n'ai pas fermé la porte à clé.

— Inutile. Personne ne viendra mettre son nez dans tes affaires.

Elle ferma tout de même sa porte et revint près du cheval.

— Pourquoi l'as-tu appelée Roquette ?

— Parce qu'elle a failli m'exploser la cervelle le jour où je l'ai ramenée ici.

Elle eut un mouvement de recul, mais Caleb lui prit le bras et la poussa en avant.

— Ne t'inquiète pas, elle s'est calmée depuis.

Il lui glissa quelque chose dans la main et la guida vers le museau du cheval. Avec une incroyable délicatesse, l'animal attrapa la friandise. Elle avait oublié à quel point ce contact pouvait être doux.

— Maintenant que tu t'en es fait une amie, monte.

— Je ne peux pas monter derrière toi ?

Elle ne tenait pas vraiment à être si proche de lui, mais

elle ne s'imaginait pas toute seule sur le dos de cet animal gigantesque.

Elle crut déceler une étincelle dans son regard.

— Ce n'est pas bon pour le cheval. Mets ton pied dans l'étrier, soulève-toi et passe ta jambe par-dessus.

Elle essaya, mais son pantalon était trop serré. La main qui se posa tout à coup sur ses fesses lui arracha un cri. Elle se retrouva en selle, mortifiée par la marque brûlante de ses doigts et la distance considérable qui la séparait du sol.

Elle s'accrocha au pommeau de sa selle avec méfiance.

D'une main qui caressa au passage la longueur de sa jambe, Caleb assura sa position dans l'étrier avant de le régler. Puis il répéta l'opération, de l'autre côté du cheval.

Cet homme la touchait comme s'il avait tous les droits, se dit-elle indignée avant de se souvenir qu'elle l'y avait — honteusement — autorisé. Mais c'était pour une nuit, et cette nuit était terminée. Elle ouvrit la bouche, mais il l'interrompit avant qu'elle ait trouvé une formulation pour défendre sa cause.

— Il te suffit d'une seule pour diriger, lui dit-il en prenant une de ses mains posées sur le pommeau de sa selle pour y glisser les rênes. Tu tires à gauche pour aller à gauche et à droite, pour aller à droite.

— Je ne crois pas que je sois prête, se défendit-elle sans savoir si elle parlait de la chevauchée ou de sa capacité à supporter son contact.

Elle allait s'irriter de son indifférence lorsqu'elle aperçut le renflement au niveau de sa braguette.

— Tu es prête, répondit-il.

Elle sursauta et releva vivement les yeux.

Il enfourcha sa monture, avec une grâce qu'elle ne posséderait jamais, et s'éloigna vers le champ qui s'étendait derrière la maison.

A son plus grand soulagement, son cheval suivit tout seul. Caleb resta à sa hauteur, visiblement attentif à sa capacité à rester en selle. Sous son regard pénétrant, elle s'agrippa d'une main à son pommeau, priant pour ne pas se ridiculiser en s'effondrant comme une chiffe molle.

— Caleb, cette promenade n'est vraiment pas nécessaire.

— Au contraire. Je veux que tu saches tout ce que tu vas détruire avec ton parking et ton court de tennis. Ensuite, nous éplucherons les comptes de Charlie. Tu dois connaître le genre de revenus dont tu te prives, si tu décides de clore ses activités. Mais tes livres te rapportent peut-être assez d'argent pour t'en passer.

Il avait fait des recherches, se dit-elle, partagée entre l'irritation et le plaisir. Et elle se demanda si ce qu'il avait trouvé changerait son comportement à son égard. Rejoindrait-il la liste des profiteurs ou celle des minables ? D'expérience, elle savait qu'il finirait dans l'une des deux.

— Laisse-moi deviner. Tu as un ordinateur.

— Evidemment. Si tu décides de fermer le Double C, tu mettras deux douzaines de personnes au chômage. Je ne suis pas sûr qu'ils correspondent aux standards du personnel dont tu auras besoin, et il n'y a pas beaucoup d'autre travail pour eux dans la région.

Il passa une heure à lui faire visiter les environs, lui donnant une explication pour tout ce qu'ils croisaient — un chemin, une cabane, une futaie —, avant de s'arrêter au détour d'un bosquet. Son cheval s'immobilisa de lui-même à côté du sien. D'un geste du menton, Caleb lui indiqua un groupe de biches. Plusieurs d'entre elles levèrent la tête avant de retourner tranquillement à leur herbe. Rico dressa les oreilles.

— Certains ranchers autorisent la chasse sur leurs terres. Charlie n'a jamais voulu.

Il parlait de cette voix douce et profonde qu'elle avait entendue murmurer à son oreille.

— Les seuls tireurs qu'on trouve ici sont les mordus de nature armés de leurs appareils photo. Certains jours, selon l'heure, tu croises à peu près toutes les espèces. Cerfs, dindons sauvages, cailles, colombes. Avec mes frères, on venait souvent camper ici, juste pour découvrir qui se montrerait. D'après tes plans, le parking arrivera jusque-là.

En lui montrant les animaux qu'elle ferait fuir, il défendait sa cause avec une subtilité qui l'étonna.

Il reprit leur route, ouvrant et fermant des barrières sur leur passage, avant de rejoindre un autre chemin étroit. Elle s'habituait au balancement de son cheval, et se familiarisait avec les rudiments de l'équitation, quand il s'arrêta à côté d'un étang et mit pied à terre.

— Il faut marcher un peu, sinon tu auras trop de courbatures.

Il lui tendit les bras. Elle s'y laissa glisser avec réticence, mais après deux heures de promenade, ses jambes étaient en coton et elle dut s'agripper à sa chemise pour ne pas s'effondrer à ses pieds.

Il serra les mains autour de sa taille pour la soutenir.

— Ça devrait aller maintenant.

Elle releva les yeux, se demandant si elle était la seule à se souvenir de la passion qui les avait réunis. L'éclat de ses yeux lui donna sa réponse.

— Brooke, arrête de me regarder comme si tu voulais me déshabiller.

Sa voix était plus profonde, âpre, comme la nuit où il l'avait encouragée à se laisser aller à son audace.

— Et toi, rétorqua-t-elle, comment crois-tu que tu me regardes, Caleb ?

Son visage se contracta.

— Comme si je voulais te dévorer. Mais ça n'arrivera pas.

Il décrocha un à un ses doigts de sa chemise et s'éloigna d'un pas vif vers l'étang.

Elle devait arrêter de fixer ses fesses, se dit-elle ébahie, puis consternée. Car, pour la première fois de sa vie, elle comprenait pourquoi certains — deux de ses ex, par exemple — recherchaient des relations purement sexuelles.

Et elle était tentée.

Affreusement, terriblement tentée.

5

— C'est ici que j'ai appris à nager avec mes frères.

Il aurait dû se tourner vers elle, mais ses muscles étaient douloureusement tendus, et s'il ne voulait pas faire une chose aussi stupide que libérer ses longues jambes de son jean moulant et lui faire l'amour à même la terre, il devait se maîtriser.

Il se concentra sur le but de leur présence.

— Tu auras besoin d'eau pour tes installations. C'est dans cet étang que tu seras obligée de puiser, et tu ne tarderas pas à l'assécher.

Elle le rejoignit sur le rivage et il se demanda si elle voyait que l'eau était du même vert, limpide et profond, que ses yeux.

— Tu vis ici depuis longtemps ?

— J'y ai toujours vécu. Comme mon père, mon grand-père et mon arrière-grand-père.

Et si elle donnait corps à son projet, songeait-il, il serait la dernière génération des Lander à occuper ces terres.

— Ces terres étaient les vôtres.

Ce n'était pas une question, aussi resta-t-il silencieux.

— Que s'est-il passé ?

Comment lui dire sans passer pour le parfait imbécile qu'il avait été ? Il avait mordu au même hameçon que son père et son frère Brand. Sauf qu'Amanda n'était pas réellement enceinte. Elle lui avait menti, et il avait avalé son histoire larmoyante comme une carpe gobe les mouches. Il l'avait crue jusqu'au jour où elle lui avait jeté la vérité à la figure au cours d'une dispute mémorable.

— Mon ex-femme voulait sa part, répondit-il. Je n'avais pas assez d'argent pour la lui racheter et rembourser les dettes qu'elle avait accumulées. Nous avons dû vendre une partie des terres pour l'empêcher de nous ruiner totalement.

— Cette partie est celle que j'ai achetée, le Double C ?

— Oui.

— Je suis désolée.

Elle semblait sincère.

— Pas autant que moi.

Il avança le long de la berge. Il n'avait pas besoin d'entendre ses pas pour savoir qu'elle le suivait. Son corps frémissait comme une baguette de sourcier dès qu'elle était près de lui. Et cela, depuis le premier regard qu'elle lui avait jeté dans ce bar, comme s'il était celui qu'elle n'attendait plus.

— On ne devrait pas attacher les chevaux ?

Il sursauta. Elle était plus proche qu'il ne croyait, beaucoup trop proche. Assez proche pour caresser sa peau soyeuse s'il se tournait. Mais il ne le ferait pas. Son mariage et son divorce lui avaient donné une leçon qu'il ne risquait pas d'oublier. Sortir avec sa voisine lui avait coûté la moitié de ses terres et son meilleur ami, le frère d'Amanda. Le jour où sa sœur lui avait raconté son histoire à fendre le cœur, il avait coupé tous les liens.

— Non. Ils vont rester tranquilles, répondit-il. Et puis Rico est un chien de troupeau. S'ils veulent s'en aller, il les tiendra en place.

Il lui jeta un coup d'œil, et décida de se lancer.

— Ecoute, commença-t-il, j'ai fait un peu de recherches sur ton idée d'un séminaire hôtelier. D'après ce que j'ai vu, personne ne propose la formule dans un ranch. Si tu veux que les gens se détendent, tu as bien fait d'acheter le Double C, mais les enfermer dans des suites climatisées n'est peut-être pas la meilleure façon de les amener à réfléchir sur le sens de leur vie. Une bonne paire de jeans et des feux de camp peuvent très bien faire l'affaire.

Elle se mordilla la lèvre, et il dut faire d'énormes efforts pour repousser le souvenir de ses lèvres pulpeuses sur sa peau.

— Je vois ce que tu veux dire, Caleb, mais je ne connais rien aux ranchs, ni au tourisme. Je ne saurais même pas où trouver les gens qu'il faut.

— Le personnel de Charlie était parfait. Un simple coup de fil les convaincra de revenir.

— Et qui remplacera Charlie ? Pas moi. Je suis très loin d'être qualifiée.

Cet aspect de la question le dérangeait un peu. Charlie avait cherché un assistant pendant deux ans, mais il n'avait trouvé personne. Caleb avait fait de son mieux pour l'aider.

— Charlie avait un guide pour les randonnées et des animateurs pour les différentes activités. Patrick et moi faisions participer les touristes à tous les travaux que nous pouvions. C'était une partie de notre accord. Nous louions les terres à bas prix et en échange, nous permettions aux pieds-tendres de jouer les cow-boys. Ils adoraient, et ça marchait très bien pour nous aussi.

— Tu sais t'occuper des touristes ?

Il hésita. S'il avouait jusqu'où il avait prêté son concours à Charlie, il risquait de se retrouver impliqué dans la gestion du ranch de Brooke au-delà de ce qui était raisonnable. Il craignait trop de s'en mordre les doigts.

— Un peu.

Brooke sembla tout à coup plus intéressée.

— Alors tu pourrais m'aider à trouver un directeur qualifié… si je choisis ton option.

Il voulait seulement la convaincre de lui louer les pâturages et l'empêcher de détruire les bâtiments. De cette façon, le jour où son projet tomberait à l'eau — ce qu'il ne manquerait pas de faire —, il pourrait lui racheter la propriété et rembourser sa dette à sa famille. Aller plus loin lui paraissait une très mauvaise idée.

— Je pourrais essayer, répondit-il prudent.

— Alors je vais réfléchir.

Il se sentit soulagé. Tant qu'elle ne l'envoyait pas promener, il avait des chances.

— Rentrons, il nous reste à voir les comptes de Charlie.

— Pourquoi en sais-tu autant sur son travail ?

— Je l'aidais à entrer ses chiffres sur ordinateur. Il tenait des livres, mais il te faudrait un décrypteur pour les déchiffrer. Et Charlie Junior ne s'intéressait pas aux activités de son père.

Il considérait le Double C comme un hobby. Au moment de la vente, il a seulement cherché à en tirer le maximum de profit.

Son amertume, qu'il n'était pas parvenu à masquer, lui attira un regard de curiosité.

— Et tu n'apprécies pas ?

Sa perspicacité le surprit. Mais il n'allait pas lui expliquer qu'elle devait le ranch aux dix mille dollars qui lui avaient manqué pour assouvir la cupidité de Charlie Junior. La surenchère d'une inconnue lui avait suffi à annuler le marché qu'il avait passé avec son père. L'honneur de certains ne valait parfois pas grand-chose.

— J'espérais que les choses se passent autrement. Grimpe.

Elle fit la grimace.

— Je ne suis pas sûre de pouvoir, mes jambes sont affreusement raides.

— Mets ton pied, dit-il en se penchant vers elle.

Il la hissa puis monta en selle à son tour et la reconduisit chez lui. En chemin, il lui montra des chevaux qui paissaient dans un pré.

— Ils sont à toi.

— Je possède des chevaux ?

— Vingt. Tu ne sais même pas ce que tu as acheté ?

Comment pouvait-elle débourser une telle somme sans demander des comptes pour chaque sou ? Il connaissait tous les objets inclus dans la vente, jusqu'au chien qui trottait à côté d'eux.

— J'ai lu le descriptif quand j'ai eu connaissance de la vente, et j'ai fait un bref tour de la maison et des placards en arrivant, mais j'ai laissé mon avocat s'occuper des détails. J'avais des conférences à tenir, je devais organiser mon déménagement et remettre mon dernier manuscrit à mon éditeur. Je n'ai pas encore eu le temps d'éplucher tout le dossier.

— Tu as tout acheté en dehors des vêtements de Charlie et des objets personnels que son fils a pu mettre dans le coffre de sa voiture.

Voyant la maison qui s'élevait au détour du chemin, elle arrêta Roquette.

— Ce n'est pas ma maison !

— Non, c'est la mienne. Les comptes sont sur mon ordinateur. Charlie n'en avait pas. Ignore Patrick, s'il est dans les parages. C'est un dragueur invétéré.

— C'est le frère qui est resté au ranch ?

— Oui. Il est censé être à l'étable avec mon père.

Il mit pied à terre et l'aida à descendre en prenant garde de limiter leur contact au minimum, mais leurs genoux se heurtèrent et il sentit sa température grimper en flèche.

Il prit le temps de desseller leurs chevaux et de les rentrer à l'écurie avant de conduire Brooke dans sa cuisine.

La maison était tranquille et déserte. Heureusement, car il n'avait aucun besoin de Patrick et de son chapelet de fadaises pour le perturber.

Il apporta une seconde chaise devant son coin bureau.

— Assieds-toi. J'apporte du thé glacé.

Brooke laissa son regard errer dans la pièce. Elle était propre, se dit Caleb, mais personne ne s'était donné la peine de passer un coup de pinceau depuis que son ex avait entièrement refait la maison plus de dix ans auparavant.

Il posa deux grands verres à côté de l'ordinateur et ouvrit le dossier « Charlie ». En quelques clics, la page qu'il voulait apparut sur l'écran. Il se concentra sur l'écran dans l'espoir d'oublier le parfum de Brooke. Au cours de leur folle nuit, il avait eu le temps de découvrir tous les endroits qu'elle glorifiait de sa fragrance.

Il s'éclaircit la gorge et s'efforça de trouver une position plus confortable sur sa chaise.

— Voilà le résultat de l'an dernier. Là, le revenu brut, ici le bénéfice net. Et là les prévisions pour cette année. J'ai fait le bilan au moment de la vente. Ces chiffres supposent une réouverture le mois prochain.

Il s'adossa et la laissa examiner le tableau. Ces résultats l'impressionnaient, mais il n'était pas auteur de bestsellers, ni à la tête d'un revenu probablement bien supérieur à celui, déjà confortable, que Charlie tirait de son ranch.

Elle examina toutes les pages le front plissé et s'adossa à son tour.

— Un séjour au Double C n'était pas donné, dit-elle sans dissimuler sa surprise.

— Oui, et Charlie savait fidéliser la clientèle.

Elle se pencha et prit la souris. Le frôlement de son coude le fit sursauter. Pour se calmer, il prit une inspiration, qu'il regretta aussitôt. Elle sentait diablement bon, et s'il se penchait un tout petit peu, il pouvait glisser son nez dans ses cheveux.

— Il y a des réservations en cours, remarqua-t-elle.

— Oui. Je ne les ai pas annulées parce que je pensais maintenir l'activité le reste de la saison.

Ce travail ne lui coûtait pas trop. Au fond, il aimait bien l'enthousiasme des touristes pour ce qui était l'essentiel de son existence.

— Si tu fermes, reprit-il, il faudra prévenir tous les clients et leur trouver des solutions de repli, ou alors les rembourser. Les délais sont très courts. Ce sera un problème.

Elle opina du chef et étudia une à une toutes les pages du dossier. Il se disait qu'il aurait dû attendre à l'autre bout de la pièce, mais il était incapable de s'arracher de sa chaise. De toute manière, sa torture ne serait pas longue. Il lui suffisait d'attendre une heure. Après, il n'aurait plus qu'à éviter Brooke Blake jusqu'à son départ précipité vers la Californie.

Il prit son verre et avala d'une traite son thé glacé.

Elle se pinça les lèvres — ses adorables lèvres — et se tourna vers lui.

— Je te propose un marché, déclara-t-elle.

Il se méfia tout de suite. S'il en jugeait par son expérience, les femmes concluaient des marchés de dupes et elles étaient rarement satisfaites du résultat.

— Si tu acceptes de diriger les activités de Charlie en attendant que je trouve un directeur, je laisse l'hôtel ouvert jusqu'à la fin de la saison. Mais attention, c'est un essai. Si ça ne marche pas, si je ne trouve personne, ou si ça ne me plaît pas, je ferme. Et l'an prochain, j'ouvre ma résidence à ma façon.

Il retint son juron. Elle le tenait et, en plus, elle le savait. Mais au moins, il avait un délai. Et davantage, s'il trouvait un directeur.

— Si j'accepte, demanda-t-il, tu me loues les pâturages ?

— Oui, tant que tu diriges le ranch.

— Pour une année complète, ou rien. Et tu ne démoliras rien pendant tout ce temps.

Il attendit sa réponse, le cœur battant.

— Un an, et je ne ferai aucun changement majeur.

Ce n'était qu'un sursis, se dit-il, mais c'était un début.

— Je veux avoir la proposition par écrit.

— Bien sûr.

Elle lui tendit la main. Etant donné sa réaction chaque fois qu'ils se touchaient, il hésita. Mais une poignée de main était une poignée de main. Et elle scellait la parole donnée. Au moins en ce qui le concernait.

Celle de Brooke, à la fois douce et résolue, ranima toutes les sensations inédites qu'il avait éprouvées quand elle avait serré sa paume sur autre chose. Il la lâcha, probablement plus vite que la courtoisie le supposait, et se leva.

— Je te raccompagne en voiture.

Brooke considéra la pommade que Caleb lui avait donnée puis le pick-up qui disparaissait à l'angle du chemin.

Quel était donc son problème ? se demanda-t-elle perplexe. Chaque fois qu'il lui adressait ce petit sourire en coin, elle se souvenait de son comportement débridé et son corps s'embrasait. Excédée une fois de plus de ne pas comprendre ses réactions, elle se dirigea vers ce qui avait été le bureau de Charlie.

Caleb lui avait indiqué où trouver ce dont elle avait besoin, allant jusqu'à lui préciser quel tiroir contenait quel dossier. Sa connaissance de la gestion du ranch, et du ranch lui-même, la déconcertait, pour dire le moins. Il en savait beaucoup plus qu'elle sur sa propriété fraîchement acquise.

Elle n'était venue qu'une fois dans cette pièce et ne l'avait pas trouvée très accueillante. Ses grands panneaux de bois la rendaient étouffante. Décidée à l'éclairer, elle tira les lourds rideaux de la fenêtre et la vue sur l'extérieur lui coupa le souffle. Elle contempla le paysage boisé quelques instants puis se tourna vers le bureau.

Après avoir trouvé ce qu'elle cherchait, elle appela son comptable et son avocat pour les informer du changement de ses intentions. Elle justifia ce revirement en soulignant qu'il était plus rationnel et plus rentable pour elle de poursuivre les activités du Double C pour les douze prochains mois. En plus, mais ils n'avaient pas besoin de le savoir, cette décision augmenterait ses chances d'être enceinte en diminuant les occasions de stress.

Elle raccrocha et s'assit dans le grand fauteuil de cuir derrière le bureau. Malgré toutes ses bonnes raisons, elle se sentait passablement abattue. Alors qu'elle avait décidé de la simplifier, sa vie lui semblait de plus en plus compliquée.

Elle attrapa un stylo et une feuille de papier jaune. *« Savoir faire évoluer ses objectifs,* écrivit-elle, *est un pas nécessaire vers leur accomplissement. »*

Le stress n'était pas le seul argument qui l'avait convaincue de suivre la voie ouverte par Caleb. Elle s'était souvenue du camp de vacances de son adolescence, de ses fous rires et des confidences partagées avec ses amies au coin d'un feu. Malheureusement, l'innocence avait pris fin le jour où elle avait découvert combien le monde, et sa famille, pouvaient être des lieux de compétition, notamment entre frères et sœurs.

Elle éprouvait encore le besoin de s'inscrire dans les traces de ses aînés. Robert et Kathleen avaient une famille, une belle maison, et une carrière dont ils pouvaient être fiers. Elle avait une carrière qu'elle aimait, et maintenant une maison. Il ne lui manquait plus qu'à avoir une famille et elle n'avait pas besoin d'un homme pour la fonder. De cela au moins, elle était sûre.

Pour la cinquième fois consécutive, Brooke recommença le texte de sa petite annonce. Caleb lui avait donné les coordonnées des anciens employés du ranch, mais après une semaine d'efforts, elle avait été incapable d'en convaincre un seul de signer pour un contrat d'un an.

Un bruit lui fit lever les yeux. Ce ne pouvait pas être Rico, se dit-elle. Il était venu à son heure habituelle, comme il le faisait chaque matin depuis sa promenade avec Caleb. Il n'acceptait toujours pas ses caresses, mais au lieu de disparaître après avoir englouti le repas qu'elle lui avait préparé, il s'allongeait sur le porche. Elle prit note de lui acheter des croquettes à son prochain passage en ville. Trop de viande ne devait pas être très bon pour sa santé.

Dehors, trois cow-boys conduisaient une dizaine de chevaux dans le pré le plus proche de la maison. Caleb était à leur tête. Elle n'avait pas besoin de voir son visage pour le reconnaître à son assurance et à son chapeau. Leur dernière chevauchée l'avait laissée percluse. Ce n'était qu'aujourd'hui qu'elle était capable de marcher sans souffrir.

Elle ramassa son chapeau de cow-boy lavande et sortit. Après tout, se dit-elle, si Caleb avait l'intention de diriger le ranch, c'était à lui d'embaucher ses employés — juste après qu'il aurait signé son propre contrat.

Prenant garde à ne pas salir ses bottes neuves, elle se fraya un chemin entre les mares boueuses laissées par la pluie de la nuit. Elle était absolument ravie d'avoir trouvé des bottes assorties à son nouveau chapeau. La lavande était sa couleur porte-bonheur. Le magasin lui avait même proposé une veste et un jean de la même couleur.

Le temps qu'elle le rejoigne, Caleb avait ouvert la barrière. Ses aides accompagnaient les chevaux dans le pré. Il mettait le loquet lorsqu'elle arriva à son côté. Sa monture poussa un hennissement et elle reconnut Roquette.

Caleb tourna aussitôt la tête. Son regard sombre la transperça puis glissa sur elle, de la façon lente et paresseuse qui lui était si particulière. Sentant son cœur accélérer, elle posa la main sur l'encolure du cheval.

— Bonjour.

Caleb inclina le menton et mit pied à terre. Il avait les lèvres pincées, mais ses yeux semblaient plus comprimer un sourire que de la colère.

— Bonjour. Je t'ai apporté tes chevaux.

Les deux autres cavaliers approchèrent et mirent aussi pied à terre. Ils ressemblaient beaucoup à Caleb. Le plus âgé était un peu plus renfrogné, et le plus jeune un peu plus séduisant dans le sens conventionnel du terme, mais elle en déduisit qu'il s'agissait de son père et de son frère. Le vieil homme la regardait d'un drôle d'air. L'autre semblait aussi amusé.

— Quelque chose ne va pas ? demanda-t-elle en les regardant tour à tour.

Le plus jeune fit un pas, ôta son chapeau et lui tendit la main. Son sourire était franchement enjôleur, mais il ne la touchait pas comme celui de Caleb.

— Non, m'dame. Vous devez être Brooke. Je m'appelle Patrick, et voici mon père, Jack.

Elle leur serra la main.

— Je vois que tu t'es acheté un chapeau, avança Caleb.

— Oui. Voulez-vous entrer boire quelque chose ?

— Avec…

— On attend le maréchal-ferrant, trancha Caleb. Patrick doit rentrer.

— Moi aussi, ajouta aussitôt leur père.

Patrick eut l'air contrarié, mais remonta en selle.

— Ravi de vous avoir rencontrée, Brooke, lui lança-t-il néanmoins d'un ton jovial.

Alors qu'il s'éloignait avec son père, elle aurait juré l'entendre rire.

— Caleb, j'ai du mal à trouver des employés, reprit-elle en revenant à ses préoccupations.

— C'est ce qu'on raconte.

Il ôta la selle de son cheval et le fit entrer avec les autres dans le pré.

— Je ne comprends pas. Tu disais qu'ils seraient tous contents de retrouver leur travail. Or tous ceux à qui j'ai demandé ont refusé.

Elle avança vers la maison.

— J'espère que tu vas m'aider puisque tu vas diriger le ranch.

Caleb, chargé de la selle, de la couverture et du harnachement complet de Roquette, avançait comme s'il avait les mains libres. Il semblait se moquer éperdument des flaques de boue.

— C'est à cause du contrat, répliqua-t-il.

— C'est un contrat d'embauche standard.

— C'est peut-être standard en Californie, mais ici, les gens viennent, ils travaillent et tu les paies le vendredi.

— Sans contrat ?

— Oui.

— C'est complètement idiot ! Je veux des contrats de travail signés, à commencer par le tien.

Il s'arrêta au bas des marches.

— Tu comptes me faire signer un contrat ?

— Tu comptes me faire signer un accord pour la location des pâtures, non ?

— Ce n'est pas la même chose.

— C'est exactement la même chose, protesta-t-elle. Je t'ai promis quelque chose. Tu m'as promis quelque chose. Tu le veux par écrit. Moi aussi. Je sais que Charlie ne faisait pas comme ça. Mais je ne suis pas Charlie. Ses méthodes de travail sont trop floues pour moi. Je veux que tu signes un contrat dans lequel tu t'engages à rester directeur de l'activité hôtelière jusqu'à ce que tu trouves un remplaçant acceptable, ou pour un an si aucun candidat qualifié ne se présente. En retour, je te donne l'assurance écrite de te louer les terres dont tu as besoin pendant un an. Si tu ne signes pas, je ne signe pas.

Devant sa mâchoire tendue, elle crut qu'il allait tourner les talons.

Il jeta l'équipement de Roquette sur la balustrade.

— Montre-moi le contrat.

— Il est dans le bureau.

Elle passa devant lui.

Caleb la suivit en maugréant. S'il signait, il se condamnait à passer une année entière en compagnie de Brooke.

Elle avait beau porter un accoutrement digne d'une pin-up de calendrier, il ne pouvait s'empêcher d'être sensible aux charmes de sa silhouette. S'il n'y prenait pas garde, il doutait de pouvoir résister pendant douze longs mois à l'attirance qu'elle exerçait sur lui. Mais il était hors de question de s'engager avec une voisine, se rappela-t-il furieux. La première fois lui avait trop coûté.

Bien décidé à s'imposer une plus grande discipline, il s'essuya les pieds sur le paillasson, et la suivit dans la maison.

— Je te laisse le lire, lui dit-elle devant la porte du bureau. Veux-tu une tisane, un décaféiné ?

Des bottes violettes, de la tisane, du déca… Décidément,

se dit-il, ils n'avaient rien en commun. Alors pourquoi lui faisait-elle plus d'effet qu'aucune femme avant elle ? A cause de ses petites phrases, de sa détermination, ou de la façon dont elle avait séduit un chien malheureux ?

— Un grand verre d'eau glacée fera très bien l'affaire.

— Je n'ai pas encore d'eau en bouteille. C'est incroyablement difficile de s'en faire livrer jusqu'ici.

Une citadine pur jus.

— Tes installations ont été vérifiées, bougonna-t-il la main sur la poignée. L'eau du robinet est parfaitement potable.

Il lut le contrat pendant son absence et constata qu'il ne contenait malheureusement aucune clause rédhibitoire. Il prit donc un stylo et apposa sa signature, avec le sentiment de s'infliger trois cent soixante-six jours de torture.

6

— Salut… patron.

Brooke décida d'ignorer le sarcasme. La veille, Caleb n'avait pas signé son contrat de gaieté de cœur. Il le lui faisait sentir, mais elle le comprenait. Elle lui ouvrit plus largement la porte et l'invita à entrer.

Par contre, elle obligea Rico à rester sur le seuil. Tant qu'il n'aurait pas pris un bain, elle refusait de le laisser entrer. Obéissant à son geste, le chien s'allongea sur le paillasson, la tête entre les pattes, et elle s'agenouilla pour lui donner un des biscuits qu'elle lui avait achetés. Il le prit et la laissa le gratter dix secondes derrière l'oreille avant de redescendre au bas des marches.

— Nous avons une heure avant l'arrivée de Maria, ta gouvernante. Prête pour ton premier cours de gestion hôtelière ?

Elle se releva. Elle n'était pas très disposée à montrer son ignorance à Caleb — et son léger dédain l'irritait. Elle se tourna pourtant vers lui en souriant.

— Comme l'a si bien formulé Yogi Berra : *« Si tu ne sais pas où tu vas, tu ne risques pas d'y arriver. »* Je me suis engagée sur la voie du progrès, alors merci de prendre le temps de m'instruire.

Elle vit un coin de sa bouche s'étirer et craignit le pire.

— J'adore tes citations, prof.

Qu'il aille au diable ! s'emporta-t-elle, prise de court et surtout consternée de voir qu'il suffisait d'un de ses sourires en coin et d'un clin d'œil pour la faire rougir comme une adolescente.

— J'ai pensé que nous serions mieux ici pour travailler, dit-elle en arrivant dans le salon. Il y a plus de lumière.

Mais la lumière n'avait rien à y voir. Elle aurait été incapable de se concentrer dans le petit bureau en présence de Caleb. C'était bien simple, il annihilait toutes ses capacités de réflexion. Une nuit entre ses bras avait suffi à tout remettre en cause, sa connaissance d'elle-même, ses valeurs, et même ses compétences.

Plus elle songeait à cette nuit, plus elle pensait que sa réactivité — son ultraréactivité — à ses caresses était due au hasard, et elle mourait d'envie de recommencer l'expérience. Elle repoussait évidemment cette perspective chaque fois qu'elle lui venait à l'esprit. Mais elle ne cessait de resurgir, aux moments les plus inopportuns, comme à présent, et elle n'arrivait pas à savoir si elle devait accorder plus d'importance à une nuit de passion déchaînée ou à des années de quasi-frigidité.

Repoussant le trouble qui accompagnait toujours cette question, elle le vit avancer au milieu de la pièce. Après qu'elle eut choisi un des fauteuils de cuir, il s'installa sur le grand canapé, jambes écartées, lui offrant une vue imprenable sur l'ampleur… de ses charmes. Elle toussota et força son regard à se poser ailleurs.

— Tu as révisé, dit-il en désignant les livres et les brochures sagement empilés sur la table basse.

— J'ai essayé d'en apprendre un peu sur les ranchs hôteliers en général et la concurrence locale en particulier. En échange, j'aimerais que tu lises des ouvrages sur la motivation personnelle.

— Tu veux que je lise tes livres ?

— Oui, répondit-elle en ignorant sa consternation à peine voilée. D'habitude, je n'oblige personne, mais j'ai l'intention d'enseigner ma méthode ici. Et comme tu as accepté de diriger le Double C, ce serait bien si elle t'était familière. Et ce serait encore mieux si tu en savais assez pour renforcer dans ta part de travail les stratégies que je mettrai en œuvre auprès de mes clients.

Il croisa les bras et les jambes, preuve certaine qu'il allait refuser, mais elle avait prévu sa résistance.

— Tu veux que je répète tes petites phrases ?

Petites phrases ! Au lieu de bondir, comme elle en avait l'intention, et lui faire ravaler son sarcasme, elle se concentra sur son objectif : le convaincre de coopérer.

— Savoir s'entourer de gens encourageants et positifs est essentiel pour progresser. Nous devons travailler en équipe, sinon…

— Sinon quoi ?

Elle refusait de penser aux flèches que lui avait décochées un collègue lors d'un débat sur une radio nationale. En l'accusant de professer des principes qu'elle ne mettait pas en pratique, il avait mis sa crédibilité en jeu.

— Disons que certains aimeraient me voir échouer.

Il se passa la main sur le visage.

— Pourquoi ne te contentes-tu pas de redresser la tête de tes clients, pendant que je me charge de veiller à ce qu'ils ne se brisent pas les os ?

— Caleb, je veux bien poursuivre les activités du Double C, mais ma stratégie est fondée sur la perméabilité des expériences. Ici, chacun doit apprendre à mêler tous les aspects de son existence. C'est la base même de la réussite. Je propose une façon de vivre, une attitude, pas une récitation de petites phrases !

— Et à quel moment suis-je censé intervenir dans ce magnifique scénario ? Entre un cours de lasso et de marquage de bestiaux, ou entre une administration de vermifuge et une castration ?

Il n'avait pas l'intention de lui faciliter la tâche, mais elle avait connu pire.

— Je te demande seulement d'apprendre les grands principes de ma démarche et d'avoir l'esprit ouvert. Le moment propice arrivera de lui-même.

— Parfait.

Il sortit une feuille de sa poche.

— Veux-tu savoir ce qu'il nous reste à faire avant l'ouverture, ou dois-je attendre l'arrivée des majorettes ?

Elle soupira et ouvrit son agenda à la page calendrier. Le convertir ne serait pas facile, se dit-elle, mais elle n'avait jamais abandonné personne.

— Tu pourras lire mes livres plus tard. Je serai heureuse de répondre à toutes les questions qu'ils pourront te suggérer. Quand nos premiers clients sont-ils attendus ?

Il lui donna la date et son estomac se serra. Son nouveau rendez-vous à la clinique tombait en plein milieu de leur première semaine d'ouverture. Elle nota d'appeler la clinique. Ce nouveau report la contrariait, mais elle ne voulait pas rater la semaine d'ouverture de sa nouvelle aventure. Alors elle se pinça les lèvres et se força à ne considérer que les questions présentes.

— Bon, nous devons classer les priorités. Commencer avec les tâches les plus urgentes et avançons jusqu'aux dernières.

Il s'adossa et, une cheville sur son genou, étendit les bras sur le dossier du canapé.

— Avant les priorités, enchaîna-t-il, voyons d'abord l'organisation générale. Tu gardes toute la maison pour toi, sauf quand les chambres simples de l'étage sont occupées. La plupart des gens préfèrent les cabanons.

— Et toi, où dormiras-tu ?

Il attendit que leurs regards se croisent pour lui répondre :

— Chez moi.

— Tu ne ferais pas mieux de rester ici ? Il n'y a pas une cabane réservée au directeur ?

— Je te rappelle que Charlie n'a jamais eu de directeur. Il n'avait pas besoin de le loger.

— Et s'il se passe quelque chose pendant que tu n'es pas là ?

Elle n'aurait pas dû insister. La présence de Caleb sous son toit anéantirait tous ses espoirs de dormir. Il perturbait déjà suffisamment ses rêves. D'ailleurs, cette nuit encore… Une vague de chaleur l'étreignit.

— Il ne se passera rien que Toby, le premier guide, ne puisse régler. Il connaît parfaitement son métier.

Il se leva et se planta devant la fenêtre.

— Brooke, ce n'est pas une bonne idée que je dorme ici.

— Tu t'inquiètes de ce que les gens diront ? Je sais qu'on est à la campagne, mais…

— Non.

Son regard capta le sien puis descendit sur elle, aussi appuyé qu'une caresse, et aussi éloquent qu'un baiser.

Elle comprit brusquement à quoi il songeait.

— Tu penses que nous risquons de… redevenir… intimes.

Elle ne pouvait se résoudre à prononcer le mot « amants ». Il était trop évocateur et trop provocant pour elle.

Elle vit sa mâchoire se raidir.

— Je ne le pense pas. J'en suis sûr, répliqua-t-il. Mais aussi sublime que cette nuit ait été entre nous, ça ne m'intéresse pas de recommencer.

Humiliée, elle se leva d'un bond. Elle commençait à avoir l'habitude de se faire rejeter par les hommes de sa vie à cause de son incompétence sexuelle.

— Eh bien… merci de ta franchise.

Alors qu'elle croyait que tout était dit — à sa place en tout cas, elle serait partie —, il traversa la pièce et la prit par le bras.

— Brooke, mon ex-femme était une voisine, c'était la petite sœur de mon meilleur ami. Un soir, après une fête, elle m'a proposé de me raccompagner chez moi parce que j'avais trop bu. Le lendemain, je me suis réveillé à côté d'elle, nu comme un ver, dans un hôtel. Je ne me souviens de rien, mais elle a prétendu que j'avais profité d'elle. Trois semaines plus tard, elle m'annonçait qu'elle était enceinte. Je l'ai épousée.

— Je ne te demande pas en mariage, Caleb, répliqua-t-elle, choquée d'être comparée à une femme qui avait dû mentir pour avoir l'homme qu'elle voulait.

— Ce que je veux dire, c'est que je suis sorti avec une voisine et que cette histoire nous a coûté, à moi et ma famille, la moitié de nos terres et cette maison. L'expérience m'a assez coûté pour que je n'aie pas envie de recommencer. Je ne prendrai pas le risque.

Il glissa la main sur sa nuque et pressa son pouce sur ses lèvres.

— Ne t'imagine pas que je n'ai pas envie de toi, Brooke, reprit-il d'une voix profonde. Cette nuit était incroyable.

Mais dormir ici, te savoir si proche sans pouvoir te toucher, ce serait une torture.

Son cœur s'emballa. Brûlée par le désir qui embrasait son regard, prisonnière de sa main, elle s'humecta les lèvres. Ils restèrent un instant immobiles et puis, étouffant un juron, il se pencha vers elle.

La sonnerie de la porte les fit sursauter. Caleb recula, comme tiré en arrière par une main invisible.

— Ça doit être Maria. Elle va t'expliquer le fonctionnement de la maison. Je vais lui dire d'entrer en partant.

Brooke suivit Maria dans toutes les pièces de la maison en prenant des notes, mais son esprit était ailleurs. De toute façon, elle voyait bien que cette matrone vive et tout en rondeurs n'avait pas besoin d'être écoutée.

Avant de débuter la visite, elle s'était excusée pour passer un coup de fil. La clinique avait refusé de changer son rendez-vous. Qu'elle vienne avant l'arrivée de ses premiers clients ou après leur départ, ils estimaient qu'elle serait trop loin de sa date prévue d'ovulation. Elle devait donc décider ce qui comptait le plus ce mois-ci : sa famille possible ou le lancement de son entreprise.

Le choix était clair — elle ovulerait le mois prochain, tandis qu'elle n'aurait plus jamais de premiers clients —, mais il n'était pas simple car d'un autre côté, un nouveau délai laissait la porte ouverte aux critiques de ses concurrents.

Un claquement de langue sonore et désapprobateur de Maria la fit sursauter.

— Charlie Junior devrait avoir honte d'avoir ignoré les dernières volontés de son père. Pauvre Caleb.

— Pauvre Caleb ? la relança-t-elle surprise.

— Caleb et Charlie avaient passé un accord. Tout le monde — même son fils — le savait.

— Quel accord ?

Si elle en jugeait par le plissement féroce qui déforma le visage de Maria, elle n'allait pas aimer la réponse.

— Caleb a travaillé pendant des années, au ranch et ailleurs, pour économiser sou après sou l'argent qui lui permettrait de racheter ses terres quand Charlie prendrait sa retraite. Mais Charlie n'a pas pris sa retraite. Le pauvre diable est mort, et la misérable vermine qui lui tient lieu de fils est devenu glouton au point de mettre la propriété aux enchères. Votre offre était au-dessus de la somme sur laquelle Caleb et Charlie s'étaient entendus. Trop d'argent pour ce que ça vaut, si vous voulez mon avis. En tout cas, il n'a pas pu récupérer son ranch.

Brooke se passa la main sur l'estomac. Elle avait besoin d'un comprimé.

— Quel accord avaient passé Charlie et Caleb ?

— Un accord d'honneur. La parole donnée et une poignée de main suffisent à la plupart des gens par ici.

Elle reçut le message avec un sourire tendu. Caleb était intervenu, mais tous les employés de Charlie avaient vigoureusement protesté avant d'accepter de signer leur contrat.

— Il n'a pas consulté d'avocat ?

— Ça, je n'en sais rien, il faudra lui poser vous-même la question.

— Je le ferai.

Avait-elle pris ce qui revenait de droit à Caleb ? Et si c'était le cas, comment pouvait-elle redresser le tort qui lui avait été fait et ouvrir quand même son séminaire ?

D'autres questions pourtant l'intriguaient. Si Charlie et Caleb avaient conclu un marché, pourquoi Caleb l'aidait-il aujourd'hui ? Il avait peut-être l'intention de saboter ses plans, se dit-elle. Son ancien agent publicitaire s'était bien rempli les poches sur son dos.

— Bon, reprit Maria, maintenant je dois faire des courses pour le ranch. Je prends le pick-up.

Elle possédait donc un pick-up ? Il devenait urgent de se plonger dans l'épais dossier que lui avait donné le notaire en même temps que les clés.

— Merci, Maria. Si vous voyez Caleb, pouvez-vous lui demander de revenir, s'il vous plaît ?

Elle lui tendit la liste des commissions qu'elle avait préparée et la gouvernante s'éclipsa.

Si Maria disait vrai et que Caleb avait un droit sur la propriété, elle lui devait réparation. Mais elle s'en occuperait plus tard, quand son affaire serait installée. Elle remettrait alors les compteurs à zéro.

Quand il se décida à répondre à sa convocation, Caleb trouva Brooke installée dans un rocking-chair sur son perron, absorbée par la contemplation du soleil couchant. Elle était pieds nus et ses orteils dépassaient de l'ourlet de son jean vert tendre. Pour se prouver qu'il résistait très bien à la tentation, il resta au pied des marches.

— Tu voulais me voir ?

— As-tu consulté un avocat à propos de ton accord avec Charlie ?

Il soupira. Maria avait parlé.

— Oui. Il m'a dit que la parole donnée ne vaudrait rien devant un tribunal, et le fils de Charlie était prêt à aller devant le juge. Il aurait bien voulu d'ailleurs. En fait, se résigna-t-il à ajouter, il a épousé mon ex. Il ne m'aime pas beaucoup.

— Alors pourquoi est-ce que tu m'aides ?

Il haussa les épaules.

— C'est la meilleure chose à faire.

Elle sembla sceptique.

— Qu'est-ce qui m'assure que tu ne vas pas saboter mon travail ? Parce que si j'échoue, tu y gagnes.

Il prit une profonde inspiration et maîtrisa sa colère. Elle ne le connaissait pas assez pour comprendre combien son sous-entendu était insultant.

— Je t'ai donné ma parole. J'ai même signé ton fichu contrat.

— D'après mon expérience, les gens n'aident pas leurs ennemis.

Il se passa la main sur la nuque.

— Tu n'es pas mon ennemie, Brooke. Tu n'es pour rien dans cette histoire. J'aurais dû pousser Charlie à écrire notre accord.

— Quand même, tu…

— Une victoire fondée sur le mensonge n'en est pas une ! s'exclama-t-il furieux avant de pincer les lèvres.

Ce n'était pas à elle qu'il en voulait. Comme il venait de le lui dire, elle n'était pour rien dans cette histoire.

Elle se leva et s'arrêta deux marches au-dessus de lui. D'un œil méfiant, il la vit incliner légèrement la tête et le scruter avec curiosité.

— Tu es sérieux ? lui demanda-t-elle alors.

— Evidemment !

Il vit un sourire lent et terriblement séduisant étirer ses lèvres pulpeuses. Son sang, immédiatement, ne fit qu'un tour.

— Que tu le veuilles ou non, Caleb Lander, tu es un vrai chevalier blanc.

Elle fit alors exactement ce qu'il redoutait. Prenant son visage entre ses mains, elle se pencha pour déposer un baiser sur ses lèvres. Alors qu'il avait levé les mains pour la repousser, il les sentit atterrir dans ses cheveux et au lieu de l'éloigner, comme il en avait la ferme intention, il approfondit un peu plus leur baiser.

Son hoquet de surprise se mua en ce petit bruit qu'il aimait tant. Oubliant tout, il grimpa une marche. Elle en descendit une, et ils se retrouvèrent l'un contre l'autre. Accrochée à sa chemise, elle l'attirait comme si elle avait voulu se fondre en lui.

Et lui, pauvre imbécile, ne désirait que ça. Il sentit son pied nu remonter sur son mollet. Il trébucha. Il parvint heureusement à amortir leur chute, mais il sentit en tombant la douceur de sa poitrine s'écraser contre son torse et il perçut le même petit bruit affolant qui s'échappait de sa gorge.

Le désir alors l'envahit à la vitesse et avec la puissance d'un ouragan. Toutes ses pensées tourbillonnèrent pour se concentrer en une seule : l'urgence absolue de se perdre en elle pour apaiser le brasier qu'elle allumait en lui.

Il posa la main sur son sein, et capta le soupir qui franchissait ses lèvres. Encouragé par sa réponse, il se pencha pour la mordiller à travers le tissu de sa chemise. Elle se pressa contre lui, l'invitant à poursuivre. Et il voulait continuer. Il voulait la libérer de toutes les inhibitions qui la retenaient. Savoir qu'il en était capable ne faisait que décupler son désir.

Mais il n'était pas prêt, se dit-il brusquement. Céder à ces pulsions ne pouvait qu'avoir des conséquences désastreuses.

Au prix d'un effort considérable, ignorant les vigoureuses protestations de son corps, il s'écarta. Sa raison — le peu qui lui en restait — parlait plus fort.

— Brooke, nous devons arrêter.

Elle le regarda sans comprendre, puis une violente rougeur lui envahit les joues. Elle s'échappa brusquement et se dressa sur ses pieds. Elle semblait horrifiée.

— Je suis désolée. Je ne sais pas à quoi je pensais. Bien sûr, tu as raison de m'arrêter. Un employeur ne doit jamais…

— Je n'ai pas de préservatif.

— Oh ! Je… heu… Moi non plus.

— Avoir une liaison n'est déjà pas une bonne idée, mais risquer une grossesse serait complètement idiot.

Il chercha son chapeau et le découvrit, avec Rico, en bas des marches.

— Surtout que j'ai prévu de tomber enceinte le mois prochain.

Sa volte-face fut si brutale qu'il faillit dégringoler.

— Pardon ?

Elle écarquilla les yeux et porta la main à sa bouche.

— Rien.

— Tu viens de dire que tu as prévu de tomber enceinte le mois prochain. Ton petit ami sait que tu le trompes ?

— Je n'ai pas de petit ami, répondit-elle en levant les mains. S'il te plaît, laisse tomber.

— Tu étais prête à me déshabiller et tu voudrais que je laisse tomber ?

— C'est personnel.

Elle se passa une main dans les cheveux et se mit à arpenter la terrasse.

— D'accord, admit-elle. De toute manière, tu finiras bien par le savoir. Alors voilà, mon rendez-vous à Dallas était dans une clinique pour une insémination artificielle. Je l'ai raté parce que je… parce que nous… enfin, tu sais pourquoi. Bref, j'ai pris un autre rendez-vous, mais il semble que je vais encore devoir le repousser parce qu'il tombe en plein pendant la semaine d'ouverture.

Il devait avoir loupé un détail parce qu'il n'arrivait pas à comprendre ce qu'elle disait.

— Tu vas te faire inséminer ? Comme une génisse ?

Elle fit la grimace.

— Oui.

— De qui sera-t-il, ou elle, l'enfant ?

— Ce sera le mien. L'élément mâle est issu d'un donneur.

L'élément mâle, il n'en croyait pas ses oreilles !

— Tu vas avoir un enfant de quelqu'un que tu n'as jamais vu ? Tu plaisantes !

Elle resta parfaitement sérieuse. Devant son silence, il sentit le nœud qu'il avait dans l'estomac se resserrer davantage.

Elle s'assit sur la première marche et posa son menton sur ses mains.

— Caleb, je veux une famille. J'ai trente-cinq ans, et je suis fatiguée d'attendre le prince charmant. Il n'existe pas.

— En tout cas, ce n'est pas dans un tube que tu vas le trouver.

— Je ne m'attends pas à ce que tu comprennes. Tu es proche de ta famille, pas moi. Je veux quelqu'un vers qui rentrer chez moi le soir, quelqu'un pour partager mes bonheurs et mes peines, et je veux un enfant. Et le temps qui me reste pour atteindre ce but est limité. Je pense que je vais réessayer le mois prochain.

— Tu as trente-cinq ans, Brooke, pas cinquante.

— Il faut en moyenne neuf mois à une femme de mon âge pour tomber enceinte. Ma mère a eu sa ménopause à quarante ans, et on lui a ôté l'utérus à quarante-cinq. Je veux plus d'un enfant, et mes chances ne cessent de diminuer.

— Pourquoi n'as-tu pas essayé de te servir de moi ?

C'était ce que sa belle-sœur avait fait à son frère. Brand ne s'en plaignait pas, mais ce n'était pas une raison.

— Parce que je veux que mon enfant ait un père ambitieux et éduqué.

Il accusa l'insulte.

— Qu'est-ce qui te fait penser que je ne le suis pas ?

Elle lui offrit un sourire de sympathie.

— Parce que tu es heureux là où tu es, à faire ce que tu

as toujours fait. Je ne peux même pas comprendre que tu ne veuilles pas plus.

Son regard empreint de pitié le mit brusquement en colère.

— Qu'est-ce que vous avez, vous, les femmes ? explosa-t-il. Vous courez toutes après le bonheur sans voir qu'il est sous vos yeux ! Le Saint-Graal n'existe pas, Brooke.

— Je pense que tu te trompes. Je te rappelle que mon travail consiste à apprendre aux gens comment réaliser le meilleur d'eux-mêmes. Tout le monde est capable de réaliser ses rêves.

Il en aurait hurlé de frustration.

— Il n'y a rien de mal à se satisfaire de son existence.

Il était évident qu'elle avait une piètre opinion de lui. Il croisa les bras et s'adossa à la rambarde.

— En tout cas, je n'ai pas à craindre de te voir piller mon matériel génétique.

— Bien sûr, tu es mon employé et je ne ferai jamais…

Il se redressa.

— Trésor, j'ai des nouvelles pour toi. Tu l'as fait dans cette chambre d'hôtel, plus d'une fois, et si je ne t'avais pas retenue, tu aurais recommencé. Ton employé a terminé sa journée.

Il descendit les marches et s'en alla d'un pas lourd vers la grange. Rien de tel qu'une bonne claque à l'ego pour terminer sa journée. Que Brooke ne veuille pas porter son enfant n'était pas le plus grave — de toute manière, il ne voulait d'aucune femme —, mais se faire traiter de rebus était très loin de le rendre heureux.

7

Considérer Caleb comme un donneur potentiel ? C'était ridicule ! se répéta-t-elle pour la deux centième fois au moins. Alors pourquoi ne riait-elle pas ?

Ne rien faire, à ses yeux, signifiait tout simplement stagner. Passer une journée sans avancer d'un iota vers les buts qu'elle se fixait — quels qu'ils soient — lui était intolérable. Caleb, de son côté, s'accrochait au statu quo. Il voulait passer sa vie entière dans la tranquillité et la continuité de sa propriété familiale.

Ce manque d'ambition la révoltait, mais un détail tempérait sa colère. Elle venait de découvrir qu'elle représentait un obstacle entre lui et ses attentes. C'était la première fois qu'elle se trouvait dans une telle position, qu'elle trouvait franchement inconfortable.

Avec sa tisane, elle avala un comprimé contre les brûlures d'estomac et se balança sur son rocking-chair. A ses pieds, Rico poussa un gémissement et dressa son oreille valide. Elle tendit la main pour le caresser. Au lieu de s'en aller, il posa la tête sur ses genoux et la contempla de son regard vairon. Elle lui sourit et soupira. Si seulement elle pouvait progresser aussi facilement qu'avec ce chien dans les autres aspects de sa vie personnelle !

L'arrière de la terrasse où elle s'était installée donnait sur un pré où Caleb, en compagnie du groupe d'adolescents qu'il avait recrutés dans les ranchs des environs, exerçait les chevaux. Il avait dit qu'ils devaient retrouver leur aisance avant l'arrivée de leurs premiers clients.

Caleb savait s'y prendre avec les jeunes, constata-t-elle. Il se comportait comme un oncle indulgent — enjoué la plupart du temps, mais ferme si nécessaire. Les plus jeunes semblaient l'idolâtrer. Les garçons le respectaient, et les jeunes filles déployaient tous leurs charmes pour lui plaire. Visiblement, elle n'était pas la seule à réagir à son charisme : quel que soit leur âge, toutes les femmes semblaient affectées par sa présence.

Les acrobaties d'un jeune garçon le firent éclater de rire. Traversée par une onde de chaleur, elle se souvint une fois encore de leur nuit. Elle avait découvert le rire profond de Caleb et elle avait fini par l'apprécier. Sa façon de faire l'amour alternait entre une sensualité torride et un érotisme plein d'humour. Elle n'aurait jamais cru que faire l'amour pouvait aussi être drôle.

Son carnet de notes ouvert sur ses genoux attendait qu'elle se mette au travail, mais son degré de concentration était égal à zéro. Elle écrivit : *« Chaque fois que c'est possible, prendre autant de plaisir en travaillant qu'en s'amusant. »*

Etonnée de découvrir une telle phrase sous sa plume, elle la relut. Caleb aimait s'amuser, songea-t-elle. Il aimait aussi son travail. Il le lui avait dit au restaurant, le jour de leur rencontre, et elle en avait la preuve devant les yeux. Elle ne l'espionnait pas ; elle apprenait ce que ses nouvelles fonctions impliquaient, sans prendre le risque d'un contact trop proche avec les animaux. Ou Caleb.

Elle fit défiler les pages de son carnet jusqu'à tomber sur la liste des atouts et des inconvénients de son donneur. Elle la relut et se surprit à ajouter deux autres colonnes sur la page suivante. Au-dessus d'elle et au milieu, avec le sentiment d'avoir perdu la tête, elle inscrivit le prénom de Caleb. Caleb n'était pas un donneur potentiel, se répéta-t-elle. Cette liste était une perte de temps absolue, et elle ne perdait jamais son temps. Chaque seconde de sa vie était orientée vers le progrès.

Sa main se plaça pourtant en haut de la colonne « inconvénients » et elle commença à écrire. Manque d'ambition. Manque d'éducation et de culture. Casanier. Mal dégrossi. Ne plairait pas à mes parents. Une relation avec lui équivaudrait à un suicide professionnel. Mes détracteurs s'en donneraient à cœur joie de me voir finir avec un cow-boy inculte. Il me rend folle.

Cette dernière entrée la troubla tant qu'elle passa à la colonne des qualités. Alors qu'elle se croyait incapable de remplir cette partie du tableau, sa main se mit à courir sur la page. Aime la vie de famille. Gentil. Attentionné. Doux. Sociable. Sait s'adapter aux autres, en particulier aux enfants turbulents. Me donne le sentiment d'être une femme.

Elle ferma son calepin d'un geste sec. Cette liste était stupide, elle devait se limiter aux caractéristiques objectives d'un vrai donneur, la couleur des yeux, l'historique médical, les mensurations, le quotient intellectuel.

Elle poussa un nouveau soupir et massa ses tempes douloureuses. Le jappement de Rico l'avertit de l'arrivée de Caleb. Sa démarche souple et assurée lui procura un frisson qu'elle s'empressa de maîtriser en détournant les yeux.

Il grimpa les marches deux à deux et s'arrêta devant elle.

— Selle ton cheval.

— Pardon ?

— Il y a assez longtemps que tu te caches. Tes clients arrivent dans moins d'une semaine et tu ignores tout ce qui se passe hors de ces murs. Comment diriger ce ranch si tu ne connais rien aux activités qu'il propose ?

Il n'avait pas tort, mais elle avait lu toutes les brochures de Charlie et rien de ce qu'elle avait découvert ne l'avait convaincue qu'il était urgent d'en faire l'expérience. En outre, elle doutait que les clients de son séminaire — des cadres d'entreprises, des femmes et hommes d'affaires — veuillent camper à la belle étoile et manger le produit de leur pêche sur les feux qu'ils auraient préparés.

— D'abord, je ne crois pas indispensable d'apprendre à pêcher et puis pour ton information, je ne me cachais pas. Je travaille sur mon prochain livre.

Ce n'était pas la stricte vérité, étant donné les détours de ses pensées sur des chemins interdits, mais ce n'était pas entièrement faux. Son calepin fermé sur ses genoux en témoignait.

Pour affirmer son assurance, elle se leva. Ce qui eut pour conséquence qu'elle se retrouva juste en face de lui. Mais il était trop tard pour se rasseoir. Heureusement, il recula et s'adossa à la rambarde.

Elle relâcha l'air retenu dans ses poumons.

— Je t'aurais crue plus courageuse.

Elle se raidit.

— Pardon ?

Son sourire amusé la chamboula.

— Tu as peur que quelque chose s'infiltre dans ton sac de couchage ?

Plutôt quelqu'un.

— Pas du tout.

— Prouve-le.

Un éclair de défi traversa ses prunelles. Malheureusement pour lui, les défis ne lui avaient jamais fait peur.

— C'est très puéril de me provoquer.

— Tu trouves puéril de vouloir te montrer pourquoi tes clients déboursent une somme conséquente ? Tu as dit toi-même qu'un séjour au ranch n'était pas donné.

Elle détestait quand il avait raison. Et encore plus quand il trouvait les arguments pour lui faire faire précisément ce qu'elle ne voulait pas. Elle se serait bien passée d'un tel défi aujourd'hui. La conversation qu'elle avait eue au téléphone avec sa mère l'avait minée. Et si elle ajoutait le travail de sape de ses fichues hormones…

— Tu as déjà campé ? lui demanda-t-il avec curiosité.

— Oui, mais comme pour l'équitation, je ne crois pas que quelques séjours en colonie font de moi une campeuse.

— Laisse ton maquillage et tes vêtements neufs à la maison, et tout ira bien. Les couleurs claires sont salissantes et tu vas te salir.

Cette précision n'était pas faite pour soulever son enthousiasme, mais elle reconnut qu'un changement d'air et de décor était peut-être exactement ce qu'il lui fallait.

— Nous partons dans une heure.

Il s'en alla avant qu'elle puisse trouver la moindre excuse. Alors, en espérant que ses muscles seraient mieux exercés cette fois-ci — la pommade qu'il lui avait donnée sentait horriblement mauvais —, elle rentra se changer.

Dans l'entrée, elle croisa Maria qui lui tendit le téléphone.

— C'est pour vous. Votre avocat, à ce qu'il paraît.

Elle remercia sa gouvernante et s'éloigna.

— Phil ?

— Oui, et je n'ai pas de bonnes nouvelles. Notre ami continue de vous dézinguer sur les ondes.

Avait-elle dépassé la dose permise de ses médicaments ?

— Et qu'a-t-il dit, cette fois ?

— A peu près la même chose. Que vous prêchez l'épanouissement personnel, mais que vous êtes très loin de le mettre en pratique. Il frôle la diffamation, mais il n'a toujours pas franchi les limites. Voulez-vous que je prenne des mesures ?

— Si ce n'est pas de la diffamation, on ne peut rien faire.

Seul l'accomplissement de ses buts personnels le ferait taire.

— Je pourrais informer la presse de ses relations avec une demoiselle que sa femme ne connaît pas.

Dans la vie, Phil était un homme charmant, mais professionnellement, il adorait l'odeur du sang.

— Cela ferait surtout souffrir les siens. Je ne suis pas en campagne électorale, Phil.

— Non, il s'agit seulement de votre carrière. Je peux demander un droit de réponse.

— D'accord, mais attaquez-vous au problème, pas à la personne, et n'oubliez pas que pour l'instant, il n'a pas tort. Mais pour l'instant seulement. Je ne vais pas tarder à lui prouver qu'il se trompe.

— Avant la sortie de votre prochain livre, j'espère. Parce que je n'aimerais pas voir le résultat de sa campagne de dénigrement sur les ventes.

Elle non plus, mais ce furent les paroles de Caleb qui lui vinrent à l'esprit. « Une victoire fondée sur le mensonge n'en est pas une ! » Elle ne pouvait qu'être d'accord.

Caleb était derrière Brooke quand elle baissa son fusil. Il n'aurait pas dû être étonné qu'elle le tienne correctement, mais il l'était. Et elle avait touché deux des dix leurres qu'il avait lancés.

— Pas si mal pour une citadine.

— J'ai suivi un cours d'autodéfense, mais l'instructeur du maniement des armes ne nous a pas appris à tirer sur des cibles mouvantes.

Elle vida la chambre du fusil et le reposa dans son étui avec des gestes calmes, sûrs, efficaces. Autant de qualités qu'il lui était difficile de ne pas apprécier.

— Et maintenant ?

— Les clients auront droit à une chevauchée au soleil couchant et une autre à l'aube. Nous avons conduit les chevaux jusqu'ici en voiture. Nous passons donc au chapitre suivant.

Le soleil couchant découpait sa silhouette, et il dut se rappeler qu'elle était désormais sa patronne. Il n'avait aucun intérêt à la détailler, ni à se souvenir de son corps nu devant lui. Il toussota.

— Dans une expédition normale, reprit-il, l'équipe dresse le camp pendant que les randonneurs préparent le produit de leur pêche. Tu vas regretter d'avoir rejeté cette perche à l'eau, tout à l'heure. Elle aurait été divine.

Elle lui suivit vers leur campement.

— Après l'avoir vue vivante, je n'aurais pas pu la manger.

— Mauviette, ne put-il s'empêcher de lui lancer en souriant.

Brooke offrait un curieux mélange, songea-t-il en la voyant hésiter entre un sourire amusé et la contrariété. D'un instant à l'autre, elle pouvait passer de la froideur la plus décourageante à la sensibilité la plus troublante, mais elle s'était prêtée sans broncher à toutes les expériences qu'il lui avait imposées pendant l'après-midi. Et il ne l'avait pas ménagée. Au final, il admirait son cran. Il ne lui restait plus maintenant qu'à réussir à la détendre.

Il n'avait jamais rencontré quelqu'un d'aussi résolu. Elle prenait tout à cœur, jusqu'aux moindres détails. Pas étonnant qu'elle ait des brûlures d'estomac. Quand il l'avait vue broyer du noir sur son porche, il s'était dit qu'il devait faire quelque chose. Lui montrer la réalité du Double C lui avait semblé un moyen aussi bon qu'un autre pour tester ses limites et son envie de rester. Elle finirait par partir. Et son départ serait une excellente chose, se rappela-t-il. Il pourrait récupérer ses terres.

Le tout était qu'elle ne lui manque pas trop.

Elle examina l'endroit qu'il avait dégagé pour leurs sacs de couchage, puis considéra avec méfiance l'obscurité qui commençait à les envelopper.

— J'aurais préféré une tente.

— Sauf qu'on ne voit pas les étoiles sous une tente.

Il s'était douté qu'elle n'aimerait pas dormir à la belle étoile, mais ses clients seraient amenés à faire cette expérience une ou deux fois au cours de leur séjour, il s'était dit qu'elle ne pouvait pas passer à côté. Et surtout, l'idée de partager l'intimité d'une tente avec elle lui avait semblé trop risquée.

Les pommes de terre qu'il avait glissées autour du feu répandaient une délicieuse odeur. Il s'accroupit devant les flammes et positionna la grille sur les pierres du foyer.

— Puisque tu n'as pas rencontré le bœuf, tu crois que tu pourras manger du steak ?

— Très drôle.

Elle s'accroupit à côté de lui et tendit les mains vers les flammes.

La température avait baissé et la nuit de septembre s'annonçait fraîche. Alors qu'elle se frottait les mains, il vit le feu briller sur le médaillon niché entre ses seins.

Il détourna le regard pour tisonner les flammes et poser leur viande sur la grille. L'arôme lui rappela qu'il avait sauté le déjeuner pour préparer cette expédition.

— Tu disais que tu avais campé dans ta jeunesse.

— Seulement une semaine chaque été de mes dix ans à mes treize ans.

— Pourquoi n'as-tu pas continué ? Tu n'aimais pas ?

— J'ai adoré, mais il était temps de penser à mon avenir. J'ai commencé à travailler.

Il nota le brusque assombrissement de son humeur.

— Quel genre de travail ? demanda-t-il.

— J'étais groom puis huissier à la Chambre des représentants, puis employée de bureau chez un juge.

— Du sérieux.

Il aurait dû se douter qu'elle n'avait pas fait des petits boulots aussi simples que du baby-sitting ou de la tonte de gazon pour des gens comme tout le monde.

— Tu étais une enfant ambitieuse.

— Je devais l'être pour assurer par rapport à mes super fonceurs de frères et sœurs. Robert est un prodige de Wall Street. Kathleen est la reine des fonds d'investissement. Ils font la fierté et le bonheur de nos parents.

— Tu es l'exception ?

— C'est ce que je me dis quelquefois, répondit-elle avec un haussement d'épaules désabusé. Mon travail n'est pas franchement vital.

— Changerais-tu avec le leur ?

— Pour rien au monde ! s'exclama-t-elle avec ferveur. Ils travaillent plus de soixante heures par semaine et voient rarement leur famille. Ils travaillent aussi avec les chiffres, pas les gens. Je ne pourrais pas.

— Si ce n'est pas le travail que tu veux faire, tu ne devrais pas les envier. Mon frère Brand était champion de rodéo. Il a ramassé beaucoup d'argent et des tas de jolies filles lui ont couru après. C'était tentant, mais je n'ai jamais voulu être à sa place parce qu'il n'était jamais chez lui et moi, c'est là que je veux être.

Ils contemplèrent les braises, laissant les chuintements de la graisse interrompre leur silence. Brooke semblait perdue dans ses pensées.

— Que se passe-t-il pendant le dîner ? demanda-t-elle brusquement. Les prospectus parlent du folklore de l'Ouest.

— Les guides racontent des histoires de cow-boys.

— Tu en connais ?

— Moi, non. C'est Toby le spécialiste. Je ne sais pas raconter des histoires. Je suis à peu près aussi drôle qu'un huissier de justice et je ne me souviens jamais de la fin.

Elle le considéra avec sérieux.

— Tu m'as dit que tu t'étais marié parce que ta petite amie était enceinte, mais tu n'as pas d'enfant. Que s'est-il passé ?

Il faillit lâcher le steak qu'il retournait. Mais quelqu'un finirait par tout lui raconter, autant que ce soit lui.

— Amanda a menti. Elle n'était pas enceinte. Nous n'avions même pas couché ensemble. Elle m'a piégé. Je ne l'ai su qu'une fois marié.

— Oh, Caleb, je suis désolée !

— Pas autant que moi. Son frère était mon meilleur ami, jusqu'à ce qu'elle lui raconte que j'avais profité d'elle. Notre amitié n'a pas résisté au choc. Je ne regrette pas Amanda, mais Whitt me manque. Je le considérais comme un frère.

— Qu'a-t-il dit quand tu lui as raconté la vérité ?

— Je ne l'ai pas fait. Amanda était déjà ma femme. Je pensais qu'on s'en sortirait.

Il retourna les pommes de terre dans la cendre.

— Puisque nous en sommes aux questions difficiles, il va falloir me dire pourquoi tu as renoncé au prince charmant.

— J'ai eu trois relations sérieuses, répondit-elle après une longue hésitation. Elles se sont toutes achevées de façon désastreuse.

— Pourquoi as-tu rompu ?

Il était sûr que la rupture venait d'elle. Aucun homme raisonnable ne la laisserait partir.

— Mon premier amant était un de mes professeurs d'université. Il m'a aidée à publier mon premier livre et puis il a couché avec ma camarade de chambre. Fin de l'histoire. Le deuxième était mon agent publicitaire. J'ai fini par découvrir qu'il aimait plus mon argent que moi, mais seulement après que nous soyons fiancés et que nous ayons fait compte commun. Fin de la deuxième histoire.

Elle se leva et il la regarda faire le tour du feu jusqu'à en avoir le vertige.

— Je voulais une famille, reprit-elle en luttant visiblement avec des sentiments contradictoires. Mes chances d'avoir un enfant sont sérieusement réduites par mes antécédents médicaux. J'avais fait deux mauvais choix, alors pour le troisième, j'ai décidé de faire confiance à mon père. J'ai eu une liaison, la dernière, avec son protégé. Malheureusement pour moi, William voulait seulement grimper dans l'estime de son mentor, même si cela signifiait le mariage. Je lui ai dit adieu le jour où je l'ai découvert dans les bras de son petit copain.

Elle s'arrêta de l'autre côté des flammes.

— Comme tu vois, je ne suis pas douée pour choisir mes partenaires.

Son amertume lui arracha une grimace. Il voulut protester, mais elle l'arrêta.

— Toi y compris, Caleb. Tu n'es tellement pas l'homme qu'il me faut, mais ça ne m'empêche pas… de te vouloir.

De stupeur, il en lâcha son steak.

— Répète.

Elle prit une profonde inspiration et se lança.

— Je n'ai jamais autant aimé faire l'amour qu'avec toi. J'avais fini par me convaincre que mes amants étaient allés voir ailleurs parce que j'étais frigide. Mais je ne l'ai pas été entre tes bras. Et je ne peux pas oublier la nuit que nous avons partagée. J'y reviens sans cesse, et je n'arrive pas à savoir si ma réaction n'était qu'un hasard.

D'abord, il n'en crut pas ses oreilles, puis un flot de colère l'envahit contre les trois abrutis qu'elle avait croisés dans sa vie.

— Le hasard n'a rien à voir là-dedans, Brooke. Tu es le contraire de la froideur. Tu es tellement sensuelle que je…

Il se leva et, les poings serrés, s'écarta du feu. Il ne voulait pas céder à la violence du désir qui l'étreignait. Elle n'était pas seulement sa patronne, ou sa voisine, elle possédait la terre qu'il avait l'intention de racheter. Et à la lueur de son aveu, il ne voulait surtout pas qu'elle le prenne pour un autre des crétins qui avaient abusé d'elle.

— Mange et couche-toi, lui lança-t-il par-dessus son épaule. Je vais voir les chevaux.

Ils n'avaient pas besoin de lui, il l'avait vérifié tout à l'heure, mais il avait besoin d'un peu d'espace et de temps pour maîtriser ses émotions.

— Caleb.

Sa main sur son bras le fit sursauter. Il se figea.

— Montre-moi que ce n'était pas le hasard. Prouve-moi que je ne suis pas une femme infirme.

Il ne fit pas un geste. S'il se tournait, il ne pourrait pas résister.

— Tu es ma patronne.

— Et je t'assure que ta réponse, qu'elle soit positive ou non, n'affectera en rien notre travail.

Incapable de bouger ou de parler, il savait seulement qu'il la désirait et qu'il ne pouvait pas accepter ce qu'elle lui proposait.

— Je comprends, reprit-elle en lâchant son bras. Je sais que je suis difficile et longue à… stimuler. Je…

Sa rapidité à accepter sa défaite le mit hors de lui. Il pivota sur ses talons. Devant son visage désemparé, au risque de pulvériser ses meilleures intentions, il lui souleva le menton et attendit qu'elle croise son regard.

— Tu sais exactement ce qu'il te faut pour avoir du plaisir et tu n'as pas peur de le demander. Ne t'excuse pas, Brooke. C'est excitant en diable, mais…

Le regard brusquement brillant, elle posa la main sur la sienne et poussa ses doigts vers ses lèvres. Puis elle glissa le bout de la langue sur ses doigts et il se sentit perdre pied.

— Ce n'était pas une bonne idée la première fois non plus et c'était quand même merveilleux. Tu dois reconnaître tes désirs, Caleb, et ne pas avoir peur de les satisfaire. J'ai envie de toi. Je ne te demande pas une relation durable, juste de m'aider à savoir si cette nuit était une exception.

Il voulait qu'elle se détende, mais il n'avait pas prévu cette tournure des événements. Il libéra ses mains, la prit par la taille et tenta de l'écarter avant qu'elle se rende compte de son état d'excitation.

— Il faut dîner, prétendit-il.

Elle dut percevoir son hésitation parce qu'elle lui adressa ce petit sourire mutin qui le faisait craquer, avant de lui répondre :

— Je n'ai pas faim.

Le timbre de sa voix ébranla ses meilleures résolutions. Elle lui proposait du plaisir sans engagement. Pas le mariage. Il était un peu gêné par son désir de grossesse, mais elle avait trouvé son étalon. Alors, tant qu'il faisait attention, il n'avait rien à craindre. De toute manière, leur dîner partait en fumée.

— On parle seulement de ce soir, d'une semaine ou bien de l'année entière ?

— Du temps qu'il faudra, tant que ça reste agréable.

— Il te faudra un contrat ?

Son rire si féminin acheva de le troubler.

— Je ne crois pas que ce sera nécessaire.

Alors, il succomba au désir qui l'étreignait et se pencha vers elle. Mais leurs bouches se heurtèrent si brutalement qu'il l'écarta.

— Oh, Brooke, doucement ! lâcha-t-il dans un sourire.

Sans lui répondre, elle glissa les bras autour de son cou et captura ses lèvres. Son baiser était si passionné, tellement gourmand, qu'il crut trébucher quand elle s'éloigna très légèrement pour déboutonner sa chemise.

D'un geste rapide, elle écarta les pans, puis pressa les lèvres sur son torse, laissant courir la pointe de sa langue sur sa peau surchauffée. Au comble de l'impatience, il glissa la main dans ses cheveux et lui souleva la tête pour s'emparer encore de ses lèvres et assouvir le brasier qui le consumait.

Entre ses mains fébriles, la boucle de son ceinturon ne fut pas longue à céder. Elle le débarrassa de sa chemise, laissa glisser ses mains sur son dos et s'empara fermement de ses fesses. Elle devait ralentir, songea-t-il, brusquement galvanisé, ou bien ils auraient fini avant d'avoir commencé.

Alors il la souleva entre ses bras, l'allongea sur le sac de couchage, puis il lui prit les mains et les monta au-dessus de sa tête, tout en prenant garde à rester hors de portée de sa bouche affamée.

— Tu peux m'expliquer ce qui se passe vraiment ?

Elle se mordit la lèvre et plissa les paupières.

— Une journée ne doit jamais s'achever sur une note négative. La mienne a été vraiment mauvaise. J'ai besoin qu'il m'arrive quelque chose de bien.

— Je suis une récompense, c'est ça ?

— Oui.

Il aurait pu se sentir vexé, mais son regard brillait d'une convoitise bien plus que séduisante.

— Tu me trouves égoïste ? lui demanda-t-elle, inquiète.

— Pas du tout ! Je pense surtout que tu es honnête. Mais attention, trésor, je ne suis pas seulement bien, je dispense un service cinq étoiles.

— Ça, commença-t-elle avec un sourire des plus engageant, c'est à moi d'en juger.

Un défi, songea-t-il, électrisé. Il n'en avait aucun besoin, mais il adorait ceux de Brooke. Et s'il voulait y répondre, il avait intérêt à freiner l'ardeur dont elle faisait subitement preuve.

Maintenant ses poignets prisonniers dans une main, il glissa l'autre sur sa taille et remonta l'ourlet de son T-shirt pour embrasser sa peau argentée.

— Tu vois, dit-il, ce sont les touches particulières qui donnent toute son originalité au Double C.

Il remonta un peu plus le tissu, effleurant son nombril, savourant la douceur de sa peau, mais lorsqu'il découvrit sa poitrine, sa gorge brusquement se noua. La dentelle de son soutien-gorge était si fine qu'elle aurait aussi bien pu être nue et ses seins, frémissants, se dressaient à sa rencontre. D'un geste, il dégrafa l'attache frontale, écarta la dentelle et embrassa chacune des pointes délicieusement offerte à ses baisers.

— Je n'ai jamais fait l'amour en plein air, lâcha-t-elle dans un souffle.

Elle luttait pour libérer ses mains, mais il la maintenait fermement. Il était trop excité pour supporter des caresses qu'il savait redoutables.

— Je suis ravi de compléter ton éducation, murmura-t-il d'une voix rauque en remontant son T-shirt jusqu'à ses poignets. Ne bouge pas.

Son jean tout neuf se révéla nettement moins coopératif, et sa façon de se tortiller ne l'aidait pas. Il réussit néanmoins à le faire glisser sur ses jambes avec son slip. Il remonta ensuite la main sur ses courbes de satin jusqu'à l'extraordinaire douceur des boucles blondes de sa toison. La sentant prête à l'accueillir, il la débarrassa vivement de ses bottes et de ses chaussettes.

Elle voulut le toucher, mais il l'en empêcha.

— Ne bouge pas.

Il se déshabilla en un temps record et plongea la main dans sa sacoche de selle à la recherche des préservatifs qu'il avait achetés en faisant des courses rapides au magasin local. Il déchira la boîte, en sortit un et l'enfila sans la moindre hésitation.

— Tu avais prévu que nous ferions l'amour ?

Sa voix haletante combinée au spectacle de sa nudité caressée par la lune et la lueur des flammes anéantirent le peu de patience qui lui restait.

— Non. Je n'en suis pas fier, mais je ne peux pas être près de toi sans avoir envie d'être en toi. Je me suis dit qu'il valait mieux prendre mes précautions, au cas où.

Elle se débarrassa du T-shirt resté à ses poignets et lui tendit les bras.

— Alors tu es terriblement loin, cow-boy.

Il se pencha et captura la pointe d'un de ses seins entre ses lèvres. Elle referma les mains autour de son visage et le maintint contre elle pour mieux sentir ses baisers. Sa sensibilité, la tiédeur de sa chair, ses soupirs, tout l'enivrait. Mais avant de donner libre cours au besoin qui le dévorait, il voulait effacer les doutes qu'elle nourrissait quant à ses capacités amoureuses.

Alors il descendit le long de son ventre, goûtant toutes les nuances et tous les frémissements de sa peau jusqu'à la toison bouclée de son sexe. Grisé par son parfum, il s'arrêta.

Comment pouvait-elle s'imaginer être insensible ou rebutante ? Le désir qu'elle lui inspirait était plus ravageur que le feu qui avait carbonisé leur dîner. Le goût de sa féminité, si intime sur sa langue, était capable à lui seul de le faire exploser. Pourtant, malgré son impatience à lui prouver combien elle était sensuelle, et combien ses réactions le rendaient fou, il poursuivit lentement ses caresses, attentif à toutes les vagues de plaisir qu'il sentait naître en elle aussi bien qu'en lui-même. Quand il sentit ses mains agripper ses cheveux et, dans un spasme ultime, son corps s'abandonner dans un cri avant de retomber, vaincu, il s'écarta tout doucement et déposa un baiser au creux de sa cuisse.

— Alors, tu crois toujours que c'est un hasard ?

Elle le considéra avec une moue rêveuse, mais une étincelle brillait dans son regard.

— Je ne sais pas, répondit-elle faussement songeuse.

Il éclata de rire et la serra entre ses bras. Sa provocation espiègle l'électrisait autant que son incroyable volupté.

— Alors je vais être obligé de recourir aux grands moyens.

— Oh, je t'en prie.

Incapable de résister plus longtemps, il se ficha profondément en elle. Le soupir avec lequel elle l'accueillit, son étreinte, allumèrent un tel brasier dans ses veines qu'aucun de ses mouvements, aussi puissant soit-il, ne semblait en mesure de l'apaiser.

Ses ongles qui couraient sur son dos, ses mains qui l'empoignaient, ses jambes nouées autour de lui, tout décuplait son plaisir. Et quand elle lâcha son prénom dans un cri, il sut qu'il avait brisé toutes ses inhibitions. Traversé par un frisson d'une incroyable intensité, il céda à la sublime contraction des muscles qui enserraient son sexe, et se désintégra avec elle.

Ebloui par l'explosion de ses sens, il la serra contre lui et roula sur le côté. Son cœur battait la chamade. Son corps et son cerveau venaient de fusionner ! L'expérience était inouïe. Faire l'amour avec Brooke pouvait très bien devenir une habitude, songea-t-il en reprenant doucement ses esprits, et sa proposition d'une relation sans attache ni obligation était un don du ciel.

Alors pourquoi cette perspective lui laissait-elle un goût d'inachevé ?

De son côté, Brooke, délicieusement épuisée, se lova contre lui. La main posée sur son torse, elle savourait le bonheur de constater qu'elle n'avait aucun problème avec sa sexualité. En la libérant de ses inquiétudes, Caleb venait de lui offrir un cadeau inestimable. Mais il était comme ça, se dit-elle. Il semblait toujours penser d'abord aux autres.

Portée par la générosité dont il venait de faire preuve et par les notes qu'elle avait griffonnées dans son journal un peu plus tôt, elle laissa ses réflexions dériver. Et tout à coup, avec la précision d'un verrou actionné par la bonne clé, elle les sentit s'ouvrir brusquement sur l'évidence : Caleb pouvait détenir la solution du problème qui l'empêchait d'avancer.

Un flot d'adrénaline la traversa.

— Caleb ?

— Humm ? lui répondit-il d'une voix endormie.

Elle prit une profonde inspiration.

— Tu ne veux pas faire mon enfant ?

8

— Quoi ?

Caleb, les yeux écarquillés, la regarda avec stupeur puis son visage se durcit.

Brooke soupira. Elle ne s'attendait pas à une réponse enthousiaste, mais elle voulait qu'il réfléchisse au moins à sa proposition.

— Attends, fit-elle en posant un doigt sur ses lèvres. Ecoute-moi. S'il te plaît.

Il repoussa sa main, lui jeta un regard noir, et se leva pour se rhabiller à la hâte.

Le froid de la nuit et la rebuffade de Caleb s'abattirent en même temps sur elle. Elle s'assit et remonta le sac de couchage sous son menton.

— Caleb…

— Pas question ! s'exclama-t-il en enfilant sa chemise avec des gestes brusques.

— Je possède quelque chose que tu veux.

Son regard la transperça avant de se détourner.

— Même si le sexe est génial entre nous, répondit-il, ça ne vaut pas le prix que tu demandes.

— Je ne parle pas de moi, reprit-elle en ignorant l'acidité de sa voix, mais de la terre. Si tu me donnes un enfant, je te la donne.

Il s'immobilisa, une botte à la main. Elle avait au moins réussi à capter son attention.

— Répète un peu ce que tu viens de dire.

— Je garderai ce qu'il me faut pour mon activité, mais je te cède les pâtures en échange de ta… contribution.

— Et ton donneur idéal, il est parti dans la nature ?

Son sarcasme était blessant, mais sa question, reconnut-elle, était juste. Qu'était en effet devenu son donneur idéal ? Et surtout, qu'en était-il de ses certitudes ? La réponse était simple, se dit-elle. Au contact de Caleb, elle avait simplement commencé à se demander si des qualités comme la patience, la générosité ou la considération étaient génétiques. Elle voulait que son enfant soit doté de toutes ces caractéristiques, mais elle ne les trouverait pas dans un dossier médical.

— Il n'est qu'une feuille de papier, répondit-elle. Un alignement de faits et de probabilités que je n'ai aucun moyen de vérifier. Tandis que toi, tu es un spécimen vivant, en chair et en os.

— Un spécimen, répéta-t-il en enfilant rageusement son autre botte. Pas question !

Leur discussion s'engageait mal, mais elle n'était pas de nature à accepter facilement la défaite. Sa proposition était mal présentée, elle tombait au mauvais moment, c'était tout.

— Pourquoi non ?

Il lui décocha un regard furieux.

— Parce que je ne suis pas un étalon. Ma saillie n'est pas à vendre. Oublie.

— Caleb, sois raisonnable. Tu as besoin des terres.

— Je-ne-suis-pas-à-vendre, répéta-t-il en détachant chacune de ses syllabes. Habille-toi. On s'en va.

En quelques coups de talon, il écrasa les braises et les morceaux carbonisés de leur dîner puis s'éloigna vers les chevaux.

Elle s'habilla avec lenteur. Elle l'avait blessé, alors que ça n'était pas son intention. Il aurait dû être flatté qu'elle le considère digne de concevoir son enfant. D'accord, il n'avait pas été à l'université, mais la semaine écoulée lui avait fait comprendre qu'il était un homme intelligent. Il n'était pas blond, mais il avait tout pour faire de magnifiques bébés.

Le manque d'ambition de Caleb serait toujours un problème, mais elle saurait transmettre à son enfant la soif du perfectionnement et l'amour du progrès. Après tout, c'était sa vocation, et elle y excellait.

Elle roula les sacs de couchage, les rangea dans le coffre du pick-up puis ramassa leurs autres affaires disséminées autour du feu pendant qu'il faisait monter les chevaux dans la remorque. Lorsqu'elle eut terminé, elle monta à sa place et attendit.

— Caleb…

— Tais-toi. Je suis furieux, et je n'ai rien d'agréable à dire.

Il tourna le contact avec une telle rage qu'elle s'étonna de ne pas voir la clé se briser entre ses doigts.

Le retour au ranch fut cahoteux, silencieux et tendu. Elle éprouvait le sentiment curieux de l'avoir déçu. De temps à autre, les phares éclairaient des daims et d'autres animaux qu'elle n'avait jamais vus. En d'autres circonstances, elle lui aurait demandé de ralentir, et elle lui aurait posé des questions. Il était incollable sur la région et sa faune. Mais elle resta silencieuse jusqu'au moment où il pila devant l'entrée de son chemin.

Elle posa la main sur son avant-bras.

— S'il te plaît, réfléchis à ma proposition.

— Inutile.

A la faible lueur du tableau de bord, elle distinguait à peine ses traits, mais son hostilité était manifeste. Il se tourna vivement vers elle.

— Faire un enfant et l'abandonner ! Pour quelle espèce de salaud me prends-tu ?

— Ce n'est pas ce que je te demande.

— Tu me demandes peut-être en mariage ?

Son sarcasme, et le mépris qui l'accompagnait, l'atteignirent en plein cœur.

— Pas du tout, répliqua-t-elle. L'insémination artificielle est parfaitement courante aujourd'hui. Beaucoup de femmes actives et célibataires y ont recours.

— Sans moi.

Il abattit son poing sur le volant.

— Quand ma mère nous a quittés, mon plus jeune frère n'avait que deux ans. Je sais ce que c'est qu'appartenir à une famille brisée. En as-tu la moindre idée ?

Elle se pinça les lèvres.

— Je suis désolée. Je ne savais pas. Mes parents n'ont pas toujours été encourageants, mais ils ont toujours été présents. Mais j'ai bien réfléchi, Caleb, insista-t-elle. Je sais que je serai une bonne mère.

Il se contenta de regarder devant lui, puis il desserra le frein à main.

— Bonne nuit, déclara-t-il.

Elle soupira et descendit. Insister davantage ne ferait que le braquer un peu plus. Elle allait lui laisser le temps de réfléchir. Il finirait par comprendre que sa proposition était intéressante car il n'était pas le genre d'hommes hermétiques à la raison.

Caleb vit arriver Patrick au moment où il coupait le moteur.

— Enfin, s'exclama son frère en ouvrant sa portière, je te cherche depuis deux heures !

Son inquiétude effaça aussitôt la déception qui l'écrasait. Brooke était comme toutes les femmes. Elle voulait l'utiliser, et une fois qu'elle aurait ce qu'elle voulait, elle s'en irait. Il descendit.

— Que se passe-t-il ?

Patrick était déjà à l'arrière du pick-up.

— Brand a téléphoné. Il est à l'hôpital avec Toni. Les bébés arrivent.

Cette perspective le figea et Patrick dut le tirer par le bras.

— Allez, dépêche-toi ! Papa est déjà parti.

Pendant que Patrick s'occupait de l'autre jument, il fit descendre Roquette de la remorque et la conduisit à l'écurie.

— Brand nous demande seulement d'être là, et j'ai bien l'intention d'y aller. Je crois qu'il est terrorisé.

— Attends un peu, s'exclama-t-il incrédule. Notre petit frère passe sa vie à affronter des taureaux, et tu voudrais me faire croire qu'il est terrorisé par un bébé !

— Deux, répliqua Patrick. Mais ce n'est pas la question. Il s'inquiète pour Toni. Les dernières semaines ont été difficiles.

Leur frère avait fini par tomber réellement amoureux de la femme qui, par ses manigances, l'avait poussé au mariage. Il n'en revenait toujours pas, mais le sentiment de menace diffus qui l'habitait se précisa : Brooke faisait la même chose. Et si elle arrivait à ses fins, il connaissait très bien la suite : les larmes, des récriminations et sa vie à lui anéantie.

Il avait déjà vécu ça et il n'était pas disposé à commettre les mêmes erreurs.

Il détacha la remorque et remonta au volant. Patrick s'engouffra à côté.

— Mais au fait, tu n'étais pas parti pour une balade au clair de lune ? Il est à peine minuit. Que s'est-il passé ?

— Rien.

L'histoire était bien trop tordue pour qu'il en parle à son frère. Personne ne fuyait les responsabilités aussi vite que Patrick. Et puis certaines décisions se prenaient seul.

— Tu as perdu la main ?

— Tu veux y aller à pied ? lâcha-t-il d'un ton revêche.

— Elle t'a envoyé paître, c'est ça ?

Son éclat de rire acheva de le mettre en colère.

— Mêle-toi de tes affaires, d'accord ?

Mais au fond de lui, il se demandait combien de temps il faudrait à Brooke pour trouver quelqu'un d'autre, et pourquoi diable il s'en souciait. Il s'en fichait, nom d'un chien !

— Alors, reprit son frère d'une voix conciliante, tu crois qu'elle va tenir longtemps ?

— Qui ? feignit-il de ne pas comprendre.

— Brooke, imbécile ! Combien de temps avant que son projet tombe à l'eau ou qu'elle se lasse d'être coincée au milieu de nulle part ?

Ce qui l'inquiétait davantage était de savoir — s'il acceptait cette mascarade — le temps qu'il lui faudrait pour qu'elle décide d'élever son enfant loin des éleveurs de bétail, et de lui.

— Je ne sais pas, répondit-il.

Elle montrait bien plus de détermination qu'il n'aurait cru, et il était incapable de comprendre comment elle fonctionnait. Sa proposition l'avait totalement désarçonné.

— Il ne manquerait plus qu'elle se marie et fasse des gosses. Tu risquerais de ne plus jamais remettre la main sur le Double C.

Son estomac se serra. Il s'était fait écarter par le seul héritier de Charlie. Si Brooke se faisait inséminer le mois prochain, qu'adviendrait-il de ses chances de récupérer ses terres ? Et l'idée de la voir finir avec un des minables qu'elle collectionnait lui inspirait des envies de meurtre.

Il frappa à la porte de la chambre et attendit la réponse de son frère pour ouvrir.

Il se figea. A côté du lit, Brand tenait dans ses bras un minuscule ballot emmailloté dans une couverture. Toni, allongée sur le lit, les traits tirés mais irradiant de bonheur, en serrait un autre contre elle. Les deux frimousses des bébés, encore congestionnées, étaient surmontées du même petit bonnet rose et bleu. Ce n'étaient pas les bébés qui l'avaient arrêté, mais l'expression de son frère.

Brand semblait tenir le monde entre ses mains.

La gorge nouée, il pria pour que personne ne lui arrache jamais ce qu'il venait de recevoir. Un grand frère ne pouvait pas tout réparer, en particulier les cœurs brisés.

— Eh, avance ! le poussa Patrick dans son dos.

Caleb toussota et avança.

— Tout s'est bien passé ?

— On n'aurait pu rêver mieux, répondit Brand avec un sourire éclatant. Un accouchement facile, des bébés en parfaite santé, et une femme absolument divine !

Il adressa un clin d'œil à Toni avant de revenir à ses frères.

— Lavez-vous les mains et enfilez une de ces blouses. Ça tient les microbes à distance.

Patrick le poussa vers le lavabo, où ils enfilèrent une blouse d'hôpital par-dessus leurs vêtements. Le bébé dans les bras de Brand s'agita dans son cocon et émit un petit couinement.

— Je crois que Miranda a faim, déclara Brand. Marissa a terminé ?

Toni écarta légèrement le drap qui couvrait son épaule. Même s'il ne voyait rien, Caleb rougit violemment et détourna les yeux. Du coin de l'œil, il vit Brand et Toni échanger leurs menus fardeaux en même temps qu'un baiser tendre et rapide. Lorsque Toni écarta le tissu pour installer Marissa, il retint son envie de fuir. Rien n'était plus gênant que d'être là au moment où le bébé faisait… ce qu'il faisait.

Patrick approcha de Brand.

— Laisse-moi un peu voir cette jolie créature.

— Voici Marissa, annonça Brand en la tournant vers son frère. C'est l'aînée de dix minutes. Tu veux la porter ?

Patrick recula prestement.

— Oh, non ! s'exclama-t-il. Caleb prétend qu'il a des droits. Après tout, c'est lui l'aîné !

Sous les regards tournés vers lui, Caleb pouvait difficilement traiter son frère de menteur et repousser le bébé que Brand lui tendait avec autant de fierté.

Il n'avait pas porté de nourrisson depuis la naissance de leur plus jeune frère Cort, près de vingt-trois ans plus tôt. Celui-ci ne pesait sans doute guère plus, mais il était terrifié à l'idée de le laisser tomber. Brand le lui déposa pourtant entre les bras, et ôta le petit bonnet pour ébouriffer les fins cheveux blonds de sa fille.

— Elles ressemblent toutes les deux à leur maman, dit-il en remettant le bonnet en place. Les deux petits anges blonds dont je rêvais.

Caleb dut s'asseoir dans le fauteuil tellement ses jambes étaient faibles. Couverture comprise, Marissa n'était pas plus grande que son avant-bras. Une de ses petites mains s'agita, et elle cligna des yeux dans sa direction. Frappé par la clarté de son regard, il avança l'index à la rencontre des minuscules doigts qui lui étaient offerts. Leur vigueur quand ils se refermèrent sur sa phalange lui noua la gorge.

Brooke voulait un bébé, songea-t-il en prenant subitement conscience de ce que cela signifiait vraiment pour elle. Elle lui avait demandé de le lui faire, et il avait refusé. Alors de qui cet enfant serait-il ? Il jeta un coup d'œil sur Toni. Brooke donnerait-elle aussi le sein à son bébé ? Son visage serait-il empreint de la même émotion qu'il lisait sur celui de sa belle-sœur ? Et lui, le regarderait-elle avec le même amour que Toni éprouvait de toute évidence pour son frère ?

Oh là ! se ressaisit-il brusquement, il allait beaucoup trop loin. Il n'était pas question d'amour entre lui et Brooke. Ils se connaissaient à peine !

Mais s'il acceptait de concevoir l'enfant qu'elle voulait,

poursuivit-il, absorbé par ses réflexions, elle lui donnerait ses terres en échange. La possibilité de retrouver le ranch dans son intégralité était à sa portée. La seule question était de savoir s'il était prêt à payer le prix qu'elle demandait. Non, se dit-il. Il n'était pas capable de faire un enfant et de l'abandonner. Mais il devait à ses frères le droit de recouvrer les terres que ses erreurs leur avaient coûtées.

Pouvait-il tourner les idées saugrenues de Brooke à son avantage, autrement dit récupérer ses terres et garder son enfant près de lui ? Oui, s'il trouvait le moyen de l'empêcher de partir, en Californie ou ailleurs, avec leur enfant.

Il quitta le regard confiant du nourrisson pour s'adresser directement à son frère :

— Quel arrangement avez-vous fait, Toni et toi ?

— Pardon ? s'exclama son frère ébahi.

— Quand tu as appris que Toni était enceinte, quel contrat as-tu passé pour l'empêcher de s'enfuir avec ton… enfin, tes bébés ?

Brand et Toni échangèrent un regard. Ils n'avaient jamais étalé leurs problèmes en famille, mais les difficultés qu'ils avaient traversées avant de trouver leurs marques n'étaient un secret pour personne. Tout le monde savait que Toni était enceinte avant leur mariage précipité et que Brand n'avait accepté de l'épouser que par devoir.

— Nous avons établi un contrat avant le mariage, répondit Toni. J'apportais les terres et Brand l'argent.

— C'est tout ?

Brand chercha l'accord de Toni avant de lui répondre :

— Une clause précise que si l'un d'entre nous quitte le ranch, l'autre a la garde complète des enfants. Ça ne risque pas d'arriver, mais à l'époque, nous n'étions sûrs de rien.

— Bien. Papa est toujours là ?

— Oui, répondit Brand intrigué. Il est allé chercher des cafés.

— Bien, alors il pourra raccompagner Patrick. Je dois partir.

Il se leva, donna le bébé à son frère médusé, se débarrassa de sa blouse stérile et fonça vers la porte.

— Attends ! s'écria Brand en se précipitant dans le couloir à sa suite. Que se passe-t-il ?

Il hésita. Brand avait une meilleure expérience des femmes, mais ce n'était peut-être pas suffisant.

— J'ai trouvé le moyen de récupérer nos terres, dit-il.

— Patrick m'a dit qu'une fille avait surenchéri sur ton offre. Si tu as besoin d'argent…

— Ce n'est pas de l'argent qu'elle demande.

Il soutint le regard de son frère et désigna la porte de la chambre du menton. Brand plissa le front puis comprit. Il lâcha un juron.

— C'est ça, lui confirma Caleb, elle veut que je conçoive son enfant. En échange de quoi, elle me cède les terres.

— Caleb, s'empressa Brand, Toni est la meilleure chose qui me soit arrivée, mais ça aurait pu très mal tourner. Réfléchis bien avant de prendre cette décision.

— Oui.

Il s'éloigna vers l'ascenseur.

— Et trouve un avocat, lui lança Brand dans son dos. Un bon.

Des coups insistants tirèrent Brooke de son sommeil. Elle jeta un coup d'œil à son réveil et fit la grimace. Sa discussion avec Caleb l'avait tellement agitée qu'elle avait eu beaucoup de mal à s'endormir. Celui qui venait la déranger à cette heure avait tout intérêt à lui donner de bonnes raisons.

Elle se leva et enfila son déshabillé, furieuse de cette visite intempestive. Devant la porte, maudissant une nouvelle fois l'absence d'œilleton, elle se jura d'en faire installer un dès le lever du soleil.

— Qui est-ce ? demanda-t-elle.

— Caleb.

Son cœur s'arrêta.

— Ouvre, Brooke.

Elle alluma la lumière extérieure, resserra sa nuisette, et ouvrit la porte. Il portait les mêmes habits qu'il avait quand il l'avait déposée devant chez elle, et il semblait d'aussi mauvaise humeur qu'elle-même. Elle remarqua pourtant qu'il avait oublié son chapeau et que ses cheveux étaient en bataille. Il y passa d'ailleurs la main, d'un geste furieux.

— Entre.

Il passa devant elle pour ne s'arrêter qu'à son endroit favori, devant la grande fenêtre du salon d'où, sans un mot, il la dévisagea d'un œil à la fois soupçonneux et décidé.

Cette attitude eut le don de la hérisser, mais elle était trop fatiguée pour supporter l'affrontement auquel il s'était visiblement préparé.

— Caleb, commença-t-elle d'une voix lasse, il est 4 h 30 du matin.

— Je suis d'accord.

Elle écarquilla les yeux et porta la main à son cœur. Il devait sûrement parler de l'heure, se dit-elle sidérée, et non de sa proposition.

— Mais seulement si nous mettons tout par écrit et jusqu'au moindre détail. Et si jamais tu quittes le Double C, je veux la garde de l'enfant.

— Non, enfin je veux dire oui.

Sous le coup de l'émotion et du manque de sommeil, elle avait du mal à éclaircir ses pensées.

— Je suis d'accord pour un contrat détaillé, commença-t-elle, mais non, je ne t'abandonnerai pas la garde. Pourquoi me donnerais-je tant de mal pour avoir un enfant, si c'est pour l'abandonner ensuite ?

— Tu as l'intention de partir ?

— Non, mais personne ne peut prévoir l'avenir, Caleb.

— Alors je veux une garde partagée.

Elle avait besoin d'un papier et d'un crayon. Où était son calepin ? Elle jeta un regard autour d'elle pour se souvenir qu'elle l'avait laissé sur sa table de nuit. La dernière page listait toutes les raisons pour lesquelles Caleb était et n'était pas un bon donneur. Elle n'arrivait pas à croire qu'elle envisageait là, tout de suite, de partager son enfant avec lui.

— C'est négociable ?

— Non.

Elle comprit qu'il était inutile d'argumenter.

— Attends.

Elle se précipita dans sa chambre, trouva son carnet et revint dans le salon. Elle s'assit sur le canapé et, avant qu'il puisse lire par-dessus son épaule — et voir ses listes —, elle le feuilleta rapidement jusqu'à une page vierge.

Elle se mit à écrire pendant que Caleb faisait les cent pas dans son dos. Elle était soulagée de pouvoir envisager ce marché sans avoir à le regarder dans les yeux. C'était assez pénible pour ne pas ajouter un trouble inutile.

— D'abord, reprit-il, je refuse de passer par un labo. Cet enfant sera conçu de façon naturelle ou il ne sera pas.

Elle suspendit son stylo.

— Je... heu…

Elle s'attendait à une insémination artificielle et il posait comme condition de refaire l'amour avec elle. Son exigence — et ce qu'elle supposait de détermination — la laissait sans voix, mais malheureusement pas sans réaction.

— D'accord, répondit-elle prise de vertige.

— Combien de tentatives ?

Elle sursauta. Son approche aussi directe d'un acte aussi intime la désarçonnait. Elle tenta de se ressaisir.

— Il est improbable que je conçoive dès le premier essai, répondit-elle en s'efforçant à la même froideur. Acceptes-tu une durée d'un an ? C'est celle de nos autres contrats.

— Très bien.

— La propriété des terres te sera transférée à la naissance.

Par le passé, ses amants lui avaient reproché de programmer toutes leurs rencontres. Alors si ces planifications étaient si peu romantiques, pourquoi la perspective de fixer un an de relations sexuelles avec Caleb lui donnait-elle l'impression d'avoir avalé un rossignol ?

Il s'arrêta juste derrière elle et posa les mains sur le dossier. Elle frémit.

— Et si tu ne tombes pas enceinte ?

Elle ne voulait même pas envisager la possibilité d'un échec. Bien sûr, plus la fécondation prendrait du temps, plus ils devraient recommencer le processus. Son cœur se mit à battre la chamade et elle maudit son corps de répondre avec autant d'entrain à ses hormones.

— C'est que l'un d'entre nous a des problèmes, déclara-t-elle. Je veux des enfants, Caleb. Je serai obligée de me tourner vers d'autres moyens.

— Pour le bétail, on paie la moitié d'avance et le reste à la naissance. Si tu n'es pas enceinte à la fin de l'année, je veux racheter les terres à leur juste prix.

— Et si la faute relève de… l'étalon ?

Il avait repris sa déambulation et s'arrêta au coin du canapé. Son regard la transperça.

— Que l'étalon ou la jument soit défaillante, si la naissance ne survient pas, la somme engagée est entièrement remboursée et le contrat est annulé.

— Je crois que ça convient dans ce cas aussi. Si je ne conçois pas et que la faute me revient, je te vendrai les terres au prix que je les ai payées.

— Tu as payé trop cher.

Elle ne put s'empêcher de sourire.

— C'est ce que Maria prétend, mais mon avocat et mon comptable ne sont pas du même avis.

— A partir d'aujourd'hui, si tu décides de vendre le Double C, je veux le droit de préemption.

Elle écrivit.

— Quand est-ce qu'on commence ?

Elle se sentit rougir. Son corps quant à lui tressaillit d'impatience. Elle leva les yeux de son carnet et croisa son regard.

— Ma prochaine ovulation est prévue dans une semaine. Je prends ma température chaque matin pour savoir la date exacte.

Elle vit sa mâchoire se raidir puis se détendre. Son regard glissa sur ses seins, qu'elle sentait tendus et frémissants.

— Je parlais du contrat.

— Oh ! s'exclama-t-elle en rougissant de plus belle. Je peux appeler mon avocat et lui demander de le préparer tout de suite.

— Fais-le. Et dis-lui de m'envoyer son brouillon en même temps que je puisse le soumettre à mon propre avocat.

Elle se leva. Elle trouvait très étrange de sceller un accord aussi personnel d'une poignée de main, mais elle lui tendit la sienne.

— Marché conclu ?

— Quoi qu'il arrive, je ne t'épouserai pas.

— Je ne t'ai rien demandé, répliqua-t-elle pincée. Alors, marché conclu, ou pas ?

— Marché conclu.

Il lui prit la main, croisa son regard et elle vit ses pupilles se dilater. Elle crut qu'il allait l'attirer contre lui, mais au lieu de cela, il la lâcha et s'en alla sans un mot.

Lorsque la porte claqua sur son départ, elle s'effondra sur le canapé. Ce revirement inattendu et leur échange l'avaient vidée. Caleb la désirait. Il pouvait prétendre le contraire, son regard ne mentait pas. Aucun de ses ex ne l'avait regardée avec ne serait-ce qu'une once de la passion qui brillait dans les yeux sombres de Caleb. Et elle le désirait plus qu'elle n'avait désiré aucun de ses précédents amants, son fiancé inclus. Et cette constatation la terrifiait.

Heureusement que leur relation était cadrée, se dit-elle. Il ne lui restait plus qu'à surveiller ses émotions. Car elle ne voulait pas s'habituer à la présence de ce cow-boy. Elle savait trop ce qui en découlerait. Elle l'avait appris à ses dépens, et elle ne voulait pas reproduire les mêmes erreurs.

Caleb fut le dernier à entrer dans la cuisine où se tenait la réunion que Brooke avait voulue. Au lieu de prendre place autour de la table, comme tous les autres, il posa les deux mains sur ses épaules et lui murmura à l'oreille :

— Alors, tu as reçu le contrat ?

Elle lui échappa en tirant sa chaise en avant.

— Oui. Merci de t'asseoir pour que nous puissions commencer.

Il s'efforça d'ignorer le vertige provoqué par son parfum, et sa rebuffade. C'était la première fois qu'elle s'adressait à l'équipe du Double C au grand complet. Sa raideur était compréhensible. Voyant une pile de ses livres au milieu de la table, il comprit ce qu'elle allait dire et la réaction qu'elle allait susciter. Il s'assit à côté d'elle et se prépara à réagir.

Elle commença par un sourire et un regard à chacun, sauf lui.

— J'aimerais que chacun d'entre vous se familiarise avec ma philosophie et mon enseignement et les intègre dans son travail ici, au Double C.

Un silence chargé d'hostilité accueillit sa déclaration. Maria fut la première à réagir.

— Vous voulez qu'on lise tous ces livres ? s'exclama-t-elle avec un mélange d'incrédulité et de défiance.

Les autres grommelèrent leur désapprobation et le brouhaha ne tarda pas à devenir général. Caleb jugea qu'il était temps d'intervenir.

— C'est un sacré morceau à digérer en très peu de temps, Brooke.

— Alors prenez une semaine, mais à l'arrivée du second groupe, je veux que vous ayez tous achevé cette lecture, vous compris, monsieur Lander.

Monsieur Lander ? Cette façon de l'interpeller était vexante. Il n'avait rien contre le professionnalisme, mais quelques heures plus tôt, ils s'étaient mis d'accord pour faire un bébé — la décision la plus intime qu'un homme et une femme pouvaient prendre ensemble. Il ne s'attendait pas à être traité comme un simple employé.

— Je les ai déjà lus, trésor.

Elle pouvait se hérisser, il s'en moquait. Il n'avait aucune intention de dissimuler leur relation à qui que ce soit. De toute façon, quand les gens apprendraient qu'ils avaient fait un enfant hors des liens du mariage, les critiques ne manqueraient pas. Il préférait même ne pas imaginer les réactions si les termes réels de leur accord étaient découverts. Il ne pouvait qu'espérer qu'ils resteraient secrets.

— Caleb, se défendit Toby, on parle de trois livres entiers !

Il connaissait Toby depuis l'école élémentaire et il savait que son talent de conteur était inversement proportionnel à son goût pour la lecture.

Il se tourna vers Brooke. Son genou l'effleura sous la table et là encore, elle s'écarta.

— Brooke, les couvertures précisent que tes livres sont disponibles en enregistrements audio. Pourquoi ne pas en commander quelques-uns ? Ce sera plus facile pour tout le monde, et les clients en auront sous la main.

Elle le dévisagea une seconde avant d'opiner du chef.

— D'accord. Mais d'ici là, je compte sur vous tous pour intégrer au mieux mes théories dans vos activités respectives. Je viendrai me rendre compte de la façon dont vous les mettez en pratique.

Elle se leva.

— Je vous verrai tous dans la matinée.

Sa déclaration ne suscita aucun signe d'enthousiasme. Et Caleb, de nouveau, prit la parole.

— Ecoutez, elle ne demande à personne de se convertir à une nouvelle religion. Seulement à chacun d'aborder son travail de façon positive.

Une fois les employés partis, Brooke vint se planter devant lui.

— Puis-je te parler une seconde ?

Maria lui adressa un sourire de sympathie avant de fermer la porte sur eux. Brooke se dressa devant lui.

— Je t'interdis de me toucher ou de m'appeler « trésor » devant les employés. C'est déplacé.

Il songeait quant à lui à l'autre aspect de son travail.

— Attends, rétorqua-t-il. Laisse-moi comprendre. Tu comptes sur moi pour me glisser dans ton lit la nuit, mais le jour, je suis un employé comme les autres, c'est ça ?

Elle porta les doigts à ses tempes.

— Caleb, nous sommes d'accord sur le fait qu'aucun d'entre nous n'envisage de relation durable.

Il sentit une vague de colère l'envahir.

— Nous allons partager un enfant. C'est sacrément durable comme relation, non ?

— Oui, mais…

— Laisse-moi te dire une chose, mademoiselle Brooke, je ne suis pas un tube à essai que tu peux congeler jusqu'au moment où tu seras prête à t'en servir.

Elle se balança sur ses pieds et rougit.

— Je comprends ce que tu éprouves, dit-elle. Mais il vaut mieux que cela reste un marché.

Tous ses muscles se raidirent.

— En d'autres termes, tu me paies pour le sexe à la demande. Comme un gigolo que tu aurais ramassé au coin de la rue.

Elle leva les mains puis les noua prudemment devant elle.

— Pas du tout. Je veux seulement garder ma vie en ordre. Le travail et le plaisir ne se mélangent pas.

Il la considéra avec stupeur. Elle ne croyait tout de même pas ce qu'elle disait ? D'ailleurs, il allait lui prouver sur-le-champ qu'elle avait tort. Il s'approcha et la coinça entre le plan de travail et le réfrigérateur. Elle serra les bras autour d'elle et le toisa fièrement. Alors, avec une lenteur délibérée, il posa les mains de chaque côté de sa tête et se pencha sur elle.

Elle retint son souffle, se mordilla la lèvre inférieure. Elle pouvait faire semblant d'ignorer l'attirance qui les poussait l'un vers l'autre, il n'était absolument pas dupe.

— Trésor, commença-t-il, je suis le meilleur amant que tu aies jamais eu. N'imagine pas une seconde que tu peux l'oublier.

Il était quant à lui incapable d'oublier ce qu'il avait vécu entre ses bras.

Brooke sentit ses genoux se dérober. Elle déglutit péniblement et se força à une profonde inspiration. Le parfum de Caleb aussitôt l'envahit. Elle s'éclaircit la gorge, redressa les épaules. Lorsqu'elle eut récupéré un peu d'assurance, elle le regarda dans les yeux.

— Mon avocat m'a envoyé une ébauche de contrat. Veux-tu la lire ?

Caleb, visiblement déçu de ne pas la voir s'écrouler à ses pieds, pinça les lèvres et recula.

— Oui.

Profondément soulagée, Brooke se félicita de lui avoir tenu tête. Heureusement qu'il ne s'était pas aperçu de sa faiblesse. Elle n'aurait pas résisté très longtemps.

D'un pas vif, elle le conduisit au bureau. Elle ne cherchait pas à le fuir, lui ou les sensations qu'il lui inspirait. Elle avait seulement besoin d'en finir et de retrouver un terrain familier, celui de son travail. Ce qu'elle ne pourrait faire qu'une fois ce cow-boy hors de chez elle et de ses pensées.

9

— Caleb ? Maria m'a dit que tu me cherchais.

En entendant sa voix, il se détourna de l'enclos où il venait de parquer deux taureaux et faillit trébucher. Quand Maria lui avait dit que Brooke était sortie, il avait pensé qu'elle avait pris la voiture, pas qu'elle était partie courir, ce qui était visiblement le cas. Elle était légèrement essoufflée. Mais surtout, le teint rehaussé par sa course, les cheveux ébouriffés, elle semblait tout juste sortie de ses bras. Et comme si cela ne suffisait pas, son short moulant soulignait les courbes de sa taille et sa brassière de sport révélait aussi bien la fermeté de son ventre que celle de sa poitrine.

Dans quelques jours, songea-t-il dans l'espoir de se calmer, ce seraient ses mains et ses lèvres qui se promèneraient sur son corps. La raison qui le conduirait dans son lit l'inquiétait, car ce n'était pas une mince affaire que de faire un enfant et d'accepter la responsabilité d'une vie future. Mais curieusement, ce n'était pas l'angoisse qui lui nouait la gorge.

Et il n'était pas le seul à chercher les faveurs de Brooke. Rico était sur ses talons et il découvrit, non sans stupéfaction, que l'animal avait été choyé. Un bain et un brossage en règle lui donnaient fière allure.

— Salut, mon vieux, dit-il en le caressant, où étais-tu passé ?

— Il a couru avec moi, répondit Brooke. D'où viennent ces affreuses bêtes ?

Elle recula devant les deux taureaux que Charlie avait achetés, sur l'insistance de Brand, quelques années plus tôt.

De toute évidence, elle n'avait toujours pas lu le dossier qui détaillait toutes ses acquisitions.

— Ils sont à toi. On les garde au Double C.

— Et pourquoi voudrais-je les garder ?

— Certains de tes cow-boys du dimanche apprécient le rodéo. Avec eux, ils peuvent se faire la main.

— Les brochures parlent en effet d'initiation au rodéo, mais je n'avais pas vu de taureaux et je croyais que c'était fini. On tient vraiment à cette activité ? L'assurance doit être exorbitante.

— C'est très demandé, Toby a un diplôme de premier secours et puis ceux-là sont tellement vieux qu'ils ne risquent pas de blesser quelqu'un.

Comme pour prouver sa docilité, Shotgun approcha pour se faire caresser. Hammer ne voulant pas être de reste arriva à son tour.

Brooke s'écarta de la barrière.

— Ils ne sont pas dangereux ?

— Ils l'étaient, quand Brand les affrontait. Hammer est le taureau qui lui a permis de remporter sa première finale nationale. Shotgun, sa première victoire dans une course à la prime.

— Une course à la prime, c'est quoi ?

— Il faut tenir le plus longtemps possible à dos de taureau. Les propriétaires ou les sponsors de la course montent les enchères à chaque cow-boy éjecté. Plus le taureau éjecte de cavaliers, plus la prime au vainqueur est élevée. Mais un taureau aussi a son honneur. Pour éviter de perdre, il devient de plus en plus sauvage et finit par ne plus laisser personne le monter, même si pour y arriver il faut blesser un cow-boy.

Elle écarquilla les yeux, mais il ne croyait pas qu'elle avait fait le rapprochement avec elle. Brooke était aussi farouche qu'un taureau décidé à tenir les hommes à l'écart. Ses ex l'avaient mise sur la défensive.

— Tu es sûr qu'il faut les garder ?

— Brooke, ils sont trop fatigués pour les rodéos, trop vieux pour les saillies, et plus assez tendres pour la viande. Si tu les vends, ils finiront en pâtée pour chien. Fais-moi confiance, Hammer et Shotgun sont le genre de créatures idéales pour nos cow-boys du dimanche.

Elle se mordilla la lèvre exactement comme il aimait qu'elle le fasse. Il avança, mais elle se raidit et s'écarta. Rico grogna.

Rejeté aussi bien par la femme que par le chien, Caleb était mortifié. Mais comment pouvait-elle maîtriser si facilement l'attirance qui existait entre eux ? Lui en était incapable. Chaque jour, il avait besoin d'une dose de sa présence.

Il secoua la tête pour s'éclaircir les idées.

— Je ne voulais pas te parler des taureaux, reprit-il. Mais de la grange. Viens.

Elle le suivit, le chien sur ses talons. A l'intérieur du bâtiment, il lui fallut quelques secondes pour s'habituer à l'obscurité et constater qu'ils étaient seuls.

— Par ici.

Il souleva le drap qui protégeait un canapé tout blanc.

— Que comptes-tu faire de ça ?

— Ce sont mes meubles.

Il s'en doutait.

— J'ai besoin de la grange. D'habitude, nous y installons le trampoline et les tables de ping-pong. Les activités des jours pluvieux. Et si tu laisses ton bazar ici, les rats ne vont pas tarder à s'y installer.

Elle regarda le sol d'un œil inquiet.

— Il y a des rats ?

— Il finira par y en avoir si tu leur laisses tous ces nids douillets pour y nicher leurs portées.

— Où veux-tu que je les mette ? Il n'y a pas de place dans la maison.

— Fais un vide-grenier.

Se yeux s'écarquillèrent d'horreur.

— Je ne veux pas les vendre, affirma-t-elle en posant une main possessive sur le dossier d'un fauteuil protégé par une housse de tissu fleuri. Ils me serviront peut-être un jour.

Les femmes et leur manie de s'attacher au moindre objet ! pesta-t-il en silence. Aucun de ces meubles ne semblait capable de supporter le poids d'un homme adulte. D'après ce qu'il avait vu, ce n'étaient que des trucs de filles, fragiles et inutiles. Mais son refus de s'en débarrasser lui rappelait que son installation restait provisoire. Ils feraient ce bébé et ensuite, Dieu seul savait jusqu'où il devrait aller pour garder le contact avec son enfant. Et avec Brooke.

— Je vais voir ce que je peux faire.

— Merci. Caleb, excuse-moi de te poser une question idiote, mais à quoi servent ces têtes de vache en plastique sur les murs ?

— C'est pour les leçons de lasso.

Il en détacha une pour planter le manche dans un ballot de paille.

— Personne n'attrape des ballots de paille au lasso !

— C'est plus facile d'apprendre avec une cible immobile.

— Oh, je t'en prie, ce n'est pas plus difficile que de lancer des fers à cheval !

Une des qualités qu'il admirait chez Brooke était sa capacité à relever les défis. Il repoussa son chapeau.

— Je parie que tu n'es pas capable de le faire.

Comme il s'y attendait, elle se redressa, menton en avant, et croisa son regard pour la première fois depuis qu'ils étaient dans la grange.

— Donne-moi un lasso, et on va voir.

Il retint un sourire, passa dans la sellerie, trouva ce qu'il cherchait et revint.

Elle examina le lasso, le déroula puis l'enroula de nouveau.

— J'ai droit à combien de chances ?

Il haussa les épaules. Le mot échec ne faisait pas partie du vocabulaire de Brooke. Et sa détermination était admirable.

— Autant qu'il t'en faudra.

Elle fit tournoyer la corde et il comprit tout de suite qu'elle n'y arriverait pas, mais il resta silencieux, fasciné par le mouvement de ses hanches.

Le visage plissé, elle lança son lasso à cinq reprises et rata sa cible — de très loin — les cinq fois. L'acharnement dont elle faisait preuve lui rappelait combien elle mettait d'énergie dans tout ce qu'elle faisait — même l'amour. Le tout était de réussir à lui faire lâcher prise. La moitié de la bataille était alors gagnée.

A la sixième tentative, elle soupira.

— D'accord, admit-elle, ce n'est pas aussi facile qu'avec des fers à cheval.

— Si tu veux, la première leçon est gratuite, lui offrit-il dans un sourire.

Il s'empara du lasso qu'elle lui tendait. D'habitude, il se contentait d'une démonstration. Mais ses mains frémissaient du plaisir de la toucher et il n'était pas stupide au point de laisser passer cette occasion. Il voulait aussi lui faire comprendre qu'elle était aussi sensible que lui au langage de leurs corps.

Alors il se plaça derrière elle, posa une main sur sa taille et aligna ses hanches sur les siennes. Sa peau était douce, son ventre ferme. Il se pencha un tout petit peu, huma le parfum de ses cheveux, et se réjouit de sentir son corps contre le sien. Réprimant l'envie irrépressible de la serrer contre lui, il inclina la tête et se contenta de lui murmurer à l'oreille :

— Tout est dans le mouvement. Tu dois trouver ton balancement.

En l'entendant retenir son souffle, il comprit qu'il l'avait ébranlée. Tant mieux, se dit-il. Au moins n'était-il pas le seul à ressentir un trouble.

Sans lui lâcher la taille, il referma la main droite autour de la sienne et assura le lasso dans sa paume. Il leva leurs bras au-dessus d'eux et commença à faire tournoyer la corde. Mais, comme le soir où ils avaient dansé, elle refusait de se laisser guider et gardait le contrôle de ses gestes.

— Détends-toi et suis mes mouvements. Trace des cercles. La boucle ira là où tu lui dis d'aller. A trois, on lâche.

Lorsqu'il sentit son corps se détendre, il commença à compter et à trois, il lâcha. La corde retomba autour des cornes en plastique. La tête légèrement inclinée, Brooke considéra la cible et refit mentalement le geste.

La courbe de son cou était si tentante qu'il se pencha et la mordilla. Elle s'échappa aussi vite qu'un boulet de canon.

— Qu'est-ce que tu fais ?

— Je t'apprends à te servir de ça, répondit-il en désignant le lasso.

— Non, tu mens.

Il enfonça les pouces dans ses poches et, en s'efforçant de garder son sérieux, lui demanda :

— Alors qu'est-ce que je fais, d'après toi ?

— Tu anticipes notre accord.

Encore une fois, elle lui imposait une limite, mais il n'avait aucune intention de l'accepter.

— Tu prétends m'empêcher de te toucher tant que ce n'est pas inscrit dans ton agenda ? Tu oublies juste un détail, trésor. Si j'avais voulu t'allonger sur ce canapé là-bas et anticiper notre accord, tu ne t'en serais pas plainte.

Elle rougit et se hérissa.

— Ce n'est pas encore le moment.

— Tu ferais mieux de desserrer le collier que tu portes autour du cou avant qu'il ne t'étrangle.

— Pardon ?

— Où est passée la femme ravissante et libérée que j'ai connue une nuit dans une chambre d'hôtel et rencontrée une autre fois dans la nature ?

— Je t'ai déjà dit que cette femme dévergondée n'était pas moi, répliqua-t-elle en pâlissant. Ma vie est compliquée, Caleb. Je jongle entre ma carrière d'écrivain, de conférencière, maintenant la direction de ce ranch et bientôt, je l'espère, une famille. Je ne peux pas me permettre de tout mélanger.

— La vie ne se laisse pas ranger dans des petites boîtes, Brooke. A force de jongler, tu risques de tout perdre.

— Ah, parce que tu crois qu'un rancher a des choses à m'apprendre sur la façon de gérer de multiples carrières ?

Son sarcasme l'atteignit en plein cœur. Il serra les dents et se força à ravaler sa réplique.

— Un ranch ne s'apparente pas à un programme spatial, d'accord. Mais pour gagner ma vie et prendre les bonnes décisions, je dois combiner l'élevage, l'agriculture, la gestion du personnel, l'économie, et un tas d'autres activités dont tu n'as pas la moindre idée.

— Excuse-moi. Je ne savais pas que c'était si compliqué.

— Si tu restes assez longtemps, tu finiras par t'en apercevoir. Et qu'est-ce que tu as fait à mon chien ?

— D'après les documents du notaire, ce chien est à moi. N'est-ce pas, mon toutou ?

Elle s'agenouilla. Rico roula aussitôt sur le dos et poussa des jappements d'extase quand elle lui gratta le ventre.

Encore deux jours, bouillonna-t-il, et ce serait à lui de frétiller sous ses caresses. Mais pour l'heure, il était jaloux d'un fichu chien !

Il étouffa un juron et tourna les talons.

Face à leur premier groupe de visiteurs, Caleb comprit immédiatement qu'il allait avoir des problèmes.

Ce n'étaient pas les trois familles ou les deux couples qui l'inquiétaient, ni même les étudiantes — elles offriraient un peu de distraction aux plus jeunes membres de l'équipe —, mais bien les quatre trentenaires, des banquiers originaires de Toledo, frétillants dans leurs jeans tout neufs. Ceux-là allaient lui donner du fil à retordre. D'ailleurs, ils avaient tout de suite repéré Brooke. Dès l'instant où elle était apparue sur le porche, ils ne l'avaient plus quittée des yeux.

Ils correspondaient parfaitement à son style — en tout cas plus que lui — et ils semblaient bien plus intéressés par son charabia sur le développement personnel que par l'expérience du grand Ouest qu'ils étaient venus chercher au Double C. En plus, ils avaient réservé des chambres dans le bâtiment principal — celui où résidait justement Brooke.

Il sentit les poils de son cou se hérisser. Ils venaient juste de signer leur accord. Brooke était à lui, au moins jusqu'à la fin de sa mission, et il n'avait aucune intention de la partager.

D'ailleurs, à la minute où il avait vu ces blancs-becs, il avait décidé de s'installer dans la maison le soir même et pour toute la durée de leur séjour.

Voyant leurs hôtes rassemblés devant le porche, il oublia ses préoccupations pour se lancer dans le discours qu'il avait l'habitude d'adresser aux clients de Charlie dès leur arrivée. Mais il était distrait par la jupe courte que portait Brooke et les regards concupiscents que lui lançaient les quatre banquiers en goguette. Il dut néanmoins s'en sortir correctement car à la fin, sous les applaudissements, il constata qu'ils avaient tous ri aux bons moments.

Il leur présenta ensuite Brooke, puis l'équipe et les invita à s'installer dans leurs chambres avant le barbecue d'ouverture qui commençait une heure plus tard, à côté de la piscine.

Il n'avait pas l'intention de lâcher Brooke d'une semelle. Le lendemain, il était censé conduire la première randonnée équestre, mais il ne risquait pas de la laisser aux mains des banquiers, même s'il était obligé d'assister à sa séance de motivation personnelle.

Il la trouva à l'arrière de la maison.

— Je file chez moi, lui dit-il. Je serai de retour pour le barbecue.

— Il y a un problème ?

— Non. Je vais juste chercher quelques affaires. J'ai décidé de dormir ici, au cas où il y aurait des soucis.

— Où vas-tu t'installer ? Tous les cabanons et toutes les chambres de l'étage sont pris.

— Charlie a une chambre d'amis dans le côté privé de la maison. J'y ai souvent dormi.

Elle porta une main à sa bouche.

— Je m'y suis installée.

Il étouffa un juron.

— Tu n'es pas dans la grande chambre ? Pourquoi ?

— J'y étais, mais Rico n'arrêtait pas de faire le tour du lit en gémissant, alors j'ai changé.

— Tu as changé de chambre parce que Charlie manque à Rico ?

— Oui et parce que ce lit est… trop grand, répondit-elle en rougissant.

Il n'était pas trop grand pour deux, songea-t-il. Et il adorait — non, il aimait bien, se corrigea-t-il en enfonçant les mains dans ses poches — la façon dont elle rougissait.

— Je peux l'utiliser alors ?

— Je… heu, oui. De toute façon, nous devrons le partager quand…

Cette fois, le désir qui l'étreignait se déchaîna et ce fut à son tour de détourner les yeux.

*
* *

Sur le porche, Brooke regardait l'animation qui régnait dans la cour. Caleb et son équipe connaissaient leur travail. Ils avaient l'habitude, et cela se voyait.

Elle était la seule à ne pas savoir que faire.

Une partie des touristes profitaient de la piscine, d'autres du terrain de volley à côté. Des échos de musique country parvenaient jusqu'à elle avec le martèlement des talons sur le bois. Sur la piste de danse installée au bout du jardin, quelques couples s'essayaient aux pas rythmés des danses locales.

Caleb d'ailleurs dansait avec une étudiante. Une jeune fille qui, si elle en jugeait par ses minauderies, avait déjà succombé aux charmes du cow-boy qui la tenait dans ses bras.

Comme elle n'était pas du genre à éluder ses émotions, Brooke identifia celles qui papillonnaient en elle comme le prélude à de la jalousie. Au même titre que l'accueil des visiteurs, se dit-elle, l'apprentissage des danses locales faisait partie des attributions de Caleb. Mais il avait signé le matin même l'accord par lequel il s'engageait à concevoir l'enfant qu'elle voulait. Et elle n'appréciait pas de le voir entre les bras d'une autre.

Elle s'infligea donc la torture de le regarder, pour constater d'abord qu'il maintenait une distance respectable entre lui et le corps nubile de la jeune fille. Il ne cessait en outre de regarder autour de lui, comme s'il était plus préoccupé par le bon déroulement de la soirée que par sa cavalière. Il ne cherchait pas à capter son regard ni ne lui adressait aucun de ses sourires ravageurs.

Alors, rassemblant son courage, elle afficha un sourire détendu et avança vers les groupes, dans l'espoir de trouver parmi eux des gens intéressés par la découverte du potentiel qu'ils abritaient. Quelques minutes lui suffirent pour comprendre que la majorité d'entre eux ne voulaient parler ni objectif, ni stratégie, ni réussite personnelle. Ils étaient beaucoup plus attirés par les randonnées à cheval et les coutumes des cow-boys, deux choses auxquelles elle ne connaissait rien, ou presque. Seuls les hommes de l'Ohio lui promirent d'assister à son groupe de travail le lendemain matin.

Une main se posa tout à coup sur son épaule. Elle n'avait pas besoin de se retourner pour savoir qu'il s'agissait de Caleb. Son corps n'avait rien oublié de ses caresses ou de son odeur. De toute manière, qui d'autre faisait irruption dans son espace personnel avec une telle régularité ?

— Tout va bien ? murmura sa voix à son oreille.

— Oui, lui répondit-elle, seuls les costumes sont une surprise.

La perspective des nuits à venir était assez troublante pour qu'elle accepte de se tourner vers lui. Compter les heures qui la séparaient de ces retrouvailles lui suffisait.

— Charlie voulait que toute l'équipe porte la même chemise le premier jour. C'est plus facile pour nous identifier et plus rassurant pour le groupe. J'ai décidé de conserver cette tradition. C'est un peu vieux jeu, mais…

Il haussa les épaules et elle sentit son corps frôler le sien.

Il était si proche qu'elle sentait dans sa force celle dont elle avait besoin pour surmonter la nervosité qui l'habitait à l'idée de la nuit et de la semaine qui s'annonçaient. Elle ne s'était jamais reposée sur personne ; tout ce qu'elle avait entrepris, elle l'avait assumé seule. Mais si jamais elle s'autorisait la faiblesse de dépendre de quelqu'un, elle commençait à suspecter Caleb de pouvoir — et de vouloir — la soutenir.

Elle commit alors l'erreur de se tourner vers lui. Il portait la même chemise rouge que le reste de l'équipe, mais il avait noué un bandana autour de son cou, et il n'avait strictement rien de ridicule. Au contraire. Lorsqu'elle l'avait vu arriver en début de journée, elle s'était dit qu'il dégageait toute l'aisance et le charme d'un authentique héros de western. Celui qui, dans les films, venait toujours à la rescousse de la fille en détresse.

Cette nuit, et les suivantes, elle serait cette fille-là. Et cette perspective lui faisait perdre tous ses moyens. Elle se ressaisit.

— Ce n'est pas la première fois que tu accueilles les visiteurs du Double C.

Il laissa retomber sa main.

— Charlie avait besoin d'un coup de main, et moi, j'avais besoin d'argent.

— Tu tenais ses comptes, tu gérais son équipe, tu t'occupais aussi de ses chevaux. Combien de temps l'as-tu aidé ?

Il croisa les bras et se balança sur ses pieds.

— Deux ans, à peu près, répondit-il prudent.

— Alors tu en sais beaucoup plus sur les activités du ranch que tu ne me l'as laissé croire.

— Je ne t'ai jamais dit que je n'y connaissais rien.

Sans doute, mais il s'était montré très évasif. Et sa connaissance en matière touristique n'était pas sa seule surprise.

— Tu es un orateur remarquable, déclara-t-elle.

Il se détourna, mais elle avait eu le temps de voir l'imperceptible rougeur qui avait coloré son visage.

— Tu as parlé de façon claire et précise, et tu as même réussi à les faire rire. Crois-moi, ils n'oublieront rien de ce que tu leur as dit.

Il lui avait fallu des années pour maîtriser l'aisance dont il venait de faire preuve. Caleb, pourtant, balaya ses compliments d'une main désinvolte.

— Tu devrais cultiver tes talents, Caleb.

— Ok, je m'exercerai sur le bétail.

— Ce don peut t'ouvrir bien des portes.

— Je n'ai pas besoin d'ouvrir de porte. Je suis très bien là où je suis, répliqua-t-il. Mes amis et ma famille sont là.

Elle n'avait jamais compris les gens qui se contentaient de ce qu'ils avaient alors qu'ils pouvaient avoir bien plus. Cet homme gâchait sa vie et il n'en avait même pas conscience. Si quelqu'un pouvait profiter de son atelier, c'était bien lui.

— Le contentement ne conduit jamais au succès.

— Un succès aux yeux de qui et selon quels critères ? Mon ex parlait comme toi, en des termes un peu moins choisis mais identiques, juste avant de me demander de choisir entre elle et Crooked Creek.

Et il avait choisi le ranch, se dit-elle. Une autre réflexion chassa pourtant sa frustration.

— Aurais-tu peur du succès, Caleb ?

— Hein ? s'étrangla-t-il en la regardant comme si elle avait proféré la pire des inepties.

— Certains préfèrent renoncer à leur avenir, et saboter leurs chances, plutôt que d'affronter la peur de l'échec qui accompagne forcément la recherche du succès.

Il murmura quelques mots, sans doute des jurons, avant de lui répondre :

— Pas de psychanalyse avec moi, doc. J'ai accepté de te faire un enfant, pas de me marier, répliqua-t-il avec humeur. Alors arrête de vouloir me changer, d'accord ?

— Essayer de te changer, c'est ce que ton ex a voulu faire ?

— Arrête, Brooke.

Sa voix était si menaçante qu'elle se demanda ce qu'avait pu lui faire cette femme pour le rendre aussi méfiant. Elle allait le lui demander quand un des hommes de l'Ohio traversa le patio pour se planter devant elle.

— Vous m'apprenez le pas de deux, Brooke ?

Le bras de Caleb se posa aussitôt sur sa taille. Ce geste possessif et complètement inattendu la fit sursauter.

— Désolé, mon vieux, répondit-il. Brooke vient juste de m'accorder cette danse.

Il fit signe à l'une des jeunes filles qui aidaient Maria dans la maison. Elle avança vers eux.

— Jan va vous apprendre.

En même temps, il prit la main de Brooke et l'entraîna vers la piste. Elle n'en avait pas terminé avec son manque d'ambition, aussi le suivit-elle, mais quand il la serra contre lui, plus intimement que le soir où ils avaient dansé au restaurant, toutes ses questions s'envolèrent. Sa main, posée vraiment très bas sur sa hanche, et la chaleur qu'elle dégageait annihilaient aussi bien sa réflexion que sa capacité à se concentrer sur la danse.

Ils firent quelques pas maladroits avant qu'il intervienne.

— Brooke, regarde-moi et détends-toi.

Elle sursauta et lui heurta le menton.

— Excuse-moi, bredouilla-t-elle.

Ils firent un tour de piste.

— Bien, maintenant que tu maîtrises les pas, attention, je vais lever le bras et te faire tourner. Prête ? Allez !

Elle se lança, mais perdit l'équilibre et finit par s'écraser contre lui.

— On arrête, murmura-t-il d'une voix tendue à son oreille.

Mais elle n'avait pas l'intention de se laisser décourager.

— Attends, répondit-elle. Donne-moi une autre chance. Je me suis embrouillée.

— Non, trésor, tu étais parfaite, mais ta jupe s'est soulevée en tournant, et je n'ai pas besoin de ça pour me rappeler qu'on va faire l'amour dans quatre jours.

Ses pieds refusèrent absolument de bouger. Consciente des regards posés sur eux, elle laissa Caleb la tirer dans un coin du jardin. Lorsqu'il la prit par les épaules, elle avait recouvré — un peu — ses esprits.

— Caleb, lui dit-elle. Je croyais que tu connaissais les cycles de fécondation. J'ovule dans quatre jours, ça ne veut pas dire qu'il faut attendre jusque-là, au contraire. Pour augmenter toutes mes chances d'être enceinte le jour J, nous devons faire l'amour avant. Et de préférence plusieurs fois.

Un éclair de désir explosa aussitôt dans ses yeux sombres.

— Alors pourquoi me repousses-tu chaque fois que je veux te toucher ?

— Parce que je ne suis fécondable que dans quarante-huit heures.

Il repoussa son chapeau.

— On chipote pour des heures ?

— On ne chipote pas. Je te dis seulement que nous devons commencer à faire l'amour quarante-huit heures avant l'ovulation. N'importe quel autre moment en dehors de ce créneau est un effort inutile.

Au pli qui barrait son front, elle comprit qu'elle l'avait encore mis en colère. Peut-être n'aurait-elle pas dû parler d'effort inutile.

— Tu sais quoi, répondit-il, envoie-moi une note en précisant les heures et le lieu. Je verrai si ça colle avec mon emploi du temps.

Puis il tourna les talons et disparut.

Il n'appréciait pas spécialement les douches froides, mais à la fin de la soirée, quand tous leurs hôtes eurent regagné leurs chambres, il s'en imposa une.

En sortant, il regarda la petite carte posée sur le bord du lavabo. Brooke y avait inscrit deux dates et deux heures avant de la lui glisser pendant le dîner. Contre toute attente, se voir noté comme un fichu rendez-vous médical l'avait mis sur des charbons ardents.

Si ces dates fixées au crayon avaient produit le même effet sur Brooke, elle s'était bien gardée de le lui montrer. Pendant le repas et la veillée, elle s'était montrée aussi captivée que les autres par les récits de Toby. Ses rires et ses exclamations détendues n'avaient fait qu'accroître son impatience, et il s'était juré, une nouvelle fois, de tout faire pour la mettre dans le même état que lui.

Il acheva de s'essuyer le visage et enroula une serviette autour de sa taille. L'idée de lui faire perdre tous ses moyens l'électrisait. Il allait la rendre si brûlante de désir, tellement pressée, qu'elle serait incapable d'attendre l'heure de leur premier rendez-vous.

En matière d'efforts inutiles, elle en serait pour ses frais !

Un bruit dans le couloir le tira de ses réflexions. Il ouvrit la porte. Mais au lieu de trouver Brooke, comme il s'y attendait, il découvrit l'un des banquiers. Et il sut mettre immédiatement un nom sur l'émotion qui l'envahit : la jalousie, une jalousie féroce.

— Vous êtes perdu, Ron ?

— Oh, euh, salut, Caleb. Non. Je cherche Brooke. Je… heu, je voulais quelques éclaircissements à propos de l'atelier de demain.

Il mentait. C'était tellement évident qu'il dut lutter contre l'envie d'écraser son sourire niais d'un bon coup de poing dans la figure. C'était un client, se rappela-t-il les dents serrées. Et Charlie lui avait appris à traiter tous les clients — mêmes les plus insupportables — avec respect.

— Vous êtes dans nos quartiers privés, dit-il avec autant d'amabilité qu'il put. Vous n'avez sans doute pas vu la pancarte sur la porte. Je dirai donc à Brooke de prendre le temps de répondre à vos questions demain matin.

— Vous et Brooke ? s'exclama le type, tout à coup ahuri.

— Oui, se contenta-t-il de répondre au lieu de l'envoyer promener.

— Mince alors ! Je n'aurais pas cru que vous étiez le genre d'une femme aussi brillante.

Caleb resta silencieux. Il savait trop que Ron, aussi crétin soit-il, avait raison.

— Bien, reprit-il. Alors je pense que nous nous verrons demain matin.

— En effet.

Il le reconduisit jusqu'à la porte et poussa le verrou.

— Tu ne m'as pas dit qu'il était inutile de fermer les portes à clé ?

Il se tourna. Brooke était sur le seuil de sa chambre, et tout le bénéfice de sa douche s'envola. Ses jambes étaient nues, et il aurait parié que sous son négligé de soie, elle était dans le plus simple appareil.

Il toussota et fit un effort de concentration.

— Si, mais cela ne concerne que les habitants du coin. Avec les touristes, et en particulier les coureurs de jupons, c'est différent. Quand nous avons des visiteurs, surtout dans la maison, pousse le verrou de cette porte. Le jour comme la nuit.

Il vit son regard glisser sur lui, s'arrêter sur ses pectoraux avant de descendre sur ses jambes puis de remonter, tout aussi lentement, jusqu'à son visage. Etant donné la réaction de son corps, songea-t-il, elle aurait aussi bien pu le caresser directement. Il ne lui fallut d'ailleurs qu'une seconde pour qu'elle constate combien son regard lourd de désir l'avait excité.

Elle s'humecta les lèvres, poussa un léger soupir et tourna subitement les yeux vers le carnet de cuir qu'elle avait dans la main. Il jubilait de constater qu'elle n'était pas aussi maîtresse de ses émotions qu'elle voulait le laisser croire.

— La journée de demain est chargée, déclara-t-elle. Il est temps d'aller dormir.

— Est-ce que tu écris tout dans ce petit carnet ?

— Presque. Il m'aide à clarifier mes pensées et à me

concentrer sur les résultats espérés. Je ne me déplace jamais sans lui.

— Trésor, si tu n'es pas capable de faire un pas sans lui, c'est comme une addiction.

Il avança et posa la main sur le chambranle de la porte, juste à côté de sa tête.

— As-tu inscrit ce que nous ferons dans deux nuits ?

Elle se raidit.

— J'ai noté l'heure.

— As-tu écrit que je commencerai par embrasser chacun de tes orteils avant de remonter très lentement jusqu'à tes lèvres ?

Elle eut un hoquet.

— Heu... Ce n'est pas nécessaire.

— Le lendemain matin, poursuivit-il ravi de son embarras, je te rejoindrai dans la douche. Après t'avoir bien savonnée, je te pousserai contre le mur et je te pénétrerai si profondément que tu ne pourras pas t'empêcher d'émettre cet adorable petit cri qui m'excite tant.

Il vit sa poitrine se soulever, ses yeux s'écarquiller. Elle déglutit péniblement.

— Oui, bon. Maintenant, il est...

— Sais-tu ce que je vais faire, ce soir ? insista-t-il sans lui donner de répit. Je vais me coucher dans ce grand lit, rêver de toi et de tout ce que nous avons fait tous les deux dans la chambre du motel.

Elle ferma les yeux. Il sourit.

— Je vais nous imaginer nus dans la piscine, faisant l'amour dans le petit bain.

Elle émit un son de gorge qu'elle tenta de dissimuler par un toussotement.

— Je vais m'imaginer te renversant d'abord sur le bureau... puis sur la table de la cuisine.

Elle était si tendue qu'il voyait son pouls battre à tout rompre au creux de son cou.

— Ou encore sur la terrasse, toi et moi devant ma chambre, moi debout contre la rambarde, toi accrochée à moi. Je n'oublierai pas non plus le bain bouillonnant. Sais-tu que les jets d'eau sont placés exactement pour...

— Bonne nuit, glapit-elle avant de disparaître et de lui claquer sa porte au nez.

Il s'appuya des deux mains contre le mur. Heureusement qu'elle s'était enfuie, songea-t-il, parce que son bavardage érotique l'avait poussé au bout de ses limites. Mais il avait obtenu ce qu'il voulait.

Il tourna les talons et s'apprêta à prendre sa seconde douche glacée de la soirée. Cette fois, il souriait.

10

Le lendemain matin, bien installé dans un des fauteuils clubs du salon, Caleb attendait avec impatience de voir Brooke animer son premier atelier de motivation personnelle.

Il savait qu'elle serait probablement déçue par le peu de participants. En dehors de lui-même, seuls étaient venus les banquiers de Toledo et une retraitée du Tennessee.

Il avait lu ses livres, mais tout ce qu'ils disaient relevait pour lui du sens commun. Avoir un plan. Le réaliser. Travailler dur pour y arriver. Il avait appris tout ça quand il était encore petit, sur les genoux de son père.

Elle entra. En voyant l'empressement des banquiers à lui rendre son sourire de bienvenue, il eut d'abord envie de les gifler. Mais quand il vit son regard passer sur lui sans s'arrêter, il se renfrogna.

— J'espère que la randonnée de ce matin vous a tous détendus, commença-t-elle avec entrain, car nous allons consacrer la prochaine heure à un cours intensif sur la façon de réveiller le gagnant qui sommeille en chacun d'entre nous. Attention, cette première séance n'est qu'une introduction. Pendant la semaine, vous aurez l'occasion d'approfondir toutes les méthodes dont je vais vous parler.

Elle posa un regard circulaire sur l'assemblée puis, certaine d'avoir capté l'attention de chacun, elle poursuivit :

— Bien. Tout d'abord, vous devez définir l'objectif qui vous tient le plus à cœur. Avant de gagner, il est important de savoir ce que l'on veut. Aussi, inscrivez sur la feuille devant vous la chose que vous désirez le plus obtenir.

Caleb prit son stylo et n'écrivit qu'un mot : « toi ».

Brooke fit le tour de la pièce et, tout en expliquant les notions d'objectif et de mobilisation personnelle, lut les réponses écrites par chacun.

— Ensuite, il faut définir un délai. Quand pensez-vous raisonnablement obtenir ce que vous…

Elle s'était arrêtée derrière lui.

— Voulez, reprit-elle d'une voix légèrement étranglée.

Il écrivit : « ce soir ». Elle s'éclaircit la gorge et reprit sa ronde. Il retint son sourire.

— Ce délai peut être de cinq, dix ou quinze ans. Vous pouvez même envisager de ne réaliser votre objectif qu'à l'âge de la retraite. Ce n'est pas le temps qui compte, mais le but que vous vous fixez et les moyens que vous vous donnez pour y parvenir. Maintenant que ce but est posé, décomposez-le en étapes et estimez le temps qui vous semble nécessaire pour franchir chacune d'entre elles.

Il fit la liste de ses vêtements suivant l'ordre dans lequel il voulait les lui enlever et le nombre de secondes approximatif qu'il lui faudrait pour chacun d'eux.

— Maintenant, écrivez les obstacles qui vous empêchent aujourd'hui d'atteindre votre but.

Elle s'arrêta derrière lui et il aurait juré entendre les battements désordonnés de son cœur.

Il écrivit : « manque de coopération ».

— L'objectif que vous vous donnez ne doit jamais dépendre de quelqu'un d'autre. Vous devez être l'unique artisan de sa réalisation.

Il lui semblait que sa voix tremblait un peu.

— En d'autres termes, poursuivit-elle pourtant, il n'est pas en votre pouvoir de vouloir être le nouveau romancier américain à succès parce que vous ne maîtrisez pas toute la chaîne de l'édition. En revanche, vous pouvez très bien avoir pour ambition d'écrire le meilleur roman de l'année.

Caleb se redressa.

— Donc, lança-t-il, si mon objectif est d'avoir un enfant avant mes quarante ans, si je comprends bien, il faut que j'en change parce qu'il dépend de quelqu'un d'autre.

A la façon dont elle pâlit, il sut que sa remarque avait fait mouche.

— Pas nécessairement, répondit-elle. On peut devenir parent par d'autres moyens. Il faut parfois savoir sortir des codes, voir les choses sous un autre angle. Si une porte refuse de s'ouvrir, il faut chercher une autre porte, ou une fenêtre. L'échec n'est pas déshonorant. Henry Ford le considérait même comme l'occasion de mieux redémarrer. Une des qualités que partagent tous ceux qui réussissent est leur refus de baisser les bras. Ils se remettent inlassablement à l'ouvrage.

— Alors ceux qui essaient le plus sont ceux qui peuvent s'attendre à essuyer le plus d'échecs, avança l'un des banquiers, morose.

Elle eut un haussement d'épaules compréhensif.

— En effet, c'est souvent de cette façon que ça marche. Le vrai succès n'arrive jamais sans efforts. On fait des erreurs, on recommence. La réussite ne s'évalue pas seulement en fonction du but à atteindre, mais aussi dans le chemin parcouru, ce qu'on apprend en cours de route. Le seul échec est de ne rien apprendre du tout, de ne tirer aucune leçon, donc de recommencer les mêmes erreurs.

Il avait déjà commis l'erreur de s'intéresser à une femme. Répétait-il les mêmes erreurs avec Brooke ? Elle prenait une importance croissante dans sa vie. Une relation avec elle était-elle vouée au même fiasco qu'il avait connu avec Amanda, ou avait-il tiré quelques leçons du passé ?

— Bien. Analysez maintenant ce que vous avez écrit. Corrigez, si nécessaire. Et décidez ce à quoi vous êtes prêt à renoncer pour réaliser votre objectif.

Il laissa son stylo en suspens. A quoi était-il prêt à renoncer pour Brooke ? Etait-il seulement prêt à renoncer à quoi que ce soit pour l'avoir dans son lit ?

Et la voulait-il uniquement dans son lit ? Non. Il aimait son cran, sa détermination, la façon dont elle relevait tous les défis. Mais il voulait la femme qu'il avait aperçue derrière les apparences, celle qui n'avait pas eu peur de s'abandonner. Or malgré tout ce qu'elle disait, Brooke avait peur de l'échec. A quoi était-il prêt pour l'aider à se libérer ?

Il reprit la parole :

— J'ai lu dans tes livres que la réussite est quelque chose qu'on éprouve d'abord en soi, un sentiment que personne d'autre que nous-même ne peut nous apporter. Alors si on est heureux de ce qu'on fait, on a réussi, même si les autres ne sont pas du même avis.

Elle se mordit la lèvre.

— On peut en effet discuter ce point. Le sentiment de réussite doit être intime. Si votre but est externe, vous devez approfondir, chercher ce qu'il représente pour vous, au fond de vous. Par exemple, si vous rêvez d'être millionnaire, c'est probablement parce que vous êtes convaincu que l'argent vous apportera la sécurité. De la même manière, si vous voulez acheter un terrain, vous devez découvrir ce que ce terrain représente vraiment pour vous, et pour vous seul.

Elle s'adressait à chacun d'entre eux, mais comme elle le regardait droit dans les yeux, il aurait eu du mal à ne pas se sentir visé. Qu'est-ce que le rachat du Double C représentait pour lui ? Son ranch pouvait fonctionner sans ces terres. Il avait d'ailleurs placé la somme qu'il avait économisée pour leur rachat. Il pouvait s'en servir pour acquérir ailleurs tous les pâturages dont il avait besoin.

Non, c'était la culpabilité, et elle seule, qui le poussait à récupérer le Double C. La vérité était très simple : ils avaient perdu la moitié de leur ranch parce qu'il n'avait pas été capable d'empêcher Amanda de dilapider leurs biens jusqu'à leur dernier centime.

Et il n'avait même pas été capable de lui demander de prouver sa grossesse avant qu'elle lui passe la bague au doigt et la corde au cou.

— Et si d'autres que vous ont été obligés de payer vos erreurs ? demanda-t-il la gorge nouée.

Elle posa la main sur son épaule et la serra.

— Nous faisons tous des erreurs. Il faut savoir se pardonner et avancer. Parfois, les préjudices peuvent être réparés, d'autres fois, il faut seulement savoir lâcher prise.

Son regard plein de tendresse ne fit qu'accroître son désarroi.

Les yeux piquants, il la vit reprendre sa déambulation au milieu de ses élèves.

— Vous possédez maintenant la stratégie de base. Je serai heureuse de répondre à toutes vos questions.

Marmonnant subitement une excuse, Caleb se leva et déguerpit. Il avait passé toutes ces années à accuser Amanda de ses déboires alors qu'il était le seul à blâmer. Il avait besoin de digérer ce qu'il venait de découvrir.

Brooke regardait le clair de lune par la fenêtre de la salle de bains. C'était son premier moment de solitude depuis que Caleb — en quelques questions perspicaces — l'avait poussée à remettre en cause tout ce qu'elle avait écrit et enseigné jusque-là. Comment avait-elle réussi à poursuivre son premier séminaire, elle l'ignorait.

Elle cherchait l'approbation de sa mère. Elle voulait la reconnaissance du public. Elle voulait un bébé. Ces trois objectifs étaient à la fois externes et dépendants des autres. Elle qui à treize ans savait déjà ce qu'elle voulait et comment l'obtenir avait besoin d'une sérieuse remise en question.

Elle se débattait avec ces questions lorsqu'on frappa à la porte. Ce devait être Caleb puisque en revenant du dîner, elle avait fermé le couloir à clé.

Laissant couler son bain, elle enfila son peignoir. Comme elle s'y attendait, Caleb était de l'autre coté de la porte. Et, comme d'habitude, elle ne put s'empêcher de réagir à sa présence. Le fait de savoir qu'ils feraient l'amour le lendemain soir — si elle ne changeait pas d'avis — n'arrangeait pas les choses.

— Est-ce que ça va ? lui demanda-t-il soucieux. Tu étais bien silencieuse au dîner.

— Ça va.

Comment aurait-elle pu lui dire que toutes les théories sur lesquelles elle avait fondé sa carrière étaient ébranlées ?

— Est-ce que c'est l'eau que j'entends couler ?

— Je m'apprêtais à prendre un bain.

Un sourire flotta sur ses lèvres.

— Tu as besoin d'aide ?

— Non, merci, répondit-elle, consciente de la vague de

chaleur qui l'envahissait. Je ne suis pas prête à… avoir de la compagnie.

Elle vit son regard glisser lentement sur elle.

— Ce n'est pas l'impression que j'ai, rétorqua-t-il dans un sourire.

— Je dois me raser les jambes et me préparer pour demain soir.

Avec ça, elle était sûre de le faire fuir.

— Je me rase tous les jours, j'ai de l'expérience, rétorqua-t-il. Je peux t'aider.

Elle chancela.

— Je ne suis pas encore féconde.

— Et alors ?

Il la désirait, cela ne faisait aucun doute. Et elle n'avait pas la moindre idée de ce qu'elle pouvait faire ou répondre.

Ce matin, l'objectif qu'il avait inscrit sur sa feuille l'avait tellement bouleversée que la suite du séminaire relevait pour elle du miracle.

Il fit un pas. Elle recula et, sans l'avoir compris, elle se retrouva avec lui dans la salle de bains. Elle coupa nerveusement le robinet.

— Tu as un autre rasoir ? lui demanda-t-il en passant la main sur sa joue rugueuse. Je ne voudrais pas t'infliger de brûlures inutiles.

Un frémissement la parcourut de la tête aux pieds.

— Oui.

Lorsqu'elle se retourna pour lui tendre l'objet demandé, elle se figea. Il avait enlevé ses bottes et ses chaussettes et s'attaquait à son ceinturon.

— Pourquoi te déshabilles-tu ?

— Mes vêtements sont trop sales pour aller au bain en même temps que nous.

Elle s'était dit qu'ils feraient l'amour après son bain, mais de toute évidence, elle s'était trompée. Cet homme ne cessait de la déstabiliser. Elle se mordilla les lèvres. Après tout, ce n'était peut-être pas si mal, songea-t-elle.

Il se déshabilla et se glissa dans la baignoire avec une aisance déconcertante.

— Tu as souvent rasé les jambes d'une femme ? lui demanda-t-elle, piquée par une pointe de jalousie.

— Non, mais j'apprends très vite.

Il lui tendit la main.

En se disant qu'elle avait décidément perdu la tête, elle défit son peignoir et le laissa glisser à terre. Les yeux étincelants, Caleb lui prit la main et l'attira.

— Assieds-toi là et allonge-toi, lui dit-il.

Il s'installa face à elle, du côté du robinet, plia les jambes et écarta les genoux. L'eau n'était pas assez profonde pour dissimuler son sexe bandé. Elle se sentit rougir de la tête aux pieds et envahie par une chaleur qui ne devait rien à la température de l'eau.

— Peux-tu tenir ça ? lui demanda-t-il en lui tendant son miroir.

Il la mettait dans un tel état qu'elle ne l'avait même pas vu le prendre sur le lavabo. Elle s'en saisit d'une main tremblante tandis qu'il s'emparait du savon pour le faire mousser entre ses mains.

Elle se rappela les mots qu'il avait employés la veille. Il avait dit qu'il la savonnerait et puis qu'il la pénétrerait profondément. C'était exactement ce qu'il s'apprêtait à faire, comprit-elle, traversée par une décharge électrique, mais elle n'était pas sûre d'avoir la patience d'attendre.

Il commença par se raser, avec des gestes aussi brefs que précis. Elle avait assisté à ce genre de scènes, mais elle ne les avait jamais trouvées si extraordinairement érotiques. Elle était incapable de détacher les yeux de son regard brûlant.

Lorsqu'il eut terminé, il lui prit le miroir et le posa sur le sol. Il se rinça ensuite et reprit le savon. Une nouvelle décharge la parcourut. Il commença par son pied droit, enduisit sa jambe d'une mousse dense jusqu'à la surface de l'eau, et prit le rasoir. Elle se laissa faire, fascinée par ses gestes et la chaleur croissante qui la baignait.

Au lieu de se sentir mal à l'aise dans cette position parfaitement impudique, son regard lui donnait l'impression inédite d'être la femme la plus désirable au monde. Et ce n'était pas désagréable.

Il s'appliquait, geste après geste, et la torture recommença avec la jambe suivante. Pour supporter ses frissons de plaisir, elle dut fermer les yeux. Mais même ainsi, elle avait bien du mal à retenir ses soupirs.

— Assieds-toi sur le bord.

— Pardon ?

— Le maillot. Assieds-toi sur le côté, je vais terminer.

La désinvolture de sa voix était démentie par l'extrême tension de son visage. Elle obtempéra, aussi tremblante qu'une feuille soumise à la tempête.

Il prit le savon et le fit mousser pour la quatrième fois entre ses mains. Elle aurait juré qu'il faisait exprès de prendre son temps, juste pour la tourmenter davantage. Enfin, il fit glisser la mousse, d'une main lente et paresseuse et qui ignorait superbement l'endroit qui réclamait désespérément son attention.

Entièrement soumise au moindre de ses gestes, elle ne s'était jamais sentie aussi électrisée. Et tout à coup, la vérité la frappa avec une violence inouïe. Caleb lui donnait l'envie, le désir lumineux, de s'élancer vers l'inconnu. Et pour la première fois de sa vie, elle ne redoutait pas les conséquences de ses impulsions.

Il l'avait transformée !

Il fit glisser le rasoir et chacun de ses passages, plus délicats les uns que les autres, la rendait plus consciente du désir palpitant niché entre ses cuisses. Elle se demanda un instant s'il allait s'en tenir aux limites du maillot ou la raser complètement — elle n'aurait pas eu la force de lui dire d'arrêter —, mais il posa l'ustensile et ouvrit la bonde pour vider la baignoire. Elle faillit glisser dans l'eau.

— Qu'est-ce que tu fais ? lui demanda-t-elle alors qu'il était évident que l'expérience la plus érotique de sa vie s'achevait.

Son sexe tendu lui disait bien qu'ils allaient faire l'amour, mais ce serait dans le lit. Une vague de déception l'envahit.

Il la mit debout et prit le pommeau de douche.

— Je nous rince.

L'eau glissa d'abord sur ses épaules, puis sur ses jambes. Malgré la douceur du jet, ou à cause d'elle, elle crut qu'elle allait se consumer, mais avant qu'elle ait la force de lui demander de mettre un terme à son tourment, il reboucha la baignoire.

Elle commença à se remplir.

— Et maintenant ?

Son regard glissa sur elle puis remonta. L'éclat qui luisait dans ses prunelles la mit de nouveau en fusion.

— Je vais te savonner entièrement et te pénétrer si profondément que tu ne pourras pas t'empêcher d'émettre cet adorable petit cri qui m'excite tant.

Au son traînant et guttural de sa voix, ses genoux faillirent se dérober sous elle. Elle ne pouvait presque plus respirer.

Il changea de place avec elle, s'assit et lui tendit les bras.

— Viens t'asseoir sur… mes genoux.

Le clin d'œil à la fois tendre et complice qui accompagnait son invitation la déchaîna. Mais au lieu de se jeter sur lui, elle attrapa le savon à son tour et s'agenouilla au-dessus de lui. Malgré le sexe fièrement dressé vers elle, malgré la violence même de son désir, elle prit le temps de répandre la mousse sur son torse, de s'attarder sur chacun de ses muscles avec la même lenteur qu'il avait mis à la raser.

Elle le sentait frémir sous ses caresses, elle vit les muscles de son ventre se contracter, son sexe se durcir encore plus quand elle glissa les mains sur sa toison sans refermer les doigts autour de lui. Ses gestes l'excitaient autant que lui, mais ce n'était que justice, songea-t-elle en observant son tourment à travers ses paupières mi-closes. Il attendrait.

— Tu me tues, lâcha-t-il en ouvrant les yeux.

Un sourire lent, lourd de sensualité, se dessina sur ses lèvres et alors que l'eau ne dépassait pas la hauteur de ses cuisses, il coupa le robinet. Ce geste la fit basculer en avant et il en profita pour reprendre possession du savon. Son sourire de triomphe, l'éclat de ses prunelles l'avertirent qu'il allait prendre sa revanche. Et en effet, il commença très lentement à faire tourner le savon dans ses mains. Elle s'humecta les lèvres et accueillit ses mains sur ses épaules en retenant son souffle. Elle, elle qui n'avait jamais été spontanée, rêvait de plonger dans des flots bouillonnants. Mais seulement avec lui. Il était son radeau. Avec lui, elle ne craignait plus la noyade.

Il l'attira vers lui et s'empara de ses lèvres avec une telle passion qu'elle crut mourir. Pour une femme qui s'acharnait à modeler son existence, elle était stupéfaite de se découvrir si malléable entre les mains de Caleb et si heureuse de l'être. Suspendue à ses lèvres, elle s'abandonnait à l'unique plaisir des mains qui glissaient sur son dos, s'emparaient de ses fesses, pour la savonner minutieusement, très intimement et…

Elle faillit lui mordre la langue et s'écarta pour le contempler avec surprise. Chaque fois qu'elle croyait tout savoir de son corps, Caleb lui apportait une nouvelle découverte et la hissait sur de nouvelles hauteurs. Sans la lâcher des yeux, il remonta ses mains savonneuses sur sa poitrine. Les seins ainsi emprisonnés, livré à la caresse de ses pouces, elle se cambra et ne put retenir le gémissement de pur plaisir qui franchit ses lèvres.

— Oui, l'encouragea-t-il d'une voix sourde. Dis-moi tout le plaisir que tu éprouves à sentir mes mains sur toi. Dis-moi où tu veux que je te caresse ensuite.

Elle qui était une professionnelle de la communication usa de ses talents d'oratrice sans la moindre honte. Il exhaussa ses prières et la caressa jusqu'au moment où elle sentit un éclair foudroyant la traverser.

Il l'attira aussitôt pour capturer son cri dans un baiser torride avant de s'écarter très légèrement, le temps de lui demander, les yeux plongés dans les siens :

— Viens, Brooke, prends-moi en toi.

Elle se déplaça rapidement, le prit entre ses mains et descendit tout doucement jusqu'à le sentir profondément en elle. Il donna alors un coup de rein et, comme il le lui avait assuré, elle émit le petit bruit qu'il aimait tant, à chacun des mouvements, toujours plus intimes, qu'il faisait à sa rencontre.

Leur chevauchée lui semblait sans limites. Elle s'y abandonnait, poussée par le plaisir d'aller toujours plus loin, plus vite, au-delà de toutes les sensations qu'elle connaissait, pressée de vivre, une fois encore, la désintégration absolue de tout son être entre ses bras. Elle bascula dans l'extase, galvanisée par le cri de jouissance qui accompagnait le sien. Jamais elle n'avait éprouvé un tel sentiment de liberté, d'accomplissement aussi intense.

Emerveillée par la force qui venait de la traverser, elle s'effondra contre son torse. Il la serra entre ses bras et l'embrassa sur la tempe tout en retenant l'eau du bain dans ses mains en coupe pour la répandre sur son dos.

Et tout à coup, un détail la frappa : ils n'avaient pas pensé à mettre de préservatif ! Pour le meilleur ou pour le pire, ils venaient peut-être de concevoir leur bébé. Et après les doutes qu'il avait instillés en elle le matin même, elle ne savait pas si elle devait en rire ou en pleurer.

Ils venaient de faire l'amour, songea Caleb encore émerveillé. Et ils n'avaient même pas pensé à se protéger. A l'idée qu'il venait peut-être d'abandonner son enfant à Brooke, il sentit son cœur accélérer, mais l'élan qu'il éprouvait relevait plus de l'impatience que de la peur. Pourquoi ?

Après Amanda, il s'était juré de ne jamais avoir d'enfant. Il avait même pris rendez-vous pour une vasectomie, mais une chute de cheval, la veille de l'opération, l'avait empêché d'y aller. Il n'avait pas repris rendez-vous. Et aujourd'hui, il s'en félicitait.

Brooke somnolait entre ses bras. Il ne voulait pas la tirer de sa torpeur, mais il la sentait frissonner. Alors, il ouvrit le robinet de la douche et fit couler de l'eau chaude sur son dos. Elle était toujours si tendue, songea-t-il, elle prenait tout tellement à cœur, qu'elle ne s'abandonnait pas souvent. Et il voulait prolonger cet instant, car il savait qu'une fois sa sensualité dissipée, elle dresserait de nouveau toutes les barrières dont elle s'entourait habituellement.

Elle ne l'aurait jamais reconnu, mais elle était vulnérable. Ce soir, il l'avait surprise dans un moment de faiblesse. Au cours du dîner, il avait bien vu qu'elle était préoccupée. Il s'était demandé pourquoi elle ne cherchait pas à appliquer ses conseils, mais la voir affronter une situation difficile avait tout suite éveillé son instinct protecteur.

Il n'avait pas besoin d'être fin psychologue pour comprendre que ses anciens amants l'avaient blessée et qu'elle était terrorisée à l'idée de risquer une nouvelle aventure. Sinon pourquoi voudrait-elle faire un enfant toute seule ? Et pourquoi le repousserait-elle chaque fois qu'il s'aventurait au-delà des limites qu'elle leur imposait ?

Ce qui avait débuté comme un jeu destiné à lui prouver qu'elle ne pourrait pas attendre leur rendez-vous du lendemain lui explosa en pleine figure. Il pouvait bien sûr la provoquer, elle tombait dans ses bras, mais une fois la passion consumée, la seule chose qu'elle attendait de lui était son sperme, une semence qu'elle pouvait très facilement se procurer ailleurs.

Et cette constatation le laissait seul avec le désir qu'elle lui inspirait, ses petites phrases sentencieuses et adorables, sa détermination et l'éclat qui brillait dans ses yeux lorsqu'elle relevait un défi où qu'elle acceptait de s'abandonner entre ses bras.

Aujourd'hui, elle lui avait permis de comprendre ce qui l'avait poussé à travailler soixante-dix heures par semaine pendant dix ans. Il s'était lui-même infligé cette cadence et il avait compris qu'il était temps d'y mettre un terme. Il ne pouvait rien changer au passé, mais il pouvait construire son avenir.

La seule question était de savoir si cet avenir incluait Brooke et leur enfant.

11

La sonnerie du téléphone tira Brooke de son sommeil. Le bras de Caleb la clouait au lit, mais elle put décrocher.

— Double C, bonjour.

— Brooke, j'ai un travail pour toi.

La voix de son agent acheva de la réveiller.

— Peux-tu sauter dans l'avion de 11 heures pour Miami ?

Elle s'assit, repoussa ses cheveux et regarda son réveil. Considérant le peu d'heures de sommeil que lui avait laissées Caleb, il était vraiment très tôt. Un sourire flotta sur ses lèvres.

— Pourquoi ?

Caleb s'étira et vit à son sourire qu'il était d'humeur languide. Il lui avait laissé si peu de répit en trois jours qu'elle n'avait même pas eu le loisir de s'interroger sur les failles intervenues dans son système de pensée. Elle arrêta sa main avant qu'elle ne remonte trop haut sur ses cuisses.

— Une annulation de dernière minute à la convention annuelle d'une mégachaîne de distribution alimentaire. Si tu fais vite, tu peux y aller.

Elle avait le temps, jugea-t-elle, mais elle n'était pas sûre que Caleb accepte de se débrouiller tout seul avec le ranch et leurs clients.

— Un instant, Kelly.

Elle masqua le récepteur.

— Je dois aller deux jours à Miami. Peux-tu me remplacer ici ? Il y a un vol à 11 heures.

Devant son expression déçue, elle s'attendit à ce qu'il proteste, ou qu'il exige de l'accompagner, comme ses ex l'avaient fait.

L'un adorait se pavaner parmi les usagers de ces endroits chic, l'autre ne supportait pas sa célébrité, ni sa carrière.

— Prépare-toi, lui répondit-il. Je vais trouver quelqu'un pour me remplacer le temps que je t'accompagne à l'aéroport.

Elle le dévisagea avec stupeur. Ferait-il ne serait-ce qu'une fois ce à quoi elle s'attendait ? Elle revint à l'appareil.

— J'y serai, Kelly. Tu peux me donner plus de détails ?

Elle tâcha de se concentrer tandis que la jeune femme lui donnait les heures des vols, sa réservation d'hôtel, puis les explications concernant son intervention. Mais Caleb était sorti du lit et se dirigeait déjà vers la salle de bains. Troublée par sa nudité, elle fut obligée de la faire répéter.

Il revint au moment où elle raccrochait.

— Je m'occupe du petit déjeuner, lui dit-il en enfilant son jean. Pendant ce temps, tu peux prendre ta douche et te préparer.

Brooke le regarda partir avant de repousser vivement les draps. Elle s'attendait à le voir surgir dans la douche, ou faire n'importe quoi pour la retarder, mais elle le retrouva dans la chambre, devant sa valise ouverte sur le lit. Et il avait apporté un plateau sur lequel trônaient du café et des tranches de gâteau.

— Si tu me dis ce que tu veux emporter, je peux m'occuper de ton bagage pendant que tu manges un morceau.

D'abord, elle ne sut pas comment réagir. Elle était presque déçue qu'il n'essaie pas de la retenir. Elle n'avait pas envie de partir, ou plus exactement, elle avait peur de partir. Mais elle avait toujours fait passer sa carrière avant tout.

— Merci, je peux m'en occuper.

Il haussa les épaules et s'assit sur le lit.

— Tu as souvent des obligations de dernière minute ?

— Non. D'habitude, mes engagements sont planifiés des mois à l'avance. Tu es sûr que mon départ ne posera pas de problème ?

— Non. Le lit va être vide, bien sûr, mais je peux attendre ton retour. Ce sera de sacrées retrouvailles, ajouta-t-il avec un clin d'œil malicieux.

Elle faillit s'étouffer avec son gâteau. Elle était aussi impatiente de revenir, et cette réaction était parfaitement insensée, car d'ici à son retour, elle ne serait plus féconde. Ils n'auraient donc aucune raison de refaire l'amour.

En même temps qu'une gorgée de café, elle avala sa pointe — aberrante — de déception.

Caleb la troublait tant qu'elle avait le plus grand mal à se souvenir qu'il ne s'agissait que d'une relation… pragmatique. Elle ne voulait pas s'attacher à ses yeux sombres, ni à son accent traînant ou à ses sourires, car elle savait très bien que cette relation avait un terme, et elle n'était pas bonne pour les ruptures.

— Ce n'est pas la peine de m'accompagner, Caleb. J'ai besoin du trajet pour me remettre les idées en place et préparer mon intervention.

Elle devait surtout se ressaisir. Les quelques questions qu'il lui avait posées pendant son atelier avaient sérieusement ébranlé son plan d'orientation personnelle. Elle devait trouver où elle s'était trompée et bâtir une nouvelle stratégie, une stratégie qui ne comportait pas de cow-boy à ses côtés.

Et elle devait comprendre pourquoi un avenir sans Caleb lui donnait envie de prendre un comprimé contre les brûlures d'estomac.

En revenant dans la chambre qu'ils avaient partagée, Caleb ne put retenir son sourire. Il considéra le chantier qu'était devenu le lit au cours de la nuit et de toutes celles qui avaient suivi leur bain. Les draps étaient emmêlés, les oreillers dispersés et l'édredon gisait au pied du lit.

Si Brooke n'était pas enceinte, se dit-il, ce ne serait pas faute d'avoir essayé. Et il ne croyait pas se vanter en pensant qu'elle était pressée de rentrer. A son retour, songea-t-il en ramassant ses vêtements, ils devraient réfléchir à la tournure que prenait leur relation. Quelque part, ils s'étaient éloignés de son but initial.

Ils avaient soigneusement défini leurs arrangements. Il y avait des détails que les hommes et les femmes préféraient garder intimes, surtout quand le contrat qui les unissait était aussi alambiqué que le leur. Il espérait pourtant changer tout cela très vite.

Il avait décidé de retenir Brooke le plus longtemps possible. Il était même prêt à diriger l'hôtel pourvu qu'elle lui distille ses petites phrases positives et son optimisme volontaire. Il aimait particulièrement l'idée d'être le seul à avoir su briser ses inhibitions.

Il ramassa l'édredon. Quelque chose heurta le sol et il se pencha. Un calepin de cuir noir était ouvert au pied du lit. Le journal de Brooke, comprit-il. Elle ne partait jamais nulle part sans l'emporter.

Il se baissa pour le ramasser et vit en même temps que son nom écrit au milieu de la page, les deux colonnes dressées en dessous. La première était intitulée inconvénients, l'autre, avantages.

D'habitude, il respectait l'intimité des autres, mais voir le terme « inconvénients » associé à son nom, à côté des atouts, sur l'autre page, d'un donneur anonyme eut raison de ses scrupules. Il lut.

« Manque d'ambition. Manque d'éducation et de culture. Casanier. Mal dégrossi. Ne plairait pas à mes parents. Une relation avec lui équivaudrait à un suicide professionnel. Mes détracteurs s'en donneraient à cœur joie de me voir finir avec un cow-boy inculte. Il me rend folle. »

Il acheva sa lecture, la gorge serrée et les poumons brûlants. Il avait déçu les deux premières femmes de sa vie : sa mère et sa femme. La première l'avait abandonné, l'autre quitté. Et maintenant, c'était Brooke qui le jugeait médiocre. Médiocre en tant qu'individu, et en tant que père de l'enfant qu'elle voulait.

De toute évidence, elle tenait le premier donneur de sperme venu pour plus valable que lui. Alors pourquoi l'avait-elle choisi ? Le besoin de trouver une réponse le poussa à tourner les pages. Il trouva ce qu'il cherchait dans ses notes à propos des critiques qu'un concurrent lui avait faites sur une radio.

« L'aboutissement de mes objectifs familiaux est le seul moyen de faire taire les dénigrements dont je fais l'objet, avait-elle écrit. *Problème : les premiers clients du ranch arrivent. Je dois repousser l'insémination d'un mois. Un délai qui m'expose à d'autres attaques. Solution : trouver une autre méthode d'insémination. »*

Etourdi, Caleb referma le calepin d'un coup sec et le jeta sur le lit. Il n'était qu'une autre méthode d'insémination.

Etait-il capable de supporter ça ? Etait-il capable de vivre sans elle ?

Il avait accepté de signer leur contrat en sachant que pour Brooke il ne s'agissait que d'un accord… technique, mais il avait oublié de laisser son cœur à l'écart.

Il était tombé amoureux d'elle.

Il eut brusquement besoin de fuir cette chambre, la maison et tout ce qu'elle représentait… pour lui. Comment aurait-il pu dormir dans ce lit sachant qu'à ses yeux, il n'était qu'un donneur accessible ? Un spécimen à portée de main ?

Il la désirait, se dit-il en ramassant ses affaires. Cela ne faisait aucun doute. Il aimait se réveiller à son côté. Il ne lui avait fallu que deux nuits pour le savoir, mais il aurait dû se douter que c'était trop beau pour être vrai. Une femme volontaire qui ne vivait que tournée vers l'avenir n'avait rien à faire d'un cow-boy qui avait passé les dix dernières années de sa vie à vouloir effacer le passé.

Il déboula hors de la maison et passa sans s'arrêter devant le corral et les clients qui attendaient leur randonnée du matin.

— Eh, Caleb, l'interpella Patrick en se lançant à sa poursuite, tu as le feu aux fesses ou quoi ?

Il s'arrêta et, d'un coup de pied, envoya promener une pierre qui traînait devant lui.

— Vas-y, achève-moi, de toute façon je suis cuit.

— Oh là ! s'exclama Patrick. En général, quand on dit ça, c'est qu'on a bu ou qu'on s'est fait avoir par une femme. Comme tu ne bois jamais de si bonne heure, ça doit être Brooke.

Il n'était pas d'humeur à plaisanter, ni à supporter le sourire goguenard de son frère.

— Laisse tomber, d'accord ?

— D'habitude, tu es de meilleure humeur le matin, insista son frère. Qu'est-ce qui t'a mis dans cet état ? Tu vas me le dire ou bien faut-il que je remonte à la source ?

Comment pouvait-il lui avouer qu'il avait délibérément accepté de mettre une femme enceinte ? Patrick le prendrait pour un fou et il n'aurait pas tort.

— Ça n'aurait pas un rapport avec les questions saugrenues que tu as posées à Brand à l'hôpital ?

Comme d'habitude, Patrick était pugnace et malin. De toute manière, il finirait par savoir. Autant le lui dire, et en finir.

— Brooke est prête à me donner le Double C.

Patrick éclata de rire.

— C'est ça ! Et qu'est-ce qu'elle veut en échange ? Ton premier-né ?

Voyant que son frère ne souriait pas, loin de là, il se rembrunit.

— Attends un peu… Tu ne vas pas me dire que tu vas faire un truc pareil, hein ?

Pour autant qu'il le sache, c'était déjà fait. Et c'était la décision la plus stupide qu'il avait jamais prise.

— Brooke veut un enfant, répondit-il. J'ai accepté de le lui faire pour cent acres de terres et la maison qui va avec.

Mais serait-il capable d'aller jusqu'au bout maintenant qu'il connaissait l'opinion qu'elle avait de lui ? Il voulait la rendre heureuse, et elle était persuadée que seul un bébé lui apporterait le bonheur.

Devant son silence, Patrick émit un juron.

— Si tu veux mon avis, Caleb, c'est sordide.

— C'est notre histoire, Patrick. Les Lander possèdent ces terres depuis cent ans. C'est à cause de moi que nous les avons perdues. C'est moi qui dois les récupérer.

— Personne ne t'a jamais fait de reproches.

— Mais moi, je m'en fais ! J'aurais pu empêcher Amanda de dilapider notre bien et je ne l'ai pas fait.

— Non, parce que tu essayais de te faire pardonner par son frère, mais Whitt t'a laissé tomber, Caleb. Ceux qui déguerpissent au moindre problème ne sont pas des amis.

Il marquait un point. Mais pouvait-il oublier la terre pour laquelle il s'était battu pendant dix ans ? Pouvait-il rompre le marché qu'il avait passé avec Brooke ? Pouvait-il oublier Brooke ? La réponse était non. Trois fois non.

Patrick se dandinait sur ses pieds, visiblement mal à l'aise.

— Tu n'oublies pas un truc ? lui demanda-t-il enfin.

— Quoi ?

— Tu as eu les oreillons à onze ans.

— Et alors ?

— Les oreillons peuvent rendre stérile.

Une main glacée lui serra brutalement la gorge.

— Ce sont des histoires de bonnes femmes, rétorqua-t-il.

— Tu crois ? Amanda a toujours prétendu que c'était ta faute si elle n'était pas tombée enceinte après les noces.

Pendant une année entière, il avait fait de son mieux pour réussir leur mariage. Amanda était persuadée qu'un enfant les aiderait à se rapprocher et il s'était laissé convaincre, sans résultat.

— C'est rare, concéda Patrick, mais ça arrive. Ecoute, je ne veux pas me faire l'avocat du diable. D'ailleurs, depuis qu'elle est avec Charlie Junior, Amanda n'est toujours pas enceinte, mais tu es peut-être stérile et tu ferais peut-être bien de le vérifier.

S'il était stérile, songea-t-il, Brooke ne voudrait pas de lui. La question de savoir s'il pouvait renoncer aux terres de sa famille ou vivre sans elle ne se poserait plus… Il se massa la nuque, les yeux tournés vers le ciel.

— Les terres comptent tellement pour toi ?

— Patrick, je sais que le ranch ne t'intéresse pas beaucoup, mais pour moi, c'est toute ma vie.

Les rires des clients le détournèrent du regard de son frère. Toby rassemblait les touristes pour leur dernière chevauchée. Quand quelqu'un demanda où était Brooke, il sentit sa gorge se nouer. S'il était stérile, diriger le Double C serait le meilleur moyen d'en rester proche et le seul de rester en contact avec Brooke. Quel que soit l'échec de sa vie personnelle, il devait reprendre le dessus. Il avança vers le groupe, mais Patrick s'interposa.

— Ecoute, je suis plus sobre qu'un chameau et je n'en reviens pas de te dire un truc pareil, mais si la seule chose qu'elle veut pour te rendre les terres, c'est un enfant, eh bien… je peux le faire. Enfin, si tu ne peux pas.

— Non.

— Mais je te le dis tout de suite, poursuivit son frère sans l'écouter, je refuse de me marier.

— Non ! cria cette fois Caleb en attrapant son frère par le col. Tu entends ?

— Eh, tu me fais mal !

Submergé par la vague de jalousie qui s'était emparée de lui, il ne s'était pas aperçu qu'il avait bien failli frapper son frère. Il le relâcha brusquement.

— Ne te mêle pas de ça, d'accord ?

— Qu'est-ce que tu es susceptible ! Tu es mordu, mon vieux.

Caleb lui adressa une série d'injures. Patrick se contenta de rire.

— Alors, quand es-tu censé passer à l'action ?

— On a commencé, répondit-il d'un ton rogue. On ne t'a jamais dit que des rapports réguliers favorisent les chances ?

— Si. Alors, c'est quoi ton problème ? O.K., s'empressa-t-il de dire devant la mine menaçante de Caleb. Mais quand même, je ne comprends pas comment vous faites, toi et Brand, pour tomber sur des filles cinglées. Tu ne peux pas te débrouiller pour trouver une fille normale ?

Il ne voulait pas de fille normale. Il préférait celles qui s'exprimaient avec des maximes, qui portaient des couleurs vives et qui ne se défilaient pas devant les problèmes.

Il n'avait pas voulu lui donner un échantillon de son sperme, mais il comprit qu'il allait être obligé de se plier à cette méthode pour tester sa fécondité et définir sa possibilité d'être… un mari acceptable. Parce que, liste ou pas liste, Brooke comptait plus que sa fierté. Et il ne lui demanderait pas de l'épouser s'il ne pouvait pas lui donner la famille qu'elle voulait.

— Les clients s'en vont aujourd'hui, répondit-il. Je vais me réinstaller à la maison. Je te préviens, si tu as mis du foutoir dans ma chambre, je te conseille de tout nettoyer avant que j'arrive.

Patrick, qui l'avait observé attentivement tout le temps de sa réflexion, le surprit par sa réponse.

— A mon avis, tu fais une erreur. Si tu l'aimes, tu dois rester ici et le lui dire.

— Je n'ai jamais dit que je l'aime, riposta-t-il.

— Pas besoin. Tu souris comme un imbécile depuis qu'elle a mis les pieds au Double C.

Brooke lui avait plu dès le premier regard. Et dès la première nuit entre ses bras, il avait adoré sa façon de s'abandonner à lui. Malgré sa rigidité, ses phrases toutes faites et sa méfiance, il était tout de suite tombé amoureux d'elle. Il avait seulement été très long à l'admettre.

— On ne t'a jamais dit que tu étais trop bavard ?

— Si, grand frère, mais je n'y fais pas attention.

Brooke, assise sur l'estrade à côté de la chaire, avala un autre comprimé contre les aigreurs d'estomac. L'esprit en déroute, elle se demandait ce qu'elle allait bien pouvoir dire aux huit mille employés de la chaîne de supermarché venus écouter ses conseils quand toutes ses théories s'écroulaient sous ses pieds.

Ses objectifs n'étaient pas seulement externes et dépendants des autres. Sa panique d'avoir échoué à les concrétiser avant son trente-cinquième anniversaire allait à l'encontre de sa conviction même que l'échec faisait partie intégrante du processus de la réussite personnelle. La peur d'échouer l'avait poussée à des choix irréfléchis, une attitude en totale contradiction avec ce qu'elle était, et ce qu'elle professait. Des choix qui, en outre, la jetaient dans les bras d'un homme dont l'unique fonction semblait être de la faire complètement dévier du chemin qu'elle s'était tracé.

Et elle commençait à y prendre goût.

Elle sursauta. L'arrivée de Caleb dans sa vie correspondait exactement à ça, comprit-elle subitement. Il n'avait surgi que pour lui faire comprendre qu'elle avait pris une mauvaise direction et pour la guider vers le bon chemin. Elle l'accusait d'immobilisme alors que c'était elle qui s'enfonçait dans l'ornière.

L'impulsion d'écrire sa découverte la démangea, mais elle résista à la tentation de jeter ses réflexions au dos du programme. Caleb avait raison. Son agenda était une béquille. Ce n'était pas un hasard si elle l'avait oublié. Il lui épargnait d'affronter la réalité. Il maintenait sa réflexion dans un cadre fermé. *« Les habitudes*, avait-elle écrit dans son troisième livre, b*loquent la possibilité d'une réflexion originale. »*

Elle ne cessait de parler de tolérance, du respect dont chacun devait faire preuve envers son entourage, et elle avait été la première à mépriser les ambitions de Caleb. Il n'était pas médiocre. Il était heureux, selon des critères qui n'appartenaient qu'à lui. Il était assez généreux pour lui montrer que les fautes ou les faiblesses qu'elle s'évertuait à corriger n'étaient pas des fautes ou des faiblesses du tout.

Contrairement à ses ex, il n'avait aucun problème avec sa célébrité. Il ne cherchait ni à en profiter, ni à la détruire.

Elle savait qu'elle avait une existence enviable. Elle avait la possibilité de voyager, ou de refuser des occasions, selon ses désirs. Elle ne voulait pas vivre comme son frère ou sa sœur. Elle aimait sa vie telle qu'elle était. Alors quelle importance si ses choix ne convenaient pas à sa mère ? Et pourquoi avait-il fallu l'arrivée de Caleb dans sa vie pour qu'elle s'en aperçoive ?

Son désir de bébé relevait par contre d'une tout autre pulsion. Elle adorait les enfants. Ses meilleures interventions étaient celles qu'elle avait faites auprès d'enfants handicapés. Ils avaient besoin de savoir, d'apprendre, qu'ils étaient capables de réaliser leurs rêves malgré la particularité des défis auxquels ils étaient confrontés. Pour peu qu'on leur donne l'envie d'avancer, qu'on les soutienne et qu'on les accompagne dans leurs efforts, ils avaient d'énormes possibilités. Après ces interventions, elle voyait briller dans leurs yeux une étincelle qui n'existait pas avant. Elle savait que c'était elle qui leur avait redonné espoir. Savoir qu'ils progressaient ensuite lui procurait un formidable sentiment de bonheur et d'accomplissement.

Elle était impatiente de rentrer chez elle et de dire à Caleb ce qu'elle venait de découvrir. Chez elle, se reprit-elle songeuse. Pour la première fois, elle n'imaginait pas son appartement parfaitement décoré de San Francisco, mais le Double C, son mobilier rustique, ses grandes étendues verdoyantes et le cow-boy séduisant qui l'attendait avec une aussi belle impatience.

Elle posa la main sur son ventre, et sourit. Son bébé était peut-être déjà en elle. Si c'était le cas, elle en serait bouleversée et heureuse, mais dans le cas contraire, elle et Caleb auraient le temps de se connaître un peu mieux avant de fonder une famille.

Le directeur de l'entreprise venait d'achever son discours. En l'entendant prononcer son nom, un flot d'adrénaline la parcourut, et elle bondit sur ses pieds. Elle connaissait exactement le sujet de son intervention : les détours, les erreurs et les explorations hors des chemins balisés des convictions. Elle allait parler de l'importance d'écouter et suivre ses intuitions quel que soit l'endroit où elles pouvaient conduire. Caleb aurait parlé d'instinct. Elle parlerait de suivre son cœur. Et à partir de maintenant, c'était précisément ce qu'elle s'apprêtait à faire.

Elle monta sur le podium et adressa un sourire à l'assemblée.

— Il nous arrive à tous d'être désemparés à la croisée des chemins. Un gagnant saura prendre le risque d'un détour pour retrouver sa route…

12

A l'exception de Rico, venu l'accueillir bruyamment dès qu'il avait entendu sa voiture, le ranch était tranquille quand Brooke se gara devant la maison. Elle descendit de voiture et prit le temps de répondre aux jappements heureux de l'animal avant de s'élancer vers le porche. Elle grimpa les marches quatre à quatre et ouvrit la porte, amusée de constater qu'elle chantonnait l'air de sa sonnette.

— Caleb ? appela-t-elle sur le seuil.

Mais seul l'écho de sa voix lui répondit.

— Maria ?

— Caleb n'est pas là, lui répondit Maria depuis la cuisine.

Elle la rejoignit.

— Il vous a dit quand il revient ?

— Demain matin avant l'arrivée des nouveaux clients. Il est retourné à Crooked Creek. Il a dit que vous n'aviez plus besoin de lui dans la maison puisque personne n'y logera cette fois-ci.

Elle avait pris un carnet posé sur le plan de travail et le lui tendit.

— Il m'a dit de vous donner ça dès votre retour.

Reconnaissant son agenda, elle éprouva un picotement désagréable, mais elle le repoussa. Caleb ne lirait jamais ses notes personnelles.

En était-elle bien sûre ? se demanda-t-elle pourtant. Elle préférait ne pas imaginer sa réaction s'il avait lu ses listes. Il ne comprendrait pas combien elle s'était montrée aveugle et stupide, au moment où elle les avait écrites.

— Vous pouvez me dire comment on va chez lui par la route ? Je n'y suis jamais allée qu'à cheval.

Caleb arpentait nerveusement sa cuisine. Il n'osait pas sortir de peur de rater l'appel de la clinique. Ce rendez-vous l'avait tellement humilié qu'il était revenu dans une rage froide. Son père et son frère avaient préféré emporter leur repas plutôt que dîner avec lui.

Le claquement d'une portière de voiture le fit sursauter. Il lâcha un soupir et se tourna vers la porte. Brooke se tenait de l'autre côté de la moustiquaire, vêtue du tailleur bleu lavande qu'elle portait la première fois qu'il l'avait vue. Il raccrocha.

Elle ouvrit la porte et avança.

— Salut ! lui lança-elle avec entrain.

Son cœur se serra à l'idée que peut-être le sourire qu'elle lui adressait serait le dernier. Incapable de prononcer un mot, il se contenta de hocher la tête.

— Tout s'est très bien passé à Miami, poursuivit-elle, mais je suis tellement heureuse de rentrer à la maison !

— Brooke…

Elle avançait, le regard pétillant de malice.

— Que disais-tu à propos de la table de la cuisine ?

Son air provocant et joueur rajouta à sa confusion.

— Tu es seul ?

— Oui, mais…

— Tant mieux, le coupa-t-elle en défaisant très ostensiblement le nœud de sa ceinture. Dis-moi, cow-boy, vas-tu coopérer ou vais-je devoir te ligoter ?

Il devait l'arrêter, songea-t-il au comble du désarroi, lui parler de son rendez-vous à la clinique, lui dire que peut-être… Mais il en était incapable. C'était peut-être la dernière fois qu'il aurait l'occasion de la toucher, de la serrer contre lui, de l'entendre s'abandonner avec ce petit bruit qu'il aimait tant.

— Tu m'as déjà ligoté, répondit-il.

Elle sourit et dégrafa sa jupe. Celle-ci glissa à terre, où elle fut vite rejointe par son chemisier. En talons hauts, dans les sous-vêtements les plus affolants qu'il avait jamais vus, elle fit un pas vers lui.

— Tu aimes ? Je les ai achetés pour toi.

Elle pivota lentement et il faillit s'étrangler. Il eut à peine le temps d'apercevoir la fine dentelle de son string que déjà il rejoignait son soutien-gorge sur le sol. Le souffle court, il dut s'appuyer sur la table.

— Tu es beaucoup trop habillé, cow-boy, poursuivit-elle en venant s'attaquer à sa chemise.

Les mains sur la boucle de son ceinturon, elle lui sourit.

— La première fois sera rapide. Mais je me rattraperai.

Elle répétait ce qu'il lui avait dit dans la chambre du motel et, imitant exactement ce qu'il avait fait, elle s'agenouilla pour le mettre tout à fait en déroute.

Il la laissa faire, à peu près dix secondes, puis il glissa les mains sous ses épaules et la releva.

— Tu n'aimes pas…

Il s'empara de ses lèvres. Les résultats du labo lui interdiraient peut-être de lui dire qu'il l'aimait, mais rien ne l'empêchait de donner à son baiser toute l'émotion qu'il éprouvait.

Il voulait prendre tout son temps, savourer chaque seconde de ce qui serait peut-être leur dernière étreinte, mais Brooke n'était pas du même avis. Ses mains couraient sur lui, allumant de véritables brasiers sur leur passage. Elle s'écarta pour lui mordiller les lèvres, le menton, le cou, la poitrine, son…

Il crut défaillir, mais il se força de nouveau à la redresser et il la contempla, fixant dans sa mémoire chaque détail de sa peau crémeuse, de ses courbes désirables, de ses lèvres pulpeuses, de son regard brûlant. Fou de désir, il la prit entre ses bras, la hissa sur la table de la cuisine et la pénétra avec un sentiment intense de bonheur et de soulagement. Elle était là et, pour l'instant, elle était à lui.

Brooke enroula aussitôt les jambes autour de sa taille et s'agrippa à lui. Attisé par ses encouragements et ses suppliques haletantes, il se pencha pour embrasser les seins qu'elle lui tendait. Mais ce n'était pas suffisant, alors il s'empara de ses lèvres pour cueillir sur sa bouche même ses gémissements de plaisir.

Elle était si parfaite, si accueillante qu'il lâcha un cri rauque. Et quand, dans un mouvement ultime, elle s'arqua contre lui, il céda à l'injonction qui l'empoignait et s'abîma avec elle dans l'océan de feu qui les noyait.

Les jambes tremblantes, le cœur battant, il l'entoura de ses bras et contempla son sourire de bonheur. Un sourire qui pourrait s'effacer à tout jamais, songea-t-il de nouveau, conscient de la nouvelle qu'il devait lui annoncer. Mais pour l'instant, il ne voulait pas y songer.

— Tu sais qu'il y a un lit très confortable, en haut, lui dit-il en passant la main dans ses cheveux en bataille.

— Vraiment ? Je peux voir ?

— Et comment ! lui dit-il en la soulevant entre ses bras. Accroche-toi.

Il monta l'escalier, franchit la porte de sa chambre et la déposa doucement sur son lit. Elle se glissa sous les couvertures et l'invita à la rejoindre. Devant le bonheur qu'il lisait dans ses yeux, il comprit qu'il devait lui parler maintenant.

— Brooke, commença-t-il.

Son expression tout à coup l'inquiéta. Quoi qu'il ait à lui dire, elle savait qu'elle ne voulait pas l'entendre. Elle se blottit contre lui et l'embrassa avec la ferveur dont il avait fait preuve un peu plus tôt. Ce ne fut que quand elle le sentit plus détendu qu'elle s'écarta un peu de lui.

— Tu sais, lui dit-elle, tu avais raison de me poser ces questions pendant l'atelier, l'autre jour. Elles m'ont ouvert les yeux et j'ai compris à Miami. J'essayais de plaire aux autres, à ma mère, à mon éditeur, à mon public. Je rivalisais avec mon frère et ma sœur alors même que je ne voudrais pour rien au monde changer ma vie contre la leur. J'aime ce que je fais.

Le voyant toujours tendu, elle se glissa sur lui. Caleb la désirait, mais elle craignait que cette attirance ne soit la seule émotion qu'il éprouve.

— Je me fourvoyais, reprit-elle, et tu m'as remise dans le bon chemin, Caleb. Tu m'as sortie de l'ornière dans laquelle je m'enfonçais. Tu m'as permis de regarder ma vie sous un autre angle et tu m'as fait comprendre que je prenais les choses beaucoup trop au sérieux. Tu m'as donné du plaisir quand j'avais banni le plaisir de mon existence.

Il ouvrit la bouche. Prise de panique à l'idée de ce qu'il pouvait lui dire, elle se dépêcha de poursuivre :

— Un confrère m'a accusée d'être hypocrite et il avait raison, parce que j'étais incapable de mettre mes propres principes en application. Malheureuse et repliée sur moi-même, je me bourrais de comprimés contre les aigreurs d'estomac.

— Je me demandais combien de temps il te faudrait pour t'en apercevoir.

Elle lui sourit.

— Je ne m'en serais jamais rendu compte sans toi.

— Brooke…

Mais elle ne voulait pas entendre la raison de la tristesse qu'elle lisait dans ses yeux.

— Caleb…

Il l'interrompit en posant un doigt sur ses lèvres.

— Je ne suis peut-être pas capable de te faire un enfant.

— Comment ? ! s'exclama-t-elle.

Mais son cœur s'était serré.

— J'ai eu les oreillons quand j'étais petit. Il se peut que je sois… stérile.

Elle prit une première, puis une seconde inspiration et sa révolte initiale laissa la place à la compréhension. Ce n'était pas si grave. Elle voulait que Caleb lui fasse un enfant, et même plusieurs, mais elle n'avait pas besoin d'être mère pour se sentir accomplie.

Elle lui prit le menton et le força à la regarder.

— Ce n'est pas grave, Caleb, parce que la seconde chose que j'ai comprise à Miami, c'est que mon désir d'enfant était lié à de mauvaises raisons. J'adore travailler avec les enfants. Ce que je lis dans leurs yeux après mes interventions est un immense bonheur, mais je peux éprouver ce bonheur sans forcément les mettre au monde.

— Ce n'est pas la même chose.

— Non, mais nous pouvons fonder une famille autrement.

— Nous ?

— Oui, toi, moi et des enfants.

— Tu es prête au suicide professionnel ?

Elle fit la grimace.

— Tu as lu mon carnet, devina-t-elle.

— Il est tombé par terre, ouvert sur la page de mes avantages et de mes inconvénients.

— J'étais dans l'erreur quand j'ai écrit ça, Caleb.

Elle se mordit la lèvre. Elle avait été mesquine, stupide, terriblement aveugle, et elle l'avait blessé.

— C'est moi qui ai commis la faute de ne pas reconnaître tes qualités. Je mesurais tes ambitions à l'aune de mes critères. Tu es ton propre défi. Tu ne cherches pas à te mesurer aux autres, tu es libre et indépendant.

— Et tes parents ? Je ne voudrais pas que ta mère ait des migraines à cause de moi.

Elle soupira et posa la tête sur sa poitrine.

— Ma mère avait une curieuse façon de nous pousser, ma sœur, mon frère et moi, à donner le meilleur de nous-mêmes. Elle nous mettait en compétition. Mais nous ne sommes pas des adversaires. Nous sommes différents et nous avons des besoins et des attentes différents.

— Et ton concurrent ?

Elle détestait ce doute qui persistait dans son regard.

— Mon concurrent peut raconter ce qu'il veut. La seule chose qui compte, c'est le bonheur issu des choix que je fais. Et grâce à toi, Caleb, je suis heureuse, plus heureuse que je ne l'ai été depuis longtemps.

Elle caressa son torse avant d'oser aborder le sujet qui comptait le plus pour elle.

— Tu veux connaître la plus importante de mes découvertes ?

Il hocha la tête.

— C'est que je t'aime, Caleb.

Elle le sentit reprendre son souffle.

— Brooke…

Ce fut à son tour de le faire taire.

— Tu n'es pas obligé de me répondre. Je voulais seulement que tu le saches. Tu m'as rendu la joie de vivre, Caleb. Je t'offre mon amour en échange des cadeaux que tu m'as faits. Et, bébé ou pas, je veux que tu récupères tes terres.

Il lui prit la main et lui embrassa le bout des doigts. Son regard plein de tendresse la bouleversa.

— Je t'aime aussi, Brooke, mais un marché est un marché. Nous avons un contrat et je tiens à honorer ma part.

— Tu m'aimes ?

— Oui.

Après s'être épuisée des années à courir après des mirages, elle trouvait enfin son trésor. Entre le rire et les larmes, elle se lova contre l'homme qui la rattachait si bien aux choses essentielles de l'existence.

— J'aimerais pouvoir rester comme ça éternellement.

— Ne bouge pas, je vais chercher du ravitaillement et fermer la porte à clé.

Elle rit. Son humour n'était qu'une seule des qualités qu'elle aimait tant en lui.

— Tu oublies que nous avons de nouveaux clients demain matin. Je dois aussi partir à Las Vegas.

Elle sentit sa poitrine se soulever.

— Vegas ?

— J'ai une conférence.

— Je t'accompagne.

Elle savait que sa décision n'avait rien à voir avec le goût des lumières, mais elle était étonnée qu'il veuille quitter son ranch.

— Et nos clients ?

— Patrick se débrouillera très bien sans nous.

— D'accord.

Il chercha son regard.

— Brooke, tu m'as dit ce que tu pensais des fiançailles. Pourquoi ne pas passer directement au chapitre suivant ?

Elle se redressa.

— Est-ce que tu me demandes en mariage, cow-boy ?

— Oui, fit-il avec un clin d'œil en s'asseyant à son tour. Et je ne le fais pas dans les règles. Je n'ai pas de bague, je ne suis pas à genoux…

Elle lui attrapa le bras tandis qu'il glissait hors du lit.

— J'y ai déjà eu droit de cette façon. Je préfère changer.

Elle l'attira et emmêla ses jambes aux siennes.

— Que disais-tu ?

— Je disais que je suis tombé amoureux de tes petites sentences et de tes vêtements colorés, que j'aime ta façon de relever les défis et ton refus de me laisser ruminer le passé. J'aime aussi la façon dont tu t'es occupée du chien le plus éclopé de la terre, seulement parce qu'il avait besoin d'un ami. Mais surtout, je t'aime, toi, Brooke Blake.

Elle sentit une larme rouler sur sa joue.

— Pas autant que je t'aime, murmura-t-elle contre ses lèvres.

La sonnerie du téléphone les fit sursauter.

Caleb considéra l'appareil un instant. Brooke avait accepté de l'épouser. Elle pensait que sa stérilité ne serait pas un problème, mais il n'était pas sûr d'être aussi détendu. Elle méritait mieux. Il prit une profonde inspiration et décrocha.

— Lander, lança-t-il, surpris de la voir se glisser sous les couvertures.

— Monsieur Lander, ici Suzie de la clinique Dodson. Nous avons les résultats de votre test. Tout est normal. Avez-vous des questions ?

Il laissa passer la vague de soulagement qui l'avait envahi et répondit :

— Non, aucune. Merci beaucoup !

Il raccrocha.

Sentant les mains de Brooke se refermer sur lui, il eut un hoquet, puis un rire.

— Attention, jeune fille, l'arme est chargée, elle doit être manipulée avec précaution.

Elle sortit la tête de sous les draps, un sourire aux lèvres et une interrogation au fond des yeux.

— C'était la clinique. Finalement, je crois que nous n'aurons pas trop de mal à faire les enfants que tu veux.

Épilogue

Caleb sourit au miroir de la suite nuptiale de leur hôtel de Las Vegas. Brooke et lui avaient échangé leurs serments la veille au soir, juste après sa dernière conférence. Il l'avait entraînée dans la chapelle la plus proche et — malgré l'absence du sosie d'Elvis — ils s'étaient mariés sans attendre.

En rentrant vers leur hôtel, Brooke avait crié vengeance. Elle s'était arrêtée dans un magasin de lingerie, mais ils n'avaient pas pris le temps la veille d'ouvrir le cadeau de mariage qu'elle lui avait acheté.

Elle venait de s'éclipser dans la salle de bains. L'éclat de malice qui avait brillé dans ses yeux quand elle avait disparu avec la boîte derrière la porte l'avait mis sur des charbons ardents.

Son hurlement strident glaça brusquement son désir. Il bondit hors du lit et se précipita dans la salle de bains. Sur le seuil, il se pétrifia. Brooke ne saignait pas et elle ne présentait aucune blessure. Au contraire. Debout au milieu de la pièce, dans un mélange de dentelle noire et de peau nue, elle était plus fabuleuse, plus rayonnante, et plus désirable que jamais.

Mais il était incapable de comprendre pourquoi elle avait hurlé. Il la réexamina attentivement.

Elle avait les yeux écarquillés et au bout de sa main tremblante se balançait une espèce de thermomètre blanc.

— Oh, mon Dieu ! bredouilla-t-elle. Je suis enceinte !

— Génial ! s'exclama-t-il. Génial !

Porté par une vague d'euphorie, il se précipita sur elle et la souleva entre ses bras. Mais une inquiétude, tout à coup, le saisit et il la reposa doucement.

— Ça ne veut pas dire que nous devons arrêter d'essayer, hein ?

Sa mimique annonçait une de ses petites phrases. Il ne put retenir son sourire.

— La réussite ne tient qu'à l'exercice continu de ses talents, déclara-t-elle le plus sérieusement du monde.

Il haussa les sourcils et glissa un doigt sous le porte-jarretelles qui retenait ses bas résilles.

— J'adore quand tu parles comme un livre, et j'adore cette tenue.

Il la prit entre ses bras et l'emporta dans leur chambre. Ils allaient avoir une famille, se dit-il au comble de l'émotion, et ils vivraient ensemble à Crooked Creek. Il sentit les larmes lui monter aux yeux. Lorsqu'il avait envisagé tous les moyens de récupérer ses terres, jamais il ne s'était imaginé les partager avec quelqu'un d'autre que ses frères. Aujourd'hui, il ne pouvait s'imaginer la vie au ranch sans son adorable pin-up aux petites phrases sentencieuses.

Une émotion considérable lui nouait la gorge.

— Tu étais formidable, hier soir, lui dit-elle.

Il lui répondit par un regard lourd de désir et elle lui frappa le bras avec espièglerie.

— Je parle de la conférence et de ton introduction à mon intervention quand le présentateur s'est embrouillé !

— Oh, ce n'était rien, répondit-il.

Le tracé de ses doigts sur son torse l'embarrassait beaucoup plus.

— Détrompe-toi. Tu soutiens ma carrière, Caleb, et tu me soutiens, moi. Ta référence aux ateliers de motivation du Double C a soulevé un réel intérêt et les nouvelles brochures que tu as faites sont magnifiques. Nous risquons d'être débordés !

— Je suis content de t'avoir aidée.

— Merci.

Elle se mordilla un peu la lèvre.

— J'ai besoin de ton aide pour autre chose, ajouta-t-elle désemparée. J'ai appris tout ce qu'il était possible d'apprendre sur les façons de tomber enceinte et de le rester pendant neuf mois, mais je ne sais rien sur l'art d'être mère.

— Ne t'inquiète pas. Brand et Toni seront ravis de nous laisser garder les jumeaux. Nous aurons tout le temps d'apprendre. Et puis si ta façon d'adopter Rico est un indice, tu t'en sortiras parfaitement.

— Rico avait juste besoin d'amour, répondit-elle.

— Un bébé aussi. Ne t'inquiète pas, je suis là et je serai toujours là.

— Tu es tellement généreux, Caleb.

— Les pensées positives produisent toujours des résultats positifs.

Elle le regarda avec un étonnement amusé.

— Attention, Caleb, je crois bien que c'était une maxime.

Il éclata de rire.

— Est-ce qu'elle produit le même effet sur toi ?

— Tu veux vraiment le savoir ?

Son regard lui fit comprendre qu'elle allait le soumettre à la plus longue et la plus douce torture de toute son existence. Et son rire plein de bonheur lui disait qu'elle était devenue la femme épanouie qu'elle avait craint de ne jamais être.

Il s'en réjouit, car s'il l'avait aidée à le devenir, il ne se lasserait jamais de l'aider à le rester.

DONNA ALWARD

Un tendre héritage

HARLEQUIN

Cet ouvrage a été publié en langue anglaise
sous le titre :
HIRED BY THE COWBOY

Traduction française de
ADELINE MAGNE

Ce roman a déjà été publié en novembre 2011

83-85, boulevard Vincent-Auriol, 75646 PARIS CEDEX 13
Service Lectrices — Tél. : 01 45 82 47 47

www.harlequin.fr

1

— Mademoiselle ? Mademoiselle, réveillez-vous ! Vous m'entendez ?

La voix grave, aux accents profonds, rassurants, parvenait de très loin à Alex. Elle cligna des paupières.

— Dieu merci, vous êtes consciente. Comment vous sentez-vous ?

Hébétée, Alex tourna la tête en direction de la voix et s'efforça de se concentrer. Elle plongea alors son regard dans deux yeux bruns, illuminés de paillettes dorées, ourlés de longs cils épais. Un homme n'a pas le droit d'avoir de si beaux yeux, songea-t-elle, totalement irrationnelle. Se rendant soudain compte qu'il la tenait dans ses bras, elle sursauta.

— Mais qu'est-ce que…

Les yeux de l'inconnu prirent une expression soulagée et Alex sentit qu'il l'aidait à se redresser.

— Doucement. Vous avez perdu connaissance.

« Merci de me le dire, je ne m'en étais même pas aperçue… » Le sarcasme lui vint aux lèvres mais l'homme la regardait avec une telle inquiétude qu'elle s'abstint de le lancer. Prévenant, il alla même jusqu'à s'assurer qu'elle tenait bien sur ses jambes avant de la lâcher, puis resta à côté d'elle, comme s'il redoutait de la voir s'écrouler de nouveau. Certes, elle se sentait encore faible, mais fallait-il s'en étonner, étant donné son état et cette chaleur ?

— Veuillez m'excuser, balbutia-t-elle.

Epoussetant soigneusement son jean, elle préféra éviter son regard. Elle l'avait à peine vu mais son image, très nette, restait gravée dans son cerveau : des cheveux noirs aux reflets bleus, suffisamment longs pour qu'on éprouve l'envie d'y plonger les doigts, des lèvres bien dessinées et une carrure athlétique, mise en valeur par un élégant costume gris… En résumé : un homme aux antipodes de son univers.

— Il n'y a pas de quoi, voyons. Etes-vous sûre que vous allez bien ?

Alex se pencha pour prendre son sac. Quelques minutes auparavant, elle s'était baissée pour ramasser les petits gâteaux qu'elle avait laissé échapper et un vertige l'avait saisie, tout était brusquement devenu noir.

— Je vais très bien, merci.

L'inconnu continuait de froncer les sourcils, soucieux. Surprise, elle se rendit compte que ce parfait étranger démontrait vraiment une vive inquiétude à son égard et en ressentit un élan de gratitude. Cela faisait si longtemps qu'on ne s'était pas préoccupé de son sort.

— Je ne vous ai même pas remercié de m'avoir secourue.

— Vous étiez blanche comme un linge.

Alex promena un bref regard circulaire : les badauds qui s'étaient attroupés autour d'elle s'étaient égaillés, maintenant qu'elle s'était relevée. A présent, personne ne lui accordait plus aucune attention.

— Je vais bien, vraiment, insista-t-elle, espérant ainsi le congédier tacitement. Merci pour votre aide, je vais juste m'asseoir un instant.

Reculant d'un pas, il lui laissa le passage mais la surprit en s'asseyant ensuite à son côté.

— Avez-vous besoin d'un médecin ?

Alex ne put s'empêcher de rire. Un médecin… Elle n'en était plus là !

— Non, répondit-elle, laconique.

Les épaules de l'homme se raidirent et, un bref instant, Alex se reprocha sa dureté.

— Mais merci encore, monsieur…

— Madsen. Connor Madsen.

Souriant, il lui tendit la main et elle la serra. Le contact, chaleureux et ferme, dénotait une personnalité franche et honnête, solide.

— Je m'appelle Alex.

— Alex tout court ?

Les yeux de l'homme semblaient fouiller en elle et, déroutée, la jeune femme préféra contempler fixement l'immeuble d'en face.

— Oui, Alex tout court.

C'est vrai, il l'avait aidée, mais qu'il s'en aille, à présent ! Seigneur, elle étouffait. Juin commençait à peine mais il faisait déjà si chaud que son T-shirt collait à la peau, enserrant désagréablement sa poitrine.

Un silence gêné s'installa. Tout à coup, une nouvelle nausée l'assaillit et, penchée en avant, elle s'astreignit à respirer profondément.

— Bonté divine, gémit-elle.

L'homme sourit avec compassion.

— Donc, Alex-tout-court… Drôle de nom pour une fille. Vos parents auraient-ils souhaité avoir un garçon ?

Elle haussa les épaules.

— Mon nom complet est Alexandra MacKenzie Grayson. Pourquoi ? Vous voulez pouvoir donner mon identité aux pompiers dans le cas où je m'évanouirais de nouveau ?

Il secoua la tête avec un rire léger.

— Vous avez l'air d'aller beaucoup mieux, Dieu merci. Mais vous avez laissé tomber votre encas, voulez-vous un autre rafraîchissement ?

Alex pinça les lèvres, saisie d'une autre nausée à la simple idée d'une boisson sucrée.

— A moins que vous n'ayez faim ? Voulez-vous un hot dog ?

Elle se leva, autant pour trouver un peu d'air frais que pour éloigner de son imagination toute image de nourriture grasse et indigeste, mais de nouveau, elle se sentit blêmir et des formes noires et grises se mirent à danser devant ses yeux. Aussitôt, l'inconnu se redressa et glissa un bras autour de sa taille. Docilement, elle se laissa asseoir, notant vaguement que son sac en papier venait de se renverser sur le trottoir.

— Posez la tête entre vos genoux, s'entendit-elle intimer d'une voix calme.

Instinctivement, elle obéit et, quelques instants plus tard, se redressa, encore pâle mais respirant plus librement.

— Veuillez m'excuser, marmonna-t-elle.

Muet, il se contenta de la dévisager et un silence pesant s'installa. Soudain, Connor se leva, mais loin de prendre congé comme elle s'y attendait, il se pencha pour ramasser le contenu de son sac. Fermant les yeux, Alex pesta intérieurement. Dire qu'elle croyait avoir touché le fond… Son flacon de vitamines prénatales en main, il s'immobilisa avant de lever les yeux vers elle. Eh bien, au moins, tout était clair, à présent, tout au moins pour lui. Quant à elle, elle évoluait toujours en pleine confusion.

— Félicitations…

Son faible sourire fut teinté d'amertume. Félicitations ? Un simple test de trois minutes venait de mettre sa vie sens dessus dessous.

— Merci.

Revenant s'asseoir, il la considéra avec attention.

— Vous n'avez guère l'air heureuse. Il s'agit d'une grossesse accidentelle ?

— Et si vous vous occupiez de vos affaires ? répliqua-t-elle avec aigreur.

L'air un peu peiné, il hocha la tête lentement.

— Je vous demande pardon. Je voulais seulement vous aider.

Vraiment ? Alex réprima un sourire désabusé. Elle était seule au monde, sans un sou vaillant et enceinte, personne ne l'attendait nulle part et cela faisait bien longtemps qu'elle ne pouvait se prévaloir d'avoir un chez-soi… Cinq ans, plus précisément, cinq longues années à tirer le diable par la queue… Pour le moment, elle avait trouvé refuge chez une vague connaissance qui lui permettait de dormir par terre, dans un sac de couchage. Tous les matins, elle souffrait terriblement du dos mais que pouvait-elle y faire ? C'était, actuellement, la seule solution qu'elle ait trouvé. Bah, elle se débrouillerait, songea-t-elle avec un mince sourire, d'ailleurs, elle était toujours parvenue à le faire depuis qu'elle s'était brutalement retrouvée seule et sans ressources, à dix-huit ans.

Pourtant, le visage amical de Connor lui inspirait confiance et personne avant lui ne lui avait jamais témoigné une telle sollicitude. Ce fut sans doute ce qui la décida à donner suite à ses efforts de conversation.

— C'est vrai, ce bébé n'était pas prévu, pas du tout, même.

— Et le père ?

— Le père…

Haussant les épaules, Alex contempla d'un œil vague l'agitation de la rue.

— Le courageux papa a pris la fuite.

Connor la regarda attentivement.

— Vous êtes donc seule ?

— En d'autres termes, oui, mais je saurai m'en tirer, reprit-elle d'un ton assuré. J'ai l'habitude.

Son voisin se pencha en avant, les coudes sur les genoux.

— Votre famille ne vous aide pas ?

— Je n'ai pas de famille.

Un long silence s'écoula avant qu'il ne reprenne la parole.

— Vous sentez-vous mieux ? Voulez-vous un thé, quelque chose ?

Son sourire exprimait une telle gentillesse qu'elle ne put s'empêcher d'éprouver un pincement au cœur.

— Je vous jure que je vais mieux.

— Le plaisir serait pour moi. Vous êtes encore un peu pâle et je m'en voudrais de vous laisser dans cet état.

Pourquoi pas ? Elle ne collectionnait pas les invitations, après tout.

— Je ne refuserais pas un thé.

Elle glissa la bandoulière de son sac sur son épaule et se leva précautionneusement.

— Donc, où m'emmenez-vous, Connor Madsen ?

— Je connais un endroit juste en bas de la rue.

D'un mouvement d'épaules, Connor ôta sa veste et la posa sur son avant-bras, révélant une chemise blanche qui mettait en valeur ses larges épaules. Un jean élégant épousait avantageusement ses hanches étroites et Alex se dit qu'elle n'avait jamais rencontré d'homme aussi beau. Allait-elle vraiment prendre un thé avec un tel apollon, apollon qui, entre parenthèses, l'avait vue s'évanouir deux fois ? Stupéfaite, elle secoua la tête.

— Vous ne semblez pas être d'ici, d'où venez-vous ?

— Je possède un ranch à deux heures de route au nord-ouest de Calgary.

— Ah.

Tant mieux : au moins, elle n'aurait pas à craindre de le croiser au détour d'une rue et pourrait rêver à cette aventure comme à l'épisode d'un conte de fées, une rencontre avec un chevalier à la brillante armure. Sur le point de se mettre à rire, elle se ressaisit devant son air légèrement surpris.

— C'est ici ?

— Oui. Si vous me permettez…

Galamment, il lui tint la porte, lui présenta la chaise et alla commander les boissons, revenant aussitôt avec deux tasses fumantes : un café noir et une tisane. Alex sourit, touchée.

— Merci. C'est gentil d'avoir pensé à me prendre une boisson sans caféine.

— J'ai pensé que vous aviez eu votre compte d'émotions pour aujourd'hui, dit-il en souriant.

Il lui tendit un petit paquet de papier sulfurisé.

— Je vous ai également pris un cookie, pour le cas où vous vous sentiriez encore un peu faible.

Sans rien dire, Alex déballa le gâteau et en grignota un morceau, puis goûta la tisane.

— Merci. Je me sens beaucoup mieux.

— Ouf ! Je ne voudrais pour rien au monde vous revoir dans le même état que tout à l'heure.

Alex sourit malicieusement.

— Il vous faudra trouver un autre expédient pour secourir votre prochaine demoiselle en détresse.

Connor but une gorgée de café brûlant.

— Je n'ai aucun mérite à avoir agi ainsi. Ma grand-mère m'écorcherait vif si j'omettais de porter secours à une femme en difficulté. De plus, votre rencontre me permet également de couper court pour l'instant à certaines corvées, ajouta-t-il avec un mince sourire.

— Lesquelles ?

Posant la tasse, elle le considéra d'un air interrogateur.

— J'ai un rendez-vous cet après-midi et, en toute franchise, je préférerais me pendre que de m'y rendre…

— Ah bon ? Pourquoi ?

Son regard se fit vague et dériva vers la fenêtre.

— C'est une longue histoire… Et vous ? reprit-il en se tournant vers elle. Quels sont vos projets pour ce bébé ?

Rien qu'à cette pensée, Alex dut lutter contre l'angoisse qui lui nouait le ventre.

— Mes projets, comme vous le dites, restent à définir. En ce moment, je travaille comme serveuse dans un bar. Pour la suite, on verra bien.

— Vous n'êtes pas d'ici, je le devine à votre accent.

— En effet, je suis originaire d'Ottawa.

Un léger sourire se dessina sur les lèvres de Connor.

— Je me doutais bien que vous veniez de l'Ontario. Vous êtes arrivée il y a longtemps ?

— Non : trois semaines, deux jours et vingt-deux heures. Je travaille au pub du Pig's Whistle.

Pour l'instant, du moins : elle voulait risquer le moins possible d'exposer son bébé au tabagisme passif, mais d'un autre côté, elle recevait de bons pourboires et aurait du mal à trouver un patron aussi compréhensif que Pete.

Connor ne répondit pas mais elle devina ce qu'il pensait : ce genre de petits boulots ne suffirait pas pour élever son bébé… Même si elle n'avait encore aucun autre projet, la situation n'était pas désespérée… Elle en avait vu d'autres. De toute façon, il était temps de partir.

— Merci pour votre aide et pour l'infusion, dit-elle en se levant.

L'imitant, il sortit de sa poche une carte de visite qu'il lui tendit.

— Tenez. Si vous avez besoin de quoi que ce soit, appelez-moi.

— Pourquoi ferais-je une chose pareille ?

Connor recula, le visage fermé.

— Si cela m'est possible, je souhaite vous aider. J'habite au ranch de Windover, juste au nord de Sundre.

Alex n'avait aucune idée d'où pouvait bien se trouver Sundre et n’avait pas la moindre intention de découvrir le ranch de Windover, cependant elle ne perdait rien à être polie.

— Merci pour votre proposition, répondit-elle en glissant la carte dans la poche de son jean. Je suis ravie d’avoir fait votre connaissance, Connor.

Ils échangèrent une ferme poignée de main et leurs regards s’accrochèrent. *Mauvais endroit, mauvais moment…* Dans d’autres circonstances, peut-être aurait-elle pu se permettre de le connaître davantage.

— Au revoir, murmura-t-elle en retirant sa main.

Elle s’éloigna d’un pas vif, hantée par le regard doux et compréhensif de son beau samaritain.

2

— Tu as lu les journaux ?

Connor cessa de tourner dans la pièce comme un lion en cage et s'arrêta devant sa grand-mère. Johanna Madsen lui jeta un regard froid par-dessus ses lunettes.

— Bien sûr, mon chéri.

Connor se remit à marcher nerveusement. Plus que jamais, il étouffait dans cet élégant salon rempli de meubles classiques et de bibelots hors de prix et se sentait sur le point d'exploser. Comment faisait-elle pour rester aussi calme ? Ce qui arrivait était pourtant grave, très grave même : ils risquaient de perdre le ranch, rien de moins.

— Lors de la dernière crise, tu sais très bien que nous avons frôlé la catastrophe. Celle-ci pourrait bien nous donner le coup de grâce, grand-mère.

— Comme tu t'emportes, Connor, répliqua celle-ci avec un mince sourire. Tu ne m'appelles « grand-mère » que lorsque tu es énervé contre moi.

— Peu importe !

De nouveau, il lui fit face.

— Je veux savoir ce que tu comptes faire pour m'aider à sauver notre patrimoine.

La frêle silhouette de la vieille dame fut secouée par un éclat de rire âpre et moqueur.

— Notre patrimoine ? Ma parole, tu y as pensé toute la journée, n'est-ce pas ?

Pas tout à fait… Pendant quelques heures, cet après-midi, il avait temporairement oublié ses soucis en s'intéressant aux problèmes d'une jeune femme aux cheveux de jais et aux yeux d'un bleu pur, étonnant. Que pouvait-elle bien faire, à présent ? Pourvu qu'elle n'ait pas eu d'autres malaises… Quel courage… Alors que tant d'autres, à sa place, se seraient réfugiées dans l'apitoiement et le désespoir, elle avait réussi à lui renvoyer une impression de force, d'obstination. Même dans la détresse la plus sombre, elle gardait le sens de l'humour et ne nourrissait aucune amertume, ne se répandait pas en récriminations… Pourtant, elle avait des raisons de le faire, notamment contre celui qui l'avait abandonnée. Comment un homme pouvait-il ainsi fuir ses responsabilités ?

— Connor ?

Celui-ci redressa brusquement la tête.

— Oui, Mamie-Jo ?

Son regard était assombri par le souci et ses lèvres, loin de leur habituel sourire, n'étaient plus à présent qu'une ligne pâle.

— Ecoute, soupira-t-il, je n'ai pas besoin de t'expliquer les raisons de ma visite : cette interdiction d'exportation risque de sonner notre arrêt de mort. Nous en avons vu d'autres, d'accord, mais cette fois, nous aurons du mal à prouver que notre viande est propre à la consommation. Pendant ce temps, je suis bien obligé de nourrir les bêtes, même si je devrai peut-être les abattre bientôt.

— Donc, tu veux l'argent tout de suite ?

— J'aurai trente ans dans moins d'un an. Qu'est-ce qui t'empêche de le débloquer un peu plus tôt ?

Johanna le dévisagea de son regard bleu et aussi perçant que celui d'un oiseau de proie puis croisa sur ses genoux des mains usées par des années de labeur mais ornées de jolies bagues.

— Non, mon petit. Le testament de tes parents stipule que cette somme te reviendra au jour de ton trentième anniversaire, et pas avant.

Connor lâcha un chapelet de jurons, ce qui ne déclencha chez Johanna qu'un haussement de sourcil et elle répondit par un plissement de front réprobateur à son regard furieux. Une main de fer dans un gant de velours, songea-t-il. Malgré le confort de sa vie de retraitée, elle était restée une femme de la prairie, solide comme l'acier.

— Mamie-Jo, tu sais très bien que je ne peux pas m'en sortir sans cet argent.

— Tss-tss… Que dis-tu ? Toi, le fils de ton père ?

— Il n'a jamais eu à faire face à une crise aussi difficile.

Il parlait en connaissance de cause. La dernière fois, ils avaient tenu bon grâce à leurs réserves mais, à présent, il ne leur restait plus rien et, sans argent, Windover ne pouvait tout simplement pas s'en sortir.

— Il nous est impossible de débloquer l'argent avant la date mentionnée sur le testament, Connor. Tu devines bien que je le ferais si je le pouvais. Moi non plus, je ne veux pas voir la fin de Windover. Toute ma vie est ici.

C'était vrai. Arrivée dans le ranch après son mariage, elle y avait vécu des dizaines d'années et c'est ici qu'elle avait donné naissance à son fils, ici qu'elle avait vu ses petits-fils grandir.

Exaspéré, Connor glissa une main nerveuse dans ses cheveux.

— Quoi que je fasse, où que je me tourne, je me heurte à des murs.

— Si tu te souviens bien, tes parents avaient cependant veillé à insérer une clause dans le testament.

Connor la regarda fixement.

— La clause sur le mariage ? Tu n'es pas sérieuse, mamie. Je n'ai même pas de petite amie. Que veux-tu que je fasse ? Afficher une annonce au supermarché du coin ? M'inscrire dans une agence matrimoniale ?

Johanna haussa les épaules.

— Pourquoi pas ? C'est une solution comme une autre.

Elle se leva et déploya sa haute silhouette filiforme, le regard malicieux.

— Je te suggère de t'y mettre sérieusement, mon garçon.

— Me mettre à quoi ?

Elle cligna les paupières et partit d'un grand éclat de rire.

— Pardi, à ton avis ? A courtiser une femme !

Connor lâcha un soupir exaspéré et accéléra pour quitter la bretelle de l'autoroute. *Courtiser une femme*… Elle se moquait de lui ! L'idée était aussi ridicule que désuète et puis, elle devait bien se douter qu'il avait d'autres priorités plus pressantes. Comme s'il avait le temps de faire sa cour à une femme, de la convaincre de l'épouser et de publier les bans avant que les banques ne frappent à la porte. De plus, qui diable pourrait-il bien épouser ? Toutes les femmes de la communauté étaient déjà mariées ou en passe de l'être, quant à conclure un mariage blanc, c'était hors de question : il ne voulait pas devenir la risée générale et, de toute façon, aucune femme n'accepterait.

Non, il lui faudrait trouver une autre solution. Déjà, il pouvait compter sur les aides gouvernementales : sans être généreuses, elles lui permettraient au moins de ne pas abattre le troupeau, dans un premier temps, du moins. En revanche, elles ne l'aideraient pas à couvrir les dépenses courantes si le prix du bétail continuait de chuter. Il pouvait toujours vendre la parcelle sud-ouest mais cette option était pour lui un véritable crève-cœur.

Il augmenta le volume de la radio de manière à couvrir le grondement du tonnerre. Après cette canicule, un peu de pluie serait la bienvenue. Avec un soupir, il desserra le nœud de sa cravate ; il avait enfilé ce costume dans l'espoir de se présenter sous son meilleur aspect auprès des banquiers et d'impressionner Mamie-Jo : dans un cas comme dans l'autre, il avait lamentablement échoué.

Epouser la première venue… Son cas était-il donc si désespéré ? Il lui fallait trouver un plan pragmatique, simple et sensé, mais pour cela, d'abord cesser de se tourmenter. Il enviait l'optimisme d'Alexandra : même dans une situation critique, enceinte, seule et sans argent, elle gardait confiance en l'avenir.

L'idée le frappa avec une telle force qu'il faillit diriger la voiture dans le fossé.

Alex… Bien sûr ! Lui avait besoin d'une épouse et elle d'un toit et de ressources, le temps d'accueillir son bébé : ils pouvaient s'entraider ! Entre eux, le contact avait été bon, s'il en jugeait par la poignée de main qu'ils avaient échangée. Ils deviendraient amis, il en était sûr. Certes, lorsqu'il lui avait donné sa carte de visite, elle avait tout bonnement refusé son aide, mais si elle apprenait qu'il avait autant besoin d'elle qu'elle de lui, peut-être l'écouterait-elle davantage…

Il franchit le terre-plein central et fit demi-tour, le cœur battant de crainte et d'excitation. Comment s'y prendre pour proposer le mariage à une femme rencontrée quelques heures plus tôt ?

Revêtue d'un pyjama en flanelle, Alex se précipita dans le salon pour décrocher le téléphone. C'était un appel du pub qui lui demandait de venir remplacer une collègue. Alex regarda la vitre ruisselante de pluie. Bien sûr, elle habitait juste à côté, mais ces quelques minutes sous l'orage seraient pénibles. Hélas, elle n'était pas en mesure de refuser de l'argent, d'autant plus que les clients du bar étaient toujours plus généreux le soir. Avec un soupir, elle enfila donc un jean et un T-shirt blanc décoré de la mascotte de l'établissement, un cochon rose qui sifflait, puis ramassa ses cheveux en queue-de-cheval. Elle hésita en voyant un éclair strier le ciel chargé. Si elle n'avait pas eu autant besoin d'argent…

Sous son parapluie, elle s'engagea vaillamment sous la pluie battante. Lorsqu'elle arriva, le mauvais temps rendait l'intérieur du pub encore plus sombre que d'habitude et elle songea avec angoisse aux conséquences de la fumée de cigarette sur son bébé. Un tablier noir noué autour de la taille, elle saisit un plateau vide et commença à prendre les commandes.

Il arriva à 21 heures.

La porte avait déjà claqué des dizaines d'autres fois, mais étrangement, Alex réagit au bruit et se tourna vers l'entrée. Lorsque Connor, trempé de pluie, entra et promena son regard sur la salle, le cœur de la jeune femme tressaillit. Ce n'était pas un hasard, il était là pour elle. Leurs regards se croisèrent et le sourire qu'il lui adressa débordait de séduction. Alex s'arma de courage : d'après son expérience, les hommes capables de tels sourires étaient les plus dangereux et, dans sa situation actuelle, elle ne pouvait se permettre des distractions aussi périlleuses.

Connor se fendit un chemin dans la foule enfumée pour la rejoindre. Sa voix lui parvint par-dessus le vacarme de la musique country et des éclats de rire.

— Re-bonjour. Est-ce qu'on peut se parler ?

— Eh, Alex ! Une autre tournée pour la table 10. Je ne te paye pas à bavarder !

La jeune femme hocha la tête à l'adresse de son chef. Barman et patron de l'établissement, Pete donnait de prime abord l'impression d'être un ours mal léché, mais elle savait qu'il avait un cœur d'or et était prêt à la défendre contre vents et marées. Sous son regard, elle se sentait toujours en sécurité.

— Pas maintenant, je suis occupée, répondit-elle à son visiteur.

— Mais c'est important !

— Mon travail l'est tout autant.

Lorsqu'elle lui tourna le dos, il la saisit par le bras.

— Dans l'intérêt de votre bébé, je vous demande de m'écouter.

Elle le dévisagea, intriguée.

— Très bien, mais pas maintenant. Plus tard, à la fin du service.

— A quelle heure terminez-vous ?

— 1 heure.

— 1 heure du matin ?

Devant son air interdit, Alex éclata de rire.

— Eh oui… Il me reste encore cinq heures durant lesquelles je vais piétiner d'une table à l'autre.

Comme il la suivait jusqu'au bar, Pete l'interrogea du regard et elle répondit d'un léger mouvement de tête : non, il ne l'importunait pas.

— Je vous attendrai à la sortie et nous parlerons sur le trajet de retour à votre domicile. Il faut vraiment que je vous voie.

Alex lâcha un profond soupir.

— Très bien mais, pour l'instant, vous m'empêchez de toucher mes pourboires, au cas où vous ne l'auriez pas remarqué. Il faut que je retourne au travail.

Elle se dirigea vers la table 10 en souriant pour s'excuser du retard. Lorsqu'elle se retourna, Connor était parti.

A 1 heure du matin, la porte refermée sur le dernier client, Alex commençait à compter la recette lorsque Pete lui tapota le bras.

— Rentre chez toi, je termine. C'est le deuxième remplacement que tu assures en une semaine et tu as l'air épuisée.

— Merci, Pete.

Alex hésitait entre le soulagement et la nervosité. Si elle partait maintenant, elle croiserait sans doute Connor encore en train de l'attendre alors que, si elle restait davantage, il se lasserait sans doute et partirait. Bien sûr, elle était curieuse de savoir ce qu'il avait de si important à lui dire mais était-ce bien raisonnable ? Elle n'avait vraiment pas besoin de se compliquer davantage la vie.

Elle saisit son parapluie et sourit à Pete.

— A demain, 16 heures ?

— A demain, ma belle. Je fermerai derrière toi.

Lorsqu'elle sortit dans l'obscurité, Connor l'attendait effectivement, à côté d'un banc, sous un lampadaire. Il ne portait plus de cravate, mais même dans ses vêtements froissés, il parvenait à rester terriblement séduisant. Alex, anxieuse, avala sa salive avant de se ressaisir ; habituée à se fier à son instinct, elle ne ressentait aucune impression de danger physique, en revanche, la façon dont son corps réagissait à la présence de cet homme lui indiquait sans équivoque où se situait le véritable péril. Mieux valait tourner les talons et retourner dans le pub… Elle levait déjà la main vers la poignée lorsqu'elle entendit le grincement de la clé dans la serrure.

Courage, elle s'était sortie de situations bien pires…

— Ma mère m'a toujours mise en garde contre les inconnus rencontrés la nuit dans les rues sombres.

Connor se tourna vers elle, arborant un énorme bouquet de roses jaune pâle.

— Alors, c'est une bonne chose que nous nous connaissions déjà et que la rue soit éclairée. Pour ce qui est de l'heure, en revanche, je n'y suis pour rien.

Il lui tendit les fleurs et, stupéfaite, Alex prit machinalement le bouquet enveloppé de cellophane crissant. Où pouvait-il avoir trouvé des fleurs après 21 heures et pour quelles raisons ce geste inattendu ? Ce qu'il avait à lui dire était-il si important qu'il lui faille d'abord l'amadouer ? Tout cela ne lui disait rien qui vaille. Elle n'avait reçu des fleurs qu'une seule fois dans sa vie, des roses, de couleur rose, celles-ci, et elle n'oublierait jamais le mot qui les accompagnait :

« Merci pour les souvenirs. Adieu. »

— Elles sont magnifiques, finit-elle par dire. Mais j'avoue que je redoute d'entendre ce que vous avez à me dire.

— J'ai une proposition à vous faire.

— Ah bon ? Laquelle ?

— Je souhaiterais vous épouser.

Alex se figea, stupéfaite.

— Vous n'êtes pas sérieux.

Il la saisit par le bras pour la tourner vers lui.

— Si. Je souhaite réellement vous épouser. Ce n'est pas ainsi que j'imaginais formuler ma demande, mais tant pis.

Alex plissa les yeux avec méfiance. Il voulait l'épouser ? Mais pourquoi ? Le plus étonnant était qu'il semblait absolument sincère. Très simplement, il faisait une demande en mariage à une quasi inconnue, en pleine rue, à 1 h 22 du matin !

— Je ne vous connais que depuis quelques heures. Vous êtes fou, Connor ! Adieu.

Elle reprit sa marche.

— Attendez !

Sa voix exprimait une telle urgence qu'elle s'arrêta.

— Pourquoi ? Votre proposition est ridicule, je n'ai rien de plus à vous dire.

— Je vous en prie, écoutez-moi. Laissez-moi vous expliquer.

Elle lui jeta un coup d'œil scrutateur et détailla la veste froissée, les cheveux dérangés comme s'il avait passé la soirée à les malmener. En dépit de tout bon sens, elle capitula. Après tout, il lui avait témoigné tant de gentillesse cet après-midi…

— Vous avez cinq minutes.

— Continuons à marcher, si vous le voulez bien.

Il ne pleuvait plus mais l'air avait considérablement fraîchi et, la voyant frissonner, Connor ôta sa veste pour lui en couvrir les épaules.

— J'ai vu ma grand-mère, cet après-midi. Elle m'a confirmé qu'il m'est impossible de toucher mon héritage avant mon trentième anniversaire.

— Si tard ? Je croyais qu'il suffisait d'être majeur.

— Mes parents en ont décidé ainsi. J'ai vingt-neuf ans et j'ai besoin de cet argent dès maintenant.

— Je suis sincèrement désolée pour vous mais quel est le rapport avec moi ?

— Vous allez comprendre. J'ai la possibilité d'hériter avant mes trente ans si je me marie.

— Je vois.

— Donc, vous êtes d'accord sur le fond ?

Consciente que son regard ne la quittait pas, elle se refusait cependant à se tourner vers lui.

— Je ne vous connais pas, Connor, je vous ai simplement promis de vous écouter.

En désespoir de cause, il lui saisit le bras et la contraignit à lui faire face.

— J'ai besoin de cet argent rapidement, sinon je vais perdre mon ranch, un ranch fondé par mon arrière-grand-père, il y a plus de cent ans.

Elle le considéra avec méfiance.

— Pourquoi avez-vous des ennuis ?

— Une épidémie de fièvre bovine s'est déclarée dans la région. Je n'ai plus d'argent pour faire face à cette crise, la dernière a englouti toutes mes économies. Un nouveau cas vient d'être détecté dans une ferme, au nord, le secteur tout entier est menacé. Beaucoup d'exploitations ne vont pas tenir le coup et je refuse que Windover en fasse partie.

Tous les journaux en faisaient leurs gros titres, Alex savait donc que la situation était aussi grave qu'il la dépeignait. Manifestement, la gestion de Connor n'était pas en cause : il était bel et bien victime d'une crise qui le dépassait.

— Nous pourrions nous aider mutuellement. Vous avez besoin d'une aide matérielle et financière, pour vous et votre bébé. Si vous m'épousez, je touche mon héritage et Windover est sauvé. Lorsque votre bébé sera né et que vous serez remise à flot, ce sera à vous de décider si vous souhaitez rester ou non.

De mon côté, je ferai en sorte que votre compte en banque reste approvisionné chaque mois aussi longtemps que vous en aurez besoin.

— Vous me proposez un mariage blanc ?

Il soupira et la regarda dans les yeux.

— En quelque sorte, oui. Pour tout vous dire, je n'aurais jamais pensé en venir un jour à de tels expédients. Croyez-moi, j'ai envisagé toutes les solutions imaginables. Ce que je vous suggère n'est qu'un arrangement pratique, rien de plus. Nous traversons tous les deux une période difficile et pouvons nous aider mutuellement, rien de plus.

— Sauf qu'à mes yeux le mariage n'est pas censé être un vulgaire arrangement.

Etrange remarque, venant d'une femme aux abois.

— Je suis d'accord. C'est une promesse d'amour, que je compte bien un jour faire à la future mère de mes enfants, une femme qui partagerait ma vie.

Séduisant et romantique : cet homme était une perle rare !

— Donc, je ne représenterais qu'un moyen, murmura-t-elle d'une voix étranglée.

Secouant la tête, elle reprit sa marche.

— Ne soyez pas si négative, voyons, remarqua-t-il d'une voix douce. Il s'agit avant tout de nous aider mutuellement. Je tiens vraiment à un mariage d'amour, mais pour l'heure, ma priorité est de survivre et c'est aussi votre cas. Nous pourrions même devenir amis.

Amis ? Décidément, ils s'aventuraient en terrain dangereux. Ce qu'il lui proposait était ridicule et humiliant. Elle continua à marcher sans répondre, ses chaussures glissant avec un bruit chuintant sur le pavé mouillé.

— Vous êtes fou, affirma-t-elle enfin avant de s'arrêter devant un bâtiment jaune pâle. Mais merci de m'avoir raccompagnée.

— Alex, s'il vous plaît, ne refusez pas sans, au moins, y avoir réfléchi un peu, d'accord ? Je sais que mon offre n'a rien de romantique mais essayez d'en envisager les aspects positifs : vous pourriez vivre votre grossesse sereinement, dans un endroit confortable.

Elle ôta la veste d'un haussement d'épaules et la lui rendit.

— Vous n'avez pas de petite amie à qui proposer ce marché ?

— Non. Réfléchissez jusqu'à lundi, je reviendrai en ville ce jour-là. Si vous prenez la peine d'étudier ma proposition, vous verrez que vous m'apporteriez une aide immense. La moindre des choses, en ce qui me concerne, serait de vous rendre la pareille.

— Ne vous faites pas trop d'illusions.

Ce marché avait l'air presque trop parfait et l'expérience lui avait appris que les meilleurs plans finissaient toujours dans quelque ornière.

Sans un regard en arrière, elle pivota sur ses talons et claqua la porte derrière elle.

3

Alex venait de boucler la fermeture Eclair de son sac à dos lorsqu'elle entendit une portière de voiture claquer. Frissonnante, elle s'approcha de l'œilleton : c'était bien lui et elle dut poser la main sur son cœur pour le calmer. Connor était en avance. Elle avait pensé qu'il la retrouverait plus tard, au pub, mais manifestement, il s'était rappelé son adresse.

Elle ouvrit la porte avant qu'il n'ait eu le temps de frapper et, figés, ils se regardèrent en silence. Statufié, il semblait attendre ce qu'elle allait dire pour se remettre en mouvement. Alex mordilla sa lèvre inférieure. Devait-elle lui serrer la main, l'embrasser sur la joue ? Faute de mieux, elle résolut de plonger les mains dans ses poches.

La tenue de Connor, cette fois, était beaucoup moins classique : un jean délavé moulait avantageusement ses jambes longues et musclées et un T-shirt noir tout simple mettait en valeur sa carrure athlétique. En revanche, ses cheveux étaient toujours aussi désordonnés.

— Bonjour.

Il souriait, mais bizarrement, ne cessait de regarder ses lèvres, qu'elle mordait furieusement.

— Vous êtes en avance, lança-t-elle sans aménité.

Se reprochant aussitôt sa dureté, elle la mit sur le compte du trouble qu'il lui inspirait. Un minuscule tic agaçait la joue de Connor.

— Je dois être de retour à midi.

Quel romantisme… *Sans vouloir te presser, chérie, pourrais-tu me donner vite ta réponse ? C'est bientôt l'heure de nourrir les bêtes.* Alex se prit soudain à douter de sa décision, tout arrivait trop vite… Une semaine plus tôt, elle en était encore à se demander comment elle paierait sa part du loyer et, aujourd'hui, elle envisageait d'épouser un homme qu'elle connaissait à peine et de partir vivre dans une ferme au beau milieu de nulle part. La situation était… surréaliste.

— Je ne veux pas vous presser, bien sûr, sourit-il.

Les yeux d'Alex lancèrent des éclairs.

— Vous croyez qu'il vous suffit de faire un peu de charme pour que je vous suive jusqu'au bout du monde ? Désolée, mais je ne supporte pas les minauderies.

Connor recula d'un pas, l'air contrit.

— Je vous demande pardon, répliqua-t-il d'un ton guindé.

La situation devenait ridicule et Alex le dévisagea, soudain plus indulgente.

— Je l'espère bien.

Le regard de Connor s'adoucit et un sourire hésitant se peignit sur ses lèvres.

— De toute façon, je suis prête.

Joignant le geste à la parole, elle saisit un sac à dos derrière la porte et sortit sur le perron. Il la regarda avec stupéfaction.

— Comment, vous acceptez ?

— Pas tout à fait.

— Je ne comprends pas. Il n'y a que deux éventualités : vous venez ou vous ne venez pas.

Lorsqu'il appuya son bras contre le mur, elle remarqua que ce geste tendait le tissu sur sa poitrine.

— Je suis quelque peu réticente à épouser une personne que je connais à peine. Qui me dit que vous n'êtes pas une espèce de fou dangereux ?

Il la dévisagea sans ciller ni sourire.

— C'est l'opinion que vous avez de moi ?

— Non, mais avouez que votre offre n'est guère orthodoxe.

— Considérez-la comme un arrangement, rien de plus : je vous aide et vous m'aidez.

Vue sous cet angle, en effet, sa proposition tombait sous le coup de l'évidence. Pourtant, rien dans la vie d'Alex n'avait jamais été simple, justement, et n'en déplaise à Connor, cet arrangement n'allait pas de soi : il lui demandait ni plus, ni moins de lui accorder sa confiance alors qu'il ne s'agissait pas seulement d'elle mais aussi de son bébé. La vie lui avait appris à ne dépendre de personne et elle rechignait à confier sa sécurité et son bien-être aux bons soins d'un étranger. A vrai dire, elle n'aurait pas accordé la moindre attention à son offre si elle n'avait pas été aux abois.

Elle recula d'un pas, préférant mettre une distance entre eux.

— Tout est si précipité…

— J'en suis conscient et c'est pour cela que je vous ai accordé quelques jours de réflexion. Ecoutez, que diriez-vous d'une période d'essai ? Vous restez à Windover le temps de prendre une décision et si, en définitive, vous décidez que le marché ne vous convient pas, je vous raccompagne ici.

Alex sourit, visiblement soulagée.

— Très sage proposition.

— Il n'est pas question pour moi de vous contraindre à vivre plusieurs mois dans un endroit où vous seriez malheureuse.

Etre enchaînée à un endroit l'inquiétait moins que vivre dans la proximité de cet homme, d'autant plus qu'il lui faudrait certainement rester après la naissance du bébé, le temps de récupérer physiquement et de s'organiser.

Tout à coup, elle plissa les yeux, méfiante.

— Combien de temps durera cette période d'essai ?

— Je ne sais pas… Que dites-vous d'une semaine ?

Un bref soupir échappa à Alex.

— Très bien. C'est d'accord, prononça-t-elle d'une voix prudente.

— Alors, allons-y.

En vrai gentleman, il la soulagea de son sac et se dirigea vers la voiture. Pareille courtoisie n'aurait pas dû la surprendre, mais les hommes qu'elle avait côtoyés jusque-là ne l'avaient pas habituée à de telles prévenances.

— Où est le reste de vos bagages ?

— C'est tout ce que j'ai.

Il posa la main sur la portière et se retourna, étonné.

— Vous n'avez même pas une valise ?

— Non, répliqua-t-elle simplement.

Connor eut la délicatesse de ne pas insister et l'aida à s'installer dans le 4x4, avant de poser le sac sur la banquette arrière.

Alex sentit son estomac se nouer : dans quelle aventure s'embarquait-elle ? Elle était complètement folle ! Que connaissait-elle de cet homme ? Rien ! Enfin, quasiment rien…

Samedi, elle s'était rendue dans un cybercafé pour effectuer une petite recherche sur lui et avait été surprise de voir son nom figurer dans de nombreux articles. Pleine d'intérêt, elle avait ainsi appris que Windover avait été fondé il y avait plus de cent ans par les aïeux de Connor et que son père, un homme important dans le monde de l'élevage, en avait fait l'une des premières exploitations de la région. Alex comprenait mieux maintenant pourquoi Connor était prêt à toutes les extrémités pour surmonter cette crise. Elle lui jeta un bref coup d'œil.

Un peu déçue, elle n'avait cependant trouvé aucun renseignement de nature plus personnelle. Connor avait évoqué sa grand-mère, mais qu'en était-il de ses parents ? Quels étaient ses intérêts, ses goûts ? Elle avait besoin de le connaître un peu mieux avant de s'engager à passer avec lui les mois à venir. Dans l'intérêt de son enfant, elle ne devait pas prendre cette décision à la légère.

Posant la main sur son ventre, elle pensa qu'il était encore trop tôt pour sentir le bébé bouger mais que sa silhouette commençait déjà à s'arrondir. Cette grossesse était peut-être un accident, mais elle était attachée à cette vie qui grandissait en elle et voulait être une bonne mère, quoi qu'il arrive. Evidemment, pour cela, encore fallait-il qu'elle soit capable d'assurer son bien-être matériel.

Tandis qu'un air de country diffusé par la radio meublait le silence, ils s'engagèrent sur l'autoroute et Alex regarda d'un œil vague la ville qui s'éloignait.

Une période d'essai… Bonne idée : ainsi, au moins, elle garderait une porte de sortie.

Un long chemin droit menait à une maison d'un étage, d'aspect ordinaire, à la façade recouverte de parements blancs, égayée par des volets bleu ciel. Regardant fixement le bâtiment sans savoir quoi en penser, Alex tourna la tête de tous côtés sans apercevoir le moindre voisin. Ah, si ! Là-bas, au loin, sur cette petite colline au sud-est, elle apercevait une tache sombre qui pouvait passer pour une maison. Partout, à perte de vue, s'étendait une prairie vert et brun sur laquelle quelques arbres étaient éparpillés. Jamais Alex n'avait ressenti une telle impression de vide et d'isolement.

La ferme était flanquée de plusieurs dépendances dont Alex, en bonne citadine, n'aurait su dire à quoi elles servaient mis à part « s'occuper des bêtes ». Un 4x4 était stationné devant une grange blanche, à côté de plusieurs tracteurs gigantesques de couleur jaune et verte, dans lesquels elle n'aurait pas pu monter sans une échelle. Rien à voir avec les petits modèles qu'elle avait vus lorsqu'elle était enfant, dans l'Ontario…

Connor s'arrêta devant la maison et coupa le contact.

— Nous sommes arrivés, annonça-t-il après un court silence.

Alex ouvrit la portière et sortit rapidement.

— C'est immense, souffla-t-elle, la tête levée vers le ciel. Et ce ciel… Il semble infini.

— Jusqu'à ce que vous regardiez de ce côté.

Souriant, il la rejoignit et pointa le doigt vers l'ouest et Alex, tournant la tête, lança un petit cri stupéfait. Au loin, la silhouette déchiquetée des Rocheuses s'étendait à perte de vue dans un camaïeu d'ombres grises et violettes surmontées de sommets enneigés.

— C'est splendide.

Quel mot faible… La beauté sauvage de ce panorama lui inspirait un sentiment de vie intense, pleine de force.

— Avec elles, je me sens moins seul, murmura-t-il.

Se rendant compte qu'il s'était approché d'elle, Alex se sentit émue par l'accent qui vibrait dans sa voix. A force de vivre dans la parfaite solitude de ces grands espaces, sans doute avait-il fini par éprouver un vide dans sa vie, un manque qu'il désirait combler. Elle se garda pourtant de l'interroger. Après tout, elle aurait, pour sa part, très mal accepté de le voir fouiller dans son passé. Résolue à changer de sujet, elle s'arracha à sa contemplation.

— Qu'attendons-nous pour entrer ?

Avec un hochement de tête, il saisit son sac à dos et la

précéda dans la maison. Otant ses baskets, Alex les posa à côté des bottes de Connor, sur le tapis d'entrée, puis le suivit le long d'un couloir desservant un salon spacieux et un escalier, jusqu'à une vaste cuisine chaleureuse. Connor posa le sac sur une chaise à bascule et se tourna vers la jeune femme.

— Vous avez faim ? Il n'est pas loin de midi.

En remarquant sa mâchoire serrée, Alex se rendit compte qu'il était aussi mal à l'aise qu'elle. Dans cette maison, il devenait évident qu'ils étaient complètement étrangers l'un à l'autre.

— Je ne refuserais pas un sandwich.

Sortant du réfrigérateur une assiette de viande froide et de fromage, Connor prit du pain dans une boîte de bois posée sur le plan de travail.

— Je ne connais pas vos goûts, je vous laisse donc le soin de confectionner le vôtre à votre guise.

Un silence tomba. Les yeux baissés, Connor s'appliquait à empiler des tranches de fromage et de viande froide puis attrapa un pot de moutarde. Lorsqu'il redressa la tête, il surprit une expression étrange sur le visage de la jeune femme et se figea, la main tendue.

— Vous allez bien ?

Elle avala sa salive.

— Je supporte mal l'odeur de la moutarde. Ce n'est pas grave.

Déconcerté, il renversa maladroitement sa cuillère de moutarde et, interdit, regarda la grosse tache jaune qui s'étalait sur le plan de travail. Se tournant vers Alex, il s'aperçut qu'une main sur la bouche, la jeune femme tentait en vain de réprimer son hilarité et il se mit à rire.

— Vous faisiez une de ces têtes !

Connor rangea le pot de moutarde en riant. La crise d'hilarité qu'ils partagèrent leur permit de dissiper l'atmosphère de politesse guindée et nerveuse qui régnait auparavant.

— Je vous avoue que je ne me sens pas à l'aise. Et vous ?

— Moi non plus.

— Je voudrais que vous trouviez votre place ici, que vous y soyez heureuse.

— Merci.

— Vous verrez, je suis facile à satisfaire.

La voyant rougir, il prit conscience du double sens de ses paroles et son sourire s'évanouit. Encore essoufflée d'avoir ri, elle respirait profondément et Connor se surprit à être fasciné par sa poitrine.

— Je sais me contenter de peu, murmura-t-elle. Un toit pour dormir et des repas réguliers, je ne demande pas plus. De toute façon, je tiens à vous aider dans la mesure de mes possibilités. Je ne suis pas du genre à rester les bras croisés.

— Ne vous fatiguez pas trop.

Alex pinça les lèvres.

— Je ne suis pas si fragile, Connor. Les femmes font des bébés depuis des milliers d'années.

— Je le sais bien mais évitez quand même les travaux pénibles. Si vous appréciez les activités de plein air, vous pouvez vous occuper du petit jardin, à l'arrière de la maison. Je ne veux pas que vous vous ennuyiez, Alex, mais je ne vous ai pas fait venir pour que vous me serviez d'employée de maison. En revanche, je dois avouer que je serais ravi de rentrer le soir et de ne pas avoir à cuisiner.

Travailler à sa guise, à son rythme, préparer le repas du soir, veiller sur les plantes… Rien que de très banal, en somme, sauf pour Alex. Lorsqu'elle était petite, elle avait toujours envié ses camarades d'école dont les mamans préparaient de délicieux gâteaux pour les fêtes de l'école. Ses parents étaient merveilleux mais n'avaient jamais été adeptes d'une éducation traditionnelle. Cette situation avait tout pour l'enchanter, si l'on oubliait qu'elle était bâtie sur une farce dont dépendait son avenir et celui de son bébé. Il convenait donc qu'elle tienne correctement son rôle.

— En toute franchise, je n'ai pas beaucoup d'expérience en matière de tâches ménagères, avoua-t-elle, mais j'apprends vite.

Elle s'approcha du plan de travail et se confectionna un sandwich à la dinde et au fromage, dédaigna les tomates et la mayonnaise mais ajouta quelques feuilles de salade, assaisonnées de poivre.

— Très bien, j'emporte le mien. J'aimerais pouvoir rester

davantage et vous faire visiter la maison, mais je m'inquiète pour deux veaux, il va peut-être falloir faire venir le vétérinaire. Vous vous en sortirez ?

Sa mine était si contrite qu'il fut impossible à Alex de se fâcher et, souriante, elle lui fit signe de partir.

— Oui, ne vous en faites pas, je peux explorer la ferme toute seule. Allez, filez… De toute façon, si vous restiez avec moi, vous n'auriez pas l'esprit tranquille, n'est-ce pas ?

Connor sourit avec soulagement.

— Je suis content que vous compreniez. Je voudrais vous dire… Eh bien, je suis heureux que vous n'ayez pas rejeté d'emblée mon offre. Vous verrez, vous ne le regretterez pas, Alex.

Elle aurait voulu partager son optimisme… Sans rien dire, elle le suivit jusqu'à la porte et le regarda enfiler ses bottes.

— Votre chambre se situe en haut de l'escalier, première porte à droite, le couvre-lit est blanc.

— Je suis une grande fille. Je saurai me débrouiller, ne vous en faites pas.

— Je serai de retour vers 18 heures.

— Par pitié, Connor, filez ! lui dit-elle en riant.

Prenant congé avec un sourire reconnaissant, il s'éloigna. La porte refermée, la solitude et le silence retombèrent sur la grande maison.

Alex retourna dans la cuisine et termina son sandwich avec un verre de lait puis, son sac à l'épaule, monta l'escalier. Arrivée sur le palier, elle hésita. Avait-il voulu dire la première porte en arrivant ou la première porte au fond ? Elle se décida pour la première et entra dans une chambre. Celle de Connor, certainement : le dessus-de-lit n'était pas blanc, mais décoré d'un motif géométrique brun et ocre. Le bord du lit était marqué par un creux, sans doute à l'endroit où il s'était assis pour s'habiller, et il flottait dans l'air une légère odeur de cuir et de savon, mêlée à un parfum d'assouplissant pour linge. Alex posa son sac contre le chambranle et pénétra dans la pièce. Sur une grande commode, un vide-poches contenant quelques vis et des épingles voisinait avec une photo encadrée, sur laquelle Connor, beaucoup plus jeune, se tenait à côté d'un jeune garçon aux mêmes cheveux sombres et regard malicieux. Tous deux posaient une main sur les épaules d'une petite femme mince qui riait en arborant un trophée en or. A droite du groupe, un solide gaillard, sans doute leur père, avait la main posée sur le licou d'une vache noire. Donc, Connor avait bien une famille : des parents et un frère. Ils étaient heureux, à en juger par leurs sourires épanouis. Qu'étaient-ils tous devenus ?

Elle se reprocha son indiscrétion. Si Connor avait voulu la renseigner sur sa famille, il lui en aurait parlé. Peut-être attendait-il de la connaître mieux. Quoi qu'il en soit, elle devait respecter ses secrets, comme elle souhaitait qu'il le fasse pour elle.

La pièce suivante était sans aucun doute celle dont il lui avait parlé, le lit était orné d'un plaid blanc en dentelle. S'agissait-il d'une chambre d'amis, celle de ses parents ? En tout cas, elle était très jolie, à mille lieues des taudis auxquels elle était habituée.

Elle rangea ses vêtements dans un tiroir puis se rendit dans la salle de bains, au bout du couloir, et disposa sur une étagère libre ses quelques effets de toilette : un savon, un flacon de shampoing et de déodorant, un tube de dentifrice et une brosse à dents. Son sac ne contenait plus qu'un journal intime, un crayon et une photo. Elle laissa le portrait dans le sac qu'elle fourra dans la commode, puis rangea le journal dans un tiroir de la table de chevet, hors de vue.

De retour dans la cuisine, elle résolut de se mettre tout de suite au travail. Après tout, elle ne supporterait pas qu'il la nourrisse à rien faire. La moindre des choses était de veiller à la propreté de la maison et de lui préparer des repas réguliers.

Malheureusement, elle était complètement novice dans ce domaine, alors que son destin et celui de son bébé dépendaient de sa réussite.

4

Le compartiment à glace du réfrigérateur contenait du pain et des légumes surgelés mais pas de viande. En cherchant un peu, Alex finit par découvrir au sous-sol un énorme congélateur. L'ouvrant, elle saisit un paquet qui portait la mention « longe de bœuf ». Lorsqu'elle était petite, sa grand-mère lui en avait préparé et elle avait gardé le souvenir d'une viande braisée délicieusement tendre, accompagnée d'une sauce aux oignons et d'une purée de pommes de terre. Dans la cuisine, elle mit la main sur un petit classeur dont la couverture était illustrée d'une pomme grossièrement esquissée, au-dessous d'une étiquette écrite au marqueur noir : *Les recettes de maman*. Il s'agissait d'un recueil disparate de recettes manuscrites, dans lequel les fiches sur le poulet au sirop d'érable ou les cornichons sucrés côtoyaient celles sur le gâteau au chocolat de papa ou les cookies faits maison. Au même instant, la sonnerie du micro-ondes lui indiqua que la viande venait de dégeler. Alex soupira : dans quoi s'était-elle embarquée…

Elle finit par repérer une recette de bœuf à l'étouffée qui lui sembla intéressante. Elle posa gaillardement la viande dans un plat à rôtir avant d'ajouter des oignons, des feuilles de laurier et un verre d'eau puis enfourna le tout : première étape réussie. Elle résolut de garder les pommes de terre pour la fin, escomptant qu'elles ne lui prendraient pas beaucoup de temps. En attendant, elle pouvait sans doute se risquer à confectionner un dessert. Dans un élan téméraire, elle feuilleta le classeur rouge et s'arrêta sur une feuille qui semblait avoir été consultée souvent : pudding au caramel. La recette n'avait pas l'air bien compliquée : de la farine, des œufs, du beurre, du lait, du sel, de la levure, du sucre roux, un peu d'eau chaude… Facile !

Une heure plus tard, elle glissait le gâteau dans le four, à côté du plat de viande, et passait sur son front une main couverte de farine. Son regard tomba sur le plan de travail encombré de plats sales et maculé de traînées de pâte. Avant toute chose, il fallait nettoyer cette horreur…

La vaisselle en chemin, elle se rappela tout à coup qu'elle avait omis de vérifier le rôti et se précipita vers le four : catastrophe ! La sauce n'avait pas pris. Elle jeta un coup d'œil épuisé à l'horloge : 16 h 55.

Il lui fallut vingt minutes et deux pansements pour éplucher les pommes de terre, elle se jura d'ailleurs de demander à Connor pourquoi il aiguisait autant ses couteaux. Enfin, elle vida un sac de maïs surgelé dans un plat qu'elle enfourna dans le micro-ondes. La sonnerie de fin de cuisson retentit au moment même où la porte d'entrée claquait. L'instant d'après, Connor entrait dans la cuisine en humant l'air avec délectation.

— Quelle bonne odeur de pudding au caramel !

Le visage d'Alex s'illumina un bref instant avant de se figer. Comme il avait l'air las et abattu !

— Je… je me suis servie du livre de recettes de votre mère.

Il s'approcha du poêle et souleva le couvercle de la casserole de pommes de terre.

— Si vous saviez comme c'est agréable de rentrer le soir sans avoir à me soucier du repas. Merci, Alex.

« Ne me remerciez pas si vite », faillit-elle rétorquer. Après tout, le pudding n'avait pas monté et elle avait omis de vérifier la viande.

— Des problèmes ? demanda-t-elle.

Il s'effondra sur une chaise et glissa une main dans ses cheveux.

— Nous en avons perdu l'un des veaux et l'autre n'est pas encore tiré d'affaire.

— Oh ! Non ! Je suis désolée.

Le ventre d'Alex se noua. Après un tel après-midi, quel effet aurait sur lui la nourriture qu'elle lui avait préparée ?

S'armant de courage, elle sortit le rôti du four et égoutta les pommes de terre.

— Ce sont des choses qui arrivent, malheureusement, soupira-t-il. On a beau se raisonner, impossible de s'y habituer.

Elle prit l'assiette de Connor pour la garnir de légumes et d'une généreuse tranche de bœuf. La sauce était plus liquide qu'elle ne l'avait pensé et remplie de grumeaux, mais elle en nappa gaillardement les pommes de terre. Elle remplit sa propre assiette et s'attabla en face de lui.

— J'espère vraiment que l'autre veau survivra.

Connor hocha la tête. Il se figea soudain, la fourchette dans la bouche, et Alex le considéra avec inquiétude.

— Quelque chose ne va pas ?

La regardant, il se contraignit à avaler une bouchée de maïs froid.

— Non, non, affirma-t-il en souriant.

La viande était tendre à point mais la sauce… Il regarda d'un air dubitatif le liquide pâle dans lequel flottaient des grumeaux et plongea sa fourchette dans les pommes de terre. Alex l'imita et plissa le nez.

— Mon Dieu, c'est immangeable. Ne vous forcez pas, s'il vous plaît.

— Pas du tout ! C'est tout à fait comestible.

Elle tenta d'avaler une bouchée qu'elle recracha aussitôt dans une serviette en papier.

— Et le maïs est encore froid ! Je suis vraiment en dessous de tout. Vous venez de passer un après-midi horrible et il vous faut, de plus, supporter cette nourriture immangeable !

Connor prit l'assiette de la jeune femme et se leva pour la mettre dans le micro-ondes.

— Allons, ne vous faites pas de reproches. Ce n'est pas votre faute si j'ai eu une mauvaise journée et vous avez fait l'effort de préparer le repas du mieux que vous le pouviez. C'est très gentil, Alex.

— Ne soyez pas condescendant avec moi, s'il vous plaît. Je ne veux pas être gentille, je veux être utile. Moi qui vis seule depuis cinq ans, je ne suis même pas capable de décongeler des légumes.

Lui tendant son assiette réchauffée, il répéta la même opération avec la sienne.

— Le maïs avait seulement besoin de quelques minutes supplémentaires.

— Mais j'avais respecté scrupuleusement les instructions du paquet !

Connor ne put s'empêcher de rire.

— Il faut un peu plus de temps pour réchauffer un sac entier.

— Et la sauce est infecte. Pourtant, je vous jure que j'avais suivi la recette à la lettre.

— Vous avez pensé à confectionner un roux ?

— Un roux ? Qu'est-ce que c'est ?

Connor réprima un sourire. A coup sûr, la recette indiquait simplement d'épaissir la sauce avec de la farine. Quant aux grumeaux, comment s'en étonner, si elle n'avait jamais cuisiné ?

— Connor ?

— Je vous montrerai comment faire. C'est simplement un tour de main à prendre, vous verrez.

Alex repoussa son assiette. Avec un soupir, elle se leva pour garnir deux assiettes à dessert.

— Voulez-vous une boule de glace en accompagnement ?

— Je n'en ai plus. Un peu de lait ira aussi bien.

Il mouilla son gâteau, en goûta une bouchée et repoussa son assiette.

— Désolé, Alex.

Les yeux remplis de larmes, la jeune femme hocha la tête. Jamais elle ne s'était sentie aussi humiliée, inutile. Alors qu'elle s'était toujours sortie des situations les plus délicates, elle était mise en échec dans le seul domaine pour lequel elle aurait pu se montrer utile.

— Qu'avez-vous utilisé pour faire lever la pâte ?

— De l'arsenic.

Comme il ouvrait des yeux horrifiés, elle secoua la tête.

— De la poudre à lever, comme la recette l'indiquait.

Connor se dirigea vers un placard et en sortit un petit paquet orange.

— Ça, vous voulez dire ?

— Oui.

Il éclata de rire.

— C'est du bicarbonate de soude, pas de la levure.

— Quelle est la différence ?

— Goûtez votre gâteau et vous la constaterez.

Alex avala une bouchée et grimaça.

— C'est un ratage, sur toute la ligne. Vous voyez bien que je ne vous sers à rien. Je suis désolée de vous avoir fait perdre votre temps.

Elle se leva de table et, tentant désespérément de garder sa dignité, se dirigea vers l'escalier. Il se précipita vers elle et s'empara de son bras.

— Une seconde, s'il vous plaît. Vous n'allez pas capituler aussi vite ?

— Pourquoi pas ? Vous avez constaté mes talents. Si je reste, vous risquez de mourir de faim ou empoisonné.

— Aviez-vous cuisiné avant aujourd'hui ?

— Non, jamais.

— Alors, comment pouviez-vous imaginer réussir du premier coup ?

— Je ne savais pas que c'était aussi difficile, murmura-t-elle en s'appuyant contre la rampe de l'escalier.

De nouveau, les larmes lui montèrent aux yeux.

— Fichues hormones ! D'habitude, je ne pleure jamais. Je déteste ça !

— Je sais cuisiner tout simplement parce que ma mère nous a enseigné des rudiments, à mon frère et à moi. Sans être un grand chef, je peux vous apprendre l'essentiel.

Alex se contraignit à respirer calmement. Elle était la seule à s'énerver : Connor, lui, semblait prendre les choses à la légère, du moins avait-il la délicatesse de faire semblant de ne pas remarquer sa crise de faiblesse. Comme pour s'excuser, elle se mit à lui parler un peu d'elle-même.

— Ma mère n'était pas le genre de femme qui cuisinait et j'ai été nourrie de plats à emporter et de boîtes de conserve. Par contre, je sais très bien faire réchauffer les raviolis.

Connor éclata de rire. Alex sourit et observa ses yeux chaleureux qui brillaient sous d'épaisses mèches folles. Il n'était pas en colère, même pas contrarié. Connor Madsen était un homme foncièrement généreux et se comportait avec elle bien mieux qu'elle ne le méritait.

— Vous avez vraiment besoin de cet argent, n'est-ce pas ?

Avec un lent hochement de tête, il l'enveloppa d'un regard sombre. Sentir son corps si proche d'elle lui donna envie de passer les bras autour de sa taille et de poser la tête sur son épaule pour puiser dans sa force.

— Suffisamment pour vous inciter à supporter ma cuisine et mes sautes d'humeur ?

Un fantôme de sourire effleura les lèvres de Connor.

— Oui.

Alex le considéra avec curiosité. Depuis quand vivait-il ici, tout seul ? Pourquoi n'était-il pas marié ? Il était pourtant bel homme et ses manières impeccables, sa patience, sa sollicitude faisaient de lui le fiancé idéal. Alex ne le connaissait que depuis quelques jours mais n'avait aucun doute sur son intégrité et sa force. C'était un homme qui devait respecter sa parole, envers et contre tout.

— Je commets sans doute une énorme bêtise, soupira-t-elle.

Soulevant légèrement le menton de la jeune femme, il prit en coupe son visage dans le creux de sa main. Le regard d'Alex se posa sur ses lèvres ciselées si désirables.

— J'espère sincèrement que non. Nous ne nous engageons pas pour la vie, Alex, mais vous devez quand même accepter de me faire confiance.

— Au bout de quelques jours seulement ? Admettez que c'est de la folie, balbutia-t-elle en rougissant.

— Mes arrière-grands-parents se sont mariés un jour après s'être rencontrés, mais en définitive, cette décision ne revient qu'à vous.

Il s'écarta mais elle le retint par le bras.

— Attendez.

Tournant calmement la tête vers elle, il eut un regard interrogateur.

— La confiance se mérite, vous êtes bien d'accord ? Je ne peux pas me permettre d'agir inconsidérément, Connor. Je dois avant tout penser à mon enfant.

Posant les mains sur ses épaules, il effleura son front d'un baiser.

— Le fait que vous me parliez ainsi constitue déjà une preuve de confiance, murmura-t-il. Vos craintes sont tout à fait naturelles et légitimes.

Il la considéra un instant avec gravité.

— Epousez-moi, Alex.

Sa voix exprimait une telle force tranquille qu'il était quasiment impossible de s'y opposer. Elle ferma les yeux et prit une profonde inspiration.

— D'accord. Pour le meilleur et pour le pire, la période d'essai est terminée. J'accepte de vous épouser, Connor Madsen.

5

Le lendemain, à son retour du travail, deux couverts étaient disposés sur la table et la radio diffusait doucement un programme musical. Alex n'était visible nulle part. Connor souleva le couvercle d'une mijoteuse et une délicieuse odeur de chili con carne fit gronder son estomac. Alex n'avait pas menti en lui affirmant qu'elle apprenait vite.

— Alex ?

— Je suis là.

La voix provenait du porche côté ouest. Accoudée à la balustrade, la jeune femme contemplait la ligne bleutée des montagnes, les yeux plissés par le soleil. A contre-jour, le crépuscule soulignait sa silhouette et accentuait ses formes harmonieuses. A son grand désarroi, Connor se sentit traversé par un élan de désir aussi fulgurant qu'une traînée de feu. Qu'est-ce qui lui prenait ? Alex était belle, certes, il aurait été aveugle de ne pas s'en apercevoir, mais cette attirance n'avait rien à faire dans le marché… Il y avait bien longtemps qu'une femme ne lui avait pas fait un tel effet. Pendant des années, il n'avait vécu que pour Windover, sans avoir jamais le temps pour des aventures sentimentales. Il n'aurait jamais imaginé qu'une présence féminine bouleverserait autant son quotidien, ni qu'il passerait ses journées à attendre impatiemment le soir, le moment où il pourrait enfin la retrouver. Il n'avait cessé de penser à l'éclat de son regard lorsqu'elle se mettait en colère, à son exigence vis-à-vis d'elle-même, à son indépendance.

Mais le marché qu'ils avaient conclu lui imposait de garder ses distances.

— Tout va bien ?

Au son de sa voix douce et légèrement tremblante, Connor plongea les mains dans ses poches et hocha la tête.

— Très bien. Le repas sent merveilleusement bon.

Elle se retourna vers le paysage.

— J'ai lu la recette sur le dos d'une boîte de haricots rouges. Je vous avais bien dit que je savais me débrouiller avec les conserves.

— Je suis sûr que je vais me régaler.

— Ne dites pas cela avant d'avoir goûté.

Il s'accouda à côté d'elle, veillant à ne pas la toucher, et un léger parfum de citron lui serra le cœur.

— Cela vous dérangerait de faire attendre un peu le repas ? Allons nous promener, cela vous permettra de vous familiariser avec le ranch et ses environs. Après tout, c'est ici que vous allez passer les prochains mois.

— Oui, pourquoi pas ? Mais il ne faudrait pas que le chili brûle…

— Ne vous inquiétez pas. Dans la mijoteuse, votre chili attendra tranquillement notre retour.

Côte à côte, ils prirent un chemin qui s'engageait entre un verger et un pré ceint d'une barrière dans lequel des vaches au pelage noir meuglaient paisiblement. Connor respirait l'air frais avec délectation.

— Ce coin de terre fait partie de vous, remarqua la jeune femme.

Il expira lentement et la dévisagea, surpris qu'elle le comprenne aussi bien.

— C'est vrai. Depuis toujours.

— Je le vois à votre façon de regarder le paysage, par exemple. Je n'ai jamais vu chez personne un tel attachement pour un endroit. Je vous envie.

L'accent de tristesse qui perçait dans sa voix piqua la curiosité de Connor.

— Parlez-moi de votre enfance, Alex.

Elle regardait droit devant elle et la moue songeuse et triste de sa bouche le bouleversa. Il sentait en elle une douleur sourde qu'il aurait tellement voulu apaiser. C'était d'ailleurs un trait de son caractère, aider les autres, même s'il savait mieux que quiconque que certaines situations étaient irrémédiables.

— Mes parents étaient historiens. Ils avaient une maison à Ottawa. Enfin, une maison… Mieux vaudrait parler de base d'opérations. Nous voyagions beaucoup.

— Vous m'avez dit que vous viviez seule, insista-t-il comme elle se taisait de nouveau. Où sont vos parents, à présent ?

Elle s'arrêta de marcher et se mordit la lèvre, puis redressa les épaules.

— Ils sont morts quand j'avais dix-huit ans. Ils étaient partis en mission dans le grand nord, à Churchill, à bord d'un hydravion, et se sont perdus en route.

— Oh ! Non ! C'est horrible, Alex.

Elle se remit à marcher.

— Sans être inconscients, mes parents avaient tendance à se croire indestructibles. D'ailleurs, ils n'étaient pour ainsi dire pas assurés et m'ont laissé une tonne de dettes et de frais d'avocat. La banque a saisi la maison et j'ai été obligée de louer un appartement avec des amis. Depuis, j'ai gagné ma vie en travaillant comme serveuse.

Elle émit un profond soupir. Pour l'instant, elle n'en dirait pas plus. Elle ne le connaissait pas assez pour entrer dans les détails : la solitude, le regret de ne pas avoir eu une enfance normale…

— Voilà mon histoire. Et vous, Connor ? Est-ce que vous avez eu un jour envie de travailler ailleurs que sur votre ranch ?

Oui… à l'adolescence, il avait rêvé de devenir vétérinaire agricole et, de concert avec sa famille, il avait d'ailleurs élaboré un plan à cet effet : il aurait installé son cabinet à Windover… Jim et lui auraient repris le ranch après la retraite de leur père… Il avait d'ailleurs obtenu son diplôme universitaire et serait entré en école spécialisée si la vie n'en avait pas décidé autrement.

— J'aurais dû être vétérinaire.

Ils entrèrent dans un pré dont l'herbe haute bruissait sous leurs pas.

— Et qu'est-ce qui vous a empêché de le devenir ?

— Les aléas de la vie… Un été, mon père est parti convoyer

un chargement de bétail destiné aux Etats-Unis. Maman et Jim l'accompagnaient.

Il s'exprimait avec la voix impersonnelle d'un présentateur de journal.

— L'accident a eu lieu un peu au sud de Lethbridge. D'après l'enquête, un coup de vent a déséquilibré la remorque. Il s'agissait sans doute d'une rafale descendante, un phénomène totalement imprévisible… Quoi qu'il en soit, le véhicule a quitté la route et ils ont été tués tous les trois.

Il se tut, la gorge serrée. Le souvenir était resté aussi clair dans sa mémoire que si l'accident s'était produit la veille. Il s'était rendu sur les lieux et jamais il n'oublierait ces marques sur la route, ni cette odeur de mort. La moitié des bêtes avaient été blessées, deux étaient mortes, et il avait fallu en abattre trois autres, mais ce n'était pas là le vrai drame… A son arrivée, Dieu merci, les corps avaient déjà été emmenés à la morgue. Il n'avait fallu qu'un instant pour qu'il perde sa famille. Désormais, Windover, c'était lui seul et, au début, le vide avait été insupportable. Les blagues idiotes de Jim, le bon sens chaleureux de son père, l'affection de sa mère, tout cela avait disparu. Il n'avait jamais compris pourquoi il avait été épargné. Aurait-il pu empêcher l'accident s'il était allé avec eux au lieu de partir en excursion avec des amis ?

Sans s'en rendre compte, il s'était arrêté de marcher et s'aperçut, à sa grande honte, qu'il pleurait. Alex lui prit la main et la serra sans rien dire. S'éclaircissant la gorge, il respira profondément, un peu rasséréné de se sentir compris. Quoique diamétralement opposées, leurs vies avaient toutes les deux basculé irrémédiablement. Comme lui, elle était seule au monde et avait terriblement souffert. Jamais il ne se pardonnerait de lui causer le moindre mal.

Ils se retournèrent en silence vers la silhouette solitaire de la maison qui se détachait dans l'immensité du paysage.

— Je ne savais pas que nous nous étions tellement éloignés, remarqua-t-elle.

L'esprit occupé par le double sens de cette phrase, ils se turent quelques instants.

— Je n'ai jamais envisagé de partir. Ma vie est ici, pas

ailleurs. Mon arrière-grand-père a toujours vécu là, résistant même aux hivers les plus rigoureux. D'ailleurs, c'est à cette occasion qu'il a trouvé le nom du ranch.

— Ah bon ?

Main dans la main, ils se remirent à marcher doucement.

— Mon aïeul a passé sa première année ici dans une cabane en rondins. L'hiver était si terrible qu'il était sur le point d'abandonner lorsqu'un vent de chinook a provoqué un redoux. La neige a fondu d'un seul coup et le printemps est arrivé. D'où le nom : Windover.

Avec ses racines solidement ancrées dans plusieurs générations, comment pourrait-il comprendre la vie de bohème qu'elle avait menée depuis sa plus tendre enfance ? Même si des drames les rapprochaient, leurs existences restaient radicalement différentes et elle se félicitait à présent de ne pas s'être davantage ouverte à lui.

— Vous croyez que cet arrangement a des chances de marcher ?

— Le mariage, vous voulez dire ? Pourquoi pas ? Nous sommes pragmatiques et, dans la situation critique dans laquelle nous nous trouvons l'un et l'autre, cette solution ne semble pas déraisonnable. Je sais que vous avez des doutes, et c'est normal, mais si vous m'accordiez votre confiance…

— Comment cela ?

— Si vous désirez vous désister, n'importe quand au cours des semaines à venir, je vous ramènerai immédiatement à Calgary. Prenez ce temps pour me connaître, Alex, et pour vous assurer que je suis un homme de parole.

— Oui, mais comment tout cela va-t-il finir ?

Elle avala sa salive. En l'espace de deux jours, elle enviait déjà ses attaches familiales. Elle aurait aimé savourer à fond les bonheurs de cette vie simple à laquelle elle avait toujours aspiré ; mais était-ce bien prudent ? Après tout, cette situation ne serait qu'éphémère…

— Je n'ai pas toutes les réponses, loin de là, mais nous pourrons au moins nous quitter bons amis.

— Bons amis, c'est tout ? Nous repartirons donc chacun

de notre côté, seuls ? Croyez-vous que les choses soient aussi simples que cela ?

— Et vous ?

La pensée de retourner à sa vie solitaire lui inspirait un sentiment de vacuité. Au cours de ces deux journées, il avait goûté le plaisir d'être attendu le soir, après sa journée de travail. Au bout de leur engagement, Alex repartirait avec son enfant et que lui resterait-il ?

— Qui sait ? Nous avons longtemps vécu seuls, l'un et l'autre. Peut-être ma présence finira-t-elle par vous rendre fou et serez-vous ravi de me voir partir.

Elle tenta un sourire espiègle mais se ravisa devant son regard grave. S'arrêtant en bordure de la route de terre, Connor se tourna vers elle et leva la main vers son visage pour en écarter les cheveux.

— Il y a de grandes chances que vous me rendiez fou, en effet, murmura-t-il en caressant la joue de son pouce.

Alex recula vivement, la peau en feu, et la main de Connor demeura en suspens. Au même instant, un 4x4 passa dans un tourbillon de poussière et de gravier. Lorsque le nuage retomba, ils traversèrent la route en silence et regagnèrent le petit chemin qui menait à la maison.

Alex se réveilla, encore ensommeillée, et consulta sa montre : 5 heures du matin. Une lumière dorée se déversait déjà par les fenêtres et lui faisait plisser les yeux. La veille, elle s'était couchée dans un tel état d'énervement qu'elle avait oublié de baisser les stores. D'ailleurs, sa joue lui semblait avoir gardé le souvenir de la caresse. Elle risquait de le rendre fou ? La réciproque était davantage probable. Puisqu'il lui offrait la possibilité de partir, elle aurait dû en profiter. Elle s'attachait déjà trop à lui. Il était si fort, si compréhensif et patient, si séduisant dans ses vieux jeans délavés… Ajoutez à cela de beaux cheveux en bataille et le cocktail était irrésistible. La sagesse commandait de fuir, vite.

Partir, oui, mais pour aller où ? Elle n'avait pas de chez elle et l'amie qui l'avait hébergée avait déménagé. Dans son état, elle ne pouvait pas tout recommencer de zéro, retrouver un appartement, un travail.

Alex posa un regard vague sur la fenêtre. La chambre donnait à l'ouest mais les fins rideaux de mousseline blanche laissaient passer la lumière. La nuit prochaine, elle veillerait à baisser les stores. Elle ne tenait pas à se réveiller aux aurores tous les jours.

Elle entendit un bruit de pas furtifs dans le couloir et, presque aussitôt, l'escalier craqua. Connor était déjà debout ? Alex repoussa les couvertures et posa les pieds par terre. La veille, elle dormait encore lorsqu'il était parti travailler. A présent qu'elle était réveillée, autant descendre voir ce qu'il prenait au petit déjeuner et comment il le préparait.

Elle descendit dans la cuisine dans son vêtement de nuit : un petit short et un débardeur. Une poêle grésillait sur la gazinière et Connor était en train de sortir les ingrédients du réfrigérateur. Penché en avant, il lui présentait un postérieur merveilleusement moulé dans un jean délavé et elle se figea, le souffle coupé par des pensées inopportunes, portant instinctivement les doigts à sa joue.

Sa caresse de la veille avait suscité des rêves étranges, dans lesquels Connor l'étourdissait de baisers passionnés. Ses lèvres étaient douces, fiévreuses, irrésistibles et ses mains audacieuses avaient exploré son corps avec une tendresse possessive.

Il se redressa, trois œufs dans les mains, et sursauta en s'apercevant de sa présence. Elle se rendit compte trop tard qu'elle avait porté les doigts à ses lèvres et que les pointes de ses seins pointaient outrageusement.

— Je ne m'attendais pas à vous voir debout à cette heure-ci.

Rougissante, elle se dirigea vers le placard et sortit les couverts.

— J'ai oublié de baisser les stores en me couchant, expliqua-t-elle, tête baissée. Vous vous levez toujours si tôt ?

Il opina.

— Mieux vaut ne pas compter ses heures quand on fait un métier comme le mien. Vous avez faim ?

Et comment… La veille, elle avait à peine pu avaler une

bouchée. Le chili con carne n'était pourtant pas mauvais, mais elle était trop agitée pour manger.

— D'habitude, je déjeune plus tard, mais après hier soir…

La phrase resta en suspens, lourde de sous-entendus.

— Qu'est-ce que vous préparez ? demanda-t-elle d'une voix précipitée.

— Des œufs brouillés avec des tranches de bacon et du pain grillé.

— Pouvez-vous me montrer comment faire ?

Elle s'approcha, vaguement gênée d'être aussi démunie à vingt-trois ans. Une fois de plus, elle lui faisait perdre son temps.

— Bien sûr.

Il cassa les œufs dans un saladier qu'il lui tendit.

— Tenez, donnez-leur une bonne raclée.

Alex se surprit à sourire. Elle appréciait de plus en plus son sens de l'humour. Après tout, peut-être pourrait-elle prendre plaisir à ce mariage, aussi court soit-il. Leurs personnalités s'accordaient. Certes, le ranch était perdu dans la nature mais, habituée à ne compter que sur elle-même, Alex ne craignait pas la solitude.

Connor s'empara du saladier et versa les œufs battus dans la poêle.

— Lorsqu'ils commencent à prendre, remuez rapidement.

Elle prit la spatule qu'il lui tendait et la tourna si maladroitement que la préparation déborda.

— Tenez, comme ceci.

Il s'approcha d'elle et couvrit sa main de la sienne. Alex se figea. Il venait de se doucher et le léger parfum du savon, mêlé à son odeur typiquement masculine, lui montait à la tête. Sa main, ferme et tiède, lui rappelait sa caresse de la veille. Comment pourrait-elle cohabiter plusieurs mois avec lui alors que sa simple présence l'affolait ?

— Voilà, vous avez compris, marmonna-t-il en s'écartant.

Elle fit glisser les œufs dans une assiette et entreprit de faire frire les tranches de bacon avant de s'attabler en face de lui.

— J'ai téléphoné à ma grand-mère hier soir, annonça-t-il à brûle-pourpoint.

Alex faillit avaler sa tartine de travers.

— Quoi ?

Il eut un sourire sans joie.

— Je lui ai expliqué que j'allais me marier. Elle risque de passer aujourd'hui afin de faire votre connaissance.

Alex le dévisagea, atterrée. Il avait une grand-mère ? Elle saurait tôt ou tard que ce mariage était une comédie et serait scandalisée ! Dans une famille aussi stable et unie que la sienne, on ne devait pas plaisanter avec ce genre de sacrement.

— Pourquoi avez-vous fait ça ? Lorsque j'ai accepté notre marché, vous ne m'avez jamais parlé de votre grand-mère !

Connor eut un sourire apaisant.

— Elle est la seule famille qui me reste, Alex.

L'emportement d'Alex le prenait de court. Où était le problème ? Après tout, cette idée de mariage lui était venue de Mamie-Jo. Peut-être était-il allé un peu vite en besogne, mais sa grand-mère était pragmatique et aurait tôt fait de comprendre l'intérêt de cet arrangement. De plus, elle était plus femme d'honneur que de conventions : ce mariage de convenance la choquerait beaucoup moins que si elle n'avait pas été mise au courant de la situation.

Il détailla le menton délicat de la jeune femme, ses yeux brillants de colère. La lumière du petit jour rehaussait sa beauté naturelle, sans artifice. Sans doute était-ce un effet de la grossesse mais sa peau avait un éclat satiné et velouté. Cette façade de vulnérabilité cachait des trésors de résolution et de force. Elle ne manquait pas d'audace et de résolution, qualités que Mamie-Jo ne manquerait sûrement pas de lui reconnaître.

— Ne soyez pas intimidée. Ma grand-mère ne s'embarrasse pas de manières. Elle m'adore et comprend la situation. D'ailleurs, il est normal que vous la rencontriez. Tout se passera bien, vous verrez. La seule chose que vous devez garder en tête, c'est de rester sincère et de ne pas lui raconter d'histoires. Intelligente comme elle l'est, elle s'en rendrait compte tout de suite.

Alex posa sa fourchette et grimaça.

— Pourquoi pensez-vous que je vais lui mentir ? Merci de votre confiance.

— Mais non, voyons, ce n'est pas ce que je voulais dire.

— C'est pourtant ce que j'ai compris. Doit-elle savoir pourquoi je suis ici ? Dois-je lui dire que je suis enceinte d'un bon à rien qui m'a abandonnée et que les liens qui nous unissent, vous et moi, sont purement dictés par l'intérêt ?

— Je ne présenterais pas les choses ainsi, non. De plus, vous oubliez que c'est moi qui vous ai sollicitée, pas vous.

— Quelle importance ? Le résultat est le même, non ? Est-elle au courant pour ma grossesse ?

— Non.

Chaque chose en son temps. Il serait toujours temps d'apprendre à Mamie-Jo que la famille allait s'agrandir. Sauf que ce petit ne serait pas un Madsen… Comment avait-il pu l'oublier ? Il avala sa salive avec difficulté.

— Je suis sûre qu'elle va me considérer comme une fille vénale. Merci, Connor, merci beaucoup.

En proie à une nausée soudaine, elle se leva pour porter son assiette à peine entamée à l'évier. Si elle devait continuer ainsi, elle allait finir par affamer ce petit ! Une main sur l'évier, elle ferma les yeux et tenta de recouvrer son calme, mais lorsqu'elle reprit la parole, sa voix douce gardait des accents accusateurs.

— Ne rien dire, c'est une forme de tromperie, n'est-ce pas ?

— Bien sûr que je lui dirai, protesta-t-il. D'abord parce qu'il est difficile de cacher une grossesse et que je voulais simplement lui laisser le temps de s'habituer à l'idée du mariage.

— Lâche, murmura-t-elle.

— Pardon ?

Alex se pencha pour vider son assiette dans la poubelle.

— Je n'arrive pas à croire que vous ayez peur de votre grand-mère.

— C'est faux ! Seulement, je ne vois pas l'intérêt de tout lui annoncer en même temps. Dites-moi en quoi j'ai eu tort d'apprendre à ma grand-mère que je vais me marier.

Comme elle le dévisageait, les lèvres rétrécies, il remua nerveusement sur son siège.

— Alex… Je dois justement m'absenter pour me rendre à une réunion professionnelle à Red Deer et je ne pourrai certainement pas rentrer avant ce soir. Quoi qu'il en soit, n'oubliez pas ce que je vous ai dit et tout ira bien.

— Non, vraiment, c'est trop fort ! Vous allumez l'incendie et vous me laissez le soin de l'éteindre. C'est un comble de la part d'un homme qui, pas plus tard qu'hier, me demandait de lui faire confiance. Vous n'avez même pas daigné solliciter mon avis !

— Pour moi, c'était sans importance, voilà tout. Je ne comprends pas pourquoi elle vous effraie autant.

— Vous vous moquez de moi ? Je vais passer sur le gril, sans le moindre soutien.

Connor envisagea un instant de ne pas se rendre à la convention. Peut-être aurait-il dû lui en parler, après tout. La veille, il était dans un tel trouble qu'il avait complètement oublié cette visite. Bizarrement, cette dispute avait quelque chose de rafraîchissant : dressés ainsi l'un contre l'autre, ils oubliaient leur réserve, leur timidité. C'était libérateur.

Alex poussa un soupir d'énervement et de résignation.

— Bien. Je ferais mieux d'arranger un peu la maison avant qu'elle arrive.

Connor s'approcha d'elle pour porter son assiette vide à l'évier et elle détourna les yeux, en serrant les dents, furieuse.

— Je suis désolé, Alex. Vraiment, je ne voulais pas vous mettre en colère. Avec un peu de chance, je serai de retour pour le repas de midi et elle ne sera pas encore venue. Sinon, je vous passerai un coup de fil. Voulez-vous que je reste ?

Elle se tourna vers lui, le menton dressé.

— Non, merci, je peux me débrouiller toute seule, mais je n'apprécie pas d'être ainsi mise au pied du mur.

— Je comprends.

— Si vous voulez que je reste, ne recommencez plus.

Connor ne put s'empêcher de sourire, admirant la fermeté de son caractère.

— C'est entendu.

Il s'approcha d'elle et posa la main sur sa joue. Quelques mèches folles lui chatouillèrent la peau. Elle n'avait pas encore noué ses cheveux en queue-de-cheval et ils se déployaient le long de son dos en une masse sombre et soyeuse dans laquelle il brûlait de plonger les doigts.

— Je suis désolé, mais je voudrais que vous sachiez… Vous êtes formidable. Je ne crois pas avoir jamais rencontré de femme plus déterminée. Tout va bien se passer.

Il déposa un baiser sur son front et la laissa seule.

Il avait menti. Il connaissait une femme encore plus forte et Alex allait bientôt en faire la connaissance.

6

Après une douche rapide, Alex enfila un jean propre et un T-shirt puis commença à briquer la maison, passa l'aspirateur, épousseta les meubles et nettoya les appareils électriques. En faisant ce travail, elle avait l'impression de prendre possession des lieux, de s'y sentir chez elle.

Elle fronça les sourcils. Il avait suffi de deux jours pour qu'elle pense à cette maison comme à un foyer. Elle ne devait pas oublier qu'elle n'avait pas d'attache ici, et qu'elle devrait partir dans quelques mois, voire plus tôt, si elle ratait le test d'aujourd'hui. Quand elle pensait qu'il l'avait laissée se débrouiller toute seule avec sa grand-mère… Le fait d'être ainsi mise au pied du mur lui faisait bouillir le sang. De plus, il avait attendu le dernier moment pour la prévenir : lâcheté typiquement masculine !

Elle remontait à l'étage lorsqu'une horrible pensée la frappa. Et si cette auguste vieille dame décidait de passer la nuit ici ? Alex devrait-elle changer de chambre ? Devrait-elle dormir avec Connor ? Cette idée lui donna le vertige : être étendue à son côté, entendre son cœur, sentir sa chaleur… Non, c'était impossible. Leur relation était temporaire, et elle était enceinte, que diable ! Quel embarras, si elle devait se réveiller pelotonnée contre lui…

Elle pouvait transférer ses affaires dans la chambre d'amis, de manière à laisser la pièce blanche à madame Madsen. Forte de cette idée, elle allait chercher des draps propres lorsque la sonnette retentit. Le cœur lourd, s'attendant au pire, elle posa son chargement sur une chaise et s'empressa d'ouvrir la porte.

— Vous devez être Alexandra. Je suis Johanna Madsen, la grand-mère de Connor.

Alex resta figée, stupéfaite. Grande, d'allure impérieuse, le cou ceint d'un foulard de soie, la vieille dame était vêtue d'un tailleur-pantalon noir très chic et dévisageait Alex avec une bienveillance à laquelle cette dernière ne s'était pas du tout attendue.

— Je vous en prie, entrez donc.

Aussitôt, elle regretta cette phrase automatique : Johanna était ici chez elle ! Elle s'écarta vivement et la vieille dame entra en traînant une valise derrière elle, confirmant les craintes d'Alex.

— Connor est parti à une réunion, l'informa-t-elle d'une voix hésitante.

La vieille dame fronça les sourcils.

— Encore ! Et pendant ce temps, le foin n'est toujours pas coupé. Pourtant, la récolte a l'air bonne, cette année. Il en aura besoin.

— Ah bon ?

Johanna sourit devant son ignorance comme si elle s'adressait à un enfant.

— Il faut bien nourrir le bétail.

Elle posa une main amicale sur l'épaule de la jeune femme.

— Allons prendre un thé, voulez-vous ?

Alex la suivit docilement dans la cuisine. Arrivée depuis à peine cinq minutes, Johanna prenait déjà les choses en main. Immobile dans l'encadrement de la porte, la jeune femme la regarda s'affairer, en proie à un curieux sentiment de vexation, de soulagement et d'indécision.

La vieille dame, cependant, avait posé la bouilloire sur la gazinière et, accroupie, avait plongé la tête dans un placard afin d'y chercher les sachets de thé : une authentique femme de rancher, énergique, autoritaire. En sa présence, Alex se sentit plus que jamais inadaptée.

— Donc, Alexandra, quand allez-vous accoucher ?

La jeune femme se figea, bouche bée. Indifférente à la réaction qu'elle avait produite, Johanna prit la bouilloire et versa l'eau dans la théière. Comment savait-elle ? Connor lui avait pourtant assuré qu'il avait préféré attendre un autre moment pour évoquer le sujet. Avait-il menti ? Rien dans sa silhouette ne laissait deviner son état…

— Madame Madsen…

— Tss-tss, ma chérie, pas de manières avec moi, je vous prie. Appelez-moi Mamie-Jo, comme le fait Connor, ou alors Johanna.

Alex hésita, redoutant le piège. Cette femme l'intimidait. Intelligente, elle renvoyait une image de pouvoir et de compétence tout en semblant très simple, dénuée d'artifice. Alex, qui n'arrivait pas du tout à cerner son personnage, se tut, en proie à un malaise qui augmenta d'un cran lorsque Johanna haussa un sourcil interrogateur.

— Madame Madsen, répéta-t-elle, usant de la politesse comme d'un bouclier. Veuillez m'excuser, votre question m'a prise au dépourvu.

— Pourtant, vous êtes bien enceinte, n'est-ce pas ?

Les épaules crispées, Alex baissa les yeux. Autant jouer la carte de la franchise.

— Oui. De quatorze semaines.

— Pourtant, Connor m'a dit qu'il ne vous connaissait que depuis vendredi dernier.

Alex se sentit rougir jusqu'à la racine des cheveux.

— Oui, en effet. J'ai eu un malaise en pleine rue et il est venu à mon secours.

A sa grande surprise, un sourire illumina le visage de la vieille dame.

— C'est vrai ? Lars aurait eu exactement la même réaction.

— Lars ?

— Mon mari… Le grand-père de Connor, si vous préférez, répondit-elle en posant un plateau sur la table.

Curieuse, Alex eut envie d'en savoir plus sur cet homme dont la simple évocation suffisait à transfigurer le visage de Johanna et à la rajeunir de vingt ans. Méfiante, elle préféra cependant prendre le temps de s'assurer que Johanna gardait son attitude amicale. Elles prirent place l'une en face de l'autre et, tout en servant le thé, Johanna poursuivit son récit.

— Lars était un vrai gentleman. Lorsque nous nous

sommes rencontrés, j'avais quinze ans et je m'étais fait mal au genou en tombant de vélo. Lars m'a vue sur le bord de la route. Son père — l'arrière-grand-père de Connor, donc —, son père avait acheté une camionnette pour la ferme une semaine plus tôt. Lars a chargé mon vélo à l'arrière et m'a ramenée à la maison. Il avait vingt-trois ans et il était si bel homme. Connor lui ressemble, d'ailleurs.

Elle jeta un regard entendu à Alex par-dessus le bord de sa tasse. Que dire ? Certes, Connor était bel homme, mais comment en convenir sans avouer son attirance ? Cependant, ne rien répondre pouvait passer pour une impolitesse et risquait de donner à entendre qu'elle n'en voulait qu'à son argent. Dans un cas comme dans l'autre, elle était perdante.

— Connor est un bel homme, en effet. Il faudrait être aveugle pour ne pas s'en rendre compte.

— C'est dans la famille, renchérit Johanna en hochant la tête. J'ai conservé une photo de mariage des grands-parents de Lars, eux aussi étaient très beaux.

Se levant pour chercher un sac de cookies dans le buffet, elle en tendit un à la jeune femme.

— Le ranch a été fondé par le grand-père de Lars, vous savez. Le gouvernement offrait alors des titres de propriété à des exploitants agricoles et cet aïeul est venu de Norvège pour faire sa vie ici. Depuis, la ferme est toujours restée dans la famille. Ce qui nous amène à vous, ajouta-t-elle sans transition.

Johanna repoussa sa tasse de thé et la regarda droit dans les yeux.

— Je sais qu'il ne s'agit pas d'un mariage d'amour. D'où ma question : qu'est-ce qui vous pousse à épouser un homme que vous connaissez à peine ? Combien d'argent escomptez-vous obtenir de cet arrangement ?

— Je vous demande pardon ?

Décontenancée par ce brusque changement de ton, la jeune femme se sentit bouillir de colère. Jolis procédés, vraiment… D'abord, elle l'amadouait, ensuite elle la mettait sur la sellette. Pour qui la prenait-elle ?

— Quelle contrepartie recherchez-vous, Alexandra ? Parce

que travailler à la ferme n'est pas une partie de plaisir tous les jours, je vous assure.

La vieille dame la dévisageait durement, les lèvres serrées. Avec sa coiffure impeccable, ses vêtements sans le moindre pli malgré les deux heures de route, elle offrait l'image d'une parfaite maîtrise sur elle-même. Alex coinça une mèche derrière son oreille, s'efforçant de perdre son attitude de petite fille punie. Après tout, elle n'avait dupé personne et si elle s'était trompée dans le choix de l'homme auquel elle s'était donnée, elle assumait du mieux qu'elle le pouvait son erreur. En tout cas, elle ne méritait pas d'être jugée aussi mal.

— Je n'ai nullement l'intention de devenir une femme de fermier et je suis choquée que vous m'accusiez de soutirer de l'argent à votre petit-fils. Je n'ai accepté de venir que pour une seule et unique raison : assurer mon bien-être et celui de mon bébé.

Pendant quelques mois, elle pourrait faire semblant d'appartenir à un monde stable, rassurant, d'avoir un mari, un foyer. Certes, tout ceci ne serait que pure façade, mais elle avait tellement besoin de se poser quelque part, ne serait-ce qu'un court instant. Comment expliquer tout cela à une femme dont les racines remontaient à plusieurs générations ? Johanna ne pourrait jamais comprendre ce sentiment d'isolement et de déracinement qui l'avait taraudée presque toute sa vie.

— Lorsque Connor m'a rencontrée, j'étais seule, employée comme serveuse dans un bar, sans véritable logement, et enceinte.

Elle regarda la vieille dame droit dans les yeux.

— Il m'a proposé cet arrangement parce qu'il veut sauver Windover, purement et simplement. Il m'épouse afin de pouvoir toucher son héritage. Après la naissance du bébé, nous reprendrons notre vie, chacun de notre côté, et il m'apportera une aide financière le temps que je puisse subvenir moi-même à mes propres besoins et à ceux de mon enfant.

En d'autres termes, ils divorceraient, mais Alex rechignait à utiliser un tel terme, même pour une union de convenance. Elle soutint sans ciller le regard grave de Johanna. Elle ne voulait pas la mettre en colère mais ne pouvait pas davantage courber l'échine ou accepter ces accusations de vénalité.

— D'ailleurs, si vous voulez tout savoir, c'est Connor qui est venu vers moi, pas l'inverse. Je n'ai jamais cherché à me faire entretenir par qui que ce soit.

Johanna la fixa d'un long regard scrutateur.

— Je l'avais déjà compris, répondit-elle lentement. Mais il me fallait quand même l'entendre. Donc, vous agissez dans l'intérêt de votre enfant. Et qu'en dit le père ?

Alex réprima une grimace. Ryan… Il avait été charmant avec elle. Trop, peut-être, avec le recul. Affamée d'affection, elle s'était tout de suite amourachée de cet homme si tendre, si gentil, bien qu'au fond d'elle-même, elle ait toujours su qu'il n'était pas du genre à s'attacher. Sans surprise, dès qu'il avait été au courant de sa grossesse, il était parti en moins de temps qu'il ne fallait pour le dire. Bon débarras, aurait-elle pu s'exclamer si elle n'avait pas eu à se soucier du bonheur d'un petit être innocent.

— Le père biologique n'a pas la fibre paternelle. Il m'a abandonnée et ne manifeste aucun désir de connaître l'enfant.

Johanna se leva pour porter sa tasse à l'évier puis se tourna vers la jeune femme.

— Et vous, Alexandra, qu'est-ce que vous voulez, en définitive ?

Sa voix douce contrastait avec l'agressivité inquisitrice de ses précédentes questions. Ce qu'elle voulait ? Une maison… un endroit où son enfant se sentirait en sécurité, choyé, tout ce que ses parents n'avaient pas réussi à lui apporter.

— Je veux que mon bébé soit heureux dans la vie. Qu'il se sente aimé, en sécurité.

Johanna s'approcha d'elle et posa la main sur l'épaule d'Alex.

— Très bonne réponse.

Alex leva vers elle un regard décontenancé. Elles étaient redevenues amies ? Elle était fatiguée de ces revirements continuels mais s'étonna d'être aussi sensible au contact de cette main amicale et ferme. Au cours de sa vie, on lui avait témoigné si peu d'intérêt… Johanna pouvait-elle comprendre à quel point un geste aussi anodin la bouleversait ?

— Merci, murmura-t-elle en ramassant quelques miettes dans le creux de sa main.

— Dites-moi, cela fait combien de temps ?

— Pardon ?

Johanna se pencha vers elle, le visage adouci par la bonté.

— Voyons, c'est évident, chuchota-t-elle. Depuis quand manquez-vous autant d'amour ?

Les larmes surgirent si vite qu'Alex fut incapable de les réprimer et, lorsque Johanna l'enveloppa de ses bras, elle pleura sur son épaule, sans retenue. Pour elle qui n'avait pas versé la moindre larme depuis des années, c'était la deuxième fois en une semaine. Durant toutes ces années, personne ne s'était jamais rendu compte de ce manque d'amour, ne s'était soucié de sa solitude, de ses craintes. Pourtant, elle avait si peur : d'échouer, de ne pas être à la hauteur pour son enfant, de ce que lui réservait l'avenir. Secouée de sanglots, elle s'efforça de recouvrer son sang-froid.

Au même instant, Connor, qui venait de pousser la porte d'entrée, s'immobilisa sur le seuil à la vue d'Alex en pleurs dans les bras de sa grand-mère. Le cœur serré, il comprit qu'il lui serait désormais impossible de garder ses distances avec elle.

Connor rangea le tracteur au bord d'un pré et coupa le contact. Il finirait de faucher les foins demain. Ce soir, il rentrerait avec le 4x4.

Le repas de midi s'était déroulé dans une ambiance tendue. Il avait pourtant expédié la réunion au plus vite dans l'espoir d'arriver avant Mamie-Jo. Peine perdue : lorsqu'il était entré, Alex, gênée, s'était éclipsée pour se rafraîchir le visage. Elle était revenue cinq minutes plus tard, un sourire de circonstance aux lèvres et s'était excusée d'être en retard pour le déjeuner. C'était bien le cadet des soucis de Connor. Ce qui lui importait, c'était de savoir ce que sa grand-mère avait dit pour la mettre dans un tel état, elle qui, de son propre aveu, détestait pleurer. Pourtant, manifestement, Mamie-Jo semblait appréciait Alex.

— Cette pauvre fille en a vu de toutes les couleurs, je

t'assure, lui avait-elle murmuré tandis que la jeune femme était dans la salle de bains.

Qu'avait-elle voulu dire par là ? Jamais il n'avait eu l'intention de faire du mal à Alex, de quelque manière que ce soit. Au contraire, son désir de la protéger ne cessait de s'accroître. Pourtant, dans leur intérêt mutuel, il ne pourrait jamais être davantage qu'un ami.

— Fais très attention, mon chéri, lui avait également dit Mamie-Jo. Je n'ai jamais vu personne plus affamée d'amour et d'affection que cette fille.

Lorsqu'il se gara devant la maison, il remarqua que la voiture de Mamie-Jo était partie. Etait-elle repartie à Calgary ? Son estomac se noua à l'idée de se retrouver seul avec Alex.

— Imbécile, marmonna-t-il.

Voilà qu'il hésitait à rentrer chez lui… De quoi avait-il peur ? Ils n'étaient pourtant qu'amis, tous les deux.

Lorsqu'il entra, Alex traversait le salon, une corbeille de linge sous le bras. Tous deux se figèrent.

— Mamie-Jo est partie ?

Alex posa le panier en riant.

— Au contraire. Elle a déposé ses affaires dans la troisième chambre et m'a dit qu'elle comptait rester pour une durée indéterminée.

— Oh ! fit-il d'une voix qui exprimait davantage la déception que la surprise avant de se décider à afficher un sourire optimiste.

— Elle sera d'une grande aide pour vous.

— J'en suis sûre, répliqua-t-elle, radieuse. Pour tout vous dire, j'étais très inquiète à l'idée de la rencontrer et les premiers instants n'ont pas été faciles, mais dès qu'elle a su pour le bébé…

— Comment ? Elle est au courant ?

Il avança d'un pas, stupéfait. Jamais il ne l'avait vue ainsi, heureuse et apaisée, elle n'en était que plus belle.

— Oui, répondit-elle gaiement. J'ai dû lui donner les réponses qu'elle attendait. Elle commence déjà à réfléchir au mariage.

Un vertige saisit Connor et les phrases « Ne lui fais pas de mal » et « affamée d'amour » virevoltèrent de nouveau dans son esprit. Il s'était attendu à ce que Mamie-Jo pousse les hauts cris lorsqu'elle apprendrait l'existence du bébé, mais elle n'y voyait pas d'inconvénient. Il ne comprenait plus rien…

— Vous pensez qu'elle agit trop vite ?

— Pardon ? Oh… Non, non, je ne crois pas. Je suis surpris, voilà tout.

— Oui, moi aussi, au début, mais nous avons parlé sérieusement, cet après-midi. Votre grand-mère est vraiment formidable. Lorsqu'elle a su que je ne connaissais rien en cuisine ou en jardinage, elle m'a répondu qu'elle comprenait et qu'elle m'apprendrait. Elle m'a dit que l'exercice lui ferait du bien et qu'elle aurait besoin d'une aide pour le potager.

— Ah bon ?

Alex hocha la tête gaiement.

— Oui. Et elle nous aidera à organiser le mariage.

Un mariage, du jardinage, des bébés… Stop ! L'arrangement simple et rationnel qu'il avait imaginé prenait tout à coup une tournure incontrôlable et tout ceci, sous le regard de lynx de sa grand-mère. Oui, c'était une femme formidable, mais également très intelligente. Il devinait qu'elle agissait ainsi pour ne pas être tenue à l'écart et il lui en voulait. Pourtant, il ne pouvait décemment pas la renvoyer à Calgary. Alex aurait besoin de son aide et de sa compagnie. Accaparé par son travail, il ne la retrouvait que le soir et ne pouvait décemment pas la contraindre à passer ses journées toute seule… Tant que Johanna l'aiderait à s'intégrer à la vie du ranch, il ne verrait aucun inconvénient à sa présence. En revanche, il refusait qu'elle se mêle de ce qui ne la regardait pas. Autre avantage, moins il passait de temps avec Alex, moins il risquait de s'attacher à elle. La présence de Johanna lui permettrait de garder ses distances avec la jeune femme.

— Je suppose qu'elle vous a donné votre première leçon de cuisine ?

— Oui, mais elle dînera ce soir en ville avec une amie. Elle m'a dit qu'il ne fallait pas l'attendre.

— Elle a dû aller voir Millie.

C'était l'hypothèse la plus probable et la moins souhaitable :

Millie, la meilleure amie de Mamie-Jo, était également une bavarde impénitente. Si tout se passait comme il le craignait, la nouvelle de son mariage aurait fait le tour du comté d'ici demain. Mais pourquoi pas, après tout ? Il observa un instant Alex et l'imagina en longue robe blanche, ses cheveux noirs ondoyant le long de son dos.

Elle reprit le panier et posa la main sur la courbe de son ventre. Le cœur de Connor se serra. Lui aussi avait besoin d'amour, mais il ne pouvait pas, ne devait pas le rechercher auprès d'elle. L'avenir d'Alex n'était pas ici : tôt ou tard, elle partirait.

7

— Mike va bientôt arriver. Il a accepté de s'occuper du ranch aujourd'hui. Je dois repartir à Red Deer après le repas.

Connor réussit à dissimuler son inquiétude sous un ton allègre. Malgré l'aide de son ami, il savait que la bataille était perdue d'avance. La source de l'épidémie n'était pas encore localisée, mais si elle venait à être liée, de près ou de loin, à Windover, il lui faudrait abattre l'ensemble du cheptel. Ce serait la fin du ranch, irrémédiablement : aucune somme d'argent ne pourrait plus le sauver du gouffre.

Il piqua distraitement sa crêpe de sa fourchette. S'il était contraint à se déclarer en faillite, l'arrangement qui le liait à Alex deviendrait alors caduc. Mais elle n'était pour rien dans les déboires de sa ferme. Quoi qu'il arrive, il devrait quand même s'acquitter de sa promesse envers elle et subvenir à ses besoins le temps qu'elle retrouve son indépendance matérielle.

Johanna brisa le silence.

— Il faut que nous fassions quelques emplettes.

Alex et Connor levèrent des yeux étonnés.

— Mais j'ai fait les courses hier, dit la jeune femme, perplexe, en les regardant alternativement.

— Non, je parlais d'autres emplettes, pour des vêtements, notamment : vous n'allez bientôt plus pouvoir rentrer dans vos pantalons et il vous faut aussi une robe de mariage.

Alex rougit et, le regard vague, remua un morceau de crêpe dans du sirop d'érable.

— Mamie-Jo a raison. Je suis désolé, Alex. J'aurais dû penser à m'en occuper, mais ces derniers temps, j'ai été…

— Occupé. Ne vous inquiétez pas, je comprends.

Il la regarda en silence. Elle portait le même jean et le même T-shirt que les jours précédents. Elle avait un besoin criant de nouveaux vêtements et pourtant, elle n'avait jamais rien réclamé. Lorsqu'il lui avait proposé de la prendre en charge, il aurait dû remarquer l'état de sa garde-robe.

Il jeta un coup d'œil par la fenêtre. La pluie ne montrait toujours pas de signe d'accalmie. C'était d'ailleurs pour cela que John, Cal et Mike avaient tous accepté de venir aujourd'hui : sans soleil, pas de récolte de foin.

— Que diriez-vous de partir avec moi, cet après-midi ? Je vous déposerais toutes les deux en chemin et je vous reprendrais à mon retour.

Alex posa sa fourchette.

— Je ne voudrais pas vous gêner, Connor.

— Qui vous dit que vous me gênez ? Au contraire, j'insiste, renchérit-il avec un sourire chaleureux. Allez, faites-vous un peu plaisir !

— Connor a raison. Vous aurez besoin d'une robe convenable pour la cérémonie et vous devrez bientôt passer aux vêtements de maternité. Ces achats s'imposent, je dirais même qu'une seule journée ne sera pas de trop.

Il croisa le regard de sa grand-mère, soulagé qu'elle ait pris l'initiative d'aborder ce sujet. Lui n'aurait jamais osé, de peur de heurter Alex. En revanche, d'une femme à une autre, cette conversation semblait beaucoup plus naturelle.

— Nous pouvons partir ce matin.

Alex repoussa son assiette.

— Voyons, vraiment, ce n'est pas nécessaire…

— Bien sûr que si. Connor, que dirais-tu de te joindre à nous ? Nous déjeunerions ensemble et tu nous laisserais au magasin. Nous t'épargnerons la séance d'essayage pour la robe de mariée, ajouta-t-elle avec un clin d'œil.

La perspective de passer la matinée à faire les boutiques n'aurait normalement pas dû enchanter Connor. Le mélange de réticence et d'excitation qu'il vit dans le regard d'Alex emporta ses hésitations. A quand remontait sa dernière sortie dans les magasins ? Son dernier jour de congé ?

— Je suis partant si vous l'êtes, Alex.

La jeune femme hésitait encore. Elle n'avait pas d'argent, et rechignait à abuser davantage de la générosité de ses hôtes. De plus, elle avait tellement l'habitude de ne dépendre que d'elle-même qu'elle était gênée.

— Je suis sûre que Connor aimerait vous voir porter autre chose que des jeans et des T-shirts, insista Johanna.

La jeune femme croisa le regard de Connor. Rien dans son attitude ne critiquait son apparence vestimentaire. Au contraire, ses grands yeux chaleureux semblaient vouloir la rassurer.

— Vous le méritez, renchérit-il.

Alex baissa la tête en silence.

— C'est dit, dans ce cas, conclut Johanna. Nous pouvons prendre ma voiture, Connor, nous y serons plus à l'aise que dans ton 4x4.

Alex avait le désagréable sentiment d'être embarquée contre son gré, mais à quoi bon protester ?

— Je vais me préparer, dit-elle à contrecœur.

Ils arrivèrent au centre commercial dès l'ouverture.

— D'abord, les vêtements de maternité, décréta Johanna.

Prenant Alex par la main, elle l'entraîna dans un magasin. Comme une vendeuse s'approchait d'eux, la jeune femme jeta un regard implorant à Connor.

— Restons-en à quelque chose de simple.

Johanna prit le relais et se mit à fureter parmi les présentoirs, Connor alla s'installer dans un fauteuil en retrait. Pourquoi avait-il accepté de venir ? Cette sortie dans les magasins devait représenter une corvée pour lui. Peut-être se trompait-elle et appréciait-il d'être ici. Que connaissait-elle de lui, après tout ? Pourtant, c'était cet inconnu qu'elle allait bientôt épouser.

Emerveillée, elle fouilla dans les rayons et prit un petit haut de crêpe noir. Lacé à l'arrière et brodé de minuscules fleurs roses, il était ravissant mais peut-être un peu trop ajusté. Elle posa la main sur son ventre rebondi. Dans quelques mois, elle serait mère. Bizarrement, elle n'avait pas pleinement assimilé cette réalité avant de mettre les pieds dans ce magasin. Bientôt, elle allait être responsable d'un petit être à aimer, à nourrir, à élever.

— Tout va bien ?

La main de Connor sur son épaule la fit sursauter et elle se tourna vers lui avec un petit rire étouffé.

— Je viens à peine de me rendre compte que, dans quelques mois, je serai mère.

— Vous êtes toute pâle, dit-il en souriant.

Il promena un regard sur le magasin avant de repérer sa grand-mère, en pleine discussion avec l'employée, puis revint à Alex.

— Alors, quelle réaction ? Joie, peur ?

Elle éclata de rire.

— Un peu des deux, sans doute…

Elle se sentit tout à coup heureuse de sa présence. En Connor, elle s'était trouvé un allié. Qu'elle le mérite ou non était une autre question…

Johanna remua soudain des cintres sur des présentoirs et lui fit signe de la main pour attirer son attention.

— Je crois que l'on m'appelle, observa la jeune femme avec un sourire crispé.

— Si j'en crois son regard, vous risquez d'en avoir pour un petit moment. Je sais de quoi je parle. Je vais vous chercher du café.

— Bonne idée.

Ils demeurèrent un bref instant immobiles, perdus dans le regard de l'autre. Tout à coup, la voix de Johanna la fit sursauter.

— Tenez, prenez ça. J'ai pensé que vous seriez davantage à l'aise dans des vêtements simples.

Connor s'éclipsa discrètement tandis qu'Alex était guidée vers une cabine dans laquelle elle essaya plusieurs tenues qu'on lui tendait successivement par le rideau, et finit par se décider pour deux jeans, deux bermudas, plusieurs chemisettes en coton, un adorable pyjama bordé de dentelle et un ensemble de ville constitué d'une robe noire à ruchés.

Comme Johanna signait le reçu de carte bancaire, Alex posa la main sur la sienne.

— C'est trop.

— Pas du tout. Vous en avez besoin et c'est un plaisir de vous les fournir. Avec mon fils et mes petits-fils, j'ai eu trop rarement l'occasion d'acheter des vêtements qui ne soient pas exclusivement pratiques ou résistants, bref, masculins. Je suis ravie d'avoir pu choisir quelque chose de joli, pour une fois.

Alex saisit les deux paquets.

— Vraiment, merci, mais j'ai l'habitude de ne pas dépendre des autres.

— Vous ne dépendez pas de nous, voyons ! Nous ne vous hébergeons pas gratuitement, et vous ne ménagez pas vos efforts pour tenter d'aider Connor. Ce n'est pas lui qui me contredira.

Alex la considéra, interloquée. Elle aidait Connor, avec sa cuisine catastrophique et son ignorance totale du travail à la ferme ? Il lui semblait plutôt qu'elle recevait davantage de leur arrangement qu'elle n'apportait. Par leur gentillesse, tous deux exacerbaient sans le savoir son envie d'appartenir à une famille, au risque de rendre la séparation encore plus douloureuse.

Johanna saisit les autres paquets et poussa légèrement la jeune femme vers la sortie.

— Il vous faut également des chaussures.

Elles retrouvèrent Connor, qui lui tendit un gobelet en papier portant la mention « déca ». Alex lui sourit avec gratitude : sa prévenance l'étonnerait toujours…

Après une courte pause, il s'installa sur un banc pendant qu'elles entraient dans une nouvelle boutique où elle acheta une paire de chaussures confortables, de jolies sandales noires à talons ainsi que des chaussons de satin en prévision du mariage. Dans un autre magasin, Alex se procura des chaussettes et des sous-vêtements pour elle et deux T-shirts pour Connor.

Ils déjeunèrent dans un restaurant du centre commercial. Comme Johanna s'éclipsait pour se laver les mains, Alex posa la main sur le bras de Connor.

— Cette fois-ci, c'est moi qui paye. S'il vous plaît.

— Ce n'est pas nécessaire, fit-il en s'attablant en face d'elle.

— Si, je le veux. Je n'ai pas l'habitude de… de recevoir la charité, lâcha-t-elle d'une voix étranglée.

— Il ne s'agit pas de cela, voyons. Moi aussi, je tire profit de notre marché, si vous voulez bien vous rappeler.

Il se pencha vers elle et couvrit sa main de la sienne.

— Vous m'aidez beaucoup, Alex. Le peu d'espoir qui me reste réside en vous.

— Dans ce cas, accordez-moi ce plaisir. Vous avez déjà tant fait pour moi.

Il hocha la tête après une courte hésitation.

— Comme vous voudrez mais je vous préviens : à vous avoir attendues toute la matinée, j'ai une faim de loup.

Alex éclata de rire et remercia d'un signe de tête la serveuse qui leur apportait de grands verres d'eau glacée. Connor, cependant, continuait de caresser le dos de sa main avec son pouce.

— Vous savez, Alex, je ne veux pas vous voir réduite à quémander le moindre sou. Vous allez avoir besoin d'argent pour vous, pour la maison, pour le bébé. Je vais mettre un chéquier et une carte de crédit à votre disposition. Je suis désolé de ne pas y avoir pensé plus tôt.

Il allait lui donner accès à son compte bancaire ? Alex s'empara d'un verre et but lentement afin de dissimuler sa surprise. Il pressa sa main dans la sienne.

— Quelque chose ne va pas ?

— Non, non, pas du tout, balbutia-t-elle. Je suis un peu étonnée, voilà tout.

— Y a-t-il une raison pour ne pas vous faire confiance ?

Elle leva les yeux et vit qu'il la regardait fixement.

— Non, bien sûr. C'est juste que…

Comment lui expliquer tout ce qu'un geste aussi pratique et anodin pouvait signifier pour elle ? Cette marque de confiance la bouleversait, elle valait tous les serments du monde.

— C'est pourtant dans la logique des choses. En vous faisant venir au ranch, je vous ai contrainte à abandonner votre emploi et je vous avais promis de subvenir à vos besoins.

— Justement, vous allez au-delà de votre parole. Vous avez été bien trop généreux avec moi, tous les deux. Votre grand-mère a tout payé, ce matin. Je n'ai pas l'habitude de tant de bonté.

Connor porta son verre à ses lèvres.

— Il n'y a pas matière à culpabiliser. Mamie-Jo est ravie,

au contraire. C'est sa première virée dans les magasins depuis des années. Elle et maman sortaient beaucoup, toutes les deux.

— Elles étaient proches l'une de l'autre ? demanda-t-elle avec prudence.

Connor opina.

— Beaucoup. Ma grand-mère la considérait comme sa fille à part entière. Je crois qu'elle regrettait de n'avoir eu qu'un garçon.

Il parlait avec une tendresse qui la fit sourire. Elle aurait aimé, comme lui, pouvoir se souvenir des bons moments sans éprouver un sentiment de regret et d'abandon.

— Maman et elle adoraient ces petites sorties. C'était pour elles l'occasion de s'échapper du ranch. Tous les prétextes étaient bons, parfois même uniquement acheter des fournitures scolaires pour Jim et pour moi.

— C'est pour cela que vous êtes venu avec nous ?

Il leva les yeux et vit Johanna, qui s'approchait de la table.

— J'ai pensé que vous pourriez vous amuser un peu, toutes les deux.

Comment Alex n'y avait pas songé plus tôt ? Connor avait perdu ses parents et son frère mais Johanna avait tout autant souffert.

— Vous avez commandé ? demanda celle-ci en s'installant à table.

— Non, nous t'attendions.

— Cette matinée m'a ouvert l'appétit. Je ne pense pas m'être autant amusée depuis…

Comme la phrase restait en suspens, Alex croisa le regard de Connor et elle lui fut reconnaissante de l'avoir mise au courant.

— Connor me parlait justement de sa mère et de vos promenades ensemble.

— C'est vrai, nous adorions nous échapper toutes les deux de temps en temps. Vous lui ressemblez beaucoup, savez-vous ?

Alex baissa le menu qu'elle était en train de lire et la considéra avec surprise.

— Ah bon ? Qu'est-ce qui vous fait dire ça ?

Johanna éclata de ce rire rocailleux qui ne manquait jamais de faire sourire la jeune femme.

— C'est vrai, pourtant. Vous avez les mêmes cheveux sombres, les mêmes jolis yeux. La même force, surtout. Vous avez un caractère bien trempé, Alex, et généreux, je l'ai compris tout de suite. Qu'en dis-tu, Connor ?

Alex baissa les yeux, gênée autant de la flatterie que de cette tentative à peine voilée pour les rapprocher, elle et lui. Connor voyait-il tout cela en elle ? Comment le pourrait-il puisqu'elle n'y croyait pas elle-même ?

Un court silence embarrassé tomba, que Connor dissipa d'un éclat de rire.

— Je suis d'accord sur le caractère bien trempé. Il vous aura fallu une bonne dose de persévérance pour vous améliorer en cuisine. Je suis impressionné par vos efforts. Hier, le jambon était délicieux.

Alex sourit sans façon, mais tandis que le serveur prenait leur commande, elle se demanda si elle devait se réjouir ou non de cette ressemblance avec sa mère. Lorsque la longue jambe de Connor cogna doucement la sienne, son cœur tressaillit.

Dans quel état sortiraient-ils de cette expérience ? Elle se sentait déjà accueillie et intégrée dans cette famille, alors que le mariage n'avait pas encore eu lieu.

Johanna dévia alors la conversation sur les détails du mariage et la discussion les accapara tellement qu'Alex oublia momentanément ses doutes.

Après le repas, Connor convint avec les deux femmes d'une heure de rendez-vous avant de les laisser devant une enseigne de prêt-à-porter de luxe. En étalage, des mannequins en longue robe blanche donnaient le bras à de grands pantins guindés vêtus de costumes trois-pièces. Alex suivit Johanna dans le hall du magasin. Derrière le comptoir de réception, une accorte jeune femme, habillée à la dernière mode, leva la tête de son carnet de rendez-vous.

— Puis-je vous aider ?

— Oui. Nous souhaiterions acheter une robe de mariée pour la jeune femme que voici.

— Félicitations ! Si vous voulez bien me suivre…

Alex obtempéra silencieusement, intimidée par les étalages de satin, de dentelle et de perles. Jamais elle n'avait mis les pieds dans un tel endroit ! Partout autour d'elle étaient exposées des robes plus magnifiques les unes que les autres. Des robes pour un grand jour. Devait-elle vraiment faire ces frais pour un mariage de papier ? Elle ne méritait pas cet honneur.

Comme elle tirait discrètement sur la main de Johanna, celle-ci s'excusa auprès de la vendeuse.

— S'il vous plaît, partons, dit calmement la jeune femme. Je ne suis pas d'accord avec cet achat. Nous savons que ce mariage est factice. Je ne veux donc pas d'une cérémonie en grande pompe alors que, dans quelques mois, tout sera fini. Allons dans un autre magasin. Une jolie robe fera très bien l'affaire.

Johanna hocha la tête avec gravité.

— Je comprends, Alex, mais les invités vont se poser des questions en vous voyant dans une tenue trop simpliste. Vous ne pouvez pas faire l'économie d'une robe de mariée. Pour les amis de Connor, ses voisins, c'est le minimum.

Alex soupira, devinant que la bataille était perdue d'avance, d'autant plus qu'une partie d'elle-même désirait lui donner raison, même si la cérémonie était factice.

— Comme vous voudrez, mais s'il vous plaît, pas de folie.

Elles retrouvèrent la vendeuse et en moins de temps qu'il n'en faut pour le dire, Alex se retrouva dans une cabine avec trois robes. Après deux essayages infructueux, la jeune femme sortit de la cabine en souriant et se mira dans une glace en pied.

— Celle-ci est magnifique, non ?

En effet : il s'agissait d'une splendide robe de style Empire décorée d'un fin liseré de satin sous la poitrine et en bordure. Le drapé, qui tombait en plis harmonieux jusqu'au sol, était recouvert d'un voile d'organza qui donnait à l'ensemble une impression aérienne. Autre avantage, la coupe et la surjupe dissimuleraient son ventre naissant.

— Je vais chercher vos chaussures, murmura Johanna avec émotion. Elle est splendide, Alex.

Quelques instants plus tard, ses souliers aux pieds, le choix d'Alex était fait.

— Je l'adore.

Elle jeta un coup d'œil à l'étiquette et faillit s'étrangler.

— Johanna, c'est beaucoup trop !

— Absolument pas. Je vous promets que vous ne regretterez pas cette dépense, Alexandra.

— Elle vous va à ravir, renchérit la vendeuse. D'ailleurs, c'est incroyable, elle n'a même pas besoin d'être reprise. Nous pouvons vous en commander une pour dans huit semaines.

Alex ouvrit des yeux stupéfaits.

— Impossible : la cérémonie est prévue pour samedi, intervint Johanna d'un ton sans réplique avant de se tourner vers Alex. Allez-vous changer, je m'occupe de tout.

Trente minutes plus tard, la voiture reprenait la route de Windover, le coffre garni de vêtements de maternité et la banquette arrière occupée par une robe fabuleuse et une future mariée très nerveuse.

Sitôt arrivée, Alex se précipita dans sa chambre pour y ranger ses acquisitions. Connor sourit, heureux de la voir gaie comme un pinson. Elle et Mamie-Jo semblaient s'entendre comme larrons en foire.

Les jours suivants, les repas se déroulèrent dans une ambiance chaleureuse, pleine de rires et de plaisanteries. Il adorait les voir discuter du mariage d'un air de comploteuses. A vrai dire, ces préparatifs lui importaient peu : une cérémonie intime aurait très bien fait l'affaire, mais il n'était pas fâché de s'en remettre à elles.

A vrai dire, cette distraction l'empêchait de remâcher ses soucis. Pourtant, les nouvelles n'étaient pas bonnes. Les Etats-Unis avaient fermé leur frontière pour une durée indéterminée et d'autres pays menaçaient de les imiter. Tout le monde restait figé dans une expectative anxieuse, mais en attendant, il fallait bien nourrir les bêtes et payer les factures.

Deux jours après leur sortie dans les magasins, Alex le trouva dans son bureau, penché sur ses livres de comptes. Sans s'apercevoir de sa présence, il se frotta les yeux avec un soupir et s'accouda pour examiner de nouveau les chiffres.

— La journée a été longue ? demanda-t-elle.

Il se retourna en souriant, heureux d'entendre sa voix.

— Très longue.

— Je peux entrer ?

Il fit pivoter sa chaise vers elle.

— Bien sûr.

Elle s'approcha de lui avec un sourire timide.

— L'autre jour, j'ai oublié de vous offrir quelque chose. Rien de bien important, mais quand même… J'ai pensé que vous en aviez besoin.

Il prit le sac qu'elle lui tendait et y jeta un coup d'œil.

— Des T-shirts.

Il la regarda avec un sourire qui atténua ses rides soucieuses.

— Rien ne vous obligeait à me faire un cadeau, vous savez.

— Peut-être, mais je ne me voyais pas profiter toute une journée de votre générosité sans rapporter à la maison quelque chose pour vous. Je regrette seulement de ne pas pouvoir… Bah, ce n'est pas grave.

— Ils m'iront très bien. Le cadeau et l'intention me touchent également, Alex.

Le regard de la jeune femme se posa sur l'écran d'ordinateur et sur les livres ouverts qui jonchaient le bureau.

— La situation ne s'arrange pas, n'est-ce pas ? Je le devine à votre visage.

— Oui, vous avez raison. Tout va de mal en pis.

— D'après vous, nous nous en sortirons ? Votre héritage suffira-t-il ?

La gorge de Connor se serra douloureusement. Elle avait dit nous, prouvant ainsi qu'elle se voyait partie prenante de l'avenir du ranch, mais devait-il s'en réjouir ? Ses ancêtres étaient partis de rien, son arrière-grand-père avait tenu contre vents et marées lors de la grande dépression fatale à tant d'exploitations agricoles et ce patrimoine, préservé au prix de tant de luttes, il risquait de le perdre.

— Je ne sais pas. Momentanément, peut-être, mais pas sur le long terme.

La mine inquiète, la jeune femme hocha la tête.

— Ne vous inquiétez pas, Alex, quoi qu'il arrive, j'honorerai la promesse que je vous ai faite. Je vous ai dit que je subviendrai à vos besoins et à ceux de votre enfant, et je le ferai.

— Oui… Je sais fort bien que vous êtes un homme de parole et ce n'est pas de moi ou du bébé que je me soucie.

Nous sommes sur le même bateau, vous et moi, ne serait-il pas préférable de nous contenter d'un mariage à la mairie ? La grande cérémonie dont rêve Johanna n'est peut-être pas nécessaire.

— Je ne veux pas vous priver d'un beau mariage et c'est peu de chose comparé au reste. De plus, Mamie-Jo est ravie.

Alex s'était adossée au bureau, ce qui faisait ressortir son ventre arrondi, et il se mit à songer à cette vie qui grandissait en elle. Le sourire de la future mère était empreint de bonheur et de paix.

— Il grandit.

— C'est vrai. Chaque jour qui passe, je me sens plus forte. Chaque jour, répéta-t-elle d'une voix douce. Je suis heureuse de devenir maman, même si ce bébé n'était pas prévu et je dois vous en remercier.

— Moi ? Pourquoi donc ?

— Lorsque Ryan m'a quittée, j'étais au bout du rouleau. En m'accueillant aussi généreusement, vous m'avez redonné espoir. C'est peut-être grâce à Windover ou à votre gentillesse et celle de votre grand-mère, dit-elle avec un haussement d'épaules. Toujours est-il que je n'ai plus peur, je ne me sens plus seule et je tenais à vous en remercier.

Connor hocha la tête avec gravité. Sa vie avait toujours été jalonnée de responsabilités et voilà qu'à présent s'y ajoutait également celle d'un brin de femme abîmée par la vie et d'un enfant.

Du bout du doigt, elle caressa sa joue et dégagea une mèche de cheveux de son front.

— Vous avez l'air si fatigué, chuchota-t-elle. Vous devriez vous ménager un peu.

— Impossible. Windover repose entièrement sur mes épaules.

Elle souleva le menton de Connor.

— Plus maintenant. Laissez-moi vous aider, à mon tour.

Il lui prit la main et l'attira sur ses genoux. La chaise grinça tandis qu'elle se blottissait contre lui, les bras autour de son cou. Unis dans cette étreinte, ils regardèrent en silence le soir tomber et la lune se lever sur la prairie.

8

Immobile au milieu d'un salon d'essayage, Connor rongeait son frein et maudissait à voix basse sa grand-mère tandis que l'employé papillonnait autour de lui, un mètre ruban à la main. S'il n'avait tenu qu'à lui, il se serait contenté d'un des deux costumes pendus dans son armoire, mais elle avait insisté pour qu'il s'en procure un neuf. Encore pouvait-il s'estimer heureux qu'elle n'ait pas exigé un smoking... Heureusement, la veste était bien coupée et cette cravate bleue s'accordait très bien avec la chemise blanche. A vrai dire, cette tenue ne lui allait pas mal du tout...

Pour Alex, il pouvait bien consentir à cet effort. Il se rappelait encore avec gratitude le réconfort qu'elle lui avait apporté en venant s'asseoir sur ses genoux, l'autre soir. Etait-ce à partir de cet instant que ses sentiments pour elle avaient changé ? En tous les cas, cette perspective de mariage prenait le pas sur ses soucis.

Pourtant, il ne devait pas oublier qu'un jour, elle partirait. Dans son intérêt, mieux valait qu'il garde ses distances. Cependant, il ne pourrait pas passer son temps à l'éviter et, lorsque Mamie-Jo les quitterait et qu'il se retrouverait de nouveau seul avec elle, il faudrait bien qu'ils cohabitent...

Songeur, il ôta la veste et la tendit au vendeur. Le plus sûr était de s'en tenir aux termes de leur arrangement. Ainsi pourrait-il tenter de préserver son cœur.

Lorsqu'il revint à Windover, la maison silencieuse semblait vide.

— Alex ?

Pas de réponse. Les sourcils froncés, il accrocha sa veste

à un bouton de porte et partit à sa recherche. Il la trouva dans le jardin, occupée à désherber le jardin en compagnie de Mamie-Jo. Il s'accorda le plaisir de les observer un instant. Coiffée d'un large chapeau de paille, sa grand-mère était agenouillée sur un tapis de sol vert tandis qu'Alex, un seau rempli de mauvaises herbes devant elle, nettoyait une rangée de petits pois. Elle portait une de ses vieilles casquettes de base-ball, d'où dépassaient ses cheveux noirs attachés en une queue-de-cheval qui s'agitait au rythme de ses mouvements. Leurs voix lui parvenaient faiblement ainsi que le rire d'Alex, frais et cristallin comme une mélodie légère. Connor sourit.

— N'hésitez pas à réclamer une pause. Mamie-Jo est dure à la tâche, j'en sais quelque chose.

Alex prit sa main tiède et calleuse. Sans doute était-elle sotte de se faire des montagnes d'un geste aussi anodin, mais chaque fois qu'il la touchait, elle se laissait aller à imaginer que leur relation n'était pas aussi platonique qu'ils voulaient bien l'admettre. Elle retira lentement ses doigts pour prolonger le contact. Elle ne pouvait se permettre davantage, sans risquer de mettre en péril leur amitié.

— Que pensez-vous d'une petite citronnade ? demanda Johanna. Je vais en préparer une.

— Je vous suis, dit la jeune femme en se levant.

— Attendez, Alex.

Celle-ci s'arrêta net à l'injonction de Connor.

— Mamie-Jo, nous te retrouvons tout de suite, dit-il avant de s'adresser à Alex. Je voudrais vous montrer quelque chose.

Il la prit par la main et lui fit contourner la maison jusqu'à l'endroit où la cérémonie devait avoir lieu.

— J'espère que le beau temps tiendra jusqu'à samedi. En cas de pluie, nous aurions du mal à tout mettre à l'abri.

— Oui. Ce serait dommage.

La jeune femme s'immobilisa soudain devant une élégante tonnelle blanche.

— Vous… C'est vous qui l'avez installée ?

Il hocha la tête. Alex dégagea sa main et contempla avec émotion la construction délicate, l'imaginant recouverte d'un entrelacs de lierre et de roses, puis se retourna vers lui, radieuse.

— Elle est magnifique, Connor. Absolument magnifique.

— C'est vrai, elle vous plaît ? Tant mieux, j'avais peur de votre réaction.

— Elle est parfaite. Je comprends enfin ce que vous fabriquiez, ces derniers soirs.

Alex tourna autour de la tonnelle et caressa doucement les montants de bois.

— J'en voulais une mais je n'osais pas en parler à cause du prix. Elle est splendide.

— Je sais bien qu'il ne s'agit pas d'un mariage traditionnel, mais…

— C'est l'intention qui compte. J'ignorais qu'un propriétaire de ranch pouvait être aussi romantique.

Romantique, attentionné, travailleur, modeste et, de surcroît, généreux au point de les accepter, elle et son bébé, sans question ni jugement. Au mépris de la prudence, elle posa la main sur l'avant-bras de Connor.

— Il n'est pas mal de rêver et de faire rêver. Votre geste me touche beaucoup. Il me prouve que, d'une certaine manière, ce mariage compte pour vous, même si vous et moi savons qu'il est factice.

Il sortit sa main de sa poche et prit la sienne. Elle mourait d'envie de se dresser sur la pointe des pieds pour l'embrasser… Le silence s'étira jusqu'à la limite du supportable.

— La citronnade doit être prête, murmura-t-il. Nous devrions sans doute rentrer. Vous risquez d'attraper un coup de soleil, ajouta-t-il en posant un doigt sur le visage de la jeune femme, et je ne veux pas prendre le risque de vous conduire à l'autel avec un nez rouge.

Elle leva la main afin de l'empêcher de lui toucher le visage.

— Oui, vous avez raison. Rentrons.

Dans la cuisine, Johanna venait de disposer un pichet et trois verres sur la table.

— J'ai acheté mon costume aujourd'hui, annonça-t-il en s'attablant. Encore une bonne chose de faite.

— Bien. Les préparatifs sont quasiment terminés.

— Johanna s'est chargée de tout. Heureusement ! Seule, je ne m'en serais jamais sortie.

Bien sûr, ils auraient pu se contenter de la mairie, mais ces efforts avaient métamorphosé Alex. Elle était plus ouverte, souriait davantage… Mamie-Jo avait vu juste : la jeune femme avait bel et bien été affamée d'amour. Dans quarante-huit heures, elle deviendrait madame Alexandra Madsen. Le prêtre les déclarerait mari et femme et ils s'embrasseraient, couperaient le gâteau et…

S'embrasser !

Seigneur, comment avait-il pu ne jamais y penser ? Il passa le dos de sa main sur sa bouche. Il allait devoir l'embrasser devant un parterre de témoins alors qu'elle rougissait chaque fois qu'il lui prenait la main… Il se leva brusquement et déposa son verre dans l'évier.

— Merci pour la citronnade. J'ai du travail.

Il partit sous le regard interloqué d'Alex.

— Mais qu'est-ce qui lui prend ?

Un éclat malicieux dansa dans les yeux de Johanna.

— Je crois qu'il vient enfin de prendre conscience qu'il va se marier dans deux jours.

Alex contempla la porte, en proie à un vague malaise.

— Deux jours, murmura-t-elle.

Oui : dans deux jours, devant la famille et les amis de Connor, elle allait prononcer des vœux qu'elle n'avait pas l'intention de tenir. Elle avala sa salive avec difficulté. Avant la cérémonie, elle avait des promesses à lui faire, sincères, celles-ci.

L'arc de mariage était enfin monté, en dessous de l'énorme peuplier, et vingt-quatre chaises pliantes blanches étaient disposées en rangs disciplinés. Un voisin bienveillant avait pris la peine d'aménager non loin une grande piste de danse fabriquée avec des plaques de bois contreplaqué. Quatre longues tables sur tréteaux avaient été installées et seraient bientôt parées de nappes blanches prêtées par la paroisse. Les congélateurs étaient remplis d'amuse-gueules, de hors-d'œuvre et de desserts. Millie, la meilleure amie de Johanna, s'était chargée de l'organisation du banquet. Toutes ces marques de générosité allaient droit au cœur d'Alex, mais aggravaient également son malaise et son sentiment de commettre une imposture.

Elle promena le regard sur l'arrière-cour en serrant nerveusement ses mains. Depuis l'après-midi de la veille, elle avait à peine vu Connor. Avait-il des réticences de dernière minute ? Dans ce cas, elle aurait aimé qu'il vienne lui en parler et mette un terme à ses angoisses. Elle balançait sans cesse entre l'appréhension de la cérémonie et la crainte de devoir renvoyer les invités chez eux, faute de marié.

Aujourd'hui, il avait passé la plus grande partie de la journée aux champs. Lorsque le prêtre était arrivé, à 17 heures pile, Connor était sorti précipitamment de la grange pour faire le point sur le déroulement de la cérémonie. Pendant toute la discussion, il lui avait paru distrait, nerveux, comme s'il aurait préféré se trouver ailleurs. Comment le lui reprocher ? Elle n'était pas de celles qu'on rêve d'épouser, n'est-ce pas ?

Elle aurait voulu tellement plus que cette mascarade : un vrai mariage, avec un vrai mari, une vraie famille… Un rire désabusé lui échappa. La situation était si étrange qu'il ne lui restait qu'à prendre une grande inspiration et se jeter dans le vide.

— Vous semblez soucieuse, Alex.

La voix de Johanna la fit sursauter.

— Vous hésitez ?

Alex se tourna vers elle, rassurée par son air compréhensif.

— J'ai l'impression d'être mise au pied du mur.

— Tout ira bien, ne vous en faites pas. Vous êtes une femme de caractère et vous savez faire la différence entre le bien et le mal.

— Vous croyez ? Ce mariage est-il vraiment une bonne idée ? Connor mérite mieux qu'une épouse de commande, enceinte d'un autre, de surcroît. J'étais si excitée par les préparatifs que j'avais perdu de vue les implications de cette cérémonie.

Le regard de la vieille dame s'adoucit.

— Ma chère enfant, vous vous sous-estimez.

Alex déglutit.

— Mais Connor…

— … est en train de se doucher et il a faim. Je pars chez Millie pour m'occuper de détails de dernière minute.

Donc, elle aurait l'occasion de le voir seule à seul. Elle ne savait si elle devait s'en réjouir ou en être terrifiée.

Lorsqu'il la rejoignit dans la cuisine, rasé de frais, ses cheveux mouillés peignés en arrière, Alex lui avait préparé un repas. Elle reconnut l'odeur légère de son déodorant et le parfum légèrement poivré de son shampooing et son ventre se noua. Il s'attabla tranquillement tandis qu'elle remplissait une assiette de légumes, d'une tranche de poulet rôti et d'une salade de macaronis. Il en goûta une bouchée avant de la regarder en souriant.

— Mamie-Jo a préparé le repas avant de partir ?

— Non, c'est moi.

Leurs regards se croisèrent et, pour la première fois depuis la veille, elle surprit dans ses yeux un éclat chaleureux.

— Votre poulet est aussi bon que le sien.

— Eh bien, je vous avais dit que j'apprenais vite, répliqua-t-elle, radieuse.

Elle s'affaira dans la pièce tandis qu'il terminait son repas. Le moment était venu. Elle devait parler avant de perdre son courage.

— Connor, il faut qu'on se parle.

Comme il se figeait, alarmé, Alex soupira, à bout de nerfs. Elle avait oublié tout ce qu'elle comptait lui dire !

— Parler de quoi ?

Elle lui tourna le dos pour ranger son assiette dans le lave-vaisselle. Lâche, se morigéna-t-elle. Elle ne devait pourtant pas reculer. Elle était adulte, bon sang !

— De nous deux. De l'avenir.

— Je vois.

Elle lui fit face mais devant son visage fermé, totalement inexpressif, ne sut comment aborder le sujet.

— Connor… Je me sens incapable de tenir ce rôle, demain.

— Moi aussi.

Sa réponse suscita en elle un vide étrange. Bien sûr, souhaiter que ses vœux soient sincères était, d'une certaine manière, admettre qu'elle éprouvait pour lui des sentiments profonds, qu'il ne partageait sûrement pas.

Elle s'assit en face de lui, les mains serrées entre les genoux.

— Demain, nous sommes censés échanger des vœux pour la vie alors que, tous les deux, nous savons à quoi nous en tenir. Je crois que nous devrions nous faire d'autres promesses, plus sincères… entre nous. Des promesses sur ce que nous attendons l'un de l'autre pour les prochains mois.

— Vous voulez dire, des vœux temporaires ?

Elle opina, soulagée qu'il comprenne ce à quoi elle voulait en venir. Il soupira et scruta son visage.

— Ce mariage compte beaucoup pour vous, n'est-ce pas ?

Alex acquiesça.

— Demain, nous nous ferons des promesses de pure forme. Toute cette comédie me met très mal à l'aise parce que je souhaiterais vous promettre certaines choses. Vraiment.

Elle prit sa main calleuse entre ses doigts tremblants.

— Je te promets, Connor, que pendant tout le temps où nous serons mariés, je ferai tout ce qui est en mon pouvoir pour te simplifier la vie. Je m'occuperai de mon mieux de la belle maison dans laquelle tu m'as accueillie et je m'efforcerai de ne pas t'empoisonner avec ma cuisine, ajouta-t-elle avec un faible sourire. Je serai ton amie, ton alliée et un réconfort, si tu me le permets. Je t'apporterai toute l'aide dont je suis capable, en toutes circonstances. Telles sont les promesses que je te fais.

Oh ! Ce regard… Elle y lut de la compréhension, de la compassion, de la tendresse… Il couvrit sa main et la serra dans la sienne.

— Moi aussi, je voudrais te faire quelques promesses. Regarde-moi, Alex.

Elle redressa la tête et se figea, prisonnière de son regard.

— Je te promets, Alexandra, de toujours subvenir à tes besoins et à ceux du bébé que tu portes, aussi longtemps que tu en auras besoin. Je te promets de partager ma maison, ma vie avec toi, qui as toujours été privée de foyer. Je te promets de ne jamais te faire souffrir. Je serai ton ami, ton réconfort, si tu me le permets, murmura-t-il. Je t'apporterai toute l'aide dont je suis capable, en toutes circonstances. Telles sont les promesses que je te fais.

Les yeux de la jeune femme se remplirent de larmes. A sa façon, cet homme qu'elle connaissait encore si peu devinait intuitivement ce dont elle avait besoin et était prêt à le lui offrir sans réserve, du fond du cœur. En cet instant lumineux, une autre vérité apparut à Alex, compliquant encore davantage la situation : elle était amoureuse de Connor Madsen, un homme qu'elle devrait quitter dans quelques mois. Elle ferma les yeux, transpercée par une douleur douce-amère.

— Alex ? Tout va bien ?

— Oui, oui. Je suis juste un peu fatiguée, c'est tout.

Elle se leva en évitant de croiser son regard.

— Je vais me coucher. Demain va être une longue journée.

— Mike viendra s'occuper de la ferme. Nous n'aurons pas à nous lever à l'aube. Repose-toi bien.

— Merci. Pour… pour tout, Connor. Dors bien.

Elle s'éloigna précipitamment de peur qu'il n'aperçoive les larmes qui mouillaient ses joues.

9

La journée du mariage s'annonçait magnifique. Réveillée à 6 heures, Alex ne s'attarda pas au lit et gagna la salle de bains à pas de loup. Elle désirait à tout prix éviter Connor ce matin, non par superstition, mais pour garder les idées aussi claires que possible. Pour rien au monde elle n'aurait voulu que l'atmosphère du jour ne lui monte à la tête.

Elle se rinça le visage et se brossa les dents avant de retourner dans sa chambre pour s'habiller. Malgré sa discrétion, Connor l'avait entendue s'affairer. Il s'était réveillé une heure plus tôt et n'avait pu se rendormir, l'esprit agité de questions et de doutes. Il se rappelait les promesses qu'elle lui avait faites. Pourquoi se souciait-elle autant de son bonheur ? Que lui trouvait-elle de particulier ? Il n'était qu'un fermier prêt à tout pour sauver son exploitation.

La veille, il avait cru un instant qu'elle allait se mettre à pleurer. Il avait eu tort. Alex était une femme forte, volontaire, dotée d'un sens pratique à toute épreuve, absolument rétive aux simagrées. Plus il la connaissait, plus il l'estimait et il se surprenait à rêver à ses yeux bleus comme un ciel clair de prairie, à la sombre cascade de ses longs cheveux.

Il sauta à bas de son lit et enfila à la hâte un vieux jean. Un dernier détail devait être réglé avant la cérémonie… un détail qui l'avait empêché de retrouver le sommeil. Lorsqu'il entendit ses pas légers dans le couloir, il s'introduisit dans sa chambre et l'attendit. Lorsqu'elle revint, quelques instants plus tard, elle se figea dans l'encadrement de la porte en le voyant assis sur son lit défait. Avec ses cheveux ébouriffés par le sommeil, son débardeur blanc qui révélait la rondeur de ses seins et de son ventre et son short qui mettait en valeur ses jolies jambes et ses petits pieds, elle était irrésistible.

— Bonjour, balbutia-t-elle.

Connor se leva précipitamment et frotta la paume de ses mains sur son jean.

— Tu es très matinale. J'espère que tout va bien ?

— Mais oui. Pourquoi me poses-tu cette question ?

— Tu restes à la porte comme si tu avais peur d'entrer.

Il n'avait pas tort. Après avoir rêvé de lui, s'être réveillée en pensant à lui, elle le trouvait dans sa chambre, sur son lit encore tiède, aux petites heures du matin. Elle se rappela alors qu'elle ne portait en tout et pour tout que son pyjama et rougit violemment. Au prix d'un grand effort de volonté, elle fit quelques pas dans la chambre. Il se leva et s'avança vers elle, s'arrêtant à quelques centimètres seulement.

— Que fais-tu ici ? murmura-t-elle.

Il s'approcha encore, l'obligeant à lever la tête pour le regarder.

— Le grand jour est arrivé.

Elle baissa les yeux pour dissimuler son trouble.

— Oui… Tout est prêt.

La main de Connor trouva la sienne et la serra.

— Pas tout à fait.

Elle leva brusquement les yeux, surprise.

— Comment cela ? Qu'est-ce qui pourrait manquer ? Nous avons tout vérifié : le gâteau, les fleurs, le prêtre…

— Alex…

Muette, elle le regarda et le silence les enveloppa d'un voile d'intimité. L'entendre prononcer son nom d'une voix un peu rauque fit monter dans son corps une vague de désir. En fait, elle était bien plus à l'aise avec lui lorsqu'ils en restaient à des rapports purement pratiques. A présent, elle se rendait compte que leurs vœux de la veille avaient donné à leur relation un tournant résolument nouveau. Tous deux avaient ouvert leur cœur et, à ce moment, elle avait pris conscience de ses sentiments pour lui. Elle l'aimait, mais où était la place des sentiments dans leur mariage de convenance ? Elle ne devait pas oublier les motifs de leur union, ainsi seulement pouvait-elle espérer éviter de souffrir.

— Ne t'inquiète pas. Je suis un peu nerveuse, c'est tout.

Son regard tomba sur la penderie dans laquelle la robe de mariée était accrochée… Une robe qu'elle ne méritait pas, pas plus qu'elle ne méritait Connor. Dans quelques heures, déguisée en mariée, un bouquet de roses et de gardénias à la main, elle prononcerait ses vœux devant l'autel. C'était complètement fou.

— Moi aussi, répondit-il.

Fallait-il qu'ils soient deux à avoir des craintes ? Elle avait compté se reposer sur lui pour garder son sang-froid et, au lieu de l'apaiser, cet aveu acheva d'accroître son angoisse. Les doigts recroquevillés, elle s'astreint à respirer calmement. Elle ne devait pas oublier les raisons qui l'avaient poussée à ce mariage : son enfant, rien de plus.

Elle posa la main sur son estomac et, le regard doux, Connor couvrit cette main de la sienne.

— Il grandit.

Alex hocha brièvement la tête.

— Oui. Chaque jour un peu plus.

Fermant les yeux, elle savoura malgré elle le contact de sa main. Jamais il ne l'avait touchée ainsi, ni manifesté une telle curiosité quasi-paternelle pour la vie qui se développait en elle. Lorsqu'elle rouvrit les yeux, il la regardait avec émerveillement. Il comprenait ce qu'elle ressentait et, pour la première fois depuis leur rencontre, elle regretta de tout son cœur que son enfant ne soit pas de lui. Connor aurait été un père merveilleux.

Connor retira sa main et s'éclaircit la gorge.

— Tu ne veux pas savoir pourquoi je suis ici ?

— Nous avons oublié quelque chose ?

En guise de réponse, il posa la main sur son cou et l'attira à lui. Le cœur d'Alex battit à coups redoublés. Qu'est-ce qui lui prenait ? Leur relation avait toujours été chaste, mis à part ce moment de tendresse dans son bureau et encore, il s'agissait davantage d'une marque de réconfort. Rien de tel à présent : son regard, sa caresse exprimaient une réelle passion. Son corps se mit à trembler comme une feuille. Non… Elle voulait en rester à une relation amicale, inoffensive… Pourquoi se tenait-il si près d'elle ? Pourquoi regardait-il ses lèvres ?

— Dans quelques heures à peine, nous allons nous embrasser pour la première fois, en tant que mari et femme.

Son autre main glissa sous les cheveux de la jeune femme.

— Je ne veux pas que notre premier baiser ait lieu devant des témoins.

— Je…

Elle émit un long soupir tremblant. S'il l'embrassait à présent, elle était perdue.

— Connor, écoute… Je ne…

Il s'empara de sa bouche avec une douceur qui emporta toute la prudence d'Alex et elle lui rendit son baiser avec une avidité qui l'étonna elle-même. Seigneur, ce n'était pas du tout un chaste baiser nuptial ! Ses jambes tremblèrent à l'idée du lit encore tiède derrière elle. Avec une passion consommée, il embrassa ses joues, ses yeux, son oreille, puis revint à sa bouche en l'entendant gémir. Elle glissa les bras autour de son cou et se pressa davantage contre lui.

Avant de connaître Connor, elle ne se permettait jamais de s'appesantir sur ce qui, pour elle, resterait inaccessible, mais à présent, il lui ouvrait une porte vers une existence dont elle avait toujours rêvé. Dans son esprit et son cœur, un bouleversement s'était produit : elle ne fuyait plus les souvenirs et les émotions. En cet instant, elle voyait l'ombre de la fillette qu'elle avait été dans la femme qu'elle était devenue et se sentit au bord des larmes en songeant à ce bonheur qui lui était refusé : pouvoir ouvertement aimer Connor. Elle aurait tellement voulu lui faire comprendre qu'elle pouvait tout lui donner, pour peu qu'il se donne la peine de le lui demander. Tout cet amour qu'elle tentait d'exprimer dans son baiser, le ressentait-il seulement ?

Le souffle court, il s'écarta et posa les mains sur les épaules de la jeune femme.

— Pardonne-moi, je me suis laissé emporter.

Alex recula d'un pas pour échapper à son contact, à ses mains dont la caresse brûlait encore sa peau. Son corps, étrangement léger, lui semblait ne rien peser et vibrait comme une corde de harpe.

— Moi aussi, murmura-t-elle.

Le silence s'installa, lourd de sous-entendus : ni l'un, ni l'autre ne s'excusa de cette erreur, n'exprima le moindre regret ou ne tenta de promettre que cela n'arriverait plus.

Parvenu à la porte, il s'arrêta.

— Alex ?

Elle ne se retourna pas, de peur que son désir ne soit trop visible dans ses yeux.

— Tu seras magnifique.

Pendant qu'il descendait l'escalier, elle porta une main à ses lèvres encore humides de leur baiser.

Vers 14 heures, Johanna la congédia sans cérémonie.

— Tout est prêt et Millie arrive avec le repas. Filez vous préparer. J'aurai une surprise pour vous dans une demi-heure.

Alex s'arrêta et se retourna.

— Une surprise ? Mais vous en avez déjà beaucoup trop fait.

— Tss-tss… Allez donc prendre un bain moussant.

— Oui, chef, marmonna la jeune femme.

Si, un mois plus tôt, quelqu'un lui avait dit qu'elle allait se prélasser dans une baignoire remplie de bulles parfumées avant de se faire belle pour son mariage, elle aurait éclaté de rire.

Cependant, elle continuait à penser que ce mariage comptait davantage pour elle que pour lui. Il l'épousait pour sauver Windover. Elle ne devait pas se faire d'illusions. Elle risquait, à ce jeu, son cœur et le bonheur de son enfant.

Enveloppée d'une serviette-éponge bleue, elle se regarda dans le miroir. Elle allait se marier aujourd'hui. Ce soir, elle serait Alex Madsen, la femme de Connor. Johanna cesserait de jouer au chaperon et rentrerait chez elle, mais Connor et elle continueraient de faire chambre à part.

Elle n'avait pas de demoiselle d'honneur pour l'aider à s'habiller. Tant mieux, en somme : elle échappait ainsi aux plaisanteries, commérages et sous-entendus dont les mariées faisaient généralement les frais. Elle sécha ses cheveux de manière à donner du volume à ses boucles soyeuses et résolut de s'occuper de son maquillage en dernier. De sa chambre, elle entendait Johanna discuter gaiement avec Millie au milieu d'un tintamarre de couverts. Des pas lourds montèrent l'escalier et Alex, immobile, tendit l'oreille. De l'autre côté du mur, dans la chambre de Connor, elle entendit le glissement sourd de tiroirs ouverts et refermés. Même sans se trouver dans la même pièce que lui, il lui suffisait de l'entendre, nue sous sa serviette, pour que son cœur s'affole. L'instant d'après, la douche coula et elle s'efforça de chasser des images inopportunes. Contemplant son reflet en fronçant les sourcils, elle s'intima l'ordre de se ressaisir.

Laissant tomber la serviette, elle revêtit ses sous-vêtements : une modeste culotte de coton blanc ornée de dentelle et un soutien-gorge sans bretelles. Son reflet lui arracha un sourire : elle avait toujours désiré une poitrine plus généreuse, mais en fait, il lui avait suffi de tomber enceinte pour y parvenir. Avec un soupir, elle enfila des collants gainants, choisis afin de dissimuler la rondeur de son ventre, puis sortit d'un grand sac blanc la robe de satin qu'elle enfila. Elle s'efforçait tant bien que mal de refermer la fermeture Eclair lorsqu'un coup retentit à la porte.

— Oui ?

Il était hors de question qu'elle ouvre s'il s'agissait de Connor…

— C'est moi, Johanna, avec votre surprise.

Alex entrouvrit la porte.

— C'est bon, vous pouvez entrer. De toute façon, j'avais besoin d'aide pour la fermeture.

Johanna entra en riant, suivie d'une splendide jeune femme.

— Je vous présente Carmen : c'est elle qui s'occupera de votre coiffure et de votre maquillage.

Alex tendit la main, radieuse.

— Ravie de vous rencontrer. J'avoue que je ne suis pas très habile dans ce domaine.

— Tout ira bien, assura Carmen avec un sourire. Où est votre parure ?

— Là, sur le lit.

Johanna fit pivoter la jeune femme pour attacher la robe, puis la retourna face à elle.

— Vous êtes magnifique. Bon, je file m'habiller et je reviens avec un dernier détail. A tout de suite.

A son retour, une demi-heure plus tard, Carmen finissait de maquiller Alex.

— Voilà. Qu'en dites-vous ?

Alex se leva et regarda son reflet avec émotion. Jamais elle ne s'était sentie aussi belle : ses yeux étaient agrandis par un maquillage discret qui leur conférait un éclat incroyable, sa peau avait pris un aspect velouté et un rouge à lèvres proche de sa couleur naturelle ourlait joliment sa bouche… Quant à ses cheveux relevés sur les côtés, ils étaient ceints d'une fine couronne de fleurs blanches d'où tombait un voile léger qui descendait jusqu'à sa taille, telle une aura surnaturelle.

— J'ai l'air d'une vraie mariée, souffla-t-elle.

— Je dirai même une bien belle mariée, murmura Johanna.

Alex se retourna vivement, surprise de l'émotion contenue dans la voix de la vieille dame : celle-ci la contemplait, les yeux humides.

— Connor n'aura qu'à bien se tenir.

La jeune femme éclata de rire, ravie de sa métamorphose, et serra les mains de Carmen avec effusion.

— Merci du fond du cœur. C'est magnifique.

— Je vous en prie, répondit celle-ci sans façon. Félicitations et à la semaine prochaine, madame Madsen.

Seule avec Alex, Johanna la conduisit à une chaise.

— Bien. J'ai quelque chose pour vous.

Elle s'assit en veillant à ne pas froisser son tailleur bleu pâle et sortit de son sac un écrin qu'Alex prit d'une main tremblante. La boîte contenait un compartiment de velours dans lequel étaient nichés un collier et une paire de boucles d'oreilles en diamant et en saphir.

— Oh ! Mais c'est bien trop beau, Johanna.

— Ne dites pas ça. Lars me les avait offertes pour notre dixième anniversaire de mariage. La mère de Connor les a portés le jour de ses noces et, à présent, c'est votre tour.

Alex enleva les perles ornant ses oreilles et les remplaça

avec précaution par les pendants de saphir puis saisit le collier, que Johanna attacha à son cou.

— Non, c'est trop ! Je ne les mérite pas. Vous me parez comme pour un vrai mariage.

Elle levait les mains pour ôter les bijoux lorsque Johanna l'arrêta.

— Qu'est-ce qui vous fait dire que ce n'est pas un vrai mariage ?

Les yeux baissés, Alex resta muette.

— Je file, il est presque l'heure. Je viens vous chercher dès que Connor sera prêt.

Johanna ne tarda pas à revenir.

— J'ai votre bouquet et votre alliance. Connor l'a déjà vérifié deux fois.

Alex et Connor n'avaient personne pour les assister et Johanna leur servait tout à la fois de témoin et de dame d'honneur ; ce serait donc elle qui porterait la bague et qui signerait le registre. Comme un automate, Alex descendit l'escalier à sa suite, passa la porte d'entrée, contourna la maison et s'arrêta à la vue de l'assemblée. Connor, le dos tourné, discutait avec le prêtre et Alex le regarda fixement. Le moment était venu : plus question de reculer, à présent. Pour le meilleur ou pour le pire, ils allaient devoir jouer cette comédie jusqu'au bout. Elle allait devoir le retrouver devant l'autel, lui promettre de l'aimer pour le reste de sa vie devant des dizaines de témoins, alors que les trois principaux protagonistes de cette comédie savaient pertinemment qu'il ne s'agissait que d'un simulacre.

Sur un signal de Johanna, les accords du Canon de Pachelbel résonnèrent à la guitare et elle serra le bras d'Alex avant d'aller s'asseoir parmi les invités. Connor s'était retourné dès les premières notes et elle se figea en croisant son regard. L'air d'abord surpris, il eut un sourire éclatant. Plusieurs têtes se tournèrent vers elle, mais elle ne voyait que Connor, ses yeux bruns, et eut l'impression de léviter, avançant vers lui au rythme de la musique dans l'allée improvisée. Parvenue à trois pas de lui, elle s'arrêta et il lui tendit la main en s'approchant d'elle.

— Tu es splendide, chuchota-t-il.

Le cœur gonflé d'émotion, elle lui prit le bras et se laissa conduire sous l'arc de mariage, jusqu'au prêtre, pour prononcer les vœux qui devraient sceller leur vie commune.

10

La voix du prêtre parvenait à Alex au travers d'un brouillard. Sa main tremblante dans celle de Connor, elle sentait les larmes s'accrocher à ses cils. Pour tous les invités, elle offrait toutes les apparences de la mariée émue et très amoureuse et, en fait, c'étaient exactement les sentiments qu'elle éprouvait, même s'ils lui restaient interdits. Comme en un rêve, elle n'avait que vaguement conscience de la présence des invités, du murmure du vent dans les peupliers et du vacarme des pies dans les arbres en bordure des prés. Seuls se gravaient dans son esprit le regard dont il la couvait, cette petite coupure qu'il s'était faite sous l'oreille en se rasant et ses mains qui tenaient les siennes. Elle s'était attendue à ce que sa culpabilité, sa honte, apparaissent en pleine lumière, absolument pas à autant d'émotion et d'amour. Pourquoi cette cérémonie lui semblait-elle aussi vraie ? Se mettait-elle à prendre ses désirs pour des réalités ?

Soudain, la prière s'acheva et Connor se tourna pour prendre des mains de Johanna une alliance en or incrustée de diamants puis la glissa à son doigt. Le pacte mensonger était maintenant scellé…

— Vous pouvez embrasser la mariée.

Elle entendit parfaitement cette phrase et dévisagea Connor avec stupeur. Avec un sourire compréhensif et complice, rappel tacite du baiser qu'ils avaient partagé plus tôt, il se pencha vers elle et leurs lèvres s'unirent lentement, tendrement… Lorsqu'il redressa la tête, elle accompagna son mouvement, fascinée par sa bouche, puis s'empourpra en prenant conscience des applaudissements.

C'était fait : quelques minutes et un baiser avaient suffi pour faire d'elle madame Connor Madsen. Lui donnant la main, elle le laissa la conduire jusqu'à la table de réception.

— Tout va bien ?

Alex se tourna vers Connor avec un sourire légèrement figé.

— Bien sûr.

— Tu as à peine touché ton assiette.

Prenant sur elle, Alex piqua de sa fourchette son steak de bœuf. L'euphorie passée, elle commençait à assimiler la gravité de son geste : le certificat de mariage était signé et elle avait donné son cœur à un homme qui n'en avait nul besoin. Elle se contraignit à avaler une bouchée.

— Tu vois, je ne me laisse pas mourir de faim.

— Tu es censée avoir l'air heureuse.

— Mais je suis heureuse, un peu fatiguée, c'est tout…

Son cœur tressaillit lorsqu'elle sentit sa main sur son épaule nue.

— Nous n'en avons plus pour très longtemps. Nous pourrons nous éclipser après une ou deux danses.

Alex laissa tomber sa fourchette avec un tintement clair. S'éclipser ? Voulait-il dire… Prise d'une quinte de toux, elle saisit son verre et son regard tomba sur le fin anneau d'or qui ornait son annulaire. Sans doute aurait-elle dû également lui en offrir un, mais Connor l'en avait dissuadée, lui assurant qu'un bijou le gênerait dans son travail. Il est vrai qu'elle avait cédé sans grande résistance, réticente à l'idée d'aller plus loin dans cette mascarade.

Quelques accords s'élevèrent et, après quelques roulements de tambours et cymbales, le chanteur s'approcha du micro.

— Merci de réserver vos applaudissements à monsieur et madame Madsen !

Connor mena Alex jusqu'à la piste de danse et l'enlaça face aux sourires de l'assemblée. Devant tous ces visages inconnus, Alex avait plus que jamais conscience de n'être une étrangère dans cette communauté.

— Au cas où je ne te l'aurais pas déjà dit, tu es splendide, murmura Connor à son oreille.

Avait-il conscience du mal qu'il lui faisait ?

Il la serra davantage contre lui. Il avait enlevé sa veste et la chaleur de son corps lui fit oublier la fraîcheur du soir. Sa cravate était dénouée et la puissante odeur de son after-shave se mêlait au parfum des roses sauvages qui poussaient au bord de la route. Les yeux fermés, Alex posa la tête sur son épaule.

« Je t'aime, Connor... » Ces mots, elle aurait tant souhaité pouvoir les prononcer à voix haute... Il y avait si longtemps que personne ne s'était préoccupé autant d'elle, lui faisant prendre conscience à quel point elle était fatiguée de vivre seule. Il était son point d'ancrage mais ce n'était que temporaire. Un soupir lui échappa.

Connor, sentant son souffle léger contre son cou, frissonna. Au fil des semaines, l'arrangement raisonnable et platonique qu'ils avaient prévu avait perdu tout aspect rationnel. Cédant à une envie incoercible, il enfouit sa main dans la cascade sombre de ses cheveux. Manifestement, elle n'en était pas encore consciente, mais elle dégageait cet éclat typique des femmes enceintes : une force de vie, tranquille et optimiste. Non, ce mariage n'avait plus rien d'un simple arrangement. Son cœur et son âme refusaient l'idée qu'elle puisse partir, il devait bien exister une manière de la convaincre de rester...

A la fin de la danse, Alex chercha à s'écarter, mais il la retint et l'attira dans ses bras, souriant devant son air stupéfait. Se penchant vers elle, il l'embrassa, faisant taire d'un signe de la main les applaudissements et les acclamations. Le cœur battant dans l'attente de sa réaction, il sentit son pouls s'accélérer lorsqu'elle glissa tendrement la main dans ses cheveux. Lorsqu'il redressa la tête, les joues de la jeune femme avaient pris la couleur d'un feu de prairie.

— Hourrah ! s'exclama le chanteur dans son micro. Prêts pour une autre danse, tout le monde ?

D'autres couples les rejoignirent pour une ballade country et Connor éclata de rire, le cœur léger. Impossible d'en douter, ce baiser avait été sincère.

— Que penses-tu de ta bague, tu n'en as rien dit ?

— Elle est absolument magnifique, mais tu n'aurais pas dû dépenser ton argent pour quelque chose de…

« Provisoire… » Le mot flotta dans l'air comme si elle l'avait prononcé.

— Cet anneau appartenait à mon arrière-grand-mère.

Alex blêmit et lança un regard vers Johanna, qui discutait avec Millie et le prêtre.

— Un bijou familial ? Tu es fou ?

— Pourquoi ? Ma mère l'a porté, comme ma grand-mère avant elle. Il était normal que je te le transmette, tu es ma femme, après tout.

— Mais… mais…

Elle avala sa salive et s'efforça de le regarder droit dans les yeux.

— Tu sais très bien que je ne suis pas vraiment ta femme.

— Demande donc au prêtre. Je suis tout à fait certain que l'acte de mariage est authentique.

— Inutile d'aller jusque-là, répliqua-t-elle en riant, j'ai simplement des scrupules à accepter un tel cadeau.

— Je voulais la voir à ton doigt. N'en parlons plus, veux-tu ? J'ai juste envie de danser avec toi.

Serrés l'un contre l'autre, ils évoluèrent lentement jusqu'à ce qu'un rythme rapide succède à la chanson.

— Eh ! Mais où vas-tu comme cela ? s'exclama-t-il en la retenant par le bras.

— Je ne sais pas danser cela.

— Tu n'as même pas essayé. Allez !

Le sourire d'Alex s'évanouit et ses yeux s'agrandirent à la vue des couples qui tourbillonnaient sur la piste.

— Non. Je vais me ridiculiser.

— Viens, je vais t'apprendre.

Il l'attira sur le bord de la piste, dans l'herbe.

— Un pas en arrière… Un, un-deux-trois, un-deux-trois, de manière à tourner… Voilà.

Alex obtempéra, réussit deux tentatives et rata la troisième.

— J'ai l'air d'une idiote.

— Dis plutôt d'un ange. Allez, on recommence.

Un-deux-trois… Les efforts d'Alex commençaient à porter leurs fruits.

— Très bien, à une vitesse normale, maintenant.

— Ah bon ?

Il rit à pleine gorge, les yeux pétillants.

— Chérie, le rythme est deux fois plus rapide. Ne regarde pas tes pieds, détends-toi.

A mesure qu'ils virevoltaient sur la pelouse, le sourire d'Alex s'élargissait.

— Tiens-toi prête, je vais te faire tourner. Attention…

Ils exécutèrent le mouvement sans difficulté.

— J'y suis arrivée !

Tout à sa joie, Alex oublia de compter ses pas et trébucha.

— Zut !

— Ce n'est pas grave. On recommence, de l'autre côté, cette fois-ci.

Après quelques tentatives, il la conduisit sur la piste et fit signe à l'orchestre de continuer. A la fin de la chanson, Alex s'affaissa dans ses bras, hilare et essoufflée.

— C'est déjà fini ? Je ne me suis pas trop mal débrouillée, non ?

— Tu as faim ? Tu n'as presque rien avalé au cours du repas.

— Ça va, j'ai peut-être un peu soif.

La prenant par le bras, il l'accompagna vers la table des rafraîchissements. Les étoiles commençaient à apparaître, il flottait dans l'air frais le léger parfum de citronnelle que dégageaient les bougies. Arrivée devant la table, Alex accepta un gobelet qu'elle fit tourner nerveusement dans sa main.

— Excuse-moi pour tout à l'heure, murmura-t-elle, rougissante

— Ne t'inquiète pas, nous savions l'un et l'autre que ce n'était qu'un simulacre.

Elle hocha la tête et Connor, indécis, fronça les sourcils. C'était beaucoup trop tôt : le moindre geste romantique ou sentimental serait mis sur le compte de l'ambiance et elle aurait en partie raison. Ils avaient encore quelques mois devant eux, il pourrait prendre le temps de la courtiser, pour reprendre l'expression désuète de Mamie-Jo.

— Tu n'es pas fatiguée ?

— Si, un peu mais tous les invités sont encore présents…

— Ils comprendront. Nous ne sommes pas obligés de rester, au contraire…

Un silence gêné s'installa entre eux et Alex, sentant une main presser son épaule, se retourna pour faire face à Johanna.

— Alex chérie, je m'en vais. Millie m'a proposé de me reconduire à cause de…

En guise d'explication, elle leva son verre et fit tinter les glaçons.

— Je vais passer la nuit chez elle, c'est préférable.

Alex détourna les yeux, gênée.

— Vous étiez adorable, poursuivit la vieille dame. Toi aussi, Connor.

Celui-ci accueillit ce compliment avec un large sourire.

— Il y a peu, j'étais ton Connor chéri et Alex n'arrivait qu'en second. Je vais devenir jaloux.

Alex haussa les épaules en rougissant.

— Il faudra t'y habituer, mon garçon, renchérit Johanna avec un clignement d'œil taquin. En attendant, Alex, qu'attendez-vous pour jeter ce bouquet ?

Alex hocha la tête, partagée entre le soulagement d'arriver enfin au bout de la journée et la contrariété de devoir se plier de nouveau au rituel. Elle n'avait vu aucun inconvénient à se décharger des responsabilités et des décisions, mais son esprit d'indépendance reprenait parfois le dessus.

Tandis que Johanna allait prévenir l'orchestre du départ des mariés, Connor retourna à la table pour prendre le bouquet.

— Voilà ton dernier devoir officiel pour aujourd'hui. Après quoi nous pourrons nous éclipser, si tu le veux bien.

Le chanteur de l'orchestre réunit toutes les femmes célibataires de l'assemblée puis aida Alex à gravir les marches de la plate-forme. D'un geste ample, elle lança les fleurs, qui tombèrent dans les bras d'une jolie blonde aux joues roses. Ensuite, Connor la convia à une dernière danse avant de l'escorter jusqu'à la maison puis la prit dans ses bras pour lui faire franchir le seuil.

11

— Veux-tu me poser, espèce d'idiot !

Le rire d'Alex résonna dans le hall tandis qu'elle gigotait dans ses bras pour se libérer. Seigneur, il l'avait soulevée comme si elle ne pesait pas davantage qu'une plume et la chaleur de son corps lui donnait le vertige. Ils échangèrent un sourire.

— Quel plaisir de t'entendre rire, remarqua-t-il doucement.

— J'en ai eu assez peu l'occasion, ces derniers temps, toi aussi, d'ailleurs.

— C'est vrai. Il est temps de tourner la page.

Lorsqu'il s'approcha d'elle, son cœur bondit, mais il se contenta de passer devant elle pour ouvrir la porte du réfrigérateur.

— L'orchestre va continuer à jouer pendant une heure. En attendant, tu pourrais aller te changer. Il me reste une dernière chose à faire avant d'aller me coucher.

Sur le point de refuser, elle se ravisa : de toute façon, la musique tonitruante qui venait d'éclater noyait toute velléité de protestation.

— Bien, grommela-t-elle en se dirigeant vers l'escalier.

Elle batailla avec la fermeture Eclair de sa robe pendant cinq bonnes minutes, mais se refusa catégoriquement à appeler Connor à l'aide. Après le baiser qu'ils avaient échangé sur la piste de danse, il était hors de question qu'elle lui demande de l'aider à se déshabiller.

Doigts écartés, elle posa les mains sur son ventre. Bientôt, il ne lui serait plus possible de dissimuler sa grossesse et tout le monde penserait que Connor était le père de ce bébé. Que penseraient-ils tous lorsque, dans quelques mois, elle partirait avec son enfant ? Quelle importance, au fond ? Jamais elle ne s'était souciée des ragots par le passé, alors pourquoi devrait-elle le faire aujourd'hui ? Il est vrai que, dans le passé, elle n'avait jamais dépendu de personne et n'avait jamais eu à s'adapter à la vie quotidienne avec un homme.

Vêtue d'un short de nuit et d'un sweat-shirt, elle accrocha soigneusement la robe à un cintre et caressa le tissu d'un air songeur. Seigneur, quel mariage et quelle nuit de noces : la mariée se pavanait dans un vulgaire pyjama et le mari se préparait un en-cas. Tant pis pour le champagne aux chandelles, la lingerie fine et les pétales de roses sur le lit…

Lorsqu'elle redescendit dans la cuisine, la nuit était encore emplie de musique et de rires. Connor, qui posait sur la table une coupelle de fruits et des verres, leva la tête et sourit.

— Tu dois te sentir plus à l'aise comme cela.

Elle opina en prenant une fraise qu'elle plongea dans une tasse de fromage blanc.

— A ton avis, que diraient-ils en nous voyant ?

— Quelle importance ? Ce n'est pas pour eux que j'ai fait cela.

— Pour qui, alors ?

Ses yeux bruns s'accrochèrent aux siens et il tarda à répondre. L'espace d'une respiration, elle se dit que c'était pour elle qu'il avait agi. Quelle sottise !

— Pour Windover, répondit-il enfin.

Bien sûr, et elle avait agi dans l'intérêt de son enfant. Elle prit une autre fraise.

— Merci pour tout, murmura-t-elle d'une voix contrainte.

Autant regarder la réalité en face : ce baiser n'avait été qu'une comédie destinée à convaincre les invités. Rien n'avait changé dans leurs rapports, si l'on oubliait qu'elle devait soigneusement cacher le fait qu'elle était éperdument amoureuse de son mari.

— J'espère que tout ira pour le mieux.

Souriant, Connor remplit les deux flûtes.

— Je sais que l'alcool t'est interdit mais je voudrais tout de même porter un toast.

Il s'approcha d'elle, lui tendant un verre.

— Au début d'un très bel avenir, pour nous deux.

Elle leva sa flûte et y trempa ses lèvres. Que dire ? Toutes les phrases qui lui venaient à l'esprit lui semblaient tellement surfaites… Elle se rappela le souhait qu'elle avait formulé lorsque la première étoile était apparue.

— Que nos rêves deviennent réalité.

Elle ferma les yeux et fit un vœu.

— A nos rêves, répondit-il en touchant son verre.

Alex se réveilla à 9 heures passées. La chambre était baignée d'une lumière voilée et une pluie fine tapotait les vitres. Connor avait dû se lever depuis longtemps, malgré l'heure tardive à laquelle il s'était couché.

A présent que le mariage était passé, elle sortit les vêtements de maternité, qu'elle avait soigneusement tenu dissimulés jusqu'à présent : un jean et un joli T-shirt jaune pâle. Ainsi vêtue, elle regarda son reflet dans la glace. Quel plaisir de pouvoir enfin enfiler des tenues confortables… Le problème était que sa grossesse devenait ainsi évidente, mais de toute façon, elle ne pourrait pas dissimuler éternellement son état.

Lorsqu'elle descendit l'escalier, elle fut surprise de voir Connor attablé devant un café. Il lui sourit, observant sa nouvelle tenue d'un regard appréciateur qui la fit rougir.

— Finis, les problèmes de boutons et de fermetures Eclair ?

— Oui, merci de me le faire remarquer.

Elle sortit une bouteille de lait du réfrigérateur et s'en versa une tasse.

— Beaucoup d'hommes trouvent les femmes enceintes très attirantes.

« Tu en fais partie ? », aurait-elle voulu demander. Cependant, mieux valait s'en tenir à des rapports amicaux et ne pas oublier leurs objectifs respectifs : pour lui Windover, pour elle, son bébé.

— Sans doute leur trouvent-ils un éclat particulier, se contenta-t-elle de répondre.

— Pas seulement.

Arrêtant de remuer sa tasse, il la dévisagea intensément.

— Une femme qui porte la vie a quelque chose de…

Il s'interrompit, visiblement gêné.

— De…

— De sacré.

Connor se leva pour porter sa tasse dans l'évier et, à la façon dont il évitait son regard, Alex comprit que ses paroles avaient dépassé sa pensée. Ressentait-il, lui aussi, cette attraction ? Aucune chance, cette fois encore, elle se faisait des idées.

D'ailleurs, lorsqu'il se tourna vers elle, ses traits étaient détendus et son regard, amical.

— Je ne voulais pas te gêner. Je tenais simplement à te dire que… Enfin, tu es resplendissante.

Se détournant afin de dissimuler son embarras, elle préféra changer de sujet.

— Tu as été à la grange ce matin ?

— Non. Mike s'occupe encore des bêtes ce matin afin de me permettre de me reposer, c'est son cadeau de mariage.

Alex hocha la tête. Malgré la fatigue, elle avait mis du temps à s'endormir et se demanda s'il en avait été de même pour lui.

— Je dois me rendre à une réunion à Leduc cet après-midi. Je vais me doucher… à moins que tu ne veuilles passer d'abord ?

— Non, je vais plutôt commencer à ranger.

D'un geste, elle désigna le plan de travail encombré de plateaux vides, de verres de vin et de corbeilles de fruits dévastées.

— Ta grand-mère va passer récupérer ses affaires.

C'était une manière de lui rappeler qu'ils allaient désormais vivre seuls, sans chaperon… Connor fourra les mains dans ses poches d'un air dégagé.

— Au fait, le prochain rodéo a lieu la semaine prochaine. Si tu pouvais te libérer… J'aimerais au moins que tu assistes aux finales. On va bien s'amuser, tu verras.

Alex en doutait fortement. Jamais elle n'avait assisté à un rodéo et sa seule expérience en la matière consistait à changer de chaîne chaque fois qu'elle en voyait un à la télévision. Des hommes en bottes sales affublés de chapeaux de cow-boys… Très peu pour elle !

— Je ne suis pas très sûre d'apprécier le rodéo.

Le sourire de Connor s'évanouit.

— Au moins, réfléchis-y. Tout le voisinage y va, on risquerait de se poser des questions.

Elle s'abstint de lui rétorquer que, la veille encore, il lui assurait se moquer de l'opinion des autres. Ils n'allaient quand même pas se disputer au matin de leurs noces ! L'écoutant monter l'escalier quatre à quatre, elle soupira et se laissa tomber sur une chaise. Comment allaient-ils pouvoir cohabiter pendant six mois s'ils commençaient déjà à s'accrocher pour des broutilles ?

Connor rangea son classeur et repoussa sa chaise. Au terme de cette réunion, il aurait dû ne penser qu'aux nouvelles catastrophiques qu'il venait d'apprendre, mais en réalité, c'était sa conversation avec Alex qui l'inquiétait. Il s'était comporté comme un imbécile, d'abord en s'attardant lourdement sur le charme des femmes enceintes, ensuite en insistant pour qu'elle vienne au rodéo. Il avait complètement oublié qu'elle n'était pas une femme de rancher. Pourquoi devrait-elle se sentir obligée à quoi que ce soit puisque leur arrangement était de toute façon basé sur le court terme ?

Peut-être redoutait-elle les ragots ou les questions sur sa grossesse… D'un autre côté, elle pouvait difficilement rester cloîtrée jusqu'à ce que l'enfant naisse. Bon sang… Allaient-ils devoir passer les six prochains mois à marcher sur des œufs ? Jamais il ne s'était senti aussi démuni devant une situation. Pour la première fois de sa vie, il s'avoua un sentiment qu'il avait toujours refusé, que ce soit pendant son deuil ou lors des crises qui avaient secoué le secteur, une chose qu'il ne révélerait jamais à âme qui vive : il avait peur.

Confortablement calée dans la balancelle extérieure, Alex savourait la fraîcheur du soir. Connor avait craint qu'elle ne supporte pas l'isolement de Windover, mais à la vérité, il lui était arrivé de se sentir bien plus seule dans certaines grandes villes. Tout près, une chouette hulula et, peu après, le grondement d'un quad lui apprit le retour de Connor. Quelques minutes plus tard, il la rejoignait sous le porche.

— Tout va bien ?

— Oui. Quelle nuit…

— Je sais. Il y a une chouette, là-bas, dit-elle en levant un bras.

Un glapissement solitaire déchira le silence.

— Les coyotes ne te gênent pas ?

— Non, au contraire, ils rendent la nuit encore plus belle et sauvage.

Elle tapota la place vacante sur la balancelle et, cédant à son invite, il s'assit à côté d'elle. Alex se mit à frissonner, simplement en sentant son corps près du sien. La voyant se frotter le bras, Connor se leva pour prendre à un erochet près de la porte une énorme couverture qu'il lui tendit.

— Merci.

Ils se balancèrent un instant en silence. Quel plaisir, de pouvoir rester tranquillement assis, sans parler. C'était une des raisons pour lesquelles elle appréciait sa compagnie : tout instant passé avec lui avait un goût de sérénité.

— J'ai réfléchi à cette histoire de rodéo. Je viendrai si c'est encore possible.

Connor cessa de se bercer et tourna la tête vers elle.

— Ne t'y sens pas obligée, je ne veux pas te forcer à quoi que ce soit.

— Oui, mais mon absence risque de faire jaser, non ?

— Quelle importance ? De plus, on risque de te poser des questions que tu préférerais sans doute éviter et je ne tiens pas à te mettre dans une situation embarrassante.

Elle se tourna vers lui.

— Donc, tu préfères que je ne vienne pas ? Je peux le comprendre, tu sais. Après tout, je ne vais pas rester longtemps ici et si tu préfères rester discret…

— Ce n'est pas du tout ce que j'ai dit. Je ne veux pas te causer de souci, c'est tout et tu es libre de venir si tu le désires. A toi de décider.

Un silence gêné tomba, ponctué par le grincement régulier de la balancelle.

— Quelle situation, marmonna-t-elle.

— Je sais : mariés sans être mariés… Nous sommes

obligés de marcher sur des œufs… Un peu de franchise ne nous ferait pas de mal.

Elle le regarda avec circonspection.

— C'est-à-dire ?

— Eh bien, par exemple : « Alex, j'aimerais bien que tu viennes samedi, mais je n'en ferai pas une histoire si tu préfères rester. »

Lorsqu'il riait ainsi, ses yeux pétillaient d'un éclat sombre, irrésistible.

— J'aimerais vraiment venir, ce sera une découverte pour moi.

— Mais les questions…

S'apercevant qu'elle arborait un sourire radieux, il se tut, interloqué.

— J'ai dit quelque chose d'amusant ?

— Non, souffla-t-elle.

Elle se figea, les yeux agrandis par la stupeur.

— Alex ?

— Le bébé ! Il bouge ! Oh ! Connor, je sentais déjà quelques mouvements ces derniers jours, mais si légers que je n'y ai pas prêté attention. Cette fois-ci, je l'ai vraiment senti, sans aucun doute.

Dans un élan de joie, elle saisit la main de Connor et la posa sur son ventre.

— Tu sens ? Elle a encore bougé ?

— Elle ? Ce sera une fille, d'après toi ?

— J'en suis sûre, c'est l'intuition maternelle.

Elle guida la main large et ferme de Connor sous son T-shirt et la couvrit de la sienne et, presque aussitôt, ils perçurent une vibration à peine plus ténue qu'un battement d'aile de papillon.

— C'est incroyable, murmura-t-il avec émotion. Mais toi, comment le ressens-tu ?

Elle s'inclina de manière à se blottir près de lui dans une position à la fois confortable et intime.

— Comment te dire ? C'est un peu comme…

« Comme ces papillons qui tourbillonnaient dans mon ventre lorsque tu m'as embrassée… », lui souffla son cœur.

— Comme quoi ?

Elle frissonna en sentant son souffle tiède dans ses cheveux.

— Comme une belle journée de Noël.

Sans même avoir besoin de le regarder, elle savait qu'il souriait. Caressant tendrement son ventre, ses doigts s'insinuèrent prudemment sous la bordure de son jean. Il aurait suffi qu'elle se tourne légèrement pour pouvoir se lover contre lui, l'embrasser.

Mais plutôt mourir que faire le premier pas !

12

Impossible d'aligner deux idées cohérentes lorsqu'il était si près d'elle… Paniquée, elle s'accrocha au premier sujet de conversation qui lui vint à l'esprit.

— Tu m'as dit l'autre jour que tu souhaitais devenir vétérinaire avant l'accident. Pourquoi n'as-tu pas mené ce projet à bien ? Qu'est-ce qui t'en a empêché ?

Connor s'écarta légèrement et, frissonnant dans la fraîcheur de la nuit, Alex se tourna vers lui : il fuyait son regard, les yeux perdus au loin.

— Que serait-il advenu de la ferme, du troupeau ? Au départ, papa et Jim devaient s'occuper du ranch pendant mes études, ensuite, après mon installation, mon père nous aurait progressivement laissé les rênes de l'exploitation. Je ne pouvais pas abandonner Windover : j'aime trop cet endroit, il fallait que j'assure la relève.

— Tu prends toujours tes responsabilités très à cœur.

— Justement parce qu'il s'agit de responsabilités.

Alex sourit avec compassion.

— Je ne vais pas m'en plaindre. Sans toi, je ne sais pas ce que je serais devenue.

Il étira son bras et nicha la jeune femme contre lui.

— Ta présence me fait du bien, au cas où tu ne l'aurais pas remarqué.

— Oui, mais tu vivais seul.

— C'est vrai.

Elle entendait sa voix calme vibrer au-dessus de sa tête, mêlée aux cris mélancoliques des coyotes.

— Est-ce que… tu as pu leur faire tes adieux ?

Sentant sa pomme d'Adam bouger, elle se reprocha son indiscrétion mais il hocha doucement la tête.

— Oui.

Elle serra la main qu'il avait posée sur son ventre un instant plus tôt.

— Moi, je n'ai pas eu cette chance. Tout ce qu'on a trouvé…

S'interrompant, elle avala sa salive. Connor n'avait pas son pareil pour réveiller les émotions les plus profondément enfouies en elle.

— On a seulement trouvé les débris de l'avion et… et des restes de corps. J'aurais voulu pouvoir faire mes adieux, je n'étais pas préparée à cela.

— Personne n'est préparé à ce genre de catastrophe.

— Je leur en ai terriblement voulu. A présent, je parviens à faire la part des choses, mais à l'époque, j'aspirais seulement à vivre comme les autres enfants : aller à l'école régulièrement, avoir une mère qui prépare des gâteaux… Bref, une enfance normale. On préfère toujours ce qui est hors de notre portée, n'est-ce pas ?

— Dans ton cas, la stabilité, la sécurité ?

— Oui.

— Quel métier rêvais-tu de faire ?

Se redressant sur un coude, elle lui adressa un sourire malicieux.

— Tu es prêt ? Attends-toi au pire : je voulais être chef cuisinier.

Ils éclatèrent de rire, un rire chaleureux qui, s'apaisant, passa par le stade du sourire avant de se transformer en regard complice. Chacun d'eux était parvenu ce soir à dépasser sa pudeur habituelle et à dévoiler son âme, ouvrant ainsi une porte sur la confiance. Connor caressa du regard ses lèvres pleines et rouges comme un fruit mûr.

— Alex…

Son nom murmuré flotta dans l'air et il l'attira légèrement par la main jusqu'à ce qu'elle se blottisse contre lui. Frissonnante, lorsqu'il se pencha vers elle, Alex ferma les yeux pour mieux savourer son parfum de fleurs et de foin, la caresse de ses lèvres et, instinctivement, inclina la tête pour lui offrir son cou.

Au moment où il lui mordillait avec délice le lobe de l'oreille, Connor sentit le bébé bouger de nouveau et son cœur se mit à battre à coups redoublés. Jamais il n'aurait imaginé être terrifié par la perspective de toucher sa propre femme, ou intimidé par les mouvements d'un bébé dans le ventre maternel.

Se contraignant à modérer son ardeur, il se contenta de parsemer de baisers sa joue et son cou. Comme lui-même, il la sentait partagée entre la crainte et le désir mais n'osait pas le vérifier dans son regard, de crainte qu'elle ne s'écarte de lui s'il bougeait.

A sa grande surprise, ce fut elle qui l'embrassa avec avidité. Ainsi, elle le désirait et, le souffle coupé par cette découverte, il enfouit les doigts dans ses cheveux et approfondit son baiser avant d'oser glisser sa main sur sa poitrine et, du pouce, taquiner son sein. Lorsque leurs lèvres se séparèrent, il mordilla son cou, murmurant contre elle :

— Je te veux.

Avec un gémissement, elle s'arqua contre lui et il glissa les bras derrière elle, prêt à l'enlever au creux de ses bras.

— Arrête.

Ignorant l'injonction, il l'embrassa de plus belle mais elle s'écarta vivement.

— Ça suffit, arrête !

Il se figea, le souffle court. Elle fixait sur lui ses yeux aux prunelles sombres, élargies par le désir et la peur.

— Je ne peux pas…

— Comment ça ?

Si sa voix restait douce, elle reflétait cependant sa frustration. Elle le faisait mourir ! Savait-elle comme il lui coûtait de ne pas la prendre dans ses bras pour l'emmener dans sa chambre ? Jamais il n'avait éprouvé une telle attirance pour une femme même s'il savait qu'il commettait une erreur en s'y abandonnant. Après tout, peut-être était-elle encore amoureuse du père de son bébé ! Mais, aujourd'hui, il ne désirait qu'une chose : l'aimer, la chérir et, surtout, effacer de son visage cet air blessé.

Effrayée, elle se dégagea précipitamment de ses bras, le laissant immobile, à moitié allongé dans la balancelle.

— C'est trop t… enfin, tu vas trop loin.

— Est-ce que je me trompe ou as-tu failli dire « c'est trop tôt ». Cela me laisserait penser que, toi aussi, tu en as envie.

S'écarta davantage, elle détourna le regard.

— Les choses ne sont pas aussi simples.

— Tu es ma femme, Alex.

Elle leva vivement les yeux vers lui. Sa femme… Tout le problème était là, elle avait tellement envie de le croire. Il n'y avait rien d'anormal à ce qu'un homme resté seul si longtemps cherche à rattraper le temps perdu mais qu'arriverait-il ensuite ? Que deviendrait-elle le jour où il désirerait faire sa vie avec une autre ?

— Pour l'état civil uniquement.

Aussitôt, le regard de Connor passa de la lave brûlante aux cendres froides.

— Très bien. J'ai compris.

— Ecoute, c'est une situation difficile… Nous nous sommes laissés emporter, rien de plus.

— Bien sûr, rien de plus.

Il se redressa, le visage inexpressif.

— Comprends-moi, ce serait une mauvaise idée, Connor. Nous avons conclu…

— Un marché, je sais, je sais, l'interrompit-il avec impatience. Tu n'as pas besoin de me le rappeler. Après tout, c'était mon idée, tu te souviens ?

— Ne te mets pas en colère.

Avec un soupir, il glissa une main dans ses cheveux, faisant retomber quelques mèches en désordre sur son visage. Des paillettes dorées scintillaient dans ses prunelles et ses joues assombries par une barbe naissante lui conféraient un charme viril, irrésistible. Alex secoua la tête. Le bébé, le bébé…, se morigéna-t-elle

— Tu te trompes, Alex. Tu sais aussi bien que moi que nous sommes bien au-delà de la stricte amitié.

Désarçonnée, elle resta muette. Se redressant rapidement, Connor s'approcha d'elle en quelques pas lents et décidés, avant de s'immobiliser devant elle, la dominant de sa silhouette impressionnante. La gorge d'Alex se serra. Comment lui résister ? Sa main durcie par le travail vint s'arrondir en coupe autour de sa joue, lui coupant le souffle.

— Sais-tu comme le clair de lune fait ressortir ta beauté ? chuchota-t-il.

Surtout, ne rien répondre, le moindre mot risquait de la livrer à lui pieds et poings liés.

— Je n'ai cessé de penser à toi depuis notre baiser, le jour du mariage mais cela, tu le sais déjà, n'est-ce pas ?

Cela avait tout d'une tentative de séduction, qui atteignait parfaitement son but ! Bien sûr, elle avait pris conscience de l'intensité, de la profondeur de ce baiser et brûlait de le lui dire, mais avant tout, elle était mère et, pour le bien de son enfant, se devait de rester prudente. Bien sûr, il la désirait, mais l'aimait-il, désirait-il passer sa vie avec elle ? Elle ne pouvait se permettre de prendre des risques inconsidérés et, calmement, elle retira la main de Connor et se leva.

— Tu as envie de moi mais cela ne suffit pas. Je dois d'abord penser à mon enfant et je refuse de compliquer davantage notre situation en couchant avec toi.

Désireuse de l'apaiser, elle posa une main sur son avant-bras.

— Nous sommes amis, nous nous prêtons assistance et nous préoccupons l'un de l'autre, c'est bien suffisant.

Le regard de Connor était perdu dans le lointain.

— Oui, tu as raison. Nous nous sommes laissés emporter.

Pivotant rapidement sur ses talons, il rentra dans la maison, la laissant seule, frissonnant dans la nuit froide et plus désemparée que jamais.

Attentionné : impossible de décrire autrement le comportement de Connor pendant la semaine qui suivit. Il se montra poli, gentil, attentionné et… horriblement distant. Certes, rien dans sa manière d'agir avec elle ne pouvait donner matière à critique mais… quelque chose avait disparu, une étincelle et, aujourd'hui, elle ne savait plus ce qui l'emportait en elle, la crainte ou l'envie de le voir. Elle regrettait le précédent Connor. En fait, elle se surprenait à désirer retrouver l'homme qui était venu vers elle, lui avait exprimé son désir, alors même que c'était elle qui l'avait repoussé.

Vérifiant son image devant le miroir de sa chambre, elle remonta la fermeture Eclair de son jean et tira sur son T-shirt rose. Bien sûr, elle risquerait d'attirer les regards dans cette tenue mais qu'y pouvait-elle ? Sa garde-robe n'était pas infinie et Connor lui avait assuré que les bottes et le chapeau de cow-boy n'étaient pas exigés. Un sourire avait accompagné cette boutade mais il était évident qu'il n'avait plus l'humeur à la plaisanterie. L'avait-elle blessé à ce point ? Difficile de penser qu'elle avait pu heurter ses sentiments, il aurait fallu pour cela qu'il en éprouve pour elle. Non, en fait, c'est sa fierté masculine qui devait souffrir.

— Alex ? Tu es prête ?

Elle regarda une dernière fois son reflet. C'était sa première sortie depuis le mariage et tout le monde allait découvrir sa grossesse et penser que Connor était le père. Pour lui non plus, la situation n'était pas facile. Il ne pouvait décemment pas avouer que l'enfant n'était pas le sien et endosserait donc le rôle du futur papa. Comment allait-il réagir ? Ils auraient dû en parler au préalable, mais l'ambiance contrainte des derniers jours n'avait guère été propice à une discussion à cœur ouvert. Tant pis : ils devraient tous deux improviser.

Connor l'attendait impatiemment en bas de l'escalier, très élégant dans un jean qui épousait ses longues jambes et une chemise blanche rayée de bleu qui mettait en valeur sa poitrine puissante. Les bottes et le chapeau qu'il tenait à la main complétaient parfaitement sa panoplie de cow-boy.

— Je t'ai pris un sweat-shirt. La brise est fraîche, aujourd'hui.

— Merci, murmura-t-elle en enfilant le vêtement.

« Excuse-moi », faillit-elle ajouter sans savoir au juste pourquoi. Elle se contenta de le suivre dans la voiture et, tout au long du trajet, ne cessa d'avoir sur le bout de la langue une question qu'elle ne se hasarda à poser qu'une fois qu'ils furent garés dans le parking du stade.

— Les gens risquent de se rendre compte que je suis enceinte. Tu y as pensé ?

Le regard de Connor resta délibérément fixé sur le rétroviseur.

— Je n'ai pas vraiment le choix, à moins de te séquestrer jusqu'à Noël.

Alex accusa le coup.

— Tu n'as pas peur des questions qu'on risque de te poser ?

— Et toi ?

— Moi ? Je ne sais pas. J'aurais sans doute moins de mal à y répondre, après tout, je suis la mère de ce bébé, et tu m'as épousée. On risque de jaser sur ce mariage précipité mais…

Elle s'interrompit tandis qu'il coupait le contact et se tournait vers elle.

— Mais on va te féliciter, pensant que tu es le père et tu auras peut-être du mal à donner le change.

Très juste ! Chaque question, chaque compliment serait pour lui une gifle aussi pénible que la rebuffade qu'elle lui avait infligée la semaine précédente. Il aimait Alex et tout venait sans cesse lui rappeler la précarité de leur relation.

— Je saurai me débrouiller.

— Alors, moi aussi, affirma-t-elle avec un sourire qu'elle espérait confiant.

Il sortit de voiture sans répondre et l'aida à descendre.

— Allons-y.

Main dans la main, ils allèrent prendre place dans les gradins, saluant les connaissances et voisins dont les regards se braquèrent immédiatement sur le ventre d'Alex. Connor se pencha à l'oreille de la jeune femme.

— Veux-tu qu'on aille s'asseoir ? Tu te sentirais peut-être moins observée.

— Mais les gens vont trouver cela bizarre, non ?

— Pas du tout, le spectacle va commencer d'une minute à l'autre.

Ils s'installèrent au milieu des gradins et, bientôt, une voix nasillarde annonça dans les haut-parleurs que les animations commençaient. A sa grande surprise, Alex suivit avec passion le déroulement du tournoi : d'abord, des enfants casqués tentèrent, avec bien peu de succès, de s'accrocher à des moutons, puis vint l'épreuve de chevauchée à cru, suivie d'un concours de traite de vaches sauvages. Alors que se déroulait un rodéo, Connor lui donna un léger coup de coude.

— Veux-tu manger ou boire quelque chose ? Je vais descendre à la buvette.

Alex promena son regard sur la foule parsemée de chapeaux de cow-boys. De nombreux spectateurs avaient apporté des gobelets de bière ou des sandwichs au bœuf dont la simple odeur lui donnait la nausée.

— Apporte-moi une boisson fraîche, s'il te plaît.

— Tu ne veux pas m'accompagner ?

Elle avait les jambes engourdies à force d'être restée assise presque tout l'après-midi, mais la perspective de devoir faire face à la curiosité ambiante ne lui disait rien qui vaille.

— Je préfère ne pas bouger si tu n'y vois pas d'inconvénient.

Elle regretta son choix dès qu'il eut tourné les talons. Inconsciente jusque-là de la protection et la sécurité que lui assurait sa présence, elle se sentit épiée, jugée et elle devina qu'au vu de ses formes, les spéculations allaient bon train. Personne n'avait jamais eu le moindre écho d'une relation sentimentale de Connor et, tout à coup, on le retrouvait marié et à une femme enceinte, qui plus est. Lâchement, elle le laissait seul face aux questions qu'on ne manquerait pas de lui poser.

Au bout de quelques minutes, elle ne put résister et partit à sa recherche. Arrivée à la buvette, elle reconnut immédiatement sa silhouette : il se tenait, de dos, un gobelet en plastique à la main et une bouteille d'eau dans l'autre. Il parlait à un jeune cow-boy aux cheveux roux indisciplinés, dont le jean était maculé d'une longue traînée de terre brune. En s'approchant, elle entendit le rire bruyant du jeune homme.

— Ce cheval était complètement fou, je te le jure, je n'ai pas tenu plus de quatre secondes.

— Dans ce cas, tu as battu ton record, si j'en crois ce que disent les femmes du coin.

Connor avala une gorgée de bière pendant que son pied traçait distraitement un trait dans la poussière. Alex, immobile, se reprocha son indiscrétion mais elle était sous le charme de cette voix profonde et chaude qui lui donnait des frissons. Prudemment, elle battit en retraite derrière le chapiteau de la buvette. Cela faisait plus d'une demi-heure qu'il l'avait quittée. Parmi ses voisins, ses associés, ses connaissances, combien avaient cherché à se renseigner sur elle ? Combien de fois avait-il dû feindre d'éprouver la joie de la paternité, du bonheur matrimonial ? Elle n'en pouvait plus, son bébé méritait mieux qu'une mère qui, pour de l'argent, mentait aux autres, à Connor à qui elle cachait ses sentiments et surtout à elle-même, en se répétant qu'elle agissait pour le mieux. En fait, elle vivait dans la peur constante de la vérité.

Ravalant ses larmes, elle recula, hésitante, il ne fallait surtout pas qu'on la surprenne en train de pleurer et elle ne pouvait pas retourner s'asseoir dans les gradins, seule et les yeux rouges. Décidant de se réfugier à l'arrière du 4x4, elle regagna le parking et, assise sur la plateforme arrière de la voiture, les bras autour des genoux, s'efforça vaillamment de ne pas pleurer.

Ce fut un échec total.

13

A son retour dans les gradins, Connor trouva le siège d'Alex vide et supposa qu'elle avait dû se lasser de l'attendre. Se disant qu'elle ne devait pas être bien loin, il la chercha durant une dizaine de minutes avant de penser au parking. Son cœur se serra lorsqu'il l'aperçut, accroupie à l'arrière du 4x4, le visage entre les genoux.

— Alex ?

Lorsqu'elle releva son visage, encadré de mèches décoiffées, Connor fut bouleversé en s'apercevant qu'elle avait pleuré. Qui l'avait mise dans cet état ? Jamais il n'aurait dû l'abandonner aussi longtemps, Dieu seul savait ce qu'on avait pu lui demander. Même lui n'avait pas apprécié de se retrouver sur la sellette.

— Alex, mais qu'est-ce que tu as ?

Se redressant, elle repoussa ses cheveux et s'essuya les joues.

— Rien…

— Allons donc, tu ne pleures jamais, d'habitude, fit-il remarquer en souriant. Tu détestes ça.

D'un bond, il grimpa à l'arrière du véhicule mais s'immobilisa devant le regard accusateur qu'elle lui lançait. C'était donc à lui qu'elle en voulait ?

— Chérie ?

— Je ne suis pas ta chérie et j'aimerais rentrer, s'il te plaît. J'ai mal à la tête.

Décontenancé, il ôta son chapeau et s'accroupit.

— Ecoute, je suis désolé de t'avoir abandonnée aussi longtemps mais j'ai rencontré un ami et…

— Je sais.

— Tu m'as vu ?

Devant l'embarras de Connor, Alex comprit qu'on l'avait bel et bien questionné à son sujet et n'en fut guère surprise. En fait, ce qui la mettait hors d'elle, c'était ce mensonge auquel ils étaient contraints, ainsi que de se rendre compte que les sentiments qu'elle éprouvait pour lui n'étaient pas payés de retour. Quelle ironie, elle avait accepté ce marché par souci de sécurité et se sentait à présent plus vulnérable que jamais ! Lorsqu'il lui avait offert ces roses, elle aurait mieux fait de prendre la fuite.

Quelle sotte elle avait été de se bercer d'espoirs ! C'est vrai, il l'avait tenue dans ses bras, embrassée, mais en réalité, il ne l'aimait pas et n'agissait ainsi que pour Windover.

— Qu'as-tu entendu ? demanda-t-il prudemment.

Furieuse, elle le dévisagea.

— Tu l'as dit, n'est-ce pas ? Tu as raconté notre secret. Avoue-le !

Connor regarda autour de lui pour s'assurer de l'absence de témoins puis se pencha vers elle.

— Je n'ai rien dit, pas un mot. Je te le jure.

Haussant dédaigneusement les épaules, elle rétorqua :

— Aujourd'hui, j'ai compris quelque chose : si tu dis la vérité, aux yeux de tous, j'endosserai le mauvais rôle, celui de la fille intéressée, désespérée au point de vendre son âme au premier venu. Toi, tu seras ce pauvre Connor, abusé par une croqueuse d'héritage. Un jour ou l'autre, la vérité finira bien par se savoir, Connor, que tu le veuilles ou non et, de toute façon, je ne supporte plus de vivre dans ce mensonge.

Blessée dans son amour-propre, elle se sentait complètement dépouillée de sa fierté et avait l'impression que son imposture avait été révélée aux yeux de tous. Malgré son apparence froide et maîtrisée, elle avait une sensibilité à fleur de peau, nourrie de ses peurs, ses regrets et des aspirations qui émanaient du plus profond de son être.

— Je ne dirai rien, je te le promets ! Tu peux me faire confiance.

— Bien sûr.

Lançant un regard autour de lui, il s'aperçut que le tournoi venait de se terminer et que les spectateurs commençaient à affluer dans le parking.

— Finissons cette conversation en privé à la maison, d'accord ?

Se levant, elle dédaigna la main qu'il lui tendait et sauta à bas du camion sans son aide.

— Je n'ai pas fini, tu sais, affirma-t-elle sans se tourner vers lui. J'ai encore beaucoup de choses à te dire.

— Je n'en doute pas.

Lorsqu'ils furent dans la voiture, il alluma la radio pour emplir le pesant silence.

Le regard fixé droit devant elle, Alex essayait de recouvrer un semblant de sang-froid. C'était sa faute, après tout, elle aurait dû en rester aux termes initiaux de leur contrat : un échange de bons procédés moyennant finances. Au lieu de cela, elle avait accepté de partir vivre au milieu de nulle part et s'était lancée à la poursuite de mirages, de rêves de *happy end*.

Mais, en fait, Connor n'avait besoin que d'un certificat de mariage ! Personne ne lui demandait une attestation de vie commune… Pourquoi n'y avait-elle pas songé auparavant ?

La voiture à peine garée, elle sortit sans même attendre qu'il ait coupé le contact.

— Alex, attends.

Se précipitant à sa suite, il la rattrapa alors qu'elle abordait déjà l'escalier dans le hall.

— Qu'est-ce qui ne va pas ? Il faut qu'on se parle.

— Tu y tiens vraiment ? Méfie-toi, Connor, parce que je t'assure que je suis furieuse.

— Et moi donc, alors ? Je n'ai aucune idée de ce que j'ai pu faire pour te mettre dans cet état !

Incapable de répondre à cette question, elle l'ignora et descendit quelques marches vers lui.

— Nous nous sommes mariés pour débloquer ton héritage, mais est-il vraiment nécessaire que j'habite ici ? Sans doute vaudrait-il mieux que je déménage…

Connor écarquilla les yeux.

— Tu plaisantes ?

— Pas du tout. Ce sera sans doute plus facile pour nous deux que de continuer à jouer la comédie.

Ces paroles tombèrent dans un silence glacé. Hébété, il scrutait son visage.

— Je ne comprends pas… C'est ridicule, Alex. Attends !

La saisissant par le bras, il l'empêcha de reprendre son ascension de l'escalier.

— Vas-tu m'expliquer ce qui se passe, à la fin ?

Furieuse, Alex faillit lui répliquer : « Je t'aime alors que, toi, tu ne m'aimes pas. » Respirant profondément, elle le dévisagea désespérément, gardant malgré tout son calme.

— C'est pourtant simple à comprendre : toi et moi savions que cet arrangement n'était que provisoire, mais je ne supporte plus de jouer ce rôle. Je n'arrive pas à faire semblant, Connor, et je me sens incapable de continuer cette comédie encore six mois.

Bien sûr, il s'agissait d'un mensonge par omission et elle taisait soigneusement le fait qu'elle était désespérément amoureuse de lui. Après toutes les humiliations qu'elle avait subies au cours de son existence, elle n'était pas prête à lui ouvrir son cœur.

Connor la dévisagea longuement, puis sortit sous le porche et s'appuya à la balustrade. Que faire, à présent ? Ce n'était pas la première fois qu'elle le rejetait, mais jamais encore elle n'avait parlé de partir. Désormais, le doute n'était plus permis : elle ne voulait pas vivre avec lui et il n'avait qu'à s'en prendre à lui-même, il s'était montré beaucoup trop entreprenant. Comment lui faire comprendre ce qu'il ressentait ? Il promena un regard vide sur la plaine, les montagnes, le ciel dans lequel un vautour décrivait lentement des cercles.

Certes, il ne pouvait pas lui demander de rester contre son gré, mais vivre sans elle… Non. Impossible. Il avait perdu trop d'êtres chers. Il trouverait bien un moyen de lui faire comprendre qu'elle pouvait lui faire confiance.

— Ne pars pas, murmura-t-il sourdement, sentant sa présence derrière lui.

— Je ne peux pas rester.

Il se retourna, secouant la tête.

— Je suis désolé. Avant de partir au rodéo, j'aurais dû m'assurer que tu n'avais pas peur d'y aller, réfléchir aux questions qu'on était susceptible de nous poser… Mais je te le jure, je n'ai rien dit concernant notre arrangement. Rien.

— Là n'est pas le problème, je me suis sentie humiliée par tous ces regards sur moi.

S'avançant vers elle, il lui prit les mains.

— Ne dis pas ça. Tu es une femme merveilleuse.

Alex se dégagea.

— Une femme merveilleuse qui t'a épousé pour ton argent !

— Et moi, alors ? Un homme honorable n'aurait pas convaincu une femme enceinte de l'épouser pour mettre la main sur un héritage.

De nouveau, il lui tourna le dos.

— Je ne veux pas que tu partes.

— Pourquoi ? Qu'est-ce que ça peut te faire ?

— Je ne veux pas, c'est tout.

L'autre soir, lorsqu'il l'avait embrassée, elle avait réagi comme une gamine effarouchée, dès lors, comment lui avouer les sentiments qu'il éprouvait pour elle ?

— Je veux que tu restes pour savoir ce qu'il advient de toi et du bébé et puis, j'aime ta compagnie. Après tant d'années de solitude, ta présence me fait du bien.

— Mais tôt ou tard, je devrai partir, de toute façon, alors quelle importance si je le fais maintenant ?

Se retournant vers elle, Connor s'aperçut que son regard, ses mains tremblantes, dénonçaient sa détresse.

— Non, Alex, tu es trop bouleversée pour prendre une décision raisonnable. Je ne peux pas te laisser partir ainsi, désolé.

Surprise, elle le regarda.

— Tu me l'*interdis* ?

— Pour l'instant, oui. Alex, je te demande de rester, de nous donner une chance.

Seigneur, que faire ? La raison lui commandait de partir maintenant… Repousser le départ ne ferait que le rendre encore plus difficile lorsque le moment serait venu. Elle commit l'erreur de regarder Connor dans les yeux et ne put résister à ce regard qui semblait lui livrer son âme.

« Ne pars pas. Reste avec moi. »

Certes, il n'était pas le père biologique de son enfant, mais elle savait qu'il existait quelque chose entre eux, peut-être même de l'amour et, à coup sûr, un obsédant besoin de l'autre. Une seule réponse s'imposait :

— D'accord, je reste, pour l'instant.

Conscients de la fragilité de leur relation, ils passèrent les journées suivantes à ne s'aborder qu'avec d'infinies précautions. Plus question d'instants de complicité sur la balancelle, de baisers au clair de lune, ou d'œillades lors du petit déjeuner. Leur relation était revenue à la case départ : celle de la politesse et de la plus stricte amitié. Selon les moments, Alex se félicitait d'être restée ou se reprochait de ne pas avoir eu le courage de partir. Connor, quant à lui, était invariablement aimable et souriant, plaisantait aux repas, se renseignait sur sa santé et faisait des plans dans l'attente de l'héritage.

Cependant, leur complicité manquait terriblement à Alex.

Faute de mieux, elle prenait plaisir à garder la maison propre, à s'améliorer en cuisine et à ramasser les légumes du jardin. Lorsque le bébé lui donnait un coup de pied, elle souriait en caressant son ventre, regrettant de ne pas sentir la main tiède de Connor sur sa peau tendue.

Les jours se succédaient, tous semblables, sans heurts ni à-coups.

Le deuxième jeudi du mois de juillet, Alex se réveilla à 6 heures. Incommodée par la chaleur déjà étouffante, elle préféra s'habiller légèrement d'un short, d'un top sans manches et de sandales. Son regard s'arrêta sur la photo posée sur la table de chevet, la seule qu'elle ait daigné garder avec elle. Ce portrait de famille les réunissait tous les trois : elle, sa mère et son père et, derrière le cadre de bois, elle avait rangé la nécrologie de ses parents. Son nom y était mentionné au détour d'une ligne, preuve s'il en était qu'elle comptait moins dans leur existence que tous leurs exploits.

Elle releva ses cheveux en une queue-de-cheval qu'elle tordit de manière à la nouer en chignon puis posa les deux mains à plat sur son ventre. Son enfant, lui, resterait toujours sa priorité. Dire qu'elle s'était plu à imaginer Connor tenant dans ses bras le bébé dont il embrassait les petits doigts l'un après l'autre… Dieu merci, elle en avait terminé avec ces mirages et se concentrait désormais sur des visions plus pragmatiques.

Lorsqu'elle descendit, Connor était déjà parti. Elle déjeuna rapidement et décida de ramasser des légumes avant que la chaleur ne rende la tâche trop pénible. A midi, Connor rentra avec le courrier tandis qu'elle achevait de dresser la table.

— Quelles nouvelles ?

Il déchira une enveloppe et son visage s'illumina.

— La banque me confirme qu'elle a bien reçu l'argent de l'héritage. Mon compte n'est plus débiteur.

— Ah… C'est formidable, répondit-elle d'une voix faible. Viens t'asseoir, je t'apporte un verre.

Tout en inspectant le paquet de lettres, Connor s'empara d'un sandwich au jambon dont il avala une bouchée. Il s'arrêta soudain de mâcher et blêmit.

— Quelque chose ne va pas ?

Sans répondre ni la regarder, il saisit une grande enveloppe brune.

— Connor ?

L'angoisse dans son regard était telle que l'estomac d'Alex se serra.

— Ouvre-la, murmura-t-elle.

S'exécutant, il parcourut les papiers puis, les laissant tomber sur la table, éclata d'un rire effrayant, désespéré.

— Connor, parle-moi, à la fin. Tu me fais peur !

— C'est fini. L'argent de l'héritage ne servira à rien, en définitive.

— Que veux-tu dire ?

Voulant s'avancer vers lui, elle s'arrêta, effrayée par son désespoir.

— J'ai reçu l'ordre d'abattre le troupeau. Tout est fini.

14

— Oh ! Seigneur, non !

Hébétée, Alex se laissa tomber sur une chaise.

— Ils ont tracé l'ascendance de l'animal contaminé et ont établi un lien direct avec Windover. Le troupeau… Tout le troupeau…

Il lui lança un regard égaré. Windover… Le seul lien qui lui restait avec sa famille perdue, ce patrimoine pour lequel il avait été capable de toutes les extrémités, y compris épouser une inconnue enceinte. Sans le bétail, c'en était fini du domaine.

— Eh bien, tu n'as qu'à recommencer, proposa-t-elle en désespoir de cause. Fais autre chose, remplace le troupeau. Ne baisse pas les bras.

Il la dévisagea comme si elle était devenue folle.

— Remplacer le troupeau ? Es-tu consciente du temps et de l'argent nécessaires pour acquérir un cheptel comme le mien ?

Au regard vide qu'elle lui lança, il était clair que non.

— Faire quelque chose d'autre ? railla-t-il. A quoi bon lutter contre le destin ? Quoi qu'on fasse, le pire finit toujours par arriver.

— Non ! Ne dis pas ça.

Elle s'installa face à lui et lui prit les mains.

— Il te reste au moins la satisfaction d'avoir essayé. Tu ne peux rien contre ce qui se passe.

— Tout juste. Je ne contrôle plus rien à présent.

— Pas de panique. Nous allons trouver un moyen de nous en sortir.

Alex eut un geste inimaginable pour elle : sortant la bouteille de tequila, elle lui en versa une double dose. Connor regarda un instant son verre avant de le repousser du revers de la main. Elle ne comprenait pas... Ce n'était pas du ranch qu'il se préoccupait le plus mais d'elle. Sans la ferme, il n'avait plus rien à lui proposer. Après des années de solitude, elle avait donné un sens à sa vie, maintenant il savait que c'était parce qu'il l'attendait sans le savoir qu'il avait consenti à tous ces efforts. Pour elle et son bébé... Il avait échoué lamentablement et il allait la perdre, comme il avait toujours tout perdu.

— Tu ne sais même pas de quoi tu parles, tu ne peux pas comprendre ce que tout cela représente pour moi. D'ailleurs, tu avais raison, rien ne t'oblige à rester et tu ferais aussi bien de retourner là d'où tu viens.

Se levant, il se dirigea vers la porte.

— Arrête.

Il se figea mais ne se retourna pas de peur de la voir pleurer. Pourtant, il n'avait pas l'intention de s'excuser pour s'être emporté contre elle. Il souffrait trop, sa vie n'était qu'une longue suite d'échecs. Même ce bébé n'était pas de lui, il n'était qu'un raté.

— Je vais faire mes bagages, si c'est ce que tu veux.

Elle avait parlé d'une voix calme, mais étrangement étranglée. Pour toute réponse, il saisit la poignée de la porte.

— Il faut que je sorte.

— Non, Connor, reste. Je ne t'ai jamais vu dans un tel état, je me ferais un sang d'encre si tu conduisais.

— Je vais prendre le quad, pas la voiture.

— Peu importe. Tu n'as pas les idées claires, tu risquerais de te faire du mal.

Il se retourna enfin et la dévisagea durement.

— Ah bon ? Qu'est-ce que ça peut te faire, Alexandra ?

Bouleversée, elle mit une main sur sa bouche et, sans un regard de plus, il sortit en claquant la porte. Quelques secondes plus tard, un bruit de moteur s'éleva et s'éloigna. Alex retourna dans la cuisine, morte d'inquiétude. Il n'était pas en état de conduire... Il risquait un accident et elle n'avait même pas été capable de le dissuader de prendre le volant.

Pas plus qu'elle n'avait été capable d'empêcher cette catastrophe. Ce mariage n'avait, en définitive, servi à rien. S'il l'avait aimée, elle aurait pu au moins lui apporter quelque réconfort, répondre à ses angoisses, comprendre ses besoins… Au lieu de cela, il s'en était pris à elle.

Versant le verre de tequila dans l'évier, elle reboucha la bouteille. C'est vrai, elle venait de la ville et ne connaissait rien à la vie à la ferme, mais elle comprenait mieux la situation qu'il ne le pensait. Elle savait à quel point Windover comptait pour lui et qu'il ne se pardonnerait jamais s'il abandonnait maintenant. Mais que pouvait-elle faire, s'il repoussait son aide avec autant d'acrimonie ? Jamais elle ne s'était sentie aussi inutile.

Regardant fixement l'assiette à laquelle il n'avait pas touché, elle se sentit gagnée par un découragement intense. A quoi bon tendre la main à quelqu'un qui la refuse ? Elle était lasse des efforts non payés de retour, de cette comédie qui avait trop duré. Elle n'avait jamais vraiment été sa femme, de toute façon et, en tout cas, sûrement pas la femme de la situation.

S'emparant d'une panière, elle sortit ramasser le linge qu'elle avait mis à sécher. Il avait raison : elle n'avait aucun motif pour rester davantage, sa place n'était pas ici. Elle repoussa les mèches qui avaient échappé à son chignon et respira profondément. L'air avait changé, tout à coup, un froid menaçant avait remplacé la chaleur étouffante.

Au nord, de gros nuages noirs s'amoncelaient en une barrière sombre qui s'approchait à toute allure. Un éclair déchira le ciel et le lent roulis du tonnerre résonna quelques secondes plus tard. « Connor a dû voir l'orage, il va bientôt rentrer », se raisonna-t-elle.

Une bourrasque glacée secoua violemment la corde à linge et emporta un torchon qui tourbillonna dans la cour. Alex s'empressa de ramasser le reste du linge et de rentrer. Tandis qu'elle rangeait les reliefs du repas, le grondement de l'orage s'amplifia et une rafale fit claquer une porte et les volets. Elle sursauta, s'efforçant de maîtriser son angoisse.

En à peine une dizaine de minutes, elle rassembla ses bagages et rangea soigneusement sa tenue de mariage dans un carton trouvé dans le sous-sol. Elle brûlait de colère et de ressentiment contre Connor, il avait réussi à lui donner le sentiment d'être absolument inutile. Certes, il l'avait aidée à se remettre debout et, même si elle se retrouvait de nouveau seule, elle aurait au moins gagné en expérience. Elle descendit la boîte et attendit.

Au bout d'une demi-heure passée à faire les cent pas, elle sortit sous le porche pour examiner la prairie au nord de la ferme. Connor aurait dû être de retour. A présent, les nuages étaient devenus d'un gris pourpre, étrange. Les mains en visière, Alex inspecta l'horizon : rien. Aucune trace de lui. Le soleil avait disparu et, lorsqu'elle leva la tête, une grosse goutte s'écrasa sur son front. Aussitôt après, des éclairs strièrent le ciel, talonnés par le tonnerre. Le bébé s'agita et donna des coups de pied comme s'il avait conscience du danger et Alex promena la main sur son ventre.

— Chut…, murmura-t-elle sans quitter du regard la route de terre battue qui traversait les champs. Papa va bientôt rentrer.

Ces mots prononcés, elle sut qu'ils reflétaient la pure vérité. Le véritable père de son enfant n'était pas Ryan mais Connor, toujours si gentil, si prévenant. Aussitôt, toute sa colère s'évanouit, remplacée par une angoisse intense. Comment avait-elle pu ne pas se rendre compte qu'il ne s'était emporté que par désespoir ? Ce n'était pas elle qui était en cause, il aurait été injuste de lui en tenir rigueur. S'il pensait pouvoir se débarrasser d'elle aussi facilement…

Tout à coup, elle se figea, horrifiée : au loin, les nuages tourbillonnant creusaient un entonnoir dont la pointe s'approchait inexorablement du sol. Pétrifiée, Alex observait la scène, espérant que le phénomène s'inverserait, mais le tube de l'entonnoir s'allongea, s'allongea jusqu'à toucher la terre et la rotation ne fit que s'amplifier et accélérer. Alex lâcha un cri en sentant un grêlon la heurter.

— Oh ! Mon Dieu…

C'était dans cette direction que Connor était parti ! Alex rentra précipitamment pour échapper à la grêle. A l'intérieur, le vent gémissait se glissant dans les interstices des portes et des fenêtres et, terrifiée, la jeune femme se laissa guider par son instinct et gagna précipitamment le sous-sol. Seule, blottie dans le noir, entre le congélateur et les étagères de bois, elle attendit la fin de l'orage, priant pour Connor.

La tempête ne dura que dix minutes qui lui semblèrent une éternité. Petit à petit, le vent s'apaisa, le tonnerre s'éloigna et Alex s'autorisa à remonter pour constater les dégâts. Des trombes d'eau glacée avaient remplacé la grêle et, hagarde, la jeune femme revêtit une vieille veste de Connor accrochée près de la porte avant de s'aventurer dehors. Un spectacle de désolation s'offrit à elle : la maison avait été épargnée mais le grand peuplier sous lequel ils s'étaient mariés avait été emporté, il n'en subsistait qu'un amas de branches éparpillées dans l'herbe. Les dépendances étaient endommagées, des morceaux de toiture jonchaient le sol et l'abri à bétail au sud-est de l'exploitation était complètement détruit.

Les cheveux épars, collés à son visage par la pluie, Alex s'aventura dans l'allée en titubant. Il est parti vers le nord, se répéta-t-elle, or, c'était justement du nord qu'était venue la tornade. Indifférente à la boue et à la pluie, elle se mit à courir en l'appelant éperdument.

Elle continua sa course folle sans entendre la moindre voix, le moindre bruit de moteur. A bout de souffle, le ventre tordu de crampes, elle se contraignait pourtant à avancer.

— Connor !

Son regard erra autour d'elle, sur les champs couverts de boue et d'herbe couchée, ne rencontrant que le vide et la désolation. Soudain, elle s'arrêta au milieu du chemin et fondit en larmes. Ce n'était pas possible ! Il avait fallu qu'il commette une imprudence fatale au moment même où elle décidait de lui révéler enfin ses sentiments ! Qu'allait-elle devenir, sans lui ?

Elle fit encore quelques pas et distingua soudain une silhouette à gauche : le quad ! Elle se précipita vers le véhicule, en pleurs, glissant dans la boue noire du chemin. Connor n'était pas là mais avait laissé les clés sur le contact. Les bras repliés sur son ventre, la jeune femme s'affaissa par terre, le front contre le repose-pieds. Comment avait-il pu l'abandonner ? Repliée sur elle-même, secouée de pleurs incontrôlables, elle sanglota de plus belle lorsqu'elle entendit une vache meugler. Connor était mort mais ce stupide animal avait survécu, lui…

— Excuse-moi, excuse-moi…

— Alex ?

De mieux en mieux ! Voilà qu'elle entendait des voix…

— Taisez-vous ! hurla-t-elle à l'adresse des nuages.

— Mon Dieu, Alex, mais qu'est-ce que tu fais ici ?

Connor ? Levant la tête, elle l'aperçut enfin, accourant vers elle. Incapable de prononcer le moindre mot, elle continua à sangloter, presque hystérique.

— Alex, ma chérie… Seigneur, dans quel état es-tu ?

Lorsqu'il se pencha vers elle, elle inspira profondément et le gifla.

— Qu'est-ce qui te prend ? Tu es devenue folle ?

Elle se mit debout péniblement.

— Ça t'apprendra à me faire mourir de peur, imbécile ! Tu as brisé ta promesse !

Tout à coup, sa colère fondit comme neige au soleil et elle se tordit les mains.

— Oh ! Connor, je suis désolée ! Je ne voulais pas te frapper !

Elle se couvrit la bouche, de nouveau en proie aux larmes.

— Chut, je vais bien, murmura-t-il avec douceur. De quelle promesse parles-tu ?

— Tu m'avais promis que tu ne me ferais jamais souffrir… Nos vœux temporaires, tu te souviens ?

— Moi, je t'ai fait souffrir ?

Consternée, elle baissa les yeux. Comment pouvait-il être aussi aveugle ? Elle était couverte de boue jusqu'aux genoux et ses cheveux pendaient lamentablement autour de son visage.

— Evidemment ! Regarde un peu dans quel état je me suis mise pour te chercher ! Et toi qui reste là comme un… comme un…

— Comme un quoi ?

— Comme un héros de film d'action !

Il la regarda d'un air étrange.

— Tu souffres à cause de moi ?

Elle ramena sur elle les pans de sa veste trempée.

— Qu'est-ce que ça peut bien te faire ?

— Ne dis pas cela.
— Pourquoi ?
— Parce que je t'aime.
En six enjambées, il la rejoignit et la prit fougueusement dans ses bras. Indifférents à la pluie battante, ils restèrent un long moment unis dans une étreinte passionnée.
— J'ai eu tellement peur, gémit-elle en embrassant ses joues, son menton. Tu étais directement sur la trajectoire de cette tornade.
— J'ai tenté de revenir mais elle m'a pris de vitesse et j'ai été obligé de quitter le quad et courir me mettre à l'abri. Je n'arrêtais pas de penser à toi et au bébé.
— Tu n'aurais jamais dû partir…
— Ni te dire toutes ces choses horribles. Je t'aime tant.
— Moi aussi, je t'aime, balbutia-t-elle entre ses larmes, mais je croyais que tu n'éprouvais rien pour moi.
— Mais pourquoi ? demanda-t-il en la serrant plus fort encore dans ses bras.
Après être restée un long moment pelotonnée dans ses bras, Alex finit par s'écarter en frissonnant.
— Tu meurs de froid. Il faut te mettre à l'abri.
Un bras autour de sa taille, il la guida vers le quad et pesta lorsque le véhicule refusa de démarrer.
— Nous allons devoir rentrer à pied. Mais qu'est-ce qui t'a pris de partir sous la pluie ? Tu risques de tomber malade.
Ils avancèrent avec difficuté sur le chemin boueux.
— Je ne pensais pas un mot de ce que je t'ai dit lorsque je me suis emporté contre toi.
— Je le sais bien. Donc, je peux rester ?
Il lui caressa tendrement la joue.
— Pour toujours. Alex, je crois que je t'ai aimée dès le premier moment.
— Tu crois vraiment au coup de foudre ?
— Bien sûr. Tu as ouvert les yeux, tu m'as regardé et tout a changé dans ma vie.
— J'ai fait mes bagages après ton départ mais je ne demande qu'à les défaire, s'empressa-t-elle d'ajouter devant son air alarmé.

— Donc, tu m'aimes, toi aussi ?

— J'ai compris que j'étais amoureuse de toi la veille de notre mariage, lorsque nous avons échangé nos vœux temporaires.

Emu, il la serra longuement dans ses bras.

— Je ne m'attendais pas à passer un tel après-midi, remarqua-t-il lorsqu'ils reprirent leur marche.

Alex se rendit soudain compte qu'il ne savait rien des dommages subis par le ranch.

— Connor, la tornade…

— Elle a fait beaucoup de dégâts ?

— Le bâtiment du sud-est et la barrière du corral sont détruits, de même que le peuplier, de plus, la toiture de plusieurs dépendances est très endommagée.

— Ce n'est pas grave, puisque, de toute façon, je n'aurai plus de bétail.

Alex posa la tête sur l'épaule de Connor.

— On va s'en sortir, tu verras.

— Donc, tu restes ? Même si j'ai tout perdu ? Je ne sais pas si tu te rends compte de ce que signifie devoir abattre un troupeau. Windover est fini. Tu comprends bien cela ?

— Non, ce n'est pas nécessairement la fin de tout. Tu possèdes une propriété splendide, une belle maison, sans oublier l'atout essentiel : toi. Je suis sûre que tu trouveras un autre moyen de subsistance.

Connor secoua la tête.

— Je ne l'aurais jamais cru.

— Quoi donc ?

— Que tu étais une vraie femme de rancher.

— Ma foi, moi non plus, répliqua-t-elle avec un éclat de rire.

La pluie s'était transformée en crachin et le ciel commençait par endroits à se dégager. Ils arrivèrent en vue de la maison, *leur* maison : un havre solide qui, malgré les catastrophes, restait encore debout, vaille que vaille.

— J'ai toujours rêvé d'appartenir à un endroit, de compter pour quelqu'un, observa-t-elle avec un soupir.

— Justement, cette maison est faite pour accueillir une famille. Reste avec moi, Alex. Ta place est ici.

Alex effleura ses lèvres et se serra contre lui. Arrivé à la porte, il l'ouvrit vivement et prit la jeune femme dans ses bras.

— Sans toi, je n'aurais certainement pas la force de repartir de zéro. Tu me donnes foi en l'avenir. Merci.

Alex s'efforça de ravaler ses larmes.

— Nous avons toujours eu besoin l'un de l'autre, murmura-t-elle.

Les bras serrés autour de son cou, elle unit ses lèvres aux siennes.

Epilogue

Un an plus tard

— Allez, vas-y, dis papa.

Maren Johanna Madsen eut un sourire qui révéla deux adorables quenottes.

— Pa-pa-pa-pa-pa…

Alex se pencha au-dessus de la chaise haute pour embrasser le haut de la tête de la fillette et Connor applaudit Johanna qui entrait dans la cuisine, porteuse d'un énorme gâteau au chocolat.

— Vas-y, Maren, dis mamie.

— Pa-pa-pa-pa-pa…

— En voilà une qui sait où son cœur penche, plaisanta-t-elle en chatouillant le ventre du bébé.

Une année s'était écoulée depuis l'ordre d'abattage et la tornade et elle avait été riche en événements. Après la naissance de Maren, Connor s'était associé avec son ami Mike dans une entreprise d'élevage de chevaux de course et en avait confié la gestion à Alex.

Celle-ci lui présenta une liasse de papiers.

— Qu'est-ce que c'est ?

— Oh ! Une simple formalité : les papiers d'adoption de Maren.

Ils avaient déposé la demande juste après la naissance du bébé. Surprenant le regard ému de son petit-fils, Johanna eut la délicatesse de s'éclipser pour les laisser seuls.

— Bientôt, Maren sera vraiment ma fille.

— Elle l'a toujours été, tout autant que le prochain.

— Le prochain ?

— Cette fois-ci, j'aimerais avoir un petit garçon.

— Un de chaque sexe, dit-il en souriant. Pourquoi pas ? Et si nous n'y arrivons pas la prochaine fois, rien ne nous empêche de réessayer…

Leurs lèvres s'unirent avec tendresse jusqu'à ce que Maren se rappelle à eux en tapant avec sa cuillère sur son assiette.

— C'est vrai ? Tu es enceinte ?

— Absolument, mais cette fois, je suis en pleine forme.

Connor prit Maren dans ses bras et les enveloppa toutes les deux dans une étreinte pleine de tendresse.

— Et cette fois, c'est ici que vous aurez toutes les deux votre place. Avec moi.

PATRICIA THAYER

Un bébé à tout prix

HARLEQUIN

Cet ouvrage a été publié en langue anglaise
sous le titre :
HER BABY WISH

Traduction française de
PHILIPPE WANTIEZ

Ce roman a déjà été publié en mars 2010

83-85, boulevard Vincent-Auriol, 75646 PARIS CEDEX 13
Service Lectrices — Tél. : 01 45 82 47 47

www.harlequin.fr

1

— J'ai besoin que tu reviennes à la maison.

Trace McKane serra très fort le manche de la fourche avec laquelle il jetait de la paille dans l'enclos de Tonnerre. Voilà deux longs mois qu'il espérait entendre sa femme prononcer ces mots. Seul problème, elle ne paraissait pas vraiment sincère. Ils avaient échangé tant de paroles cruelles que les dégâts causés dans leur relation ne pouvaient être réparés si facilement.

— Je ne vois pas comment cela pourrait changer quoi que ce soit.

Il continua à travailler comme si Kira n'était pas là, mais la présence de celle-ci était loin de le laisser indifférent. Il aurait donné n'importe quoi — voire abandonné son ranch familial du Colorado — pour que tout redevienne comme autrefois. Avant le début des problèmes.

Au train où allaient les choses, ce serait peut-être, effectivement, le prix à payer.

— Trace, s'il te plaît, accepte seulement de m'écouter.

Il s'arrêta et la regarda enfin.

— Pourquoi, Kira ? Tu ne trouves pas que nous en avons déjà suffisamment parlé ?

Il inclina son chapeau sur son front. Depuis qu'il avait quitté le foyer conjugal, c'était la première fois qu'il voyait sa femme de si près. Elle avait gardé ses distances et lui aussi.

Elle mit les mains sur ses hanches.

— Oh, tu as exprimé tes sentiments de manière on ne peut plus claire. La situation est devenue difficile, alors tu t'es sauvé sans même essayer d'arranger les choses.

— Partis comme nous étions, nous n'aurions abouti à rien.

Avec ses cheveux bouclés couleur de blé mûr qui lui retombaient sur les épaules, Kira Hyatt McKane était une femme d'une grande beauté. Elle avait un visage ovale parsemé de taches de rousseur, un nez droit et des lèvres boudeuses. Ses grands yeux marron croisèrent ceux de Trace, faisant bondir son cœur.

Prudence… Il n'allait pas se laisser entraîner dans une dispute.

— Il valait mieux pour tout le monde que j'aille m'installer dans les dépendances, assura-t-il.

Il détestait l'idée qu'ils ne pouvaient pas former un couple marié comme les autres.

Certes, il avait pris la fuite. Cela tombait bien : l'été approchait alors et c'était la période où il fallait mener le troupeau dans les pâturages. Il avait dormi de nombreuses nuits à la belle étoile, évitant ainsi de trop ressentir la solitude de sa triste couchette. En même temps, l'activité lui avait occupé l'esprit, l'empêchant de ruminer son incapacité à vivre en couple — quel que soit l'amour qu'il éprouvait pour Kira.

— Nous avions tous deux besoin d'un peu de temps pour réfléchir.

Comme elle lui avait manqué ! Il promena ses yeux sur le T-shirt bleu qu'elle portait, son blue-jean, ses rondeurs et ses jambes, qu'il avait si souvent caressées, et la torture fut plus douloureuse encore. Il connaissait si bien cette femme qu'il savait exactement quelles parties de son corps toucher pour lui procurer du plaisir.

Il détourna le regard. Tout cela appartenait à un passé sur lequel il valait mieux ne pas s'appesantir. Ils n'avaient pas d'avenir ensemble.

Il ne s'était jamais estimé exigeant. Tout ce qu'il voulait, c'était un mariage normal, avec une femme qui l'attende à la maison et des enfants à qui transmettre le ranch.

C'était là que les problèmes avaient commencé… et il n'y pouvait rien.

— Au printemps, il y a beaucoup à faire, fit-il remarquer.

Surtout cette année, avec la somme qu'il devait verser à

Jarrett, son demi-frère. Une somme qu'a priori, il avait peu de chances de pouvoir réunir.

Kira secoua la tête.

— Je sais, Trace, soupira-t-elle. Mais fuir les problèmes n'arrangera rien.

— Regarde la réalité en face, Kira ! Cela fait un bon bout de temps que nous tournons en rond tous les deux. J'en ai assez de me cogner la tête contre les murs !

A peine eut-il prononcé ces paroles qu'il vit des larmes perler aux paupières de Kira. Il s'en voulut aussitôt.

— Je n'ai jamais souhaité voir la situation évoluer ainsi.

Il haussa les épaules. Discuter était vraiment la dernière chose dont il avait envie. Ils n'avaient rien fait d'autre durant les mois qui avaient précédé leur séparation et savoir qu'il ne pouvait offrir à cette femme ce dont elle avait besoin lui brisait le cœur.

— Je voulais juste que nous formions une famille, ajouta-t-elle d'une voix faible.

— Tu as eu une drôle de façon de le montrer.

Dans la lutte qu'il menait pour pouvoir conserver son ranch, il aurait eu bien besoin d'elle. Seulement, elle était obsédée par ses propres problèmes.

A présent, les larmes roulaient sur les joues de Kira.

— Il doit bien y avoir une solution qui nous convienne à tous deux.

Combien de fois avaient-ils essayé ? Combien de professionnels avaient-ils consultés ?

— Qui veux-tu encore que nous allions voir ?

— Je n'aurais jamais dû t'emmener à toutes ces consultations, je sais. Le problème vient de moi, déclara-t-elle, la voix altérée par l'émotion. C'est à moi de trouver une solution.

— Tant que tu vois les choses ainsi, tu n'as pas besoin que je sois là.

Kira ouvrit la bouche pour parler, mais aucun son ne franchit ses lèvres. Elle avala sa salive et fit une nouvelle tentative.

— Mais… Trace, j'ai besoin de toi. J'ai besoin que tu vives avec moi encore six mois, le temps que je puisse avoir un bébé. Ensuite, tu pourras obtenir le divorce.

Trace la fusilla du regard.

— Qu'est-ce que… ?

Enfin, elle avait réussi à capter toute son attention.

Dès l'instant où elle avait vu Trace McKane, elle avait su qu'il était l'homme qu'il lui fallait. Et cela n'avait pas changé, d'ailleurs. Ce cow-boy grand et mince avait acquis une puissante musculature au fil des années passées à travailler au ranch McKane. Ses cheveux bruns descendaient jusqu'à son col de chemise et, lorsqu'elle fixait ses yeux gris-vert, Kira avait l'impression de lire dans son âme.

Au début, cela l'avait intriguée. A présent, cela l'effrayait. Ces derniers mois, elle avait compris qu'elle ne voulait pas d'un avenir sans Trace. Il était la seule personne dont elle ait cherché l'intimité lorsqu'elle était arrivée dans le Colorado pour prendre son emploi de conseillère d'éducation au lycée de Winchester Ridge.

Seulement, il y avait des secrets qu'elle ne pouvait partager avec personne…

A présent, il était trop tard pour sauver leur couple.

— En fait, je suis venue te voir parce que nous avons reçu une lettre aujourd'hui, reprit-elle d'une voix tremblante en sortant une enveloppe de sa poche. Elle vient des services de l'adoption. Ils nous ont jugés aptes à adopter un bébé.

Trace se mit à rire.

— C'est une plaisanterie ?

Elle ne s'attendait pas à cette réaction.

— Pas du tout.

— Alors, pendant des mois, nous avons donné l'image du couple parfait et ils n'ont rien voulu entendre. Et dès l'instant où nous nous séparons, on nous dit d'accord !

— Personne ne sait que tu es parti et je ne vais pas le crier sur les toits. En tout cas, pas avant d'avoir reçu ce bébé.

— Si tu y tiens tellement, alors divorçons et fais une demande d'adoption en tant que mère célibataire.

Il reposa sa fourche et sortit de l'écurie. Kira le suivit avec précipitation.

— Attends, Trace, attends ! Ecoute-moi… Nous pouvons tous les deux avoir ce que nous voulons. Moi, un bébé et toi, la liberté d'épouser une femme qui te donnera ce que tu veux... des enfants...

Il s'immobilisa soudain.

— Tu as tout arrangé, n'est-ce pas ? Pour toi, tout sera parfait !

Elle haussa les épaules en veillant à cacher sa souffrance. Comme elle aurait aimé qu'il reste avec elle et qu'ils élèvent le bébé ensemble !

— Non, mais je sais que tu veux des enfants qui soient de toi. Et cela, je ne peux pas te le donner.

Elle crut déceler une lueur de douleur dans les yeux de Trace.

— Oui, je voulais un enfant... avec toi. Mais cela ne s'est pas fait et je ne t'ai pas suffi.

Sans attendre de réponse, il s'éloigna de l'écurie, la laissant sous le choc.

— Cela ne te satisferait pas, Trace.

Elle courut pour le rattraper à la porte du logement des employés.

— Je t'aimais et j'aimais aussi la vie que nous menions ensemble.

Elle était sincère. La vie au ranch avec Trace lui avait semblé parfaite. Un certain temps. Peu à peu, cependant, elle avait vu ses rêves se briser, comme si elle était punie pour son passé. Et elle n'avait pas voulu que Trace soit châtié à cause d'elle. Voilà pourquoi elle avait dû mettre fin à tout cela.

Elle chassa ces pensées.

— Trace, j'ai une chance d'avoir un enfant... Peut-être mon unique enfant. Toi, tu te remarieras et tu en auras une dizaine, si tu veux. Alors, si tu peux être heureux sans moi, je suis prête à te laisser partir.

Trace ferma les yeux. Leur mariage avait été mis à rude épreuve dès l'instant où ils avaient essayé d'avoir un bébé. A la fin, l'expression qu'affichait Kira après chaque échec lui était devenue insupportable. Il était parti, mais, sur le plan affectif, Kira l'avait déjà quitté bien avant ce départ.

Au terme de plusieurs semaines de séparation, il s'était fait peu à peu à l'idée de la perdre. Et voilà qu'elle réapparaissait et que sa présence le remplissait soudain de désir et de douleur.

Cependant, elle n'était là que dans deux buts : satisfaire son désir d'enfant et tirer un trait sur leur mariage.

— Tu crois vraiment que nous pourrions encore réussir à donner le change ? Les dernières fois où nous nous sommes parlé, ce n'était pas vraiment pour se dire des mots d'amour !

— Mais la pression n'est plus la même maintenant. Nous n'aurons qu'à faire semblant de former un couple uni. Tu sais, je me suis convaincue de ne jamais porter d'enfant, mais je peux encore en avoir un. Les services sociaux disent que nous répondons à tous leurs critères et que l'on peut passer à l'étape suivante. Ils vont envoyer quelqu'un chez nous pour voir dans quel cadre nous vivons.

— Alors qu'attends-tu de moi ? Que je joue les maris amoureux ?

— Ce serait tellement difficile ? demanda-t-elle, avec des yeux qui l'imploraient presque.

Comment pouvait-il lui refuser une chose qu'elle demandait avec une telle expression ?

Mais non ! Il ne devait plus se laisser faire.

— Je ne crois pas que nous puissions y arriver, Kira. Pas au point où nous en sommes.

— Ce ne serait que pour six mois. C'est le temps nécessaire pour que l'accord d'adoption devienne définitif. Est-il si difficile de faire semblant de m'aimer ? conclut-elle, la voix brisée.

Ce soir-là, assise à la table de la cuisine, Kira tenta de terminer le travail de paperasserie que l'on exigeait d'elle en fin d'année scolaire, mais le cœur n'y était pas. Trace occupait tout son esprit.

— Qu'y a-t-il de nouveau ? s'interrogea-t-elle à haute voix.

Elle se resservit du café et se leva pour aller regarder par la fenêtre. La vue sur le plateau de Roan était splendide. C'était si différent des rues de Denver ! Elle aimait désormais cet endroit plus que tout.

Cela faisait cinq ans qu'elle était arrivée à Winchester Ridge pour commencer sa nouvelle vie. Avec sa licence en poche, elle avait passé un entretien et obtenu le poste qu'elle convoitait.

Alors, elle avait cherché un appartement. L'agent immobilier de la ville, Jarrett McKane, lui en avait montré un, puis il l'avait invitée à déjeuner. Au restaurant, ils avaient rencontré son demi-frère, Trace, et elle avait eu le coup de foudre. Elle avait ensuite accepté plusieurs rendez-vous avec Jarrett dans l'espoir de revoir Trace, mais sans succès.

Deux semaines plus tard, le solide cow-boy s'était présenté au lycée où elle travaillait et l'avait invitée à dîner. Il avait mis une éternité avant de se décider à l'embrasser, mais cela avait valu la peine d'attendre. Les baisers de Trace étaient irrésistibles.

— Oh, mon Dieu…, murmura-t-elle.

Jamais personne ne lui avait fait éprouver ce que Trace lui avait permis de connaître. Après l'accident de voiture dans lequel ses parents avaient trouvé la mort, elle était restée seule un bon nombre d'années. Aux côtés de Trace, elle avait cru avoir enfin trouvé sa place.

Elle songea de nouveau à leur rencontre du matin. Elle aurait voulu le supplier de revenir, mais elle souffrait tant qu'elle n'y était pas parvenue. Certes, vivre avec elle avait dû se révéler pénible les derniers mois. Mais un homme pouvait-il comprendre ce que c'est que de ne pouvoir concevoir ?

En regardant par la fenêtre, elle aperçut la lumière dans le dortoir du personnel.

— Oh, Trace, m'aurais-tu aimée si tu avais su toute la vérité ?

Le passé revenait toujours, quels que soient les efforts qu'elle déployait pour le chasser de son esprit. Peut-être même était-ce la culpabilité qui lui inspirait toutes ses actions et qui, indirectement, avait contribué à faire partir Trace.

Une tristesse bien connue l'enveloppa. A chaque mois qui passait, ses problèmes de fertilité lui pesaient davantage. D'autant que l'endométriose diminuait chaque jour ses chances.

Plus le temps passait, plus il lui semblait que ses rêves perdaient de leur substance, tout comme son mariage.

Elle entendit la porte de derrière s'ouvrir. Ce ne pouvait être que Jonah Calhoun, le contremaître du ranch, que tout le monde appelait Cal. Ou alors, Trace… Elle attendit, le cœur battant, et vit ses espoirs se concrétiser quand son mari apparut à la porte de la cuisine.

Alors le souffle lui manqua : Trace lui faisait toujours le même effet que le jour où elle l'avait rencontré. A l'évidence, il venait de prendre une douche et portait un blue-jean et une chemise propres. L'espoir envahit la jeune femme lorsqu'elle songea qu'il l'avait peut-être fait pour elle.

— Bonsoir. Veux-tu du café ?

— Avec plaisir, mais je croyais que la caféine était mauvaise pour ton état.

Elle fut touchée qu'il s'en souvienne.

— D'habitude, je n'en bois pas, mais ce soir, avec tout le travail que j'ai, j'ai besoin de quelque chose qui me tienne éveillée.

— L'année scolaire est bientôt terminée. Nous allons être très occupés, tous les deux.

Elle lui servit une tasse de café, qu'il but avant de poser de nouveau son regard sur elle. Elle sentit aussitôt une onde de chaleur la parcourir.

Comme il était pénible de discuter aussi calmement, alors qu'elle aurait voulu qu'il la prenne dans ses bras et lui dise qu'il revenait et qu'il voulait être son mari et le père de son enfant…

Il détourna le regard.

— Cal voudrait savoir si tu penses toujours organiser la fête des terminales au ranch, reprit-il.

— J'aimerais bien. Les élèves ne parlent que de cela depuis des semaines. Es-tu toujours d'accord ?

— Oui, ce n'est pas un problème. Cal a juste besoin de savoir combien vous serez.

Trace essaya de se détendre, mais en vain. Depuis la mort de son père, trois ans plus tôt, il s'occupait du ranch presque seul.

— Quand comptes-tu faire le dénombrement du troupeau ? demanda Kira.

— Dans deux semaines.

— Ce sera parfait. Les examens de fin d'année seront passés, nous ne risquerons pas d'empiéter sur la période des révisions.

Le silence se fit, puis Kira reprit la parole.

— As-tu réfléchi à ce dont nous avons parlé ? interrogea-t-elle.

Il sourit.

— Je vois mal comment j'aurais pu l'éviter. Tu dis à un homme que tu veux adopter un enfant et, en même temps, tu lui délivres sa feuille de route.

— Je suis désolée, Trace. Je n'ai jamais voulu que cela finisse ainsi. Mais en fin de compte, ce sera sans doute mieux pour nous deux.

Il perçut les sanglots dans sa voix.

— Est-ce vraiment si facile pour toi, Kira ? Parce que, pour moi, ça ne l'est pas du tout. Si j'accepte, je signerai aussi les papiers pour cet enfant. J'en serai autant responsable que toi.

— Trace, je sais que je t'en demande beaucoup.

— Non, tu ne te rends pas vraiment compte. Tu veux que je revienne à la maison pour prendre la responsabilité d'un enfant et qu'ensuite, je m'en aille.

— Je n'espère pas que tout redevienne comme avant. Il faudra vivre sous le même toit, mais si j'ai la chance d'obtenir le bébé, je subviendrai ensuite moi-même à ses besoins. N'aie crainte, je ne te réclamerai rien.

Il resta un long moment silencieux.

— Et au bout de six mois, d'une simple signature, j'abandonnerai tous mes droits sur l'enfant ?

— Ecoute, Trace, si je leur dis maintenant que nous ne vivons pas ensemble, je vais devoir recommencer toutes les démarches en tant que célibataire.

— Mais je ne suis pas sûr de pouvoir le faire, Kira.

— Je t'en prie, Trace ! Je veux avoir cette chance ! C'est peut-être la dernière pour moi !

Trace s'efforça de maîtriser sa colère. C'était toujours d'un bébé qu'il était question ! Jamais de leur vie de couple ! Pourquoi ne proposait-elle pas de trouver une solution à leurs problèmes ? Mais non ! Elle le pousserait à partir une fois qu'elle n'aurait plus besoin de lui !

— Trace, je n'espère pas que nous redevenions mari et femme comme par magie. Je m'installerai dans la chambre d'amis et toi, tu pourras reprendre la chambre à coucher, si tu veux.

Non, c'était impossible. S'il revenait vivre sous le même toit que Kira, il ne résisterait pas. Ils partageraient de nouveau le même lit.

Il fixa ses yeux bruns, sachant qu'ils cachaient des secrets. Des secrets qu'elle ne voulait partager avec personne, pas même avec lui.

— Tu parles de cela comme si c'était une transaction commerciale. Je doute que nous puissions faire illusion.

Il porta son attention sur la bouche de la jeune femme, qui le tentait comme aucune autre bouche ne l'avait jamais tenté. Il y avait si longtemps…

— Trace, implora-t-elle encore. Ne pouvons-nous pas essayer ?

Incapable de se retenir davantage, il s'approcha d'elle et posa sur les lèvres de Kira un baiser avide. La jeune femme passa les bras autour de son cou, tandis qu'il la serrait contre son corps raidi par le désir. Il avait besoin d'elle plus qu'elle ne pouvait se l'imaginer.

Besoin de ce qu'elle ne pouvait pas lui donner. Il mit fin au baiser et recula.

— Il faut que je m'en aille.

Et à mi-chemin de la porte, il ajouta :

— Kira, il me faut un peu de temps.

— S'il te plaît, Trace ! Faisons semblant d'être mariés et tu décideras ce que tu feras ensuite.

Dans son cœur, Trace savait qu'il serait toujours marié à Kira. Mais pouvait-il rester là et voir leur amour mourir peu à peu, au milieu des souffrances ?

— Alors, tu espères que je mette ma vie entre parenthèses jusqu'à ce que l'adoption soit réglée ?

— Non. Je te demande six mois pour obtenir la garde permanente de l'enfant. Ensuite, je m'en irai et je vivrai de mon salaire. Tu n'auras plus rien à me donner.

Voilà. Elle ne pouvait être plus claire. *Elle veut uniquement un enfant.*

— C'est beaucoup, ce que tu demandes, Kira.

— Je sais.

— Et qu'y a-t-il pour moi, dans ce marché ?

— Que veux-tu, Trace ? Si c'est moi, j'ai toujours été là pour toi. Tu n'avais qu'à franchir cette porte.

La solution la plus simple consistait à lui donner ce qu'elle demandait. Toutefois, il n'était pas sûr de le pouvoir, sachant qu'à la fin, il perdrait tout. Kira et l'enfant.

— Comme je l'ai dit, j'ai besoin de temps pour y réfléchir.

Il sortit avant de changer d'avis. Avant de commettre une folie, comme accepter ce qu'elle lui proposait.

2

Ce n'était vraiment pas le jour le mieux choisi pour laisser passer l'heure du réveil !

Kira saisit son sac sur le siège arrière de sa voiture, claqua la portière et traversa en courant le parking du lycée de Winchester Ridge pour essayer d'arriver à temps à la réunion de 9 heures.

Après le départ de Trace, elle n'avait pu terminer son travail que bien après minuit. Puis elle s'était tournée et retournée dans son lit, revivant dans ses moindres détails la visite de son mari et son baiser.

Le goût familier de Trace… La façon dont il la tenait… Elle savait qu'elle pouvait lui faire perdre le contrôle de lui-même et cette idée lui plaisait beaucoup, de même qu'elle perdait elle aussi toute maîtrise des choses quand elle était dans ses bras. Ce n'était qu'au prix d'un immense effort qu'elle ne l'avait pas supplié de rester lui faire l'amour.

Oh, mon Dieu, cela faisait si longtemps que Trace ne l'avait pas touchée !

— Madame McKane, vous allez bien ?

Kira s'arracha à ses pensées pour répondre à l'élève qui venait de la saluer, Jody Campbell.

— Très bien, Jody. J'ai beaucoup de choses dans la tête, c'est tout.

Accélérant le pas vers le bureau, elle s'aperçut que l'élève restait à sa hauteur.

— Pourquoi n'es-tu pas en cours, Jody ?

— Eh bien… Mme Douglas m'a laissée sortir un peu plus tôt parce que j'avais besoin de vous voir. C'est à propos de l'aide bénévole à la maison de retraite. Il y a eu un vote unanime pour que ce soit notre projet de classe, mais le résultat, c'est que certains élèves n'ont plus assez de temps et qu'ils ne pourront pas venir à la fête au ranch.

— Donne-moi leurs noms et je leur parlerai.

En discutant avec la jeune fille, Kira se souvint soudain que le professeur d'anglais lui avait transmis un message à son sujet peu de temps auparavant, expliquant que les résultats de cette bonne élève se dégradaient depuis un mois. Accaparée par ses problèmes personnels, Kira n'avait cependant guère prêté attention à ce qui arrivait à l'une des meilleures élèves de terminale du lycée.

— Viens me voir à 3 heures. Nous pourrons discuter, toutes les deux.

Jody hésita.

— C'est que... je travaille à 4 heures et il faut que je prenne le bus à 3 h 30.

— Je pourrai te raccompagner en voiture. Cela nous laissera le temps de bavarder au moins un petit peu.

Jody baissa les yeux.

— D'accord.

Kira signa le billet de rentrée de Jody et la renvoya en classe. Puis elle alla s'installer derrière son bureau, satisfaite.

Elle aimait son travail au service des adolescents et aurait bien voulu s'y consacrer plus totalement ces derniers temps. Elle était surtout chargée des classes de terminale, dont le programme comportait des activités d'aide communautaire qui donnaient un plus à leur dossier d'admission à l'université. C'était pour les récompenser de leurs efforts que Kira organisait une fête de fin d'année au ranch McKane. Les adolescents passaient toute une journée à rassembler les troupeaux et à marquer les bêtes, puis suivaient un barbecue et un bal, qui leur laissaient de merveilleux souvenirs.

Tous les enfants n'avaient pas cette chance, songea Kira. Elle-même était passée de famille d'accueil en famille d'accueil, de sorte qu'elle avait eu le plus grand mal à se faire des amies. D'un naturel timide, un peu naïve, elle avait longtemps cherché à plaire à tout prix, penchant dont il était facile de profiter. Elle avait choisi ce métier pour éviter à d'autres de suivre le même chemin.

Un petit coup frappé à sa porte la tira de ces pensées et Michèle Turner, sa collègue et amie, pénétra dans la pièce.

— Bonjour, Michèle. Tu viens à la réunion ?

— Oui, mais elle a été remise à 1 heure cet après-midi.

La nouvelle venue s'approcha du bureau et examina Kira, les sourcils froncés.

— Tu vas bien, Kira ?

— Oui, oui, assura l'intéressée avec un sourire. Ça va…

— Tu n'as pas l'air dans ton assiette, insista Michèle en s'asseyant en face d'elle.

Kira secoua la tête. Sa collègue, la seule personne à qui elle ait confié ses problèmes d'infertilité, était sa meilleure amie depuis son arrivée dans la ville.

— Mais si, je t'assure. Nous venons de recevoir le feu vert pour l'adoption. Du moins pour l'étape en cours.

— Oh, mais c'est une très bonne nouvelle ! Alors pourquoi as-tu l'air triste ?

— Je ne sais pas. Peut-être les hormones. Et Trace. Il hésite encore.

— Vous en avez beaucoup parlé et, maintenant que les choses se précisent, il a peut-être un peu peur.

— Il y a autre chose aussi. Tu sais, ça n'a pas été facile pour lui de vivre avec moi, cette année.

— Vous êtes passés par des moments difficiles, c'est sûr.

— En fait, Trace est parti s'installer dans le dortoir du personnel. Il vit là-bas depuis deux mois.

— Oh, ma pauvre Kira ! On reconnaît bien là les hommes ! Quand ils pensent qu'ils ne peuvent pas faire face, ils s'en vont. Pourtant, je sais que Trace t'aime.

Kira poussa un soupir. Elle était loin de partager les certitudes de Michèle.

— Je ne sais pas… Je ne sais plus. J'ai peut-être poussé le bouchon un peu trop loin, cette fois. Nous avons prononcé des paroles qu'il va être difficile d'oublier.

— Il n'y a qu'une seule chose à faire, Kira : il faut que

tu ailles le voir et que tu tâches de le convaincre de revenir vivre avec toi.

— Ça ne marchera jamais.

— Comment peux-tu le savoir, si tu n'as pas essayé ? Tu dois faire l'effort de séduire de nouveau ton mari.

Michèle posa sa main sur celle de son ami en un geste de réconfort, puis jeta un coup d'œil à sa montre.

— Je suis désolée, mais il faut que j'y aille. Pouvons-nous déjeuner ensemble cette semaine ?

— Bien sûr. Seras-tu là pour encadrer la fête au ranch, cette année ?

— Je ne manquerais ça pour rien au monde. Est-ce que ton élégant beau-frère sera là ?

— Je ne sais pas, répondit Kira, surprise de l'intérêt que manifestait soudain son amie pour Jarrett.

— Bon, je me sauve. A tout à l'heure, 13 heures.

Kira s'adossa à son fauteuil. Comment pourrait-elle convaincre Trace de revenir et le dissuader de divorcer ? Etait-il encore possible de remettre leur couple à flot, dans l'état où il était ?

Au cours des semaines qui avaient précédé son départ, Trace n'avait plus cherché à la toucher. Lui qui l'avait tant aimée autrefois faisait désormais tout pour l'éviter, partant travailler tôt le matin et rentrant tard le soir. Une attitude qu'elle comprenait et dont elle ne pouvait le blâmer. En fin de compte, c'était elle qui l'avait poussé à partir.

Trace était très attaché au ranch familial, qui était l'un des plus anciens de la région. Comme son père et son grand-père, il avait pour son métier de cow-boy une véritable passion, dont elle s'était parfois sentie jalouse. Elle aurait par ailleurs aimé s'intéresser davantage à la gestion du ranch, mais il ne la faisait jamais participer aux décisions. Elle n'avait rien dit toutefois, elle ne lui avait posé aucune question, même lorsqu'il avait racheté la part de son frère. La seule chose qui importait à la jeune femme, c'était d'avoir une place dans les rêves de Trace.

Une douleur familière l'étreignit soudain, semblable à ce qu'elle avait éprouvé à la mort de ses parents, quand sa grand-mère avait refusé de la recueillir sous son toit. *La peur du rejet.* Elle en avait encore souffert lorsqu'on l'avait placée dans une famille, puis dans une autre et aussi quand elle était tombée amoureuse du premier garçon qui s'était intéressé à elle, pour la laisser tomber ensuite. Et à présent, la même chose se reproduisait dans son couple…

Mais pourquoi remuer ainsi le passé ? Un coup d'œil au calendrier lui donna la réponse. Le 7 juin approchait. Quinze ans avaient passé et la plaie était toujours ouverte.

Non ! Le bébé allait changer tout cela. Elle allait avoir une famille, même si celle-ci ne serait que partielle.

— Kira…

Elle releva brusquement la tête. Trace se tenait sur le pas de la porte, vêtu de son blue-jean et de sa chemise habituels, son chapeau à la main.

— Trace ? articula-t-elle, incrédule devant cette apparition.

Jamais encore, il n'était venu la voir à son bureau.

— Il y a un problème ? insista-t-elle.

— As-tu le temps de parler un peu ?

— Bien sûr ! J'ai une heure devant moi.

— Alors, sortons prendre un café quelque part.

— D'accord.

Kira se leva, saisit son sac à main et suivit son mari à l'extérieur. Elle frissonna quand il posa la main au creux de son dos en un geste autrefois familier.

— Tu vas bien, Kira ?

— Oui, mentit-elle. Très bien. Mais je pense qu'un peu de café me fera du bien.

— Il vaudrait mieux que tu prennes du décaféiné.

Il lui ouvrit la portière de sa voiture avec le visage sérieux qu'il arborait toujours — Trace McKane souriait rarement, mais lorsqu'il le faisait, il était irrésistible. Puis ils gagnèrent la vieille ville de Winchester Ridge et se garèrent devant chez Bonnie. C'était un café-restaurant impeccable, où l'on mangeait très bien.

Ils prirent tous deux place dans un box et commandèrent deux cafés. A cette heure, l'établissement était désert et seule la musique d'un vieux juke-box dans le style des années cinquante brisait le silence.

En observant Kira, Trace se demanda s'il n'aurait pas mieux valu attendre son retour à la maison pour lui parler.

Après ce qui s'était passé la veille, il aurait dû garder ses distances. Et pourtant il se retrouvait là, face à elle, et cela le troublait au plus haut point. Décidément, rien n'avait changé, il l'aimait encore. Il était tombé amoureux de Kira Hyatt dès que ses yeux s'étaient posés sur elle, dans ce même restaurant. Cela avait été la seule fois où il avait remporté une partie contre son demi-frère. Ce n'était pas Jarrett qui avait séduit Kira, mais lui.

A présent, Trace n'avait plus rien. Plus d'épouse. Plus de foyer. Dire qu'il avait vécu cinq ans aux côtés de Kira et qu'il avait trouvé cette vie merveilleuse ! Et puis, un beau jour, il s'était rendu compte que la réalité n'était pas si rose et que rien n'était jamais parfait.

La serveuse revint avec les cafés, qu'elle posa devant eux sur la table avec un sourire. Agée d'une cinquantaine d'années, elle travaillait là depuis toujours et connaissait bien le couple.

— Comment vont monsieur et madame McKane aujourd'hui ?

— Bien, Alice, bien, répondit Trace. Et votre petite-fille, comment va-t-elle ?

— Si je vous parle de ma petite Emily, je ne m'arrêterai plus. D'ailleurs, elle va passer beaucoup de temps avec moi, parce que Carol est de nouveau enceinte. Elle attend un garçon, cette fois.

— Quelle bonne nouvelle ! Félicitations !

— Merci, répondit la serveuse. Et vous, vous ne songez pas à en avoir quelques-uns ? C'est une grande joie, vous savez...

Une voix qui l'appela soudain du comptoir l'empêcha de poursuivre la conversation. Elle s'éclipsa avec un sourire, laissant Kira soulagée de ne pas avoir à s'étendre sur le sujet.

— Alice n'est pas au courant, Kira, fit remarquer Trace, comme pour excuser la serveuse.

— Je sais, soupira la jeune femme. Alors, Trace, qu'as-tu de si important à me dire ?

— Une personne du service des adoptions m'a appelé ce matin.

— Ah bon ! Et qu'a-t-elle dit ?

— Je ne lui ai pas parlé. Elle a juste laissé un message sur le répondeur. Elle a dit qu'elle rappellerait.

— A-t-elle laissé un numéro où je puisse la joindre ?

— Je ne pense pas que tu devrais la rappeler tout de suite. Que vas-tu lui dire, Kira ?

— Je ne sais pas, je vais lui parler. Il n'y a pas de temps à perdre, Trace, le processus est tellement long ! On va sans doute juste nous inscrire sur une liste d'attente pour le moment.

— A condition que j'accepte de jouer le jeu… et que je fasse semblant d'être marié.

— Mais tu es marié, Trace ! Avec moi. Mais n'aie crainte : comme je te l'ai dit, le bébé sera sous ma seule responsabilité.

Ainsi, elle n'avait pas changé d'avis, songea Trace. Lui-même n'aurait rien à voir avec l'enfant.

— Nous sommes peut-être mariés, mais nous ne vivons pas sous le même toit, objecta-t-il.

— Je ne t'ai jamais demandé de partir.

— Non, mais tu sais pourquoi je l'ai fait, Kira. Notre mariage était en train de tourner à la catastrophe.

— S'il te plaît, soupira Kira, je te demande juste d'écouter ce que Mme Fletcher aura à dire, c'est tout.

Devant tant d'obstination, Trace capitula.

— Bon, d'accord, je viendrai.

Kira releva la tête et le contempla, les larmes aux yeux.

— Vraiment ? dit-elle d'une voix éperdue de reconnaissance. Oh, merci, Trace…

— Ne me remercie pas encore, se récria-t-il. Tout ce que j'ai accepté, c'est d'être là quand elle viendra faire sa visite. Ensuite, nous verrons. Je ne peux pas m'engager plus loin.

— Mais cela veut dire que tu reviens t'installer à la maison, non ?

Il n'eut pas le temps de répondre. Jarrett McKane venait de faire son apparition dans le café et se dirigeait vers leur table à grands pas. C'était un homme de haute taille, athlétique et élégant et qui avait conscience de son charme. Il avait conscience de beaucoup de choses, d'ailleurs… Il suffisait de les lui demander.

— Bonjour, Jarrett, lança Kira.

— Bonjour, ma chère belle-sœur.

Il prit une chaise et s'assit près d'eux.

— Vous m'avez l'air bien sérieux, tous les deux. Y aurait-il un problème ? Kira, si ce garçon ne te traite pas bien, dis-le-moi et une bonne correction le ramènera à de meilleurs sentiments.

— Tout va bien, Jarrett, mais merci de me proposer ton aide, rétorqua la jeune femme en souriant.

Elle aimait bien son beau-frère, qui l'avait prise sous son aile dès son arrivée à Winchester Ridge. Toutefois, il ne lui avait pas fallu longtemps pour s'apercevoir que cet homme avait beaucoup de femmes dans sa vie.

Les deux frères se ressemblaient beaucoup, mais c'était Jarrett qui avait été le grand sportif du lycée et qui avait obtenu une licence à l'université, tandis que Trace était resté au ranch travailler avec son père.

— J'aurais besoin que nous parlions de notre petit arrangement, déclara Jarrett en s'adressant à son demi-frère. Pourrais-tu venir à mon bureau ?

— Oui, mais pas tout de suite. J'ai d'abord des choses à régler avec Kira.

— Vous ne pourriez pas faire cela chez vous ? Après tout, vous dormez dans le même lit, non ? Ah, mais j'oubliais : c'est la période du marquage des bêtes ! Ce qui nous donne une femme solitaire pendant un certain temps, conclut-il avec un clin d'œil à Kira.

— Mais il m'arrive aussi de dormir avec le bétail, souligna celle-ci.

Les deux demi-frères n'avaient jamais été proches. Jarrett avait six ans quand sa mère était décédée et son père s'était remarié peu après avec Claire, qui avait donné naissance à Trace un an plus tard. Les deux garçons s'étaient éloignés l'un de l'autre quand les parents avaient pris leur retraite sous le climat plus chaud de l'Arizona. A présent, ils étaient orphelins.

— Mon frère a de la chance de t'avoir, affirma-t-il à Kira. Mais la partie est loin d'être terminée, Trace, et il reste une possibilité d'égalisation en perspective, conclut-il avec un large sourire.

Cet après-midi-là, Trace alla inspecter les troupeaux, monté sur Tonnerre. Il aurait bien aimé passer davantage de temps avec Kira, mais Jarrett les avait interrompus et, peu après, la jeune femme avait dû retourner travailler. Décidément, ils ne parvenaient pas à trouver le temps de parler du sujet qui lui tenait le plus à cœur : leur couple.

Trace descendit de cheval et regagna l'écurie, où il rencontra le contremaître, Cal. Celui-ci, un célibataire de quarante et un ans, travaillait au ranch depuis de nombreuses années et il était devenu son ami.

— Bonjour, Trace, ça va ?

— Oui, merci. Dis-moi, Cal, combien d'hommes as-tu engagés pour le comptage des bêtes ?

— Une demi-douzaine, comme tu me l'as demandé. Et il y a aussi nos deux employés à temps partiel. Au fait, j'ai rencontré Joel et Hal Lewis. Ils sont prêts à venir nous aider si nous leur rendons la pareille dans un mois.

— Ce n'est pas une mauvaise idée. Je vais les appeler.

— Ton frère est passé ce matin. Il voulait te voir.

— Je sais. On s'est vus chez Bonnie.

— Je croyais que c'était Kira que tu voulais y emmener.

— C'est ce que j'ai fait. J'avais besoin de lui parler. Seul à seule.

— Et alors ? Avez-vous pu vous arranger ? Excuse-moi, Trace, je sais que ce ne sont pas mes affaires, mais cela me fait plaisir que vous ayez passé un moment ensemble.

— Nous avons un peu discuté, jusqu'au moment où Jarrett est arrivé.

— Je l'ai envoyé chez Bonnie, parce qu'il semblait beaucoup tenir à te parler.

— Nous devons nous voir ce soir. Il veut probablement savoir quand il recevra le dernier paiement que je lui dois.

Le contremaître fronça les sourcils. Il connaissait les conditions du prêt.

— Tu vas avoir du retard ?

— Pas exactement… En fait, je ne suis pas sûr de pouvoir lui payer la totalité de la somme.

Jonah dévisagea son ami d'un air inquiet.

— Et il ne pourrait pas t'accorder un peu plus de temps ? interrogea-t-il. Avec la situation du marché…

— Ça m'étonnerait. M'a-t-il jamais fait une faveur ?

Cinq ans plus tôt, Jarrett avait absolument tenu à vendre sa part du ranch. Trace avait sauté sur l'occasion, mais la dernière année avait été dure et l'ultime paiement devait intervenir dans trente jours.

— Je vais peut-être devoir vendre les taureaux reproducteurs.

— Ne fais surtout pas ça ! se récria le contremaître. Il te faut encore un an ou deux pour constituer le troupeau, c'est tout. Ensuite, tu seras sauvé. Ces taureaux valent cher !

— Mais je peux en obtenir de l'argent tout de suite. Joel Lewis est intéressé. Et il n'est pas question de tout perdre maintenant !

Il repensa à Kira. Il pouvait perdre encore plus que le ranch.

— Lewis parle beaucoup, mais les actes ne suivent pas toujours… Ecoute, Trace, j'ai mis un peu d'argent de côté. Je peux te le prêter.

— Merci, Cal, répondit Trace, touché par la proposition. C'est très gentil à toi, mais emprunter à ses amis n'a jamais été une bonne idée.

— Alors, je peux investir dans le ranch. Prendre un pourcentage. Si tu arrives à faire accepter cette idée à Kira…

— Kira ne s'est jamais tellement intéressée à la gestion du ranch.

— Peut-être le fera-t-elle cette fois-ci.

— J'en doute. Elle a assez de soucis comme cela.

— Bon, eh bien, je crois que je devrais m'occuper du fourrage qui vient d'être livré.

— Dis-moi, Cal… Kira t'a-t-elle dit quelque chose ?

— Non. Elle a juste posé des questions et elle avait l'air vraiment intéressée… Mais tu sais, Trace, je ne suis pas très bien placé pour t'expliquer comment parler à ta femme.

— Je n'y réussis pas trop bien moi-même. Voilà deux mois que je vis dans le dortoir.

— Je ne suis pas spécialiste des couples en difficulté, mais à mon avis, si tu as des problèmes avec ta femme, vivre à l'écart et lui cacher des choses n'est pas la meilleure solution.

Trace poussa un soupir. Cal, qui était probablement le seul à connaître leurs problèmes, avait sans doute raison.

— Les services de l'adoption nous ont contactés. Kira veut que je revienne à la maison et que nous fassions semblant d'être un couple heureux.

— Cela n'a pas l'air de te réjouir.

— Tout ce qu'elle souhaite, c'est que nous restions six mois ensemble. Ensuite, une fois l'adoption définitive, elle s'en ira.

— Je sais que c'est difficile pour vous deux, mais Kira n'a pas eu une vie simple. Et elle tient vraiment à devenir mère.

— Moi aussi, j'ai envie de devenir père. Et comment pourrais-je fuir un enfant ?

— Personne ne t'y oblige. Tu peux encore être le père de l'enfant et le mari de Kira. Avec un peu de chance, tu décrocheras une prolongation des six mois, non ?

— Je suis loin d'être aussi optimiste que toi.

— Aborde les choses progressivement.

— Je t'ai dit que Kira voulait que je revienne vivre dans la maison. Seulement, elle tient à ce que nous fassions chambre à part.

— Eh bien, c'est toujours un début…

— Trace ?

Les deux hommes se retournèrent en entendant la voix de Kira. Déjà, celle-ci pénétrait dans l'écurie.

— Kira, je peux t'aider ?

— L'après-midi n'a pas été très chargé au lycée, alors j'ai décidé de préparer le dîner. Bonjour, Cal.

— Bonjour, Kira. Quel plaisir de te voir !

— C'est un plaisir pour moi aussi. Alors, êtes-vous prêts à voir trente adolescents investir le ranch ?

— Nous le sommes toujours.

Trace fit un pas vers sa femme.

— Qu'est-ce qui t'amène ? demanda-t-il.

— Je voulais te proposer de venir dîner à la maison. Tu es le bienvenu aussi, Cal.

— Merci, Kira, mais ce soir, j'ai prévu d'aller au bowling. Bon, il faut que je vous laisse, j'ai du travail à terminer.

*
* *

Quand, une heure plus tard, Trace rentra chez lui, une bonne odeur de pommes et de cannelle flottait dans la maison. Il passa devant l'escalier qui menait aux quatre grandes chambres de l'étage et se dirigea vers le salon aux teintes gris-vert, avec ses lambris et son divan vert. On remarquait sans peine les touches apportées par Kira à la décoration : le rocking-chair qu'elle lui avait offert après leur mariage pour qu'il se détende, les photos de sa famille à lui — Kira, de son côté, n'en avait aucune. Trace gagna ensuite la cuisine, la seule pièce qu'ils avaient entièrement refaite pour l'adapter au style de vie moderne.

Il trouva Kira au comptoir, affairée à retirer des morceaux de poulet de la broche.

— Bonsoir.

— Bonsoir. J'arrive trop tôt ?

— Non. Tu es juste à l'heure.

— Comment s'est passée ta journée au lycée ?

— Bien. Sauf que tout le monde se plaint des examens.

— Oui, je me souviens qu'à cet âge, nous avions tous l'impression qu'il faudrait une éternité avant que l'on puisse quitter l'école.

— Les élèves de terminale sont pressés que cela finisse, peut-être pour ne plus avoir à me supporter.

Il sourit. En fait, les élèves aimaient bien Kira. Les filles la considéraient comme une amie et les garçons semblaient tous plus ou moins amoureux d'elle. Il fallait dire qu'à trente et un ans, c'était une jeune femme très attirante.

— Tu veux dire qu'ils auront tous le cœur brisé quand il leur faudra te dire au revoir.

— Tu plaisantes ?

— Non. Tu prends ton travail à cœur. Et en plus, tu es jolie.

Kira rougit, étonnée du compliment. Certes, Trace lui avait souvent dit qu'il la trouvait belle, mais il avait cessé de le faire ces derniers temps.

— Merci.

— Ce n'est que la vérité.

— C'est quand même agréable à entendre.

Ils se regardèrent sans rien ajouter. Kira s'efforça de garder la tête froide, mais c'était impossible. Trace McKane était bel homme. Elle l'avait pensé dès leur première rencontre. Moins de vingt-quatre heures après son arrivée en ville, elle en était tombée follement amoureuse. Elle qui était persuadée que cela ne lui arriverait jamais, elle s'était laissé convaincre par ce cow-boy aux manières tranquilles qu'elle pouvait accorder sa confiance une nouvelle fois. Deux mois plus tard, ils se mariaient et, depuis la nuit d'amour qui avait suivi, elle n'avait jamais regretté cette décision.

Elle se détourna brutalement et alla prendre du lait dans le réfrigérateur. Pourquoi était-elle aussi nerveuse ? Après tout, cet homme était son mari depuis cinq ans !

Elle se reprit aussitôt. Non, Trace n'était plus son mari depuis plusieurs semaines. Et malheureusement, ce n'était pas près de changer.

3

Une heure plus tard, Kira s'asseyait à la table et regardait Trace terminer son repas.

Celui-ci s'adossa confortablement à son fauteuil.

— C'était délicieux, Kira.

Elle laissa échapper un soupir de soulagement — elle ne s'était pas rendu compte de la tension qu'elle avait contenue en elle.

— Veux-tu du café ?

— Je vais le préparer.

Kira le suivit du regard tandis qu'il se dirigeait vers la cafetière. Il mesurait un mètre quatre-vingt-cinq, ce qu'elle appréciait d'autant plus qu'elle-même n'était pas loin du mètre soixante-quinze. Elle reporta son attention sur la chemise à carreaux, qui mettait en valeur les épaules puissantes et le corps mince. Elle aimait cette silhouette longiligne, surtout quand il portait des jeans de cow-boy.

Et rien d'autre.

Elle sentit une bouffée de chaleur lui parcourir le corps au moment où Trace se tourna. Il la considéra d'un air curieux, mais resta silencieux en revenant à la table. Lorsqu'il posa les tasses, elle regarda ses mains. Des souvenirs de caresses d'une infinie douceur lui vinrent à l'esprit.

Tandis qu'il s'asseyait en face d'elle, elle se concentra pour trouver ses mots.

— J'ai appelé Mme Fletcher, du service des adoptions.

— Je m'y attendais. Qu'a-t-elle dit ?

— Elle veut venir faire une visite ici lundi prochain.

— Que lui as-tu répondu ?

— Qu'il faudra que je voie avec toi, mais que cela ne me posait pas de problème.

— Que vas-tu lui dire quand elle sera là ?

Elle hésita un instant.

— Que nous voulons un bébé.

En entendant ce *nous*, Trace sentit l'excitation le gagner. Sa propre famille, avec Kira… Etait-ce possible ?

Il aurait voulu que leur mariage soit heureux, mais la jeune femme était si obsédée par son désir d'enfant que plus rien d'autre ne comptait. Si elle obtenait ce qu'elle désirait, ferait-elle de nouveau attention à lui ?

En tout cas, il ne pouvait pas lui dire non.

— Je serai là lundi prochain.

Kira ouvrit de grands yeux stupéfaits.

— Vraiment ? Oh, merci, Trace !

Elle se leva, lui passa les bras autour du cou et se serra contre lui.

— Merci, chuchota-t-elle encore.

Une larme coula le long de sa joue et Trace sentit l'émotion l'envahir. Il avait toujours un frisson quand il regardait ces grands yeux bruns. Mais il devait se maîtriser : il ne pouvait se laisser entraîner par ses sentiments — pas après la douleur qu'ils s'étaient causée l'un à l'autre.

Il se leva.

— Tu n'as pas à me remercier. Nous avons toujours voulu des enfants. Et je ne me suis engagé à rien de plus.

— Mais je te remercie quand même.

— Ne t'emballe pas trop vite. Comme tu l'as dit, la liste d'attente est longue.

— Peu importe. Tu m'as rendue très heureuse.

Elle se pencha et l'embrassa sur la bouche. Trace se raidit, résolu à résister à la tentation de répondre à son baiser.

— Et je te promets de te donner ce que tu voudras, articula-t-elle.

— Ce serait la première fois depuis longtemps, fit-il remarquer.

— Tu sais ce que je veux dire. Comme tu fais cela pour

moi, je te promets que, lorsque cela sera fini, je n'exigerai plus rien de toi.

Que leur était-il donc arrivé ? Il fut un temps où il avait envie de tout donner à cette femme. Ils avaient décidé de bâtir une vie ensemble. A présent, elle n'attendait rien de lui, surtout pas son amour.

— Il faut que je m'en aille, déclara-t-il, désireux d'interrompre la conversation avant qu'un retour sur le passé ne vienne la gâcher. J'ai une clôture à vérifier.

— Il y a encore des choses dont nous devons parler. Peut-être demain, à mon retour du lycée ?

Trace hocha la tête, puis sortit. Il repensa à toutes ces souffrances qu'ils s'étaient infligées durant leurs derniers mois ensemble. Il marchait dans la nuit froide, mais même un plongeon dans une piscine glacée n'aurait pas diminué le désir qu'il éprouvait pour Kira après ce bref contact qu'ils avaient eu. Un désir que rien n'entamerait jamais. Cependant, il devait faire face à la dure réalité : ils n'étaient pas faits pour vivre ensemble.

Le lendemain, Kira se leva, le cœur en liesse. Tout se passerait bien, à condition de ne pas brusquer Trace. Avec lui, il fallait toujours prendre son temps.

En arrivant au lycée, elle trouva Jody qui l'attendait. La veille, elle n'avait pas pu discuter vraiment avec la jeune fille, aussi l'avait-elle de nouveau convoquée.

— Bonjour, madame McKane.

— Bonjour, Jody.

Kira ouvrit son bureau, fit entrer Jody et s'installa dans son fauteuil.

— Très bien, Jody. Cette fois-ci, rien ne va plus venir nous distraire. Parlons franchement. J'ai été prévenue par deux de tes professeurs, Mme Franklin et Mlle Meehan, que tes notes ont chuté récemment de manière catastrophique. Qu'est-ce qui se passe ?

La jeune fille était pâle. Contrairement à son habitude, elle ne portait pas le moindre maquillage. Elle n'avait pas dû se coiffer et ses cheveux blonds retombaient en désordre sur son visage. Elle avait l'air épuisée. Kira tenta de ressembler les pièces du puzzle. La fatigue, les mauvaises notes, la rupture récente avec son petit ami… Se pouvait-il que Jody soit enceinte ?

— Je sais que je suis ta conseillère d'éducation, mais j'espère qu'après ces années de lycée, je suis devenue ton amie aussi.

— Je sais que vous voulez m'aider… C'est juste… que c'est difficile d'en parler.

Jody Campbell vivait avec sa mère, dans un foyer où il y avait peu d'argent. Compte tenu de ses bonnes notes, Kira avait remué ciel et terre pour lui faire obtenir une bourse qui lui permettrait de suivre des études universitaires.

— Jody, il y a deux mois, tu étais ravie à l'idée d'aller à l'université. Quelque chose a changé depuis ?

La jeune fille hocha la tête, les larmes aux yeux.

— J'ai rompu avec Ben. Il a décidé de s'engager dans l'armée.

— Je suis désolée pour toi, Jody.

Ben Kerrigan, en terminale lui aussi, était sorti avec Jody pendant deux mois. Et la jeune fille avait maintenant le cœur brisé.

— Quand doit-il partir ?

— Fin juin. Il dit qu'il n'aura pas de temps à me consacrer et il ne veut même pas m'écrire. Il trouve que c'est mieux comme ça.

A ces mots, la voix de la jeune fille se brisa et elle éclata en sanglots.

— Je suis vraiment désolée, Jody, murmura Kira.

Elle se revit, quinze ans plus tôt, dans une situation similaire. Son premier amour, Mike Purcell, ne lui avait pas seulement brisé le cœur ; il l'avait détruite, psychologiquement, en l'abandonnant. Elle n'en avait jamais parlé à personne, même pas à Trace.

— Ecoute, Jody, si tu as besoin de moi, je suis là. Surtout, n'hésite pas.

— Il est trop tard, souffla la jeune fille.

— Non, il n'est pas trop tard. A moins que tu aies changé d'avis pour l'université ?

— Ce sera trop dur pour ma mère si je m'en vais. Elle est seule et elle a besoin de moi.

Comme beaucoup d'adolescents de la ville, Jody travaillait en plus de ses cours au lycée et elle aidait financièrement sa mère, qui n'avait guère envie de la voir partir étudier à l'université.

— Avec une licence ou une maîtrise en poche, tu pourras gagner beaucoup plus d'argent, tu sais. Tu ne rêves donc plus de devenir infirmière ?

— Peut-être que certains rêves ne sont pas faits pour être réalisés.

Emue, Kira lui prit les mains. Celles-ci tremblaient.

— Tu peux y arriver, Jody. Tu en es tout à fait capable.

Jody la considéra d'un air dubitatif.

— Bon, écoute, reprit Kira, je ne te demande qu'une chose : arrange-toi au moins pour ne pas manquer tes examens.

— J'ai pris trop de retard. Je n'arriverai jamais à rattraper le temps perdu.

— Si, tu y arriveras. J'ai parlé avec tes professeurs. Ils sont prêts à te donner des cours de rattrapage. Si tu t'en sors à l'examen, tout ira bien. Tu as trois jours devant toi.

— Mais je ne peux pas…

— Si, tu peux. Parce que je suis là pour t'aider. Reviens me voir après le déjeuner.

— Pourquoi faites-vous tout cela ?

— Parce que je me préoccupe de toi. Rappelle-toi, Jody : il y a quelqu'un qui se soucie de toi et qui a confiance en toi.

Le soutien et la confiance étaient deux choses que Kira n'avait jamais eues avant de rencontrer Trace. Seulement, elle ne s'en était pas rendu compte assez vite et, à présent, il était trop tard.

Trace jeta un coup d'œil par la fenêtre du dortoir. Kira n'était pas encore rentrée. Elle était en retard et un orage se préparait. Il consulta sa montre : il était 5 heures.

— Pourquoi ne l'appelles-tu pas ? suggéra Cal.

— Oh, elle est sûrement très occupée, avec tout le travail de fin d'année. Elle ne fait jamais attention à l'heure.

— Dans ce cas, il faut la prévenir qu'un orage se prépare.

Le vent se leva et un éclair déchira le ciel.

Trace prit son téléphone et composa le numéro de Kira. N'obtenant pas de réponse, il proféra quelques jurons sur le caractère têtu de sa femme.

Déjà, la pluie commençait à tomber dru. Au moment où il atteignit sa camionnette, il vit la jeep de Kira se garer devant la maison. Il se dirigea alors vers elle avec une colère mêlée de soulagement. En approchant, il remarqua qu'elle avait l'air effrayé et demeura sans voix. Il la prit simplement par la main, l'entraîna dans l'escalier sous une pluie battante et la fit entrer dans la maison.

— Mais où donc étais-tu ? interrogea-t-il en refermant la porte.

Elle posa son attaché-case et essuya la pluie sur son visage.

— Je me suis occupée d'une élève, Jody Campbell, et ensuite, je l'ai reconduite chez elle.

— La météo a diffusé une alerte d'orage. Tu n'as pas entendu ?

— Pas avant d'être dans la voiture. C'est vraiment sérieux ?

A peine eut-elle prononcé ces paroles qu'un nouvel éclair déchira le ciel. L'instant d'après, la maison s'éteignait. L'électricité était coupée.

— Je crois que cela répond à ta question.

Il alla chercher une lampe électrique et des bougies. Il savait que Kira détestait les orages, même si elle prenait soin de ne rien laisser paraître de son angoisse. En revenant dans la cuisine, il dirigea vers elle le faisceau de sa lampe.

— Tout va bien ?

— Ça ira mieux quand l'orage sera passé.

— Cela risque de durer un certain temps. Ils en ont prévu plusieurs sur la région. En fait, cela pourrait bien durer toute la nuit.

Il sortit alors son portable et composa le numéro de Cal.

— Comment ça va, de ton côté ? interrogea-t-il.

— Je vais à l'écurie jeter un coup d'œil aux chevaux, répondit le contremaître. S'il y a un problème, je te rappelle.

Trace se retourna vers Kira, qui avait entrepris d'allumer

les bougies. Il faisait bien plus sombre que d'habitude à cette heure de la journée. Certes, le ranch disposait d'un générateur, mais Trace estima ne pas en avoir besoin pour le moment.

La pluie crépitait sur le toit et un nouvel éclair fit frémir Kira. Il fut suivi par un coup de tonnerre sonore.

— Ces bougies sont à demi consumées. Il faudrait en acheter des neuves.

— Tu veux que je fasse démarrer le générateur ?

— Non, sauf si nous sommes obligés de nous réfugier dans la cave, répondit Kira en s'asseyant dans un fauteuil.

Trace regarda par la fenêtre. Le rideau de pluie qui se déversait empêchait de voir quoi que ce soit.

— Voyons ce que dit la météo.

Il pénétra dans la pièce qui leur servait de bureau à tous deux et elle le suivit. Trace y gardait un poste de radio fonctionnant sur piles. Il l'alluma et chercha la station d'informations locales.

Le bulletin leur apprit qu'aucune tornade n'avait été signalée dans la région pour le moment, mais que l'alerte pour les orages ne serait pas levée avant minuit.

— C'est bien ce que je craignais, murmura Kira avec un frisson.

Malgré l'obscurité, il s'aperçut qu'elle avait posé une main sur son ventre.

Il inspira profondément. Il avait vu ce geste trop souvent, comme un rappel incessant qu'elle n'avait pas pu concevoir d'enfant. Cela était devenu pire après les traitements contre l'infertilité. A la fin, il ne pouvait plus supporter tous les traitements qu'elle essayait, avec, immanquablement, le même résultat négatif.

Trace chassa cette pensée, se forçant à oublier sa propre douleur.

— Viens, je vais te préparer du thé.

Elle le suivit dans la cuisine, docile. Il alluma le gaz, puis alla chercher la théière et deux tasses dans le placard.

En attendant que l'eau chauffe, il étudia Kira. La jeune femme portait une tenue d'été : un T-shirt bleu ciel et une longue jupe à fleurs, en grande partie couverte par un gilet.

Un autre que lui, sans doute, ne l'aurait pas trouvée sexy,

mais Trace savait ce qui se dissimulait sous ces vêtements. De longues jambes élancées et des courbes qui pouvaient rendre un homme fou.

Elle esquissa un léger mouvement et le gilet s'ouvrit. Il remarqua alors les mamelons qui pointaient sous le léger tissu du T-shirt. Kira le fixait dans les yeux et il n'avait pas besoin de lui demander si elle le désirait : son expression en disait assez long. Il devinait sans peine ses intentions : c'était l'une des choses qu'il aimait en elle. Elle ne jouait pas quand il s'agissait d'amour. Si elle le désirait, elle le faisait clairement savoir. Et c'était le cas en ce moment.

Soudain, la théière se mit à siffler. Il se redressa et alla s'occuper du thé, heureux de cette diversion.

— Tu as faim ? demanda-t-il.

— Pas trop. En fait, j'ai l'estomac un peu dérangé.

— Tu as mal ?

Elle eut un sourire embarrassé et ne répondit pas.

— Tu ferais mieux d'aller te coucher, suggéra-t-il.

— Il n'est pas question que je monte dans la chambre par une telle tempête.

— Veux-tu au moins prendre tes médicaments ?

Elle détestait recourir aux analgésiques, il le savait, mais parfois, elle n'avait pas le choix.

— Où sont-ils ? insista-t-il.

— Dans la salle de bains, en haut.

Trace alla les chercher, puis passa dans la chambre, où il prit un pantalon d'intérieur en flanelle et un sweat-shirt, ainsi qu'une paire de tennis. Il redescendit et lui tendit le tout.

— J'ai pensé que tu serais plus à l'aise là-dedans.

— Merci, répondit-elle, surprise.

Il se retourna pour lui servir un verre d'eau. Lorsqu'il revint, elle était en train de retirer sa jupe. Il se dirigea vers le réfrigérateur, s'affairant et prenant soin de ne penser qu'à la nourriture et non à sa femme qui était en train de se déshabiller près de lui.

Une fois changée, elle saisit le verre d'eau et avala son médicament.

— Maintenant, installe-toi confortablement et essaie de te détendre.

Il retourna au réfrigérateur, d'où il sortit du pain, de la laitue et des tranches de jambon. Puis il prit une assiette dans le placard et prépara un repas froid, regrettant qu'un comprimé ne puisse pas faire disparaître les problèmes qui érigeaient entre eux des barrières infranchissables.

Dès l'instant où il avait aperçu Kira, il avait compris qu'elle avait un secret. Il l'avait ensuite aimée, tout en sachant qu'elle gardait pour elle des choses qu'elle ne partagerait peut-être jamais avec lui. Il se demandait si cela n'était pas lié à la mort de ses parents et à toutes ces années qu'elle avait passées en familles d'accueil.

Kira n'avait plus qu'une seule parente en vie, sa grand-mère. Cependant, depuis le mariage, les deux femmes n'avaient eu aucun contact. Quand Trace l'interrogeait sur sa famille, Kira se refermait, disant que ses parents étaient morts quand elle était petite. Et c'était tout.

Parfois, il voyait les grands yeux noisette s'emplir d'une tristesse qu'il ne parvenait pas à chasser.

Trace observa sa femme sur le divan. Elle était allongée sur le côté, les jambes repliées, ce qui indiquait qu'elle avait encore mal.

Il posa le plateau, passa les mains sous le sweat-shirt de Kira et entreprit de lui masser le dos. Par le passé, cela contribuait parfois à soulager sa douleur.

La jeune femme gémit légèrement. Il continua ses longs mouvements de massage, sentant le désir monter peu à peu en lui. Un désir qu'il avait commencé à éprouver avant même de la toucher. Il lui avait suffi de la regarder de l'autre extrémité de la pièce. Dormir depuis deux mois dans le dortoir n'avait rien changé.

Elle gémit de nouveau et chercha à se tourner.

— Ne bouge pas.

— Je ne peux pas. J'ai trop mal au ventre.

Elle se plaça sur le dos. Sans hésitation, il posa une main sur son ventre et poursuivit ses mouvements.

— Cela te fait du bien ?

— Oh, oui, tu peux continuer pendant une bonne heure, au moins.

Il détestait la voir souffrir ainsi. Avec la maladie, ses maux d'estomac semblaient devenir de plus en plus douloureux. Et personne n'y pouvait grand-chose.

— J'espère bien que tu t'endormiras avant.

Elle esquissa un sourire.

— Les comprimés commencent à faire de l'effet. Mais je t'en prie, ne dis surtout pas à mes élèves que je me drogue !

— Avec moi, ton secret sera bien gardé.

L'espace d'un instant, il eut l'impression de revivre le passé, les premiers mois de leur mariage. Toutefois, ce n'était qu'une illusion et il valait mieux qu'il s'en souvienne. Un tel dialogue ne suffisait pas pour qu'un mariage remarche.

Il aurait cependant bien aimé savoir s'il existait une recette pour remonter le temps.

Kira, de son côté, se sentait merveilleusement bien. Etait-ce l'effet du comprimé ou l'attention dont Trace la couvrait, avec cette main chaude posée sur son ventre ? En tout cas, c'était un rêve bien agréable…

Elle le sentit se lever et, avant qu'elle ait pu protester, il la souleva dans ses bras.

— Trace ?

— Rendors-toi, ma chérie. Le plus gros de l'orage est passé et je t'emmène dans ton lit.

Elle se serra contre lui et, peu après, sentit le contact du matelas sous son dos.

— Ne t'en va pas, murmura-t-elle. Trace, ne me laisse pas.

— Je ne m'en vais pas, Kira. Je suis là.

Sur ces paroles de réconfort, elle se laissa glisser dans le sommeil. Pour la première fois depuis des semaines, elle s'autorisa à songer que tout irait bien.

Ces sensations avaient disparu à son réveil, le lendemain matin, quand elle s'aperçut qu'elle était seule. Malgré son envie de rester au lit, elle dut se lever, prendre une douche et s'habiller pour aller travailler.

En bas, la cuisine était vide. Un coup d'œil par la fenêtre lui apprit que Trace était parti avec sa camionnette. A cette heure, Cal et lui devaient sans doute s'occuper du bétail. Elle se demanda si l'orage avait occasionné des dégâts. Si tel était le cas, Trace le lui dirait-il ? Il n'était guère bavard sur la gestion du ranch.

Elle-même s'y était intéressée les deux premières années de leur mariage. Puis elle avait commencé à se concentrer sur son désir d'enfant et avait cessé de monter à cheval.

En réfléchissant au passé, elle s'aperçut qu'elle s'était peu à peu éloignée de Trace, obsédée par la culpabilité que lui inspirait son incapacité à enfanter. Trace, de son côté, n'avait fait que l'aimer et l'aider, sans jamais se plaindre des dépenses médicales, dont aucune n'était couverte par l'assurance. Cela leur avait coûté plusieurs milliers de dollars.

Tous ces frais n'avaient fait qu'ajouter à sa culpabilité. Quand Trace avait finalement suggéré d'interrompre ces tentatives, elle ne l'avait pas supporté. Elle ne lui avait pas adressé la parole pendant une semaine, puis il y avait eu une grande dispute et des paroles blessantes avaient été échangées de part et d'autre. Kira avait alors poussé son mari à s'éloigner, d'abord psychologiquement, puis physiquement, lorsqu'il avait pris ses affaires pour aller s'installer dans le dortoir.

Elle aimait cet homme plus que tout au monde et, une fois de plus, elle allait être abandonnée.

Elle essuya une larme.

Trace n'avait aucune idée de ce qui se passait en elle, mais il n'y était pour rien, puisqu'elle ne lui avait jamais permis d'entrevoir ce qu'elle désirait.

Elle s'était montrée injuste envers lui. Pis encore, elle n'avait pas été franche. Il allait falloir que cela change. Trace avait le droit de connaître la vérité. Cependant, après tout ce temps, pouvait-elle prendre le risque qu'il refuse de lui pardonner ?

Mais après tout, quelle importance ? Dans six mois, elle le perdrait à jamais.

4

Malgré le soleil de midi presque insupportable, Trace continuait à travailler d'arrache-pied, aidé de Cal. Il leur fallait réparer le toit de la grange où l'on entreposait le fourrage.

— Nous allons encore avoir de la pluie cette nuit, soupira-t-il. Si nous ne nous dépêchons pas de finir la réparation, nous allons perdre tout le fourrage !

— La tempête a été rude, acquiesça Cal, mais au moins, l'électricité est revenue ce matin ! Kira a dû avoir peur, non ? Cela ne m'a pas surpris de ne pas te voir revenir au dortoir hier soir.

— Elle ne se sentait pas bien, expliqua Trace sans cesser de s'activer. Elle a pris des médicaments et puis, elle s'est endormie. Et moi aussi.

— J'ai l'impression que tu vas bientôt retourner vivre avec elle.

— Ce n'est pas si sûr, Cal. Rien n'est réglé.

— Si tu le dis… Tiens, voilà Jarrett.

Trace se retourna. Son demi-frère venait en effet de se garer devant la grange et il descendait de voiture. Ce n'était vraiment pas le moment !

— Allons voir ce qu'il veut…

Jarrett portait un pantalon bleu marine, une chemise blanche immaculée et des chaussures italiennes qui avaient dû lui coûter davantage que la garde-robe de Trace tout entière.

— Je croyais t'avoir demandé de passer à mon bureau, lança-t-il.

— Je suis très occupé.

— Nous le sommes tous, mais les affaires sont les affaires.

Je ne voulais pas t'en parler devant Kira, mais tu sais que j'attends le dernier paiement.

— C'est prévu pour fin juin. Ne t'inquiète pas, tu auras ton argent.

Sur ces mots, il se retourna pour s'éloigner, mais Jarrett l'arrêta.

— Attends. Je ne suis pas là pour te harceler, mais pour te faire une proposition.

Trace fronça les sourcils. Son demi-frère ne faisait jamais rien s'il n'avait pas à y gagner personnellement.

— Je ne suis pas intéressé.

— Ecoute-moi au moins, Trace.

— Très bien, de quoi s'agit-il ?

— Je te propose de racheter la partie sud-ouest des terres du ranch. Avec cela, ton prêt sera intégralement remboursé.

Trace resta silencieux quelques instants. Que mijotait donc Jarrett ?

— Que comptes-tu faire construire sur ces terres ?

— Pour l'instant, rien, mais par la suite, quand le marché de l'immobilier se rétablira, on va avoir besoin de logements neufs. De nouvelles entreprises viennent s'implanter à Winchester Ridge et, en plus, les paysages sont magnifiques.

— Et j'entends bien qu'ils le restent. Nous en avons assez parlé, Jarrett. Je n'ai pas envie d'élever des bœufs à côté d'un lotissement.

— Et si je m'engage par écrit à ne pas faire construire avant dix ans ? Cela suffira-t-il pour que tu m'écoutes ?

— Qu'est-ce que tu as ? Quand papa et maman sont morts, tu n'avais qu'une idée en tête : te débarrasser de ta part du ranch. Je te l'ai rachetée et maintenant, tu veux en récupérer une partie. Pourquoi ?

— Je ne suis pas libre de t'en parler.

— Dans ce cas, je n'en discuterai pas non plus.

— Très bien. Alors, je n'ai plus qu'à attendre que tu perdes tout.

— Je n'ai rien perdu. Tu auras ton argent.

— Tu es sûr d'en avoir les moyens ? L'adoption coûte horriblement cher de nos jours, tu sais.

Trace se raidit. Bien sûr, les services sociaux, qui menaient des enquêtes approfondies sur les familles des candidats à l'adoption, avaient dû contacter Jarrett.

— C'est mon affaire. Maintenant, il faut que je retourne travailler.

Il fit volte-face. Bien sûr qu'il n'avait pas l'argent nécessaire ! Il faudrait à tout prix trouver un moyen de rembourser le prêt. Seulement, comment s'y prendrait-il pour donner à Kira ce qu'elle désirait plus que tout au monde ?

Après le coup de téléphone de Mme Fletcher, Kira termina ses entretiens au lycée et se hâta de rentrer chez elle. L'inspectrice des services sociaux avait demandé à venir le jour même, plutôt que le lundi. Kira aurait bien aimé avoir le reste de la semaine pour se préparer, mais elle avait accepté sans broncher.

Le problème, c'était que Trace restait introuvable. Elle l'avait appelé plusieurs fois sur son portable, mais en tombant toujours sur sa boîte vocale. A présent, il était presque 1 heure de l'après-midi.

Elle se gara devant la maison et se précipita à l'intérieur. Là, elle prépara du café et mit la cuisine en ordre, puis appela le poste téléphonique du dortoir pour laisser un message à Trace, avant de ressayer le portable. En entendant résonner la sonnerie de celui-ci, elle s'aperçut qu'il l'avait oublié sur la table.

Elle frissonna en repensant aux bras masculins qui l'avaient enlacée, aux mains puissantes qui l'avaient massée. A la manière dont elle s'était serrée contre lui pendant l'orage. Comme elle avait envie de revivre cela encore et encore ! Si seulement elle pouvait le convaincre de revenir à la maison, afin de remettre leur couple sur les rails !

Ses pensées se tournèrent vers la possibilité de recevoir un bébé. Il y aurait toute une enquête avant l'adoption et les services sociaux avaient le pouvoir d'en apprendre beaucoup sur son passé. Ils étaient informés de toutes ces années où on l'avait placée dans des familles, de choses qu'elle n'avait jamais partagées avec Trace.

Ce dernier avait le droit de connaître la vérité.

On frappa à la porte. Kira se précipita à l'entrée et découvrit une femme d'âge mûr, au visage souriant et aux grands yeux bleus.

— Kira McKane ? Bonjour, je suis Lucy Fletcher. C'est moi qui vous ai téléphoné.

— Soyez la bienvenue, madame Fletcher. Entrez, je vous en prie.

Elle conduisit la visiteuse dans la cuisine.

— Oh, c'est vraiment très joli, ici ! s'exclama la nouvelle venue.

Elle promena son regard sur la pièce, admirant les éléments de bois d'érable, le comptoir de pierres naturelles et les murs peints d'un vert printanier.

— Merci. Mon mari et moi avons refait la cuisine juste après notre mariage. Je regrette seulement de ne pas pouvoir passer plus de temps à la maison.

Mme Fletcher s'assit, ouvrit son attaché-case et en sortit un dossier.

— Jusqu'à présent, c'est Jessica Long qui s'occupait de votre dossier, mais je le reprends parce qu'elle a dû se faire opérer d'urgence et récupère de son opération. J'espère que vous n'y voyez pas d'inconvénient.

— Pas du tout.

— Tant mieux. Quand une occasion se présente, il n'y a pas de temps à perdre. Vous êtes conseillère d'éducation dans un lycée. Pensez-vous cesser de travailler si l'on vous confie un enfant ?

Kira hésita. Elle l'aurait bien voulu, mais pouvaient-ils se le permettre ?

— Ce n'est pas une question piège, Kira. De nos jours, il est difficile pour les familles de s'en sortir avec un seul revenu.

— Bien sûr, j'aimerais rester à la maison, mais l'adoption coûte cher…

— Certes. Vous devrez contribuer aux dépenses médicales de la mère biologique. Un avantage d'être dans l'enseignement, c'est que vous avez des vacances et que vous êtes libre pendant l'été. Est-ce que votre mari va être là aujourd'hui ?

— Je l'espère, mais je n'ai pas pu le joindre pour le prévenir. Je viens de m'apercevoir qu'il a oublié son portable ici ce matin. Avec l'orage, il a dû aller voir s'il y avait des dégâts. Mais d'habitude, il revient pour le déjeuner.

— Bien. Je suis impatiente de le rencontrer. Voudriez-vous me faire visiter la maison ?

— Aucun problème. Voulez-vous voir la chambre d'enfant ?

— Après. Nous pouvons commencer par le rez-de-chaussée.

Kira se détendit et présenta la maison, en terminant par la chambre principale.

— Ces meubles anciens appartenaient aux grands-parents de mon mari. Je les ai trouvés dans le grenier.

— Ils sont vraiment très beaux.

Il restait à voir la chambre d'enfant. Avec une brève hésitation, Kira ouvrit la porte. Il y avait longtemps qu'elle n'était pas entrée dans cette pièce.

Les murs étaient peints en jaune clair. Outre le rocking-chair, le berceau qui trônait en son milieu appartenait à la famille de Trace depuis plusieurs générations.

— Je vois que vous êtes déjà prêts à recevoir l'enfant. Est-ce un autre trésor trouvé dans le grenier ?

— Oui. Il nous faudra acheter un lit plus moderne par la suite, mais nous ne voulons pas en faire trop pour le moment et courir le risque d'être déçus.

— J'espère que ce ne sera pas le cas. Votre mari et vous avez été très coopératifs, en nous permettant d'avoir accès à toutes vos informations personnelles.

Elle jeta un coup d'œil à ses notes.

— Nous venons de recevoir votre dossier médical. Vous êtes atteinte d'endométriose avancée. Pas de fausse couche, mais un bébé vivant.

Kira hésita, puis décida qu'elle ne pouvait risquer de perdre toutes ses chances en proférant un mensonge.

— Oui.

Mme Fletcher afficha sa surprise.

— Vous avez donc déjà un enfant ?

Kira rassembla ses forces pour révéler ce secret qu'elle n'avait encore jamais confié à personne.

— Oui, j'ai eu un enfant il y a quinze ans. Mais je… je l'ai fait adopter.

— Je vois. J'apprécie votre franchise, Kira.

— Pensez-vous que cela va nous faire perdre nos chances d'obtenir un bébé ?

— Bien sûr que non ! Je suis sûre qu'à l'époque, vous avez agi au mieux des intérêts concernés, y compris celui de l'enfant.

A cet instant, Kira aperçut Trace, qui se tenait dans l'embrasure de la porte. Sans doute était-il entré dans la maison sans sonner et avait-il gravi l'escalier sans faire de bruit. Eperdue, la jeune femme espéra qu'il n'avait pas entendu les mots qui venaient de s'échanger.

Déjà, Mme Fletcher s'adressait au nouveau venu.

— Oh, vous devez être Trace McKane. Enchantée. Je suis Lucy Fletcher, je suis ici pour la visite préliminaire à une procédure d'adoption.

Trace lui serra la main.

— C'est un plaisir de vous rencontrer. Désolé d'être en retard… J'ai dû aller me nettoyer pour enlever toute cette boue…

— Nous avons eu un fameux orage hier soir.

— Oui, et il y avait des réparations à faire sans attendre.

— J'étais en train d'expliquer à Mme Fletcher que tu as oublié ton portable ici ce matin, intervint Kira. De sorte que je n'ai pas pu te joindre.

— J'ai beaucoup apprécié de passer du temps avec votre femme, qui m'a fait découvrir votre maison, dit Lucy Fletcher, souriante.

— Kira s'est chargée de toute la décoration, souligna Trace, une pointe d'admiration dans la voix.

— Eh bien, si vous avez quelques minutes, Trace, j'aimerais bavarder un peu avec vous deux.

— Allons dans le salon, suggéra Kira.

Tout en conduisant la visiteuse dans la pièce principale, elle pria intérieurement pour qu'il ne soit pas question de son passé dans la conversation qui les attendait. Lorsque Trace et Mme Fletcher se furent installés dans les canapés, elle les laissa un instant pour aller chercher le café.

Dans la cuisine, Kira s'efforça de maîtriser le tremblement

qui l'avait saisie depuis l'arrivée de Trace. Si ce dernier avait tout entendu, elle ne pourrait échapper à une explication. Dans le cas contraire, elle le mettrait de toute façon au courant. De tout. Forte de cette décision, elle revint dans le salon, chargée d'un plateau de café et de biscuits. Elle avait retrouvé son calme et elle prit place à côté de Trace, qui avait déjà commencé à répondre aux questions de Lucy Fletcher.

Au grand soulagement de la jeune femme, la conversation qui suivit resta cantonnée à leurs habitudes de vie quotidienne et aucune allusion ne fut faite au passé. Au bout d'une vingtaine de minutes, Mme Fletcher se leva pour prendre congé.

— Seriez-vous disponibles tous deux lundi après-midi pour une nouvelle rencontre ?

— Bien sûr, répondit aussitôt Kira.

Trace hésita.

— Parce que vous avez d'autres questions à nous poser ?

— Non, non... En fait, je partage l'avis de Jessie Long : je pense que vous ferez d'excellents parents. Non, en fait, c'est une mère biologique qui veut vous parler.

— Une mère biologique ?

— Oui, je lui ai donné votre dossier et elle a demandé à vous rendre visite. Elle vous a choisis comme parents possibles pour son bébé à venir.

Le cœur battant, Kira regarda Trace, puis se tourna de nouveau vers Mme Fletcher.

— Elle veut nous rencontrer ?

— Vous avez bien spécifié que vous n'exigiez pas une adoption anonyme. Vous n'avez pas changé d'avis, n'est-ce pas ?

— Oh, non ! C'est juste que je ne m'attendais pas à ce que cela arrive si vite.

— Les choses se passent parfois ainsi. Donc, lundi après-midi vous convient ?

Trop émue pour articuler le moindre son, Kira poussa un soupir d'intense soulagement quand Trace répondit à sa place.

— Lundi nous convient très bien.

— Bien, nous viendrons à deux.

Kira raccompagna la visiteuse. En la regardant s'éloigner

vers sa voiture, elle fut parcourue d'un long frisson. Un bébé ! Ils allaient réellement avoir un bébé !

Son excitation retomba quand elle songea à Trace, resté dans la maison. Elle allait devoir lui faire face à présent. Qu'avait-il entendu de la conversation avec Mme Fletcher ? Comment expliquerait-elle les raisons qui l'avaient poussée à tenir son passé secret ? La confrontation était inévitable. Elle devait lui parler avant la visite de lundi, car Mme Fletcher finirait tôt ou tard par aborder le sujet.

Elle entendit du bruit en provenance de la cuisine, vers laquelle elle se dirigea tout en priant pour que Trace ait conservé assez d'amour pour bien vouloir l'écouter. Elle le trouva occupé à laver les tasses.

— As-tu le temps de parler un peu avant de retourner travailler ?

— Parler ? Tu ne crois pas qu'il est trop tard pour cela ?

En repassant au dortoir, peu avant l'heure du déjeuner, Trace avait pris connaissance du message laissé par sa femme et, après une douche rapide, il s'était aussitôt précipité vers la maison. Sachant combien c'était important pour Kira, il avait décidé de l'aider à obtenir l'adoption, de tout faire pour qu'elle ait l'enfant dont elle rêvait depuis si longtemps.

En montant l'escalier, il avait entendu des voix, mais sans bien discerner les paroles qui s'échangeaient. Au moment où il avait atteint la porte, Kira s'était tue.

— Que veux-tu dire, Trace ? murmura la jeune femme d'un ton hésitant. Que nous n'avons plus à parler de… de rien ?

— Tout me paraît réglé. Lundi, nous avons rendez-vous avec une femme qui est prête à te confier son bébé. C'est ce que tu voulais, non ?

Il observa la jeune femme, étonné de ne pas la voir manifester sa joie. Kira affichait au contraire l'expression d'une femme brisée.

— Tu as été d'accord pour qu'elle vienne ici et je te remercie, déclara-t-elle. Maintenant, si tu as changé d'avis, s'il te plaît, dis-le-moi tout de suite. Je comprendrai…

Il réfléchit sans cesser de la fixer. Sans doute avait-elle raison, il ne s'était pas rendu compte de toutes les implications de son accord. Il songea aux six mois qu'ils allaient passer sous le même toit. Il la verrait tous les jours, respirerait son parfum, mais ne sentirait pas sa chaleur, ne la serrerait pas contre lui…

Il pensa à tout ce qu'il perdrait bientôt à jamais. Aider Kira à adopter un enfant, d'accord, mais était-ce la seule manière dont il pouvait faire partie de sa vie ?

— Cela arrive si vite…, hasarda-t-il.

— Mais n'est-ce pas mieux ainsi ?

Trace étudia encore le visage de Kira. Sa tension était manifeste. Elle voulait un bébé et peu lui importait de voir leur mariage détruit.

— C'est une décision qui engage pour la vie, Kira. Tu prends une responsabilité en décidant d'élever un enfant toute seule.

— Je n'ai pas le choix.

— On a toujours le choix.

Il la regarda. Comme il la désirait ! Comme il aurait aimé, en cet instant, la prendre dans ses bras et l'embrasser ! Seulement, ce ne serait qu'un plaisir passager qui ne réglerait en rien leurs problèmes.

— Il faut que je retourne travailler, soupira-t-il.

Assise dans l'auditorium du lycée, Kira tentait en vain de se concentrer sur la répétition générale de la cérémonie de remise des diplômes. L'après-midi était déjà bien avancé, mais son esprit repassait encore en boucle la visite de Mme Fletcher et, surtout, la façon dont Trace s'était éclipsé juste ensuite.

Elle aurait aimé parler avec lui de cet incroyable bonheur qu'elle ressentait à la perspective de l'enfant à venir. Toutefois, Trace n'avait pas semblé partager sa joie ; au contraire, il avait eu une réaction maussade qui en disait long sur le peu d'enthousiasme que lui inspirait la vie à deux qu'elle lui proposait de reprendre.

Jusque-là, elle avait pensé que l'adoption d'un enfant les rapprocherait, mais il n'en était rien. Kira aimait son mari, mais ce sentiment ne semblait pas être réciproque. Certes, il y avait des moments où elle le sentait prêt à se rapprocher d'elle, mais aussitôt, il reculait et remettait de la distance entre eux.

A présent, avec la cérémonie de remise des diplômes prévue pour le lendemain, elle n'avait d'autre choix que de faire des heures supplémentaires au lycée plutôt que de tenter de trouver son mari pour avoir une vraie conversation avec lui. Samedi, il y aurait la fête des terminales, puis les élèves se disperseraient pour l'été et elle aurait tout le loisir de voir Trace. Ils vivraient sous le même toit et ne pourraient pas s'éviter. Elle veillerait à maîtriser ses propres changements d'humeur et son attitude d'insatisfaction chronique qui, elle le savait, était pour beaucoup dans leur séparation. Cela ne se produirait plus.

Elle poussa un soupir. Tout était si simple au début de leur mariage ! Ils étaient fous amoureux l'un de l'autre et ne pensaient qu'à s'aimer. Mais dès l'instant où elle avait parlé de son désir d'enfant, tout s'était gâté et ils s'étaient peu à peu éloignés l'un de l'autre. Pouvait-elle lui demander d'oublier ces jours pénibles ? Comment le convaincre de redevenir son mari ? La meilleure solution qu'elle avait trouvée pour le moment, c'était de l'assurer qu'elle ne lui réclamerait rien, afin qu'il soit libre de décider. Mais était-ce la bonne ? Elle l'espérait de tout cœur, tout en étant consciente des risques qu'elle prenait.

Les larmes lui vinrent aux yeux. Pour permettre un nouveau départ et mettre toutes les chances de son côté, elle allait devoir jouer cartes sur table, lui raconter ce qu'elle avait vécu quinze ans plus tôt, lui parler de l'enfant qu'elle avait eu et qui continuait d'occuper une place importante dans son cœur.

Elle sursauta en entendant soudain quelqu'un prononcer son nom et revint aussitôt à la réalité. La répétition était interrompue et l'on demandait à Kira de reprendre sous sa direction la classe dont elle avait la charge. Elle suivit les élèves qui sortaient, puis donna les dernières instructions au groupe.

— Et encore une chose…

Elle connaissait la plupart des élèves depuis leur entrée au lycée. Certains d'entre eux partiraient bientôt à l'université, d'autres iraient à l'armée et d'autres encore entreraient d'emblée dans la vie active. Avait-elle assez aidé chacun d'entre eux ? S'en sortiraient-ils mieux qu'elle au même âge ?

— C'est la dernière fois que je vais dire cela, reprit-elle en regardant Jason, Steve et Michael, trois grands gaillards. J'ai eu beaucoup de plaisir à travailler avec vous durant cette année et j'aimerais que nous restions amis. Alors, s'il vous plaît, promettez-moi une chose : quand vous ferez la fête tous ensemble, tâchez de garder l'esprit clair. Et n'oubliez pas que, quoi qu'il arrive, on ne conduit pas quand on a bu.

Beaucoup de lycéens avaient eu leur permis à l'âge de seize ans et possédaient leur propre voiture.

— Je me suis donné trop de mal, poursuivit la jeune femme, pour que vous finissiez votre vie au bord d'une route…

Un murmure parcourut le groupe.

— Non, inutile de tergiverser, insista-t-elle. Je veux votre parole d'honneur.

Chacun fit la promesse qu'elle exigeait, certains manifestement à contrecœur, puis le groupe se dispersa. Seule Jody Campbell ne bougea pas. Etonnée, Kira se dirigea vers la jeune fille, se demandant si celle-ci cherchait à lui parler.

— Veux-tu que je te reconduise chez toi, Jody ? proposa-t-elle.

— Non, merci, je peux marcher.

En voyant cette adolescente décharnée, vêtue d'un blue-jean et d'un T-shirt beaucoup trop grands pour elle, Kira sentit son cœur se serrer. Elle l'avait connue si coquette !

Elle jeta un coup d'œil aux nuages qui s'amoncelaient dans le ciel.

— Viens avec moi, Jody. Si je ne te ramène pas, tu vas te faire tremper.

Avec un soupir, la jeune fille suivit Kira. La pluie commença dès qu'elles furent montées dans la jeep. Devant la violence de l'orage, Kira décida d'attendre un peu avant de démarrer.

— Tu sais, Jody, je suis très fière de toi, déclara-t-elle avec un sourire à l'intention de l'intéressée. Tu as réussi à rattraper ton retard et à avoir ton examen final en préservant une moyenne honorable.

— Peut-être, mais je n'ai pas eu de mention, répondit Jody en haussant les épaules. Ah, au fait… Finalement, je ne vais pas aller à l'université.

Kira la considéra un instant en réprimant un soupir déçu.

— Il y a d'autres manières de faire des études que de passer trois ou quatre ans dans une université lointaine, tu sais. Tu pourrais choisir une formation plus courte dans la région.

Jody passa une main dans ses cheveux blonds et détourna le regard.

— Je vous l'ai déjà dit : je ne peux pas laisser ma mère, elle a besoin de moi.

— Tu pourrais demander une aide supplémentaire. Je t'aiderais à remplir tous les papiers nécessaires.

Jody haussa encore les épaules et baissa la tête. Kira s'aperçut soudain qu'elle pleurait.

— Je ne veux pas de votre aide ! protesta la jeune fille sans parvenir à réprimer les sanglots qui montaient à présent. Vous perdez votre temps avec moi !

Emue par son chagrin, Kira lui posa une main sur le bras.

— Ne dis pas cela, Jody, répondit-elle. Je m'occupe de toi parce que je sais que tu le mérites.

Jody releva la tête et se tourna vers la vitre, comme pour regarder au-dehors.

— Cela n'a plus d'importance, souffla-t-elle. Rien n'a plus d'importance.

Elle fit le geste d'ouvrir la portière, mais Kira la retint.

— Si, cela a de l'importance. Jody, ne sois pas si dure envers toi-même. Je promets de ne plus te parler de l'université. Dis-moi seulement que tu viendras à la fête.

— Je travaille ce jour-là.

— Mais tu t'es donné tant de mal pour la préparer ! Il faut absolument que tu viennes, Jody.

La jeune fille hésita.

— Je te promets que ce sera la dernière chose que je te demanderai, insista Kira. Viens, cela te fera du bien.

— J'essaierai, articula-t-elle.

Puis, sans rien ajouter, elle sortit de la voiture et se mit à courir sous la pluie.

Kira ne la poursuivit pas. Elle savait par expérience qu'elle ne pourrait pas forcer Jody à se confier à elle. Il fallait attendre qu'elle le veuille. Mais Kira entendait bien être là, non pas *si,* mais *quand* Jody aurait besoin d'elle. Dans son esprit, il n'y avait aucun doute que ce jour viendrait.

Trace se reprocha d'avoir mené Tonnerre si durement. Et tout cela pour quoi ? Pour rien. Il ramena le cheval à l'écurie et commença à le brosser.

— Est-ce que la promenade t'a changé les idées ?

Regardant au-dessus du portillon, Trace aperçut Cal.

— Non. J'ai trop de soucis en tête. Je suis désolé si cela te pose un problème.

— Tu es le patron. Ne t'en fais pas, je me ferai discret. Mais… est-ce que la fête des terminales a toujours lieu ?

— Pour autant que je sache, oui, mais il vaudrait mieux demander à Kira.

— Tiens, justement… Bonjour, Kira. Nous étions en train de parler de vous.

Trace se retourna. La jeune femme était là, vêtue d'un blue-jean et d'un chemisier rouge et bleu. Elle avait noué ses cheveux en une coiffure qui mettait en valeur la beauté de son visage.

— Bonsoir, Cal. Bonsoir, Trace.

— Cal voulait savoir, pour la fête, lança Trace.

— C'est justement ce qui m'amène. Je dois tout vérifier.

— Tant que je peux dénombrer mon troupeau, tu es libre de faire ce que tu veux.

Trace n'avait aucune envie de jouer la comédie devant les élèves pour leur faire croire que tout était parfait avec Kira, mais il ne voulait pas non plus les décevoir en annulant la fête.

— Tu es sûr ? insista la jeune femme. Toute une journée d'activités, plus la musique et le bal à la fin ? Cela va te faire beaucoup, non ?

— Cela fait quatre ans que nous procédons ainsi. Pourquoi changerions-nous cette année ?

— Peut-être parce que certaines choses ont changé ? suggéra-t-elle avec un petit haussement d'épaules.

— Excusez-moi, intervint Cal, mais il faut que je vous laisse. J'ai du travail.

— Nous, c'est autre chose, reprit Trace quand le contremaître eut disparu, tout en se remettant à s'occuper de Tonnerre. Le dénombrement n'a rien à voir avec nous.

— Trace, il est possible de laisser de côté les questions personnelles jusqu'à ce que le dénombrement soit terminé. En revanche, nous ne pouvons pas ignorer le fait qu'une personne des services sociaux et une mère biologique viennent lundi.

— Nous pouvons bien passer la journée de samedi ensemble ! Cela nous servira d'entraînement, pour le cas où nous aurions d'autres entretiens à passer. Ainsi, nous verrons si nous sommes des parents acceptables.

Il fit mine de sortir du box, mais elle lui toucha le bras pour l'arrêter.

— Je sais que les derniers mois ont été difficiles, mais est-ce si pénible de faire semblant d'avoir des sentiments pour moi ? Les miens n'ont pas changé, tu sais. Je t'aime encore, Trace.

Elle s'était approchée de lui en prononçant ces paroles et elle se tenait à présent tout près. N'y tenant plus, il se pencha alors vers elle et captura sa bouche en un baiser avide, tout en se reprochant sa faiblesse. Malgré les années, malgré les problèmes, il ne pouvait s'empêcher de désirer cette femme. Lorsqu'il mit fin au baiser et recula, il aperçut l'expression implorante des yeux de Kira et détourna le regard, gêné.

— Tu ne peux pas nier que tu m'aimes encore, souffla-t-elle.

— Quelques baisers ne font pas un couple, Kira. Je n'ai pas pu te donner ce que tu voulais. Et je ne suis pas sûr de le pouvoir maintenant.

Mais, dans ce cas, pourquoi avait-il tellement envie d'essayer ?

5

« Je n'ai pas pu te donner ce que tu voulais. Et je ne suis pas sûr de le pouvoir maintenant. »

Les paroles de Trace résonnaient encore dans sa tête quand Kira quitta la maison, le samedi à l'aube. Elle venait de passer quarante-huit heures à lutter pour garder espoir. Elle voulait se convaincre que Trace lui proposerait de rester définitivement avec elle, à un moment ou à un autre, au cours des six mois que réclamerait la procédure d'adoption. Elle tenait là une occasion en or de remettre leur couple sur les rails. A condition qu'il en ait envie de son côté…

Tant de questions se pressaient dans sa tête ! Et elle ne pourrait espérer de réponses qu'après le dénombrement du troupeau. Quand ils se retrouveraient seuls tous les deux, le dimanche soir, le moment viendrait de discuter, afin de prendre une vraie décision avant la visite de la mère biologique. En attendant, il fallait penser à mille et un détails pour préparer la cérémonie de remise des diplômes.

Kira se dirigea vers les tables dressées la veille par les parents d'élèves, heureux de voir leurs enfants fêter la fin de leur scolarité dans un lieu sûr. A l'entrée du site, une grande banderole proclamait, « Fête de la promotion 2009 du lycée de Winchester Ridge ».

Kira sourit. Elle adorait les fêtes de fin d'année et, les fois précédentes, Trace avait partagé son enthousiasme. Cela n'avait pas semblé l'ennuyer de devoir l'organiser encore cette année, mais il n'avait pas non plus manifesté de plaisir particulier.

Quelques garçons de terminale, déjà arrivés au ranch, avaient commencé à faire connaissance avec leur monture dans les enclos. Kira aperçut soudain son mari, qui avait sorti Tonnerre de l'écurie et se dirigeait vers le groupe. Elle le regarda donner des instructions aux cow-boys venus les aider, puis empoigner sa selle et monter lestement à cheval.

Elle sentit alors la panique l'étreindre : allait-il partir sans dire au revoir ? A cet instant, il regarda dans sa direction et se dirigea vers elle.

— Tu t'en vas déjà ? demanda Kira.

Il hocha la tête.

— Je tiens à ce que le troupeau soit revenu à 10 heures. Sauf problème imprévu, cela devrait être le cas.

Elle s'approcha pour caresser Tonnerre, mais sentit que l'animal était, lui aussi, pressé de partir.

— D'ici là, les autres élèves seront arrivés pour aider au marquage des bêtes.

Il tira sur les rênes pour bien maîtriser l'étalon.

— Je vais envoyer quelques hommes devant nous. Assure-toi bien que les élèves se tiennent sur le côté. Je ne voudrais pas qu'il y ait des blessés.

— Ne t'inquiète pas, il y aura là quelques parents pour les surveiller. Des parents qui connaissent les règles à respecter.

Tout en parlant, elle s'aperçut qu'elle ne pouvait détacher les yeux du cavalier. Celui-ci portait un blue-jean et une chemise à carreaux, ainsi qu'une ceinture ornée d'une large boucle portant la marque du ranch McKane et qui avait appartenu à son grand-père.

— Fais attention à toi ! reprit-elle d'une voix mal assurée.

Après leur baiser de la veille, la jeune femme savait que Trace avait gardé quelque chose de son amour pour elle. Toutefois, elle aurait souhaité le voir dévoiler davantage ses sentiments. Elle croisa son regard, admirant pour la millième fois ses beaux yeux gris.

— Il faut que j'y aille, Kira. Tout le monde m'attend.

— D'accord.

Elle recula et le regarda s'éloigner, puis disparaître à l'horizon.

— A mon avis, cet homme a très envie de rester marié.

Kira se retourna brusquement. Son amie et collègue se tenait derrière elle, un large sourire aux lèvres.

— Michèle ! Je ne t'attendais pas si tôt !

— Qu'est-ce que tu crois ? J'ai ma conscience professionnelle ! Mais dis-moi, j'ai l'impression que ça va bien entre vous, non ?

— Vu de l'extérieur, peut-être, mais ce n'est pas si simple. Nous avons encore une infinité de problèmes à régler.

— Peut-être devriez-vous éviter les discussions et passer directement à… aux choses sérieuses ! suggéra-t-elle avec un sourire malicieux.

Kira poussa un soupir. En fait, le problème n'avait jamais été là. Sur le plan physique, Trace et elle s'entendaient à merveille…

— Je ne veux pas brusquer Trace, murmura-t-elle, heureuse de pouvoir se confier à une véritable amie.

— Si c'était moi, je m'accrocherais à ce cow-boy de toutes les manières possibles. Euh… au fait, crois-tu que Jarrett va venir aujourd'hui ?

Kira fronça les sourcils. C'était la deuxième fois que Michèle évoquait le demi-frère de Trace.

— Pourquoi viendrait-il à cette fête ? Je ne l'ai jamais vu y assister les années précédentes.

— Je l'ai rencontré au restaurant hier. Il m'a dit qu'il passerait.

— S'il vient, fit remarquer Kira, réfléchissant, ce sera parce qu'il veut quelque chose.

— Oui, et ce quelque chose, j'espère bien que ce sera moi. Tu n'es pas la seule à apprécier les hommes de la famille McKane, conclut Michèle avec un clin d'œil complice.

Trois heures plus tard, à cheval derrière le troupeau, Trace commençait à peine à se détendre.

Le plateau de Roan s'étendait au nord, avec les vastes forêts de pins de la réserve naturelle de la Rivière Blanche, qui formaient des paysages magnifiques. Il avait grandi là, il y avait pêché et chassé toute sa vie. Il ne souhaitait vivre nulle part ailleurs et entendait bien poursuivre la tradition familiale : élever une famille sur les terres des McKane et transmettre celles-ci à ses descendants.

Le problème, c'est que son mariage s'était soldé par un échec et que Kira et lui seraient bientôt séparés. Il ne pouvait rien faire contre cette situation, qui le désolait d'autant plus qu'aucune autre femme ne l'intéressait. Dès l'instant où il avait posé les yeux sur Kira Hyatt pour la première fois, il avait su que ce serait la femme de sa vie. Et voilà qu'elle avait décidé de mettre fin à leur union.

Plusieurs veaux passèrent près de lui avec Cal, suivis par leur mère.

— Cela nous fait à peu près cent cinquante veaux à marquer, dit Cal. Nous n'allons pas chômer aujourd'hui. Mais avec quatre équipes, nous devrions avoir terminé en fin d'après-midi.

— A condition que les garçons du lycée soient motivés et décidés à nous aider. Rappelle-toi que les filles vont venir les regarder.

Trace se souvenait encore du premier dénombrement qui avait suivi l'arrivée de Kira. Ce jour-là, il avait eu bien du mal à se concentrer sur sa tâche.

— Ils arrivent ! cria soudain une adolescente qui scrutait l'horizon.

Kira sourit. Elle se représenta les femmes de cow-boys qui, au début du siècle dernier, guettaient ainsi le retour de leurs maris. Aujourd'hui, c'étaient une douzaine de jeunes filles vêtues des plus beaux atours qu'elles avaient pu dénicher dans le style far-west. Entre les hommes et les femmes, certaines choses ne changeraient jamais…

Elle regarda son propre blue-jean et son chemisier de style Western. Comme elle n'envisageait pas de participer au marquage, elle avait pu prêter un soin particulier à sa tenue vestimentaire.

Trace le remarquerait-il ? Ce genre de détails ne lui échappaient pas par le passé. Il ne disait pas un mot, mais ne parvenait pas à dissimuler sa réaction.

Le troupeau arrivait déjà et Cal assigna leurs tâches aux garçons qui devaient participer au marquage. Les cow-boys s'affairèrent à parquer les bêtes dans des enclos.

Trace arriva à son tour, passant d'un groupe à l'autre en donnant des ordres.

Dans un concert de mugissements, le troupeau pénétra peu à peu dans les enclos, sous l'œil vigilant des cow-boys.

C'est alors que Kira aperçut Jody.

La jeune fille marchait dans sa direction, la tête basse, vêtue d'un blue-jean et d'un chemisier. Elle n'avait pas de bottes, seulement des baskets usées. En la découvrant, Kira se revit au même âge.

— Jody, je suis contente que tu aies pu venir, lui lança-t-elle en la rejoignant.

— Je suis venue, mais je ne pourrai pas rester tard. Ma mère ne peut pas venir me chercher après la tombée de la nuit.

— Ne t'en fais pas, je te ramènerai. Tu ne vas tout de même pas manquer le meilleur de la soirée !

— Mais je n'ai rien prévu pour danser !

— Je te prêterai des vêtements à moi qui devraient t'aller. Je suis sûre que nous en trouverons qui te plaisent.

— Je ne sais pas..., murmura Jody, hésitante.

Laura Carson, l'une de ses camarades de classe, approcha à son tour. Elle semblait avoir surpris la fin de la conversation.

— Allez, Jody, reste ! Tu te rends compte que ce sera la dernière fois que notre classe sera réunie !

— Mais il y a Ben !

— Et alors ? Ne t'occupe pas de lui, c'est tout. Nous resterons ensemble, toutes les deux.

— Voulez-vous que je vous affecte au buffet froid ? intervint Kira.

Les deux amies échangèrent un sourire.

— D'accord !

— Alors, rassemblez les autres filles et allons chercher les provisions. Quand les garçons vont avoir terminé, ils auront faim !

Très occupés l'un comme l'autre, Trace et Kira ne s'étaient croisés qu'une ou deux fois dans la journée. A présent, Trace se détendait devant le repas de midi, composé d'une assiette de poulet frit et de salade de pommes de terre que sa femme venait de lui apporter avec un large sourire.

Cent quarante et un veaux avaient été marqués et quatre-vingt-sept castrés. Autant de bêtes que sa dette envers Jarrett allait l'obliger à vendre, avec une partie des génisses par la même occasion. Si tout allait bien, il pourrait garder les taureaux reproducteurs, importants pour l'avenir du ranch, un peu plus longtemps.

L'attention de Trace fut soudain attirée par une voiture noire qui venait de se garer et qu'il reconnut avec surprise. Jarrett en descendit, arborant cette attitude arrogante qui ne le quittait jamais. En revanche, il portait un blue-jean et une chemise à carreaux, tenue qui ne lui était pas habituelle. Très étonné, Trace l'observa en fronçant les sourcils. Que venait-il faire là ?

Jarrett se dirigea droit vers lui, un sourire aux lèvres.

— Bonjour, lança-t-il de loin, j'ai entendu dire que vous aviez besoin d'aide.

— Tu arrives un peu tard, répondit Trace en se levant. Nous avons terminé le marquage. Mais si tu tiens vraiment à nous donner un coup de main, tu peux aider Cal à séparer les veaux de l'année. A condition, bien sûr, que tu saches encore monter à cheval…

Le sourire de Jarrett s'accentua, mais Trace sentit qu'il l'avait blessé.

— Je me souviens de t'avoir battu dans plus d'un rodéo, fit remarquer le nouveau venu.

— Dans ce cas, il ne te reste plus qu'à prouver de quoi tu es encore capable !

— Je vais le faire, mais avant cela, il y a quelques personnes que je dois saluer.

Trace tressaillit, inquiet de nouveau. Que venait faire son demi-frère sur le ranch le jour de la fête de fin d'année ? Il était clair qu'il manigançait quelque chose. Allait-il manœuvrer en vue d'obtenir la partie des terres qu'il avait proposé à Trace de lui céder à la place du remboursement de l'emprunt ? Trace aurait pu accepter ce marché et régler ainsi son problème, mais il savait que Jarrett était loin de partager son attachement à l'héritage familial. Si un acheteur lui en offrait un bon prix, il le vendrait sans hésiter. Et sans doute était-ce le cas, d'ailleurs. Pour se donner tant de mal, Jarrett devait avoir une idée derrière la tête. Une idée juteuse…

Trace lui empoigna le bras.

— Ecoute, Jarrett… Je ne vais pas te laisser gâcher la fête de Kira pour te livrer à tes manigances financières.

— Te voilà bien protecteur envers elle ! Remarque, c'est normal de protéger une future mère !

— Aie donc la décence de garder tout cela pour toi, veux-tu ? s'indigna Trace. Je ne sais pas d'où tu tiens cette information, mais de toute façon, rien n'est encore définitif.

— Mais bien sûr !

— Je parle sérieusement, Jarrett.

— Bon, très bien…

Jarrett s'éloigna et Trace vit Michèle Turner le rejoindre. Le couple se dirigea ensemble vers l'enclos des veaux.

— Trace !

L'intéressé sursauta en reconnaissant la voix de Kira derrière lui. Il se retourna et sourit à la jeune femme.

— Alors, interrogea-t-il, comment se passe la fête ?

— Jusqu'à présent, bien. Les démonstrations vont commencer. Mark Petersen va mettre un bœuf à terre et Cal va montrer le maniement du lasso.

— Où trouvent-ils tant d'énergie ? soupira Trace. Pour ma part, je ferais bien une petite sieste.

— Cela ne me déplairait pas non plus, acquiesça Kira avec un petit rire. Crois-tu qu'on remarquerait notre disparition, si elle ne durait pas trop longtemps ?

Trace la dévisagea, surpris de cette proposition déguisée.

— Je crains que oui, répondit-il d'un ton sec.

Il se détourna, s'efforçant de ne pas songer à ces chauds après-midi d'été où, à l'heure de la sieste, ils montaient dans leur chambre et faisaient l'amour, tantôt tendres, tantôt passionnés, sans plus se soucier du temps qui passait. Dire que plusieurs mois s'étaient écoulés sans qu'ils partagent la moindre intimité !

— Il faut que j'y aille, lança-t-il très vite.

Il s'éloigna. Cette journée était consacrée aux adolescents. C'était à eux qu'il fallait penser aujourd'hui, pas à Kira.

Ce qui était presque impossible.

Depuis la clôture du corral, Kira, en compagnie des élèves et de leurs parents, regardait Trace évoluer sur Tonnerre. Elle avait toujours admiré les talents de cavalier de son mari. Comme toute l'assistance, elle remarquait la maîtrise dont il faisait preuve, mais elle seule savait que, sous sa poigne de fer, se dissimulait aussi beaucoup de douceur.

— Il est vraiment très fort.

Elle se retourna au son de la voix masculine et découvrit Jarrett, qui se tenait juste derrière elle.

— Oui, je trouve aussi.

— Dire que c'est moi qui lui ai appris tout ce qu'il sait !

— Ah bon ? Je l'ignorais. En fait, je ne t'ai jamais vu à cheval…, rétorqua-t-elle, ironique.

— Et tu défends ton mari, ajouta-t-il avec une mauvaise humeur déguisée.

— En toutes circonstances, oui.

— Il en a, de la chance !

La jeune femme avait plu à Jarrett dès son arrivée à Winchester Ridge, elle le savait, mais sa rencontre avec Trace avait changé la donne.

— Que veux-tu donc, Jarrett ? soupira-t-elle, excédée, en le fixant dans les yeux.

— Je ne peux donc pas faire un compliment à ma belle-sœur ? ironisa-t-il, avant d'ajouter, un ton plus bas : je sais que ça n'a pas été facile pour vous ces derniers temps. Je veux dire, pour l'adoption…

La jeune femme tressaillit. Jamais elle n'avait évoqué ce sujet devant lui. Mais sans doute les services sociaux étaient-ils venus l'interroger…

— Nous en sommes encore au stade préliminaire, tu sais. Et j'apprécierais beaucoup que tu gardes tout ça pour toi.

— Bien sûr ! En fait, je ne m'étais pas rendu compte de ce qui se passait… Je veux dire, je savais que vous vouliez avoir des enfants, mais…

Au prix d'un effort, Kira parvint à lui décocher un sourire.

— Ce n'est plus un problème, Jarrett, affirma-t-elle, j'ai appris à l'accepter.

— Dans ce cas, c'est parfait… Eh bien, s'il y a quelque chose que je peux faire… Je connais un professeur de médecine à l'université qui est spécialiste des problèmes de fertilité. Il est très réputé. Je peux vous obtenir un rendez-vous, si vous voulez.

La jeune femme considéra son beau-frère, de plus en plus étonnée. Jamais encore, Jarrett n'avait fait preuve d'une telle délicatesse. Une délicatesse inutile, d'ailleurs. Trace et Kira avaient déjà consulté deux spécialistes.

— Merci, Jarrett, mais ce ne sera pas la peine. Nous avons déjà vu des médecins. Il n'y a rien à faire. Nous espérons que l'adoption nous donnera la famille dont nous rêvons.

— Je vous le souhaite. Y a-t-il quelque chose que je puisse faire pour vous aider ? Je sais que tout cela coûte horriblement cher.

— Nous n'avons besoin de personne, merci !

Kira se retourna, stupéfaite, imitée par Jarrett. Ce n'était pas elle qui avait prononcé ces dernières paroles, mais Trace, qui venait de se matérialiser derrière eux. La jeune femme recula d'instinct en découvrant le visage dur de son mari. Etait-ce de la jalousie ?

— Oh, Trace, tu es là… Je vous laisse, je dois aller retrouver Jody.

Trace regarda Kira s'éloigner, puis se tourna vers son demi-frère.

— Très bien, Jarrett, alors dis-moi, qu'est-ce qui se passe ? Pourquoi es-tu ici ?

— Je te l'ai dit, je suis venu pour vous aider. Tu aurais dû m'appeler pour le dénombrement.

— Je t'ai demandé de l'aide de nombreuses fois pendant toutes ces années, mais tu étais toujours trop occupé. Pourquoi cet intérêt soudain pour le ranch ?

— Ce n'est pas parce que je ne m'occupe pas de la gestion que je me désintéresse du ranch.

— Alors prouve-le. Ne me réclame pas mon échéance à la fin du mois comme prévu. Laisse-moi un peu plus de temps.

Jarrett hésita.

— Mais si tu n'as vraiment pas l'argent, comment pourras-tu continuer à faire fonctionner le ranch ?

— Pour le ranch, il n'y a pas de problème. Il fait des bénéfices. C'est juste que j'ai d'autres dépenses. Comme tu l'as dit, adopter un bébé coûte cher. Au besoin, je vendrai mes taureaux reproducteurs.

Tandis qu'il parlait, Trace vit Michèle venir vers eux.

— Viens donc à mon bureau la semaine prochaine, nous discuterons de tout ça, proposa Jarrett.

Il partit sans laisser à Trace le temps de répondre.

Ce dernier soupira. Son demi-frère avait toujours eu tout ce qu'il voulait dans la vie. Tout, sauf Kira, qui l'avait choisi, lui. A présent, lui-même risquait de la perdre et, si cela arrivait, le ranch n'aurait plus aucune importance.

6

L'après-midi était bien avancé et la fête battait son plein. Trace était en train d'expliquer aux garçons en quoi consistait son travail et il venait de placer Jake, un élève, sur Tonnerre, afin de lui montrer comment couper la route à un veau en fuite.

Kira remarqua que les filles l'observaient avec une grande attention. Quant aux mères des garçons, elles avaient pour la plupart les yeux fixés sur leur progéniture, mais beaucoup regardaient aussi Trace.

Celui-ci avait-il remarqué à quel point il attirait les regards ? S'intéressait-il aux autres femmes ? En désirait-il une autre qu'elle ? Par exemple, une femme qui pourrait lui donner un enfant ?

Les applaudissements éclatèrent soudain : Jake venait de réussir à ramener le veau. Ben lui succéda. Il grimpa sur le cheval, encouragé à grand bruit par tous les spectateurs. Tous, sauf Jody.

La jeune fille était restée en retrait. Lorsque Ben eut terminé, il vint la rejoindre. Kira les vit discuter un court instant avec animation, puis Ben secoua la tête et partit droit devant lui.

Ce n'était pas bon signe. Kira espéra qu'elle s'était trompée et que Jody n'était pas enceinte. Elle savait d'expérience à quel point cela pouvait bouleverser une vie.

Kira entendit que les spectateurs clamaient son nom, se retourna et vit Trace venir vers elle.

— Tu veux essayer de ramener un veau dans le troupeau ?

— Tu plaisantes ? Tu tiens vraiment à ce que je me ridiculise devant les élèves ?

— Tu montes bien à cheval, Kira. Je ne pense pas que tu puisses être ridicule. Vas-y, n'aie pas peur !

Les élèves se mirent alors à crier à l'unisson :

— Madame McKane ! Madame McKane !

Devant tant d'enthousiasme, ajouté au sourire de Trace, elle ne put résister davantage. Les élèves l'encouragèrent tandis qu'elle montait sur Tonnerre.

— Rappelle-toi quand même que je n'ai pas monté depuis longtemps, lança-t-elle à son mari.

— Ne t'inquiète pas. Je resterai à côté.

— C'est promis ?

— Promis.

Une fois en selle, elle tâcha de se concentrer sur ce qu'elle devait accomplir.

— Rappelle-moi ce que je dois faire.

— D'abord, te détendre. Ne tiens pas les rênes trop fermement. Laisse Tonnerre faire le travail.

— Très bien.

L'un des cow-boys libéra un jeune veau. Le cheval s'élança, essayant de repousser le veau contre la clôture. Kira garda les jambes fermement serrées autour du cheval et les mains sur le pommeau de la selle. Cela prit un peu de temps, mais, comme le lui avait conseillé Trace, elle laissa le cheval accomplir cette tâche qu'il connaissait bien, puis la cloche sonna la fin de l'exercice.

Les applaudissements éclatèrent lorsque Trace la ramena.

— Tu as été parfaite, s'exclama ce dernier.

Elle descendit de cheval et, à sa grande surprise, vit Trace se pencher vers elle et lui poser un baiser sur la bouche.

La foule manifesta bruyamment son approbation. Kira rougit et se dirigea vers la clôture.

« N'attache pas d'importance à cela ! se dit-elle en son for intérieur. Il n'a fait ça que pour sauver les apparences. »

Il était temps de se remettre au travail. Kira se rendit près de la grange pour assister au déchargement du matériel de sonorisation, qui devait servir pour le bal. Un peu plus loin, les volontaires commençaient à faire griller la viande.

— Madame McKane !

Kira se retourna. Jody et Laura accouraient vers elle.

— Jody, Laura, est-ce que vous vous amusez bien ?

— Oh, oui, répondit Laura. Nous allons bientôt pouvoir manger. Et le disc-jockey est presque prêt. Il y a des filles qui voudraient se changer. J'ai mis un panneau « réservé aux filles » à l'entrée du dortoir.

— Bien. Laura, veux-tu nous excuser un instant ? Je dois voir quelque chose avec Jody.

— Bien sûr !

Laura s'éloigna et Kira emmena Jody vers la maison.

— Vous n'êtes pas obligée de me prêter des vêtements, madame McKane.

— Je sais. Mais je veux que tu restes et que tu profites de la soirée. C'est la grande fête de ta promotion.

Elle conduisit Jody au premier étage.

— C'est vraiment joli ici, madame McKane.

— Merci. C'est la maison familiale de mon mari.

C'était le premier lieu où elle s'était vraiment sentie chez elle depuis bien longtemps — depuis la mort de ses parents, en fait. Elle se demanda combien de temps elle pourrait encore appeler cela son foyer.

Elle pénétra dans la chambre et se retourna pour parler à Jody, mais, à sa grande surprise, elle constata que la jeune fille n'était plus derrière elle. Elle la trouva dans la chambre d'enfant.

— Jody ?

— Excusez-moi, mais... Vous attendez un bébé ?

— Malheureusement, non. Trace et moi aimerions en avoir un, mais jusqu'à présent, ce n'est pas arrivé.

— Oh, je suis désolée. Je ne voulais pas me mêler de ce qui ne me regarde pas.

— Ce n'est pas grave.

Elles retournèrent dans la chambre principale. Kira inspecta sa garde-robe, puis en sortit deux jupes et un joli chemisier.

— Ne t'en fais pas, Jody. Je n'ai jamais porté ces vêtements au lycée. Personne ne saura qu'ils ne sont pas à toi. Et puis, est-ce que les filles ne se prêtent pas des vêtements ?

— Mais vous êtes ma conseillère d'éducation.

— Plus maintenant.

Jody sourit.

— Je pense que cette jupe de toutes les couleurs va faire l'affaire, reprit Kira. Elle fait très Western.

Elle trouva ensuite un top de coton rose, une large ceinture et une veste en jean.

— Il va faire frais ce soir, fit-elle remarquer.

Elle jeta alors un coup d'œil aux baskets de l'adolescente.

— Je crois que tes chaussures conviendront, mais si tu veux, j'ai des bottes.

— Tous ces vêtements sont si beaux ! Et si je les abîme ?

— Ce ne sont que des vêtements, Jody. Maintenant, il faut t'habiller. Quand tu sortiras de la maison, passe par la porte de devant et personne ne te verra.

— Merci beaucoup, madame McKane.

— Je t'en prie.

Elle referma la porte et, parvenue à l'escalier, découvrit tout à coup Trace en bas des marches.

— Trace ! Mais qu'est-ce que tu fais là ? Il y a un problème ?

— Non, non… Mais comme les filles ont envahi le dortoir, je suis venu prendre une douche et me changer ici. Je crois que je t'ai entendue parler avec Jody.

— Oui, elle est dans la chambre. Cela ne t'ennuie pas d'attendre cinq minutes ?

— Je peux prendre une douche dans la salle de bains de la chambre d'amis, mais mes jeans propres et mes bottes sont dans la chambre à coucher.

— Prends ta douche, je vais te les chercher.

Il hésita.

— Je trouve que tu as vraiment bien fait les choses aujourd'hui. Et c'est très gentil de ta part de prêter des affaires à Jody.

— Elle n'a pas d'argent et ne peut pas s'habiller comme les autres filles de sa classe. Et moi, je sais ce que c'est de se sentir différente. Et délaissée par les autres.

Il hocha la tête, puis gagna la chambre d'amis. Kira entendit bientôt l'eau couler.

Quelques minutes plus tard, la porte de la chambre principale s'ouvrait.

— Oh, Jody, tu es vraiment superbe ! s'exclama Kira.

— Vous trouvez ?

— Oui. Laisse-moi juste te maquiller un peu.

Dix minutes plus tard, après avoir coiffé Jody et lui avoir mis du rose sur les joues, elle l'envoya rejoindre ses camarades.

Elle apporta ensuite à Trace un pantalon propre et des bottes.

— C'est vraiment chic, ce que tu as fait pour Jody, commenta-t-il.

— Je veux qu'elle se sente bien dans sa peau.

— Tu l'as bien aidée dans ce domaine, ce soir.

— Les adolescents peuvent être très cruels. Avec eux, quand on se sent rejeté…

Trace savait que Kira parlait d'expérience. Même si elle n'évoquait jamais sa vie dans les différents foyers adoptifs qu'elle avait connus, il savait qu'elle avait souffert.

— Je ne veux plus jamais que tu éprouves ce genre de sensation, Kira. Plus jamais.

— Oh, Trace, ce n'est plus le cas, ne t'en fais pas. Tu m'as toujours donné l'impression d'être quelqu'un de très spécial. Et puis, tu m'as offert une vie merveilleuse ici.

En l'entendant parler ainsi, Trace détourna la tête. Si elle disait vrai, pourquoi avait-il l'impression de l'avoir abandonnée ?

Deux heures plus tard, le barbecue était terminé et la soirée dansante débutait. Pendant plus d'une heure, Kira veilla à ce que tout se passe bien, puis elle laissa ce rôle à Cal et alla rejoindre Trace, qui parlait de son activité à plusieurs pères d'élèves.

Elle resta en leur compagnie, appréciant d'entendre son mari évoquer un métier qu'il aimait par-dessus tout, le regardant s'enthousiasmer et transmettre sa passion. Soudain, elle entendit quelqu'un l'appeler.

— Madame McKane !

C'était Laura, l'amie de Jody.

— Madame McKane, vous n'auriez pas vu Jody, par hasard ?

— Non, je pensais qu'elle était avec toi.

— Elle l'était, mais Ben est venu la chercher. Je suis partie en pensant qu'ils avaient besoin de discuter. Je voulais les laisser régler leurs problèmes. Mais là, je viens de voir Ben avec ses amis, et je ne trouve Jody nulle part.

— As-tu posé la question à Ben ?

— Il dit qu'il ne sait pas où elle est et qu'il s'en moque.

— Ne panique pas, je vais la chercher avec toi.

C'était précisément ce que Kira redoutait. Elle alla trouver Ben et l'attira à l'écart pour lui parler seul à seule.

— Qu'est-ce qu'il y a, madame McKane ?

— Je me fais du souci pour Jody. Je ne la vois nulle part. Sais-tu où elle est ?

— Elle est peut-être repartie.

— Non, c'est moi qui devais la ramener. Est-ce qu'il n'y a pas quelque chose qui la trouble en ce moment ?

— Si, peut-être… Nous nous sommes séparés il y a deux ou trois semaines et elle voulait que nous nous remettions ensemble. Je lui ai dit que je ne voulais pas.

— Tu ne lui as rien dit d'autre ?

— Non.

— Dis-moi au moins dans quelle direction elle est partie.

Il tendit le doigt vers le corral.

Kira le quitta aussitôt et sentit la panique la gagner. Pourvu que Jody ne fasse rien de grave !

Elle s'arrêta à la grange pour prendre une lampe électrique et se dirigea vers le corral. Lorsqu'elle passa devant un petit bosquet, elle entendit des sanglots. Elle se précipita et découvrit Jody assise au pied d'un arbre, la tête sur les genoux, le visage baigné de larmes.

— Jody ?

— Qui est-ce ?

— C'est moi, Kira McKane. Tu vas bien ?

— Oui, ça va ! Mais laissez-moi seule !

— Je ne peux pas. Et ça ne va pas. Laisse-moi t'aider.

— Non ! Personne ne peut m'aider ! Tout le monde me détestera quand on saura…

— Non, Jody, personne ne te déteste. Et moi, je vais t'aider, quel que soit le problème.

— Pourquoi ?

— Parce que je comprends ce qui t'arrive.

— Non, vous ne comprenez pas. Personne ne peut comprendre. Même Ben s'en moque. Il m'a dit qu'il ne m'a jamais aimée. Et maintenant, il me hait.

— Non, il a juste peur. Comme toi.

— Qu'en savez-vous ?

Kira sentit soudain une présence toute proche et se figea en distinguant la silhouette familière de Trace. Celui-ci s'avança pour que Kira reconnaisse son visage au clair de lune, mais de manière à ne pas être vu de Jody.

— Je sais ce que c'est que de se sentir seule, reprit Kira sans se préoccuper de lui. Tu penses que tu n'as personne vers qui te tourner, personne à qui tu puisses dire que tu es enceinte.

Jody leva vers elle un visage stupéfait baigné de larmes.

— Comment savez-vous que je suis enceinte ? articula-t-elle.

— J'ai vécu la même chose que toi, Jody, confia Kira à mi-voix, sans répondre à la question. Moi aussi, à quinze ans, je me suis retrouvée enceinte.

Trace se figea. Kira avait eu un bébé ?

— Ce n'est pas vrai ! protesta Jody. Vous dites cela pour me consoler.

— Si, Jody, c'est la vérité. Et j'ai éprouvé exactement ce que tu éprouves maintenant. Seulement, toi, tu as auprès de toi une personne qui est prête à t'aider.

La jeune fille se remit à sangloter.

— Non… Ma mère est incapable de faire face à une chose comme ça. Je l'ai trahie. Que vais-je faire ?

— Jody, je suis là, moi. Tu n'es pas seule. Ensemble, nous pouvons trouver des solutions.

Kira se tut et laissa la jeune fille retrouver peu à peu son calme.

— Et votre bébé ? interrogea enfin Jody dans un souffle. Vous l'avez eu ?

— Oui, mais j'ai dû le donner à adopter. Je n'avais pas de famille et j'étais trop jeune pour le garder.

Jody la considéra longuement sans rien dire, puis se leva… et découvrit Trace.

— Oh, monsieur McKane, vous êtes là ! s'exclama-t-elle.

— Je suis désolé de vous interrompre, répondit-il. Je suis venu m'assurer que tout allait bien.

— Oui, oui, tout va bien, maintenant, assura Kira. Ne t'en fais pas.

— Dans ce cas, je vous laisse…

— Non, nous allons revenir avec toi. Nous reparlerons de tout cela, Jody.

— Merci…, souffla la jeune fille.

Ils reprirent tous trois le chemin du ranch. Kira tenait Jody par le bras et regardait droit devant elle. A présent, Trace savait, et c'était sans doute mieux ainsi.

La musique avait cessé et les invités étaient presque tous partis. Kira aida à remettre de l'ordre, puis rejoignit la maison, laissant Trace rassembler les dernières chaises avec Jake Petersen et les charger dans le camion. Elle demeura de longues minutes dans la cuisine, se demandant si Trace viendrait la rejoindre et se préparant à affronter la discussion qui, dans ce cas, l'attendait. Elle le vit arriver de loin et se leva pour l'accueillir.

— Tout le monde est parti ? interrogea-t-elle d'un ton détaché quand il entra.

— Oui, il ne reste plus que nous deux. Je croyais que tu devais raccompagner Jody ?

— Les parents de Laura s'en sont chargés. J'irai la voir demain pour l'aider à expliquer la situation à sa mère.

Il y eut un silence, puis Trace reprit la parole.

— Avais-tu l'intention de me le dire un jour, Kira ? s'enquit-il d'un ton sec. Ne cherche pas à te dérober, tu me dois la vérité ! Dans deux jours, Mme Fletcher va revenir avec la mère biologique. Je dois savoir qui est exactement la femme avec laquelle je suis censé vivre.

Kira hésita, baissant la tête.

— Je sais que tu ne me croiras pas, mais j'avais décidé de tout te dire demain.

— C'est bien de ça que tu parlais avec Mme Fletcher l'autre jour, quand je suis arrivé, n'est-ce pas ?

— Oui. Elle avait mon dossier médical et, de toute façon, je ne voulais pas lui mentir.

— Mais mentir à ton mari, c'est moins grave, c'est ça ?

— Je ne t'ai pas vraiment menti, Trace.

— Non, tu as juste omis de me faire part d'un événement très important qui t'est arrivé et qui a bouleversé ta vie.

— J'ai du mal à parler de mon passé, tu comprends ? Je ne l'ai jamais fait avec personne. Je me suis toujours dit qu'il valait mieux tout oublier et recommencer de zéro. Avec toi…

En voyant Trace détourner le regard, la jeune femme sentit la morsure familière du rejet. Elle parvint toutefois à rassembler assez de forces pour ne rien laisser paraître.

— D'accord, Trace, déclara-t-elle d'une voix qu'elle aurait voulue plus résolue. Que veux-tu savoir ? Comment j'ai pu abandonner mon bébé ? Comment j'ai pu laisser un garçon me faire l'amour, alors que j'avais à peine quinze ans ? Tu ne sais sans doute pas que les enfants adoptés sont différents des autres et qu'ils peuvent commettre d'énormes erreurs ? Et même faire n'importe quoi… Je ne valais vraiment rien à l'époque !

— Arrête !

Elle redressa la tête, étonnée de ce ton autoritaire, mais enchaîna néanmoins.

— Mais tu veux la vérité, non ? Tu ne sais pas ce que c'est que d'être une paria, de n'avoir aucun ami ? A l'école primaire, ça passait encore, mais à partir du collège, j'ai été rejetée par toute ma classe. Et puis, il y a eu Michael, qui a commencé à s'intéresser à moi, à me parler… Moi, j'étais naïve, je l'ai cru quand il m'a dit qu'il m'aimait.

Elle essuya une larme qui avait roulé sur sa joue.

— Mon Dieu, depuis que j'avais perdu mes parents, personne ne m'avait parlé avec tendresse ! Le problème, c'est que, dès l'instant où je lui ai annoncé que j'étais enceinte, il m'a tourné le dos et ne m'a plus adressé la parole.

Elle s'interrompit, luttant contre les larmes.

— Cela m'a fait un choc terrible, reprit-elle dans un murmure rauque. Le pire, c'est qu'il était le neveu de mes parents adoptifs. Ceux-ci m'ont fait rassembler mes affaires et ils m'ont renvoyée avant que ma grossesse commence à se voir.

— Où es-tu allée ?

— Les filles dans mon cas sont placées dans des foyers spéciaux. Je me suis retrouvée là, avec plein d'autres adolescentes qui se préparaient à accoucher. J'y suis restée jusqu'à la naissance de mon petit garçon. Evidemment, je n'ai pas pu le garder.

Cette fois, sa voix se brisa. Si elle était parvenue à se maîtriser jusque-là, c'était devenu impossible à présent. Elle éclata en sanglots. Alors, Trace la prit dans ses bras et la serra contre lui.

— Je suis désolée, Trace, reprit-elle. J'aurais dû te le dire depuis longtemps. Seulement, quelque chose m'en empêchait. J'avais peur… peur que tu ne veuilles plus de moi.

— Ne dis plus rien…

Face à la douleur de sa femme, Trace se sentait impuissant. Que d'épreuves elle avait dû endurer ! Seulement, en cinq ans, elle ne lui avait jamais fait assez confiance pour tout lui raconter et cette idée faisait mal. Elle avait préféré vivre avec son secret.

Sous ce nouvel éclairage, on comprenait aisément pourquoi elle avait tant tenu à mettre au monde un autre bébé.

Kira releva la tête.

— Je suis soulagée de t'avoir avoué tout ça, tu sais, lui dit-elle. J'ai eu tort de faire pression sur toi… Toutes ces tentatives pour avoir un enfant… Je suis désolée pour tout, Trace.

Sur ces mots, elle se détacha de lui, tourna les talons et quitta la pièce.

Il demeura immobile. Les pensées se bousculaient dans sa tête. Il était tenté d'aller la rejoindre, mais savait que, s'il le faisait, il devrait s'engager à rester, non pas comme son mari, mais seulement comme le père de son enfant. Or il voulait être l'un et l'autre et ne voyait pas comment cela pourrait être réalisable.

Un frisson le parcourut quand il imagina le départ de Kira. Vivre sans elle lui était impossible, ces derniers mois l'avaient amplement prouvé. Il traversa la maison et gravit les marches de l'escalier deux par deux. Lorsqu'il entra dans leur chambre et vit Kira allongée sur le lit, le visage baigné de larmes qui coulaient sans discontinuer, son cœur se serra.

— Kira, lança-t-il en un souffle.

Elle remarqua alors sa présence et, avec lenteur, s'assit sur le bord du lit.

— Tu as besoin de vêtements ? demanda-t-elle.

— Non, je suis venu te voir…

Avec ses cheveux blonds en désordre et ses yeux marron en quête du moindre signe d'encouragement, Kira était l'image même du désespoir.

Trace sentit les larmes lui monter aux yeux. Il s'approcha et s'assit près d'elle sur le lit.

— Je regrette de ne pas avoir été là, à tes côtés…, murmura-t-il en lui prenant la main.

Comme il la comprenait à présent ! Comme il comprenait les souffrances qu'elle avait dû endurer en voyant qu'elle ne parvenait pas à combler ce vide dans sa vie !

— A présent, je sais pourquoi tu as tellement envie d'un bébé.

Sans famille, à l'exception d'une grand-mère qui n'avait pas voulu s'occuper d'elle et d'un enfant qu'elle n'avait pas pu garder.

Un fils qu'elle n'avait pas pu voir grandir.

Quel courage il lui avait fallu pour affronter ce que la vie avait mis sur son chemin ! Il l'en aimait d'autant plus.

— Alors, toi aussi tu vas me quitter, murmura-t-elle soudain.

Trace tressaillit.

— Te quitter ? Maintenant ? Il me semble qu'il serait plus facile d'apprendre à ne plus respirer. As-tu une idée du nombre de nuits d'insomnie que j'ai passées dans ce maudit dortoir, à penser à toi ? A me souvenir de tout ce que nous avions échangé, partagé, de la manière dont nous nous serrions l'un contre l'autre, la nuit ? A me rappeler la douceur de ta peau contre la mienne ? A me dire qu'il avait été merveilleux de t'aimer ?

Rêvait-elle ? Kira retenait son souffle, écoutant chaque mot avec avidité, craignant de se réveiller soudain pour découvrir qu'elle avait rêvé.

— Cela a été un enfer, acheva Trace d'une voix blanche.

Kira se tourna vers lui et le fixa dans les yeux.

— Pour moi aussi, cela a été un enfer. J'avais conscience de t'avoir fait fuir et je savais que tu avais souffert par ma faute.

— Ne parle plus, Kira, ordonna-t-il avec un très léger sourire.

Alors il se pencha et lui déposa un baiser sur les lèvres. Elle entrouvrit la bouche, ressentant un désir qu'elle n'avait pas éprouvé depuis longtemps et envahie, aussi, de sentiments qui laissaient son cœur à vif.

En cet instant, elle n'avait qu'une envie : faire l'amour avec Trace. Et, au fond d'elle-même, elle savait que c'était réciproque.

— J'ai envie de toi, Kira, souffla-t-il alors contre ses lèvres, comme pour la conforter dans son idée. Ne me repousse pas, s'il te plaît, pas ce soir.

— Oh, non, Trace…

Elle l'enlaça et cette fois, ce fut elle qui prit l'initiative d'un nouveau baiser, plus passionné encore. Quelques instants plus tard, ils se serraient contre l'autre dans le lit, peau contre peau.

Alors, Trace l'attira contre lui et lui fit tout oublier.

Cette nuit-là, ce fut parfait.

7

Le lendemain matin, Kira ouvrit les yeux à l'aube pour découvrir le décor familier de la chambre à coucher. Ainsi que la présence, tout aussi familière il n'y a pas si longtemps, de Trace à ses côtés. Elle l'observa quelques instants, captivée par ce visage qui, totalement détendu, ressemblait à celui de l'homme dont elle était tombée amoureuse cinq ans plus tôt.

Elle se détourna vers le plafond et repensa à chacun des précieux moments qu'ils avaient partagés. Les quelques heures qu'ils venaient de vivre avaient ressemblé à leur première année de mariage, quand elle n'était pas encore obsédée par son désir d'enfant, quand Trace ne souffrait pas encore à cause de son passé à elle.

Ses yeux s'emplirent de larmes. Après une telle nuit, il allait être difficile d'éviter Trace, mais cela se révélerait pourtant nécessaire. Si elle voulait l'abandonner afin de le laisser refaire sa vie, elle allait devoir prendre ses distances.

Trace remua et, dans son sommeil, attira Kira vers lui. Elle feignit d'être endormie et ne réagit pas. Quelques minutes plus tard, elle le sentit bouger encore, puis sortir du lit. Il s'habilla aussitôt et quitta la pièce.

Kira ouvrit alors les yeux, soulagée de ne pas avoir eu à discuter au réveil. Trace avait probablement du travail ce matin. Elle s'efforça de ne pas repenser à la nuit merveilleuse qu'elle venait de vivre. De toute façon, cela n'avait rien changé. Tous deux restaient avec leurs problèmes et elle ne pouvait toujours pas donner à Trace des enfants qui soient de lui.

*
* *

Pendant ce temps, dans la cuisine, Trace essayait de faire appel à tout son bon sens. Cette merveilleuse nuit ne signifiait pas que leur couple était remis sur les rails, même s'ils n'avaient jamais été aussi près d'une réconciliation depuis des mois. Il fallait un nouveau départ et c'était peut-être possible, car il savait que sa femme l'aimait encore.

Il se versa du café, sortit du jus d'orange du réfrigérateur, en remplit deux verres, puis s'installa à table.

Kira arriva bientôt, vêtue d'un peignoir de satin à fleurs, et il se troubla. Il était clair qu'elle ne portait rien en dessous.

— Je crois qu'un peu de café et un bon petit déjeuner nous feront du bien, à l'un comme à l'autre, lança-t-il d'un ton léger.

Kira s'installa, approcha une tasse et se servit du café à son tour en écartant ses cheveux blonds de son visage. Le tissu de satin mettait en valeur chaque courbe de son magnifique corps de femme.

Il savoura lui aussi le breuvage chaud, tout en la regardant boire avec ses grands yeux noisette fixés sur lui. La tension, dans l'air, était palpable.

— Il me semble que nous devrions discuter un peu, tous les deux, non ? murmura Kira.

— Si tu veux, acquiesça-t-il. Commence par me dire ce que tu as en tête.

— Ce qui est arrivé hier soir… ce n'était pas prévu du tout. En fait, je veux que tu saches que je ne te demande rien.

Trace se crispa à ces mots. Voilà que cela recommençait !

— En fait, nous nous sommes servis l'un de l'autre pour des besoins purement physiques. C'est ce que tu veux dire ?

— Arrête de m'attribuer des pensées que je n'ai pas ! Il s'est passé beaucoup de choses hier et je suis venue vers toi parce que… parce que je te fais confiance… et que j'ai de l'affection pour toi.

— Moi aussi, j'ai de l'affection pour toi, Kira. Crois-tu que l'on puisse éteindre des sentiments aussi profonds, après tant d'années, juste comme on appuie sur un bouton ?

— Le problème, c'est que, maintenant, nous sommes tous

deux trop vulnérables pour nous laisser aller à cela. Alors je pense que nous devrions essayer de faire en sorte que cela ne recommence pas… du moins, pendant un certain temps, ajouta-t-elle.

— Tu veux dire pendant six mois, jusqu'à ce que tu aies ce bébé ?

Elle demeura impassible.

— Je voudrais utiliser ces six mois pour voir comment nos rapports évoluent.

— Et ensuite, tu pourras t'en aller, conclut-elle dans un soupir. Ou, plus exactement, nous pourrons tous deux reconstruire nos vies. Tu m'as dit que tu étais d'accord avec cela, n'est-ce pas ?

— Tout ce que j'ai dit, c'est que j'étais d'accord pour être là quand Mme Fletcher viendrait. Nous avons dépassé ce stade.

— Très bien. Mais demain, nous allons rencontrer une mère biologique, qui va peut-être nous confier son enfant. C'est une occasion extraordinaire.

Il ne réagit pas et elle enchaîna.

— Je sais que tout cela arrive vite, Trace, mais il faut que nous prenions une décision. Cela t'a fait un choc hier d'apprendre que j'avais eu un bébé, mais c'est le passé et je ne peux pas le changer. Alors maintenant, il faut que tu me pardonnes et que nous décidions si nous allons de l'avant.

— Il n'y a rien à pardonner, Kira, répondit-il d'une voix douce. Et je sais ce qu'adopter un enfant représente pour toi.

Kira tenta de garder la tête froide. Elle ne devait pas laisser les paroles de Trace lui inspirer trop d'espoir.

— Alors, tu veux bien partager de nouveau ma vie pendant… pendant six mois ? Pour voir comment les choses se passent ?

— Nous verrons, Kira. Qu'arrivera-t-il si nous ne sommes pas choisis demain ?

Dans ce cas, elle aurait le cœur brisé, mais elle ne l'avoua pas.

— Il faudra garder un état d'esprit positif. Je ne veux pas non plus que tu te sentes pris au piège.

— Pris dans quel piège ? Nous nous sommes mis d'accord pour adopter un enfant il y a longtemps.

— Agissons comme si nous étions vraiment mari et femme,

Trace. Je ne veux pas d'un homme qui s'en va au moment où les choses se compliquent.

— N'est-ce pas exactement ce que toi, tu vas faire, en fin de compte ?

Elle ignora le sarcasme.

— Alors, tu reviens à la maison ?

Il réfléchit.

— Je ne peux pas revenir comme si nous n'avions jamais eu de problèmes.

— Je sais. C'est pourquoi je m'installerai dans la chambre d'amis.

— Mais pourquoi ?

Elle entrevit soudain une lueur d'espoir.

— Parce que c'est ce que tu veux.

— Non, ce n'est pas ce que je veux. Ce n'est pas facile pour moi, Kira. Et cette nuit passée avec toi n'a rien arrangé. Mais si nous avons la chance d'avoir un bébé, ce qui n'est pas gagné d'avance… qui sait, nous pourrions nous entendre de nouveau.

Contenant difficilement son excitation, Kira s'approcha de Trace et l'embrassa sur la bouche. Puis elle approfondit le baiser, ce qu'il fit aussi. Lorsqu'elle recula, elle pouvait lire le désir dans les yeux gris-vert.

— C'était pour te souhaiter officiellement un bon retour à la maison.

Quelques heures plus tard, tandis qu'il roulait vers la ville, Trace se demandait encore s'il avait pris la bonne décision. Kira était partie chez Jody et lui-même avait rendez-vous avec son frère. Il se gara devant la maison d'architecte que celui-ci avait fait construire sur la parcelle qu'il avait gardée, lorsqu'il lui avait vendu sa part du ranch.

La maison moderne, à deux étages, s'élevait au sommet d'une colline, avec une vaste pelouse à l'avant et, à l'arrière, une vue superbe sur les montagnes. Des arbres entouraient la propriété, apportant plus d'intimité à la terrasse de bois.

Trace sonna à l'Interphone et on lui répondit aussitôt. Jarrett apparut alors à la porte, vêtu d'un blue-jean et d'une chemise bleue.

— Entre, Trace.

— Je t'avais promis de passer…

Trace pénétra dans le vestibule carrelé, puis dans un vaste salon où une cheminée occupait la plus grande partie d'un mur, entourée de profonds divans en cuir fauve. Il suivit ensuite son frère jusqu'à la cuisine, meublée d'éléments noirs et d'un comptoir de marbre.

— Tu as une très belle maison.

— Tu n'étais jamais venu ?

— Non. L'invitation a dû s'égarer à la poste.

Son frère ignora l'ironie du commentaire.

— Kira et toi êtes toujours les bienvenus.

— Je le lui dirai. Bon, de quoi voulais-tu discuter ?

— J'ai tout préparé, dit Jarrett en désignant la table.

— De quoi parles-tu ?

— De la transaction immobilière.

Se pouvait-il qu'il ait déjà établi les contrats ?

— Je n'ai pas dit que je vendrai, j'ai dit que je voulais bien discuter.

— Tu sais très bien que tu ne pourras pas me payer en temps et en heure.

— Et toi, tu ne sais rien du tout. J'ai l'argent.

Jarrett redressa la tête, apparemment surpris, puis lui fit signe de s'asseoir avant de prendre place en face de lui.

— Nous savons tous les deux qu'une adoption coûte très cher.

— Ça, ce sont mes affaires. Je m'en occupe.

— Et si tu n'y arrives pas ? Tu cours le risque de tout perdre, et le ranch, et le bébé.

Et Kira, ajouta Trace en son for intérieur.

— Très bien. Alors, que me proposes-tu ?

— De me vendre la partie de tes terres qui jouxte ma propriété.

— Nous en avons déjà parlé, Jarrett. Je ne veux pas te la vendre parce qu'il est hors de question que l'on construise dessus.

— Et si je te promets qu'on ne construira rien pendant dix ans ?

Ces paroles ne rendirent Trace que plus méfiant. Son frère

ne faisait jamais rien sans y trouver profit. Cependant, Trace avait-il le choix ? Ces dernières années, il y avait eu de grosses dépenses médicales pour Kira, dépenses que l'assurance n'avait pas couvertes, ajoutées à deux années plutôt maigres pour les éleveurs de bovins. L'argent qu'il avait mis de côté en cas de problème avait presque entièrement fondu.

Le dernier paiement était prévu pour fin juin, c'est-à-dire dans trois semaines. Trace regarda son frère. Quelque chose lui disait qu'il ne fallait pas lui faire confiance. Ce frère aîné l'avait trop souvent manipulé.

— Tu me laisses une semaine pour y réfléchir ?

Jarrett hésita, puis hocha la tête.

— Mais pas plus.

Que mijotait-il ? se demanda encore Trace. Il fallait absolument le découvrir.

— Tiens... Je voulais aussi te donner ça pour Kira, ajouta Jarrett.

Trace saisit la carte de visite qu'il lui tendait.

— Docteur Thomas Faulkner, spécialiste de la fertilité, lut-il à haute voix.

— Nous nous sommes connus à l'université et nous avons gardé le contact. J'en ai parlé à Kira.

De quoi se mêlait-il donc ?

— J'aurais cru qu'elle t'en toucherait un mot.

— Et elle t'a dit qu'elle voulait voir ce médecin ? s'étonna Trace.

— Je pense que vous ne devriez pas abandonner, c'est tout, déclara Jarrett avec un haussement d'épaules. C'est d'ailleurs une raison de plus pour me revendre ces terres.

— Ecoute, Jarrett, il faut que j'y aille. Kira m'attend pour déjeuner.

— D'accord, mais réfléchis bien. C'est une bonne affaire que je te propose.

Trace en doutait. Son frère avait une idée derrière la tête et il comptait bien découvrir laquelle.

En quittant son mari pour se rendre chez Jody, ce matin-là, Kira débordait de joie. Pas seulement parce que Trace lui avait fait l'amour la nuit précédente, mais aussi parce qu'il revenait à la maison et était d'accord pour l'adoption. Certes, ils ne dormiraient pas ensemble et il ne resterait pas avec elle, ensuite, pour élever l'enfant, mais c'était un bon début. Au moins, le dialogue était rétabli.

L'humeur de Kira s'assombrit lorsqu'elle s'engagea dans Elm Street. Ce quartier sordide lui rappelait son enfance. Quand elle était petite, ses parents avaient du mal à joindre les deux bouts. A leur mort, il n'y avait pas eu d'argent en réserve pour permettre d'élever la petite fille et sa grand-mère, qui souffrait d'une santé fragile, avait refusé de la prendre chez elle.

Kira chassa ces souvenirs et se gara devant la petite maison que louait la mère de Jody. La pelouse avait bien besoin d'entretien et les murs, d'une couche de peinture. Il était étonnant que Jody puisse avoir de si bonnes notes à l'école en vivant dans un tel lieu. Kira était résolue à faire tout son possible pour l'aider.

Elle sortit de sa voiture et se dirigea vers la maison, dont la porte s'ouvrit aussitôt. Jody apparut, l'air fatigué et soucieux.

— Bonjour, madame McKane.

— Bonjour, Jody. Comment vas-tu ?

— Mieux, à présent que vous êtes là. Ma mère vient de se lever. C'est son jour de congé, alors elle en profite pour dormir plus tard.

Kira savait que la jeune fille inventait des excuses à Marge Campbell, sa mère. Elle était sûre que c'était Jody qui s'occupait de tout à la maison, en plus de ses cours au lycée et de son travail à temps partiel.

— Nous allons prendre le taureau par les cornes ensemble, Jody.

— Jody, à qui parles-tu ? lança la voix de Mme Campbell, qui apparut au même instant sur le seuil. Oh, madame McKane ! Qu'est-ce qui vous amène ?

Marge Campbell, la quarantaine, portait sur son visage les marques d'une vie difficile…

— Bonjour, madame Campbell. Désolée de vous déranger, mais Jody et moi, nous devons vous parler.

Surprise, Marge Campbell les laissa entrer sans grand

enthousiasme et les précéda dans un salon, meublé d'un divan aux tons passés et de deux fauteuils différents. Les cendriers étaient vides, mais il flottait une forte odeur de tabac.

Lorsqu'elles furent assises, Kira échangea un regard avec Jody.

— Si c'est pour que Jody aille en fac, commença sa mère, ce n'est pas possible. J'ai besoin qu'elle reste ici pour m'aider.

— Non, maman, il ne s'agit pas de l'université, répondit la jeune fille. En fait, je suis enceinte.

Marge la dévisagea, interdite, avant d'exploser.

— Quoi ? s'écria-t-elle en se levant. Mais tu m'avais promis que tu ferais attention ! Que tu tiendrais les garçons à distance ! Qu'est-ce qu'on va faire, maintenant ? Elever le rejeton d'un de ces voyous ? Je t'avais pourtant prévenue ! Qui est-ce qui t'a fait cela ?

Kira se leva.

— Madame Campbell, ne voulez-vous pas vous rasseoir, afin que nous puissions parler calmement de ce qu'il faut faire ?

— Oh, mais c'est très simple ! Jody va se débarrasser du bébé, et tout de suite ! Il n'est pas question qu'elle me fourgue un autre gosse ! J'en ai déjà eu une et ça me suffit largement !

Silencieuse, Jody suivait la conversation. Son visage s'était décomposé.

— Votre fille ne va pas vous fourguer quoi que ce soit, assura Kira. Mais c'est à elle de prendre la décision. Elle peut obtenir des aides financières si elle décide de garder l'enfant.

— Eh bien, en tout cas, elle ne l'amènera pas ici ! Elle peut faire ses bagages et aller l'élever ailleurs !

Après sa visite chez Jarrett, Trace rentra au dortoir, rassembla ses affaires et les rapporta à la maison.

La situation était loin d'être parfaite, mais il allait l'affronter. Il devrait seulement se tenir à l'écart de la chambre à coucher. Cependant, il ne pouvait s'empêcher de repenser à la tendresse avec laquelle ils avaient fait l'amour la nuit précédente. Dans l'obscurité, ils n'avaient pas eu besoin de mots. Leurs corps avaient exprimé seuls le besoin qu'ils avaient l'un de l'autre.

Avec aucune autre femme, Trace n'avait connu une harmonie aussi parfaite. Comment pourrait-il vivre sans elle ?

Voilà pourquoi il allait utiliser ces six mois pour tenter de réparer leur relation. Il serait dur de résister à la tentation de faire l'amour, mais il ne devait pas penser qu'à lui : il fallait aussi tenir compte du bébé, désormais. Peut-être que s'il avait fait face, s'il s'était donné plus de mal au lieu de fuir les difficultés, il aurait à présent une véritable épouse, avec qui il partagerait ses nuits. Il ne pouvait s'en prendre qu'à lui-même. Il n'était donc pas question de la quitter maintenant, surtout si elle adoptait un bébé. Pas sans avoir essayé de rester dans sa vie, en tout cas.

Il venait de ranger sa trousse de toilette dans la salle de bains quand il entendit la porte s'ouvrir. Kira était rentrée. Tant mieux. Cal pourrait assumer seul les tâches du ranch ce jour-là et lui-même resterait avec sa femme. Peut-être parviendrait-il à la convaincre de changer certaines règles ? Il descendit l'escalier et alla l'accueillir dans la cuisine, mais s'immobilisa en constatant qu'elle n'était pas seule. Jody l'accompagnait.

— Bonjour, Trace.

— Bonjour, Kira. Bonjour, Jody.

La jeune femme détourna le regard, gênée.

— Bonjour, monsieur McKane.

— Jody va rester avec nous quelques jours, déclara Kira avec une certaine nervosité. Sa mère a très mal pris la nouvelle, alors je l'ai amenée ici, afin de pouvoir réfléchir calmement à la situation.

Ainsi, ils ne seraient pas seuls. Cachant sa déception, Trace se tourna vers leur invitée.

— Sois la bienvenue, Jody. Tu peux rester aussi longtemps que tu en auras besoin.

— Merci, monsieur McKane.

— Tu ne veux pas monter te reposer ? proposa Kira à la jeune fille. La chambre d'amis, c'est la première porte, juste après la chambre d'enfant. Nous te monterons ta valise plus tard.

Jody hocha la tête et sortit de la cuisine. Lorsqu'ils furent seuls, Kira se tourna vers son mari :

— Je sais que j'aurais dû t'appeler pour te demander

ton accord, mais Jody était à la rue. Cela ne te dérange pas qu'elle reste là ?

— Si c'est pour deux ou trois jours, on s'arrangera bien...

— Cela risque de durer plus longtemps que ça. Sa mère n'a pas accepté qu'elle soit enceinte. Je veux être sûre que Jody ne soit pas livrée à elle-même.

— Et le père de l'enfant ? Ne devrait-il pas être là pour s'occuper d'elle ?

— Jody a essayé de lui parler, mais il n'a rien voulu entendre.

— Peut-être qu'il m'écoutera, moi. Il faudrait tout de même qu'il prenne ses responsabilités.

— Ben part bientôt à l'armée. Ce n'est pas un mauvais garçon, mais il n'est pas encore adulte — pas plus que Jody, d'ailleurs. Elle aura dix-huit ans le mois prochain. Aucun des deux n'est prêt à être parent. Je suis désolée, Trace, poursuivit-elle avec un sourire triste, mais quand sa mère l'a mise dehors, je ne pouvais pas la laisser comme ça.

— Elle a de la chance de t'avoir, Kira. Pour changer de sujet, j'avais d'autres plans pour nous aujourd'hui. Je pensais que nous pourrions faire une promenade à cheval.

— Une promenade à cheval ?

— Cela a l'air de te surprendre. Je pensais que nous pourrions nous réhabituer à être ensemble. Tu te doutes bien que Mme Fletcher va nous observer.

Kira sourit, enchantée. Ainsi, Trace se prenait au jeu et avait envie de passer du temps avec elle ! Il y avait si longtemps qu'ils n'avaient pas partagé leur temps de loisirs !

— Ce serait avec plaisir, mais... Pourrions-nous remettre cela à un peu plus tard ?

— Il y a un autre problème : en fait, je viens de ranger toutes mes affaires dans la chambre d'amis. Où vais-je m'installer, à présent ?

Encore tout ensommeillée, le lendemain matin, Kira étendit les bras, à la recherche du corps de Trace, mais celui-ci n'était pas là. Elle se souvint alors qu'il avait remporté toutes ses affaires dans le dortoir. Comme il se levait avant l'aube, leur invitée ne se douterait même pas qu'il ne dormait pas avec sa femme.

Kira soupira. Elle aurait tant aimé partager de nouveaux moments de tendresse avec lui !

Elle se leva et prit sa douche. C'était une journée importante : Mme Fletcher allait venir avec une visiteuse très particulière et, si tout allait bien, ils auraient un bébé avant la fin de l'été.

Une demi-heure plus tard, elle descendait au rez-de-chaussée et trouvait Jody dans la cuisine, en train de faire la vaisselle.

— Bonjour, Jody. As-tu bien dormi ?

— Bonjour, madame McKane. Oui, très bien. Votre maison est si agréable ! J'espère que vous ne m'en voudrez pas, mais j'ai fait la poussière dans le salon. Je peux vous préparer votre petit déjeuner, si vous voulez.

— Jody, je ne t'ai pas amenée ici pour te faire travailler !

— Je tiens à donner un coup de main.

— Je le comprends bien, mais j'estime plus important que tu t'occupes de toi. As-tu déjà consulté un médecin ?

— Je suis allée au dispensaire de la rue principale pour faire confirmer ma grossesse.

— Tu en es à combien ?

— Douze semaines.

Kira s'assit à la table et fit signe à Jody d'en faire autant.

— As-tu réfléchi ?

— Oui, mais je ne sais toujours pas ce que je vais faire. La seule chose dont je suis sûre, c'est que je ne veux pas avorter.

— Tu sais, Jody… Je t'ai expliqué que moi, à ton âge, j'ai fait adopter mon bébé… C'était la meilleure décision pour moi et pour lui. Mais cela ne signifie pas que ce le soit aussi pour toi.

— Je sais. Je ne répéterai jamais à personne ce que vous m'avez confié.

— Ce n'est pas un problème. Je n'ai pas honte. Je sais que mon bébé a pu avoir une vie que je n'aurais jamais pu lui offrir. Avec deux parents, pour commencer…

Jody resta pensive.

— Je ne sais pas ce que je vais faire.

— Commence par aller voir le médecin. Je vais te

prendre rendez-vous pour demain. A quelle heure travailles-tu aujourd'hui ?

— Au service du dîner.

Kira ne pouvait pas manquer la visite de Mme Fletcher.

— J'ai un rendez-vous ici cet après-midi et je ne pourrai pas sortir, alors tu prendras ma voiture pour aller en ville.

Les yeux de la jeune fille s'emplirent de larmes à ces mots.

— Vous êtes si gentille avec moi ! Je ne sais pas ce que j'aurais fait… si vous ne m'aviez pas prise chez vous.

— Il est facile d'être gentille avec toi, Jody. Ne permets à personne de te dire le contraire. Et sache que je serai là tant que tu auras besoin de moi.

Elle ne savait que trop bien ce que c'était de se retrouver seule, et enceinte par-dessus le marché. Elle était bien décidée à aider réellement Jody.

— Les voilà ! s'écria Kira.

Trace jeta un coup d'œil par la fenêtre et reconnut Mme Fletcher, mais son attention se porta sur la jeune femme qui descendait également de la voiture. Elle était grande et mince et visiblement en fin de grossesse.

— Allons-y ! dit Trace.

Ils gagnèrent la porte d'entrée et l'ouvrirent alors que les deux visiteuses montaient les marches.

— Bonjour, madame Fletcher, lança Kira.

Celle-ci s'arrêta et sourit.

— Kira, c'est un plaisir de vous revoir ! Je vous présente Darcy Heaton. Darcy, voici Trace et Kira McKane.

— Nous sommes ravis de vous rencontrer, Darcy.

— Bonjour, dit la jeune femme. Vous avez une belle maison. Moi, j'ai toujours rêvé de vivre à la campagne.

— Je pourrai vous faire faire le tour de la propriété, si vous voulez. Nous avons fini le dénombrement du troupeau ce week-end et j'ai embarqué les bœufs ce matin pour l'abattage. Mais nous avons plusieurs chevaux.

— Oh, j'adore les chevaux !

— Alors, allons à l'écurie, vous ferez la connaissance de Tonnerre.

Trace emmena Darcy, suivi par Kira et Lucy Fletcher. En arrivant dans l'écurie, ils croisèrent Cal, qui était déjà en selle. Trace expliqua à Darcy comment fonctionnait le ranch, puis Kira suggéra qu'ils rentrent à la maison.

Ils s'installèrent dans le salon et échangèrent une conversation agréable. Au bout d'une heure, Kira conduisit Darcy dans la chambre d'enfant.

— Elle est vraiment très belle, commenta Darcy. J'adore les murs jaunes.

— C'est une couleur neutre, parce que je ne connais pas le sexe du bébé. Mais il sera facile d'ajouter du rose ou du bleu.

— Voulez-vous un garçon ou une fille ?

— Franchement, Darcy, cela n'a aucune importance pour nous. Nous voulons juste un bébé à qui donner tout notre amour.

Darcy eut soudain l'air triste.

— Moi, j'aurais bien aimé le garder, mais c'est impossible. Mon fiancé, Wade, était étudiant à l'université. Il était si heureux quand il a appris que j'étais enceinte ! Nous allions nous marier, mais il y a trois mois, il a eu un accident de voiture et il… et il est mort…

— Oh, Darcy, je suis désolée.

— Du coup, je ne peux pas élever mon bébé toute seule. Je n'ai pas de famille et je trouve qu'il est très important qu'un enfant soit bien entouré !

— Votre bébé sera aimé ici. Cette maison a vu plusieurs générations de McKane. Si vous acceptez de nous laisser l'élever, il fera aussi partie de la famille McKane.

— Je n'ai jamais grandi dans une vraie famille, alors j'en veux une pour ma petite fille.

— Alors c'est une fille que vous attendez ?

— Cela vous convient ?

— Une petite fille, c'est formidable !

Cette fois, ce furent les yeux de Kira qui s'emplirent de larmes.

Mme Fletcher et Trace choisirent cet instant pour les rejoindre dans la chambre. Ce dernier alla se placer à côté de sa femme.

— Tout va bien ?

Elle hocha la tête.

— Darcy attend une petite fille.

La future maman sourit et, s'adressant à Mme Fletcher, déclara :

— Ça y est, j'ai pris ma décision.

— En êtes-vous bien sûre, Darcy ? Vous pouvez disposer de temps pour réfléchir.

— Inutile, je suis sûre. Trace et Kira, je veux que vous soyez les parents de mon bébé.

8

Dans moins de cinq semaines, ils seraient parents.

Assis dans la camionnette de Trace, le couple roulait dans la nuit. Trace regarda sa femme à la dérobée. Celle-ci n'avait cessé de sourire depuis que Darcy avait annoncé sa décision.

Il était heureux pour elle et souhaitait de tout cœur que les choses se fassent, mais tout allait malgré tout un peu vite à son goût.

Quelques heures plus tôt, à la table de la cuisine, Mme Fletcher avait détaillé ce dont Darcy aurait besoin. La première obligation consistait à payer les soins médicaux de la mère. En entendant le montant à prévoir, Trace n'en avait pas cru ses oreilles. Où allait-il trouver une somme pareille ? Il songea à la proposition de son frère, mais chassa aussitôt cette idée et reporta son attention sur Kira.

Moins d'une semaine auparavant, ils se parlaient à peine et voilà qu'ils s'apprêtaient à devenir parents ensemble ! Il soupira. Elle avait beau dire qu'elle élèverait l'enfant seule, il ne pouvait pas l'abandonner. Il devait trouver un moyen de garder Kira dans sa vie.

— Trace ? interrogea celle-ci. Tu n'as pas de regrets, au moins ?

— Non, c'est juste que cela fait beaucoup de choses…

Il contempla son épouse, qui s'était habillée pour aller célébrer l'événement en ville. C'était une idée de Jody, qui les avait invités dans le restaurant où elle travaillait. Kira était très belle avec son chemisier de soie, qui mettait ses seins en valeur, et sa jupe à fleurs qui laissait admirer le galbe de ses jambes. Même ses pieds avaient l'air sexy dans ses sandales à hauts talons. Comment serait-il possible de vivre pendant six mois à ses côtés sans la toucher, sans l'embrasser ?

— Si c'est pour l'argent, je pensais utiliser mes économies du crédit mutuel des enseignants.

Trace savait que Kira possédait ce compte depuis leur mariage et il avait insisté pour qu'elle le garde à son nom.

— Il vaut mieux que tu n'y touches pas. Je parlerai à Jarrett. Il tient beaucoup aux terres du sud-ouest du ranch. Il me donnera un bon prix.

— Non, Trace. Ces terres-là, tu voulais les préserver. Tu tenais à ce qu'on n'y fasse jamais construire. De plus, ce n'est pas à toi de payer, c'est moi qui t'ai entraîné dans cette histoire.

— Cette adoption, nous l'avons voulue tous les deux, Kira.

Les yeux de Kira s'embuèrent.

— Oh, Trace, je t'assure que tu ne me dois rien !

Il gara sa voiture devant le restaurant et coupa le moteur.

— Ecoute, Kira, tu me l'as déjà dit, mais je peux au moins t'aider.

Et il avait l'intention de faire bien plus, qu'elle le veuille ou non. Il y allait désormais de l'intérêt d'un enfant.

Kira regarda droit devant elle. Elle avait espéré que les choses s'arrangeraient comme elle le souhaitait, mais Trace n'avait pas dit grand-chose pendant la discussion avec Lucy Fletcher. Il n'avait pas vraiment exprimé un désir clair de fonder une famille. Bien sûr, c'était elle qui l'avait poussé dans tout ce projet et elle n'avait pas eu d'autre choix que de lui proposer un arrangement de six mois. C'était le minimum. S'ils ne pouvaient sauver leur mariage, elle aurait au moins un enfant. Ensuite, Trace referait sa vie avec une autre, il fonderait une famille et aurait des enfants bien à lui.

Elle se tourna vers lui.

— Je te remercie de ce que tu as fait aujourd'hui. Je te promets que je ne te demanderai rien d'autre.

— Kira, tu peux me demander tout ce que tu veux.

Elle ferma les yeux, songeant au rêve qu'elle faisait depuis l'enfance. Avoir une personne qui l'aimerait assez pour rester là. Elle avait cru que ce serait Trace, mais il partirait lui aussi, comme tous les autres.

— Nous allons faire en sorte que cela marche, Kira. Tu te rends compte que tu vas enfin avoir un bébé ?

— J'aurais tellement voulu être la femme dont tu avais besoin, Trace. Je regrette de…

Elle s'interrompit lorsqu'il posa les mains sur ses joues, puis les lèvres sur les siennes. Incapable de résister, elle entrouvrit la bouche, l'invitant à approfondir le baiser, qui dura de longues secondes.

— Ne dis plus jamais cela, Kira, souffla Trace en s'écartant. Tu es tout ce qu'un homme peut désirer.

— Je n'ai jamais pu te donner d'enfants.

— Nous ferions mieux d'y aller, coupa-t-il, désireux de ne pas se lancer de nouveau dans cette discussion.

Il descendit de la voiture, ouvrit la portière à Kira et l'escorta jusqu'au restaurant. Elle s'excusa et se dirigea vers les toilettes, tandis que Trace prenait la direction de la réception.

— J'ai réservé pour ce soir. Je m'appelle McKane.

— Oh, monsieur McKane ! Votre table sera bientôt prête. M. Rhodes, de la société EnRockies, vous attend au bar.

Trace s'aperçut aussitôt de l'erreur de la réceptionniste : ce n'était pas la première fois qu'on le prenait pour son frère. Jarrett devait avoir un rendez-vous d'affaires ce soir-là.

— Il doit y avoir une erreur. C'est avec ma femme que nous avons réservé une table pour ce soir. Nous sommes invités par Jody Campbell.

La réceptionniste rougit.

— Ah, vous êtes l'autre M. McKane !

— Je suis Trace McKane.

Déjà, Kira revenait à ses côtés.

— Votre table est prête, répondit l'hôtesse, embarrassée.

Elle appela un serveur, qui les conduisit vers un box circulaire. Kira se glissa sur la banquette, suivie de Trace. Ils commandèrent des cocktails, puis se retrouvèrent seuls.

Kira le regarda.

— Tout va bien ?

— Oui, sauf qu'il y a eu une confusion dans les réservations. Il semble que Jarrett ait rendez-vous ici, ce soir.

— Je me demande bien qui il peut recevoir ainsi, pour le dîner. Ce doit être quelqu'un d'important.

— Aurais-tu entendu parler d'une société qui s'appelle EnRockies, par hasard ?

La jeune femme fronça les sourcils.

— Oui, c'est une société d'exploitation du gaz naturel. Elle fait des forages dans la région.

— Je ne vois vraiment pas pourquoi Jarrett serait en affaires avec eux !

Kira haussa les épaules.

— Peut-être leur loue-t-il des bureaux en ville.

— Oui, peut-être.

Cette explication était loin de satisfaire Trace. Mais après tout, peu importait. L'essentiel, c'était de parvenir à comprendre pourquoi son demi-frère tenait tant à lui racheter des terres dans une période où l'immobilier marchait au ralenti.

— Je n'arrive pas à m'expliquer qu'il veuille racheter cette portion qui jouxte sa propriété, persista Kira comme si elle avait lu dans ses pensées.

— Je t'ai dit de ne pas t'en faire pour cela.

— Comment veux-tu que je n'y pense pas ? Tu vas peut-être perdre une partie de ton ranch.

— Le ranch McKane est grand. Et de toute façon, mon père voulait le diviser entre Jarrett et moi.

Kira n'eut pas l'air convaincu.

— Ce serait bien s'il voulait élever du bétail, mais nous savons tous les deux qu'il va faire construire des immeubles s'il trouve un bénéfice suffisant. Oh, peut-être ne devrais-je pas dire cela… Après tout, je ne connais pas très bien ton frère.

— Ne t'excuse pas, ce que tu as dit est vrai. Je suis surpris qu'il soit resté à Winchester Ridge. Bien sûr, il y gagne bien sa vie, en plus d'être le play-boy de la ville. Quelle femme pourrait résister au charme d'un gars pareil ? conclut Trace, ironique.

— Moi ! répliqua Kira, qui avait peine à croire que Trace puisse être encore jaloux de Jarrett. Il est un peu trop mielleux à mon goût.

Elle regarda la paume de la main de son mari, durcie par le labeur, mais qui pouvait aussi se faire très douce.

— Je préfère les solides gaillards simples et naturels, poursuivit-elle. Un certain cow-boy a attiré mon attention dès le jour où je suis arrivée dans cette ville.

Trace la fixa droit dans les yeux.

— J'ai envers mon frère une dette dont je ne pourrai jamais m'acquitter. Le jour où il m'a emmené au restaurant et où je t'ai rencontrée, tu m'as coupé le souffle. Mais je ne connais pas tous les mots doux que l'on dit, toutes les belles phrases qui séduisent, Kira. Moi, je ne suis qu'un homme ordinaire qui travaille dur pour gagner sa vie.

— Rien en toi n'est ordinaire, Trace, protesta-t-elle. Et moi, je… j'ai commis de nombreuses erreurs dans ma vie. En particulier avec toi : en fait, tu avais le droit de connaître mon passé, j'aurais dû tout te dire…

Le plus dur, songea Trace, devait être de savoir qu'elle avait quelque part un enfant qu'elle ne connaîtrait jamais. Le seul enfant qu'elle aurait mis au monde.

— C'est vrai que je regrette que tu ne te sois pas confiée à moi.

Le serveur revint avec leurs cocktails et prit la commande. Kira choisit du saumon, Trace un steak.

— Je sais que j'aurais dû te faire confiance, Trace, reprit Kira à mi-voix, une fois le serveur reparti. Mais j'avais eu tellement honte à l'époque, que la seule manière que j'aie trouvée pour me libérer a été de tirer un trait, de tout oublier. Je n'avais pas prévu de te rencontrer. Quand nous avons commencé à sortir ensemble, tout était si merveilleux… J'avais trop peur de te perdre en te racontant que j'avais abandonné mon bébé.

— D'abord, tu ne l'as pas abandonné. Ensuite, comme je te l'ai déjà dit, Kira, tu ne m'aurais pas perdu.

La jeune femme avait du mal à le croire : ils se parlaient enfin ! Peut-être que, s'ils y étaient parvenus plus tôt, Trace aurait recommencé à partager son lit…

Elle entendit soudain prononcer son nom. Elle se retourna et vit Jody se diriger vers leur table.

— Je suis contente que vous ayez pu venir ! s'exclama l'adolescente avec un sourire.

Elle portait son uniforme de serveuse : un chemisier blanc et un blue-jean noir.

— Ce n'était pas la peine de nous inviter comme ça, Jody, dit Kira.

— Je sais, mais je voulais à tout prix vous remercier de m'avoir recueillie chez vous.

— Tu devrais plutôt mettre ton argent de côté.

— Mais j'économise ! On donne de bons pourboires dans ce restaurant. Commandez ce que vous voulez — nous avons une réduction sur les plats. Moi, il faut que je retourne à mes tables. Amusez-vous bien !

— Elle a l'air plus heureuse à présent, commenta Kira quand elle se fut éloignée.

— Tu lui as donné de l'espoir, fit remarquer son mari.

— Alors, cela ne te dérange vraiment pas qu'elle reste dans ta maison ?

— On ne la voit pas beaucoup, elle n'est jamais là le soir, sa présence n'est donc pas gênante. Et surtout, elle a besoin de nous.

— Merci, Trace.

— Et puis, Kira, je te ferai remarquer que c'est aussi ta maison. Depuis le jour où je t'ai fait franchir la porte d'entrée dans mes bras.

— Oui, mais beaucoup de choses ont changé depuis.

— Rien n'a changé, Kira. Je ne peux pas abandonner un enfant. Et je ne peux pas t'abandonner toi non plus. Et je n'en ai d'ailleurs aucune intention.

Kira ne répondit pas. Toutes ces paroles n'étaient que de belles intentions, mais mis devant le fait accompli, une fois que l'enfant serait là, elle ne doutait pas qu'il se déroberait.

Le reste du repas se déroula en silence, de même que leur retour à la maison. Kira aurait aimé discuter encore, mais Trace s'était refermé comme une huître.

La jeune femme descendit de la voiture sans attendre son mari. Le repas avalé presque en silence lui avait laissé le temps de réfléchir. En fait, elle n'avait pas dû bien comprendre le sens de ses paroles. Si Trace disait n'avoir aucune intention d'abandonner l'enfant, cela signifiait forcément qu'il ne se laisserait pas embarquer dans le projet.

Elle gagna la maison et attendit son mari dans la cuisine. Cette fois, il fallait qu'il s'explique clairement !

— Si tu as changé d'avis sur l'adoption, commença-t-elle, il vaut mieux me le dire maintenant.

— Qu'est-ce qui te fait dire cela ?

— Tu m'as dit que tu ne pouvais pas abandonner un enfant.

— C'est vrai. Tu as l'air de croire que je peux signer des papiers, puis m'en aller.

— Non, c'est *moi* qui m'en irai, corrigea-t-elle. Et je n'emporterai rien d'autre que le bébé. C'est ton ranch, ta terre.

— Mais pourquoi refuses-tu de me croire ? Je ne veux pas que tu t'en ailles, et le bébé non plus.

Elle en eut le souffle coupé. Ainsi, elle ne s'était pas trompée ! Elle avait bien compris au départ. Elle s'apprêtait à répondre, quand son attention fut détournée par un bruit de moteur à l'extérieur. Quelques instants plus tard, Jody faisait son apparition dans la pièce.

— Bonsoir. Cela fait longtemps que vous êtes rentrés ?

— Non, dit Kira. Merci encore pour le dîner. C'était délicieux.

— Oui, merci, Jody, renchérit Trace. A présent, nous avons tous besoin de sommeil.

— Bonne nuit, alors.

— Bonne nuit, Jody.

Après le départ de la jeune fille, Trace verrouilla la porte et ferma les persiennes. La pièce était sombre, mais Kira percevait la respiration rapide de son mari.

— Je vais allumer la lumière.

— Non, Kira, c'est mieux ainsi. J'ai quelque chose à te dire.

— Ne me dis pas que tu refuses l'adoption, je t'en prie !

— Non, rassure-toi. Seulement, cela ne va pas se passer comme tu le prévois. Je veux renégocier notre accord. Je veux être un père pour cette petite fille… et un mari pour toi. Sans limite de temps.

— Et si cela ne marche pas ?

— Alors, ce ne sera pas faute de nous être donné du mal.

— Je te rappelle que l'expérience du passé n'est pas très encourageante, Trace, dit-elle en l'enlaçant, tout en sachant qu'elle ne pourrait pas le lâcher ensuite.

— Au moins, nous aurons essayé. Et je veux essayer avec toi, Kira. Et pour ce bébé.

Leurs bouches se trouvèrent dans le noir, comme attirées l'une par l'autre. Le baiser se fit intense, exprimant un désir qui n'avait pas diminué durant tous ces mois de séparation.

— Oh, Trace…

— Fais-moi confiance, Kira. Cela marchera.

Il lui prit le bras et l'entraîna jusqu'à leur chambre. Lentement, il commença à la déshabiller, mais, prise d'impatience, la jeune femme l'aida, puis ce fut son tour à lui.

— Cela marchera, Kira, répéta Trace à mi-voix.

Cela allait-il vraiment arriver ? se demanda-t-elle, pleine d'espoir. Allait-elle enfin obtenir ce qu'elle désirait tant ? Une vraie famille ?

Trois jours et trois nuits se passèrent comme dans un rêve. Kira se réveillait chaque matin avec le sourire. Depuis qu'ils avaient… renégocié leur mariage, Trace était un amant attentionné. Bien sûr, ils devaient apprendre à profiter de ces moments d'intimité quand leur invitée n'était pas à la maison, mais ils prenaient cet inconvénient comme un entraînement pour le jour où le bébé serait là.

Le quatrième jour, quand Kira descendit dans la cuisine, elle trouva Jody en train de faire cuire du bacon. Il n'était que 7 heures du matin.

— Jody, tu aurais dû rester au lit, tu as travaillé tard hier soir.

— Oh, madame McKane, ce n'est rien, j'ai l'habitude de me lever tôt.

— Mais tu as besoin de sommeil.

— Je me reposerai plus tard. Je ne veux pas être une charge pour vous et je veux être partie quand votre bébé arrivera. Cal m'aide à préparer certaines choses.

— Ah bon ? s'étonna Kira.

La jeune fille hocha la tête.

— Et ta maman ? As-tu eu des nouvelles d'elle ?

— Non, et je ne pense pas en avoir de sitôt.

— Jody, est-ce que Ben sait que tu es enceinte ?

— Pas vraiment. J'ai essayé de le lui dire le soir de la fête, mais il a refusé de m'écouter.

— A mon avis, il le sait.

— C'est ce que Cal m'a dit. Ben doit me haïr.

— Je ne vois pas pourquoi il te haïrait. Il a fait ce bébé autant que toi.

— Et il doit en prendre la responsabilité.

Les deux femmes se retournèrent, surprises. C'était Trace qui avait parlé ainsi. Cal et lui se tenaient à la porte de la cuisine. Trace vint embrasser Kira, puis se tourna vers Jody.

— Si Ben ne t'écoute pas, j'irai lui parler, moi, reprit-il.

— Rien ne vous y oblige, monsieur McKane.

— Il est nécessaire que quelqu'un le fasse. Il faut que ce garçon devienne adulte. Quand part-il à l'armée ?

— Dans trois semaines.

— Cela nous laisse un peu de temps. Nous te conduirons en ville aujourd'hui. A présent, je prendrais bien un petit déjeuner. J'ai faim.

— Moi aussi, ajouta Cal.

Jody sourit.

— Laissez-moi juste le temps de faire cuire les œufs. Vous les voulez brouillés ?

— Oui, s'il te plaît.

La jeune fille se remit au travail, Cal alla prendre du café et Trace s'assit à la table. Kira le rejoignit.

— Merci de défendre Jody. Il n'y a pas beaucoup de gens qui l'ont fait.

— Je m'entraîne pour le jour où nous aurons notre fille.

Kira commençait vraiment à y croire. Trace et elle allaient être parents ! Ils allaient avoir un enfant ensemble !

— Alors cela ne te dérange pas que notre bébé soit une fille ?

— Avoir deux jolies femmes dans ma vie ? Non, je n'y vois pas d'inconvénient.

Elle lui prit la main. La vie était belle !
— Alors, nous avons vraiment de la chance.

Un peu plus tard, ils conduisirent Jody en ville pour sa rencontre avec Ben. Trace vit, dans le rétroviseur, combien la jeune fille était nerveuse.
— Jody, cela va bien se passer. On ne sait jamais, Ben te réserve peut-être une bonne surprise.
— Je crois que vous avez raison : il s'en doute déjà. C'est pour cela qu'il m'évite.
Ils se garèrent devant la maison de Ben.
— Veux-tu que je vienne avec toi ? proposa Kira, inquiète.
— Non, il faut que ce soit moi qui le lui dise.
Jody descendit de la voiture et se dirigea vers la maison.
— Tu es sûre qu'on peut la laisser aller seule ? interrogea Trace en la regardant s'éloigner.
— Je pense qu'elle veut entendre ce qu'il a à lui dire, répondit Kira. J'espère qu'elle ne se fait pas d'illusions… qu'elle ne se figure pas, par exemple, qu'ils vont se marier et élever le bébé ensemble.
— Cette histoire doit te rappeler de mauvais souvenirs.
— A cet âge, les filles ont besoin de se sentir aimées.
— Et les garçons, eux, recherchent juste des expériences sexuelles.
— Et en fin de compte, tout le monde souffre.
Quelques minutes plus tard, tous deux virent Jody sortir de la maison en courant. La jeune fille ouvrit la portière arrière à la hâte, s'installa sur le siège et lança à travers ses larmes :
— Allons-nous-en !
— Mais que s'est-il passé, Jody ? demanda Trace sans démarrer.
— Ben ne veut pas entendre parler du bébé. Il dit que ce n'est pas le sien et il m'a ordonné de m'en débarrasser. Mais c'est lui, le père, madame McKane ! Je n'ai fait l'amour avec personne d'autre !
S'efforçant de maîtriser sa colère, Trace descendit de voiture et marcha droit vers la maison. Après avoir sonné à plusieurs

reprises sans succès, il se mit à tambouriner avec force sur la porte. Finalement, celle-ci s'ouvrit sur Ben.

L'adolescent était aussi grand que Trace, mais pesait bien dix kilos de moins. En découvrant le cow-boy qui se tenait sur le seuil, il eut l'air effrayé.

— Monsieur McKane ?

— Oui, Ben, c'est bien moi. Voyons un peu ce que tu vas me répondre après m'avoir écouté…

— Si c'est à propos de Jody…

— Et comment, que c'est à propos de Jody ! Cette jeune fille n'est pas tombée enceinte toute seule ! Elle est venue te demander de l'aide et toi, tu l'as humiliée en prétendant que le bébé n'était pas de toi !

— Mais comment pourrais-je savoir s'il est de moi ? Elle a très bien pu coucher avec quelqu'un d'autre.

— Crois-tu franchement que Jody te mentirait ?

Le garçon détourna le regard.

— Non… Mais moi, je ne peux pas avoir d'enfant maintenant. C'est impossible. Je me suis engagé dans l'armée.

— Et Jody ? Elle a posé un dossier de candidature à l'université et elle a été acceptée. Seulement, au lieu d'y aller, elle va mettre au monde un enfant et s'occuper de lui.

Le garçon garda le silence.

— Songe au moins à ce que Jody est en train de traverser. Aide-la à réfléchir à ce qu'elle doit faire. Si elle décide de garder le bébé, seras-tu présent dans sa vie ? Il me semble que ce que je suis en train de te demander, c'est d'être un homme, Ben. Si tu en es un pour t'engager dans l'armée, tu dois l'être aussi pour prendre tes responsabilités.

Sans attendre de réponse, Trace se retourna et regagna la voiture. Il constatait avec stupeur qu'il venait de prendre le rôle de protecteur de Jody, et sans doute pour longtemps.

Si seulement quelqu'un avait pu faire de même pour aider Kira !

Deux jours plus tard, Trace chevauchait à travers les terres qui, s'il ne parvenait pas à trouver ailleurs l'argent nécessaire, appartiendraient bientôt à Jarrett. Il aimait ces lieux et l'épaisse forêt de bouleaux qui en recouvrait une partie. C'étaient des terres d'une grande valeur et Jarrett les avait voulues pour lui-même au départ, puis il avait changé d'avis quand il avait eu besoin d'argent pour un autre projet et pour la maison qu'il voulait faire construire. Il avait alors revendu à Trace sa part du ranch.

Pensant utiliser cette partie du domaine pour l'élevage bovin, Trace avait prévu de le payer sur cinq ans. Il lui avait fallu plusieurs années pour préparer les pâturages, construire des clôtures... Des dépenses initiales importantes, mais qui seraient rentables à long terme.

Désormais, l'élevage ne suffisait plus à faire survivre les ranches. Certains de ses voisins avaient ainsi ouvert leurs propriétés aux touristes ou aux chasseurs et construit des cabanes dotées du confort qu'exigent les clients américains. Cela nécessitait toutefois de nouveaux investissements et Trace ne disposait pas du capital nécessaire pour le moment.

Le plus important était peut-être de s'assurer que le ranch existerait encore pour les générations futures de la famille McKane. Dans ce cas, il n'avait pas le choix : il devait revendre à son frère les terres que celui-ci lui demandait.

De toute façon, il y avait d'autres priorités pour le moment : Kira et le bébé, qui arriverait dans quelques semaines. Il allait devoir s'y habituer.

Une fille. Se plairait-elle au ranch ? Peut-être que non. Ce n'était pas une vie facile qu'ils menaient. Pourtant, cela ne les empêcherait pas d'adopter d'autres enfants par la suite, pourquoi pas ? Il sourit. « Holà, se dit-il, du calme ! La première n'est même pas encore née ! »

Il repensa à Kira. Ils avaient fait beaucoup de chemin ces dernières semaines. Tout d'abord, la jeune femme avait accueilli avec plaisir son retour dans le lit conjugal. Et puis, plus important encore, il était parvenu à la convaincre qu'il tenait à partager son avenir et celui du bébé.

Il l'imagina en train d'ajouter du rose dans la chambre d'enfant...

Il arrêta Tonnerre et reprit la direction de la maison. Soudain, il remarqua un véhicule à la lisière de la forêt de bouleaux.

Intrigué, il se dirigea vers la limite de ce qui serait bientôt la propriété de Jarrett et aperçut un groupe d'hommes, qui devaient être des géomètres, en train d'effectuer des relevés.

Ils s'interrompirent à son approche.

— Excusez-moi, messieurs, mais que faites-vous donc ?

— Bonjour, répondit l'un des hommes, qui semblait être le responsable. Vous êtes monsieur McKane, je suppose ? Trace McKane ?

— Oui, en effet.

— C'est un plaisir de vous rencontrer enfin, monsieur McKane. Je suis Frank Rhodes, et voici John Thompson. Nous sommes de la société EnRockies et nous effectuons des relevés.

Encore ce nom ! Que mijotait donc Jarrett ? Cette terre ne lui appartenait pas encore !

— Vous savez que vous vous trouvez sur ma propriété. Et je n'ai jamais autorisé personne à effectuer ni des relevés ni quoi que ce soit d'autre.

Frank Rhodes fronça les sourcils et échangea un regard avec son collaborateur.

— Monsieur McKane, votre frère nous a assuré que vous aviez donné votre accord pour que nous puissions accéder à cette partie du ranch. Il nous a dit qu'il vous avait contacté.

Trace sentit la colère monter en lui.

— Qu'il m'avait contacté à quel sujet ?

— Au sujet d'un contrat portant sur l'exploitation minière de vos terres.

— Quoi ? s'exclama Trace, stupéfait.

— Ce sont des forages obliques, monsieur McKane, s'empressa d'ajouter l'homme. Il n'y aura aucune tour de forage sur votre propriété. EnRockies respecte les lois sur la protection de l'environnement. Si vous avez d'autres inquiétudes, je serai heureux de répondre à toutes vos questions.

— J'en ai une, et elle est importante. En fait, mon frère ne m'a jamais parlé ni de vous, ni d'une quelconque exploitation minière.

Ainsi, c'était cela ! L'empressement avec lequel Jarrett

voulait racheter ces terres s'expliquait à présent. Mais Trace n'allait pas le laisser faire.

— Pourriez-vous venir chez moi tout à l'heure ? Nous avons besoin d'une sérieuse discussion.

— Avec plaisir, acquiesça l'homme. Je vais tout de suite appeler Jarrett sur mon portable. Il nous faut clarifier tout cela. Croyez-moi, nous allons régler cette affaire une bonne fois pour toutes.

9

Deux heures plus tard, dans la chambre d'enfant, Kira prenait un peu de recul pour admirer son travail. Les bandes roses verticales étaient du plus bel effet. C'était vraiment une chambre de petite fille.

Elle regarda aussi le berceau qu'elle avait décoré avec amour. La literie était à rayures roses et jaunes avec des motifs floraux. Le tout avait coûté cher, mais comme Trace ne voyait pas d'inconvénient à ce qu'elle utilise l'argent de son compte du crédit mutuel des enseignants, elle y avait puisé.

L'excitation la gagnait de plus en plus à mesure que le temps passait. Elle allait bientôt être mère ! Toutes ces années passées à rêver, à prier pour avoir un bébé ! Et voilà que ce jour approchait !

Certes, elle eût aimé pouvoir sentir le bébé grandir en elle, mais elle chérissait déjà celui qui allait arriver. Elle ferait tout son possible pour créer des liens avec cet enfant, pour accueillir Jenna Margaret dans la famille McKane.

Une porte qui claqua au rez-de-chaussée tira Kira de sa rêverie. Trace était rentré. Elle sourit et descendit en se réjouissant à l'avance d'avoir son mari près d'elle. Elle pénétra dans la cuisine, mais Trace n'y était pas. Elle le trouva dans le bureau, penché sur des dossiers.

— Trace, quelque chose ne va pas ?

— Oui. J'ai trouvé une équipe de géomètres sur les terres du sud. Celles que j'allais revendre à Jarrett.

— Des géomètres ? Mais qui les a envoyés ?

— EnRockies.

Il lui révéla tout ce qu'il savait.

— Ecoute, Trace, ce n'est pas possible. Jamais Jarrett ne te ferait un coup pareil.

La jeune femme s'était toujours refusé à croire que son beau-frère n'avait que des défauts.

— Tu le défends ?

— Non, mais pourquoi ferait-il cela derrière ton dos ?

— Pour l'argent ! Leur louer ses propres terres ne lui suffit pas. Il veut davantage. S'ils ont découvert du gaz naturel dans la région et qu'il y en a sous ces terres, cela peut se révéler juteux ! Et Jarrett se moque pas mal que l'on fasse des forages sur les terres ancestrales des McKane !

Kira ne savait d'EnRockies que ce qu'elle en avait entendu en ville. Il y avait au lycée plusieurs élèves dont les parents travaillaient dans cette société, qui semblait jouir d'une image plutôt positive.

— Je pense que tu devrais écouter ce que ces hommes ont à te dire.

Trace fixa Kira. Elle ne semblait pas comprendre.

— Mon père nous a fait jurer de préserver ce ranch, Kira. Et, si j'en crois la tournure que prennent les choses, il semble que je vais devoir le faire tout seul.

— Trace, je veux t'aider aussi. Tout ce que je te demande, c'est de te calmer et de recueillir davantage d'informations sur ces forages.

Comment pouvait-il se calmer, alors qu'il risquait de voir s'écrouler toutes ses valeurs ?

— Pourquoi ? Rien ne me fera changer d'avis. Et d'abord, depuis quand te soucies-tu du ranch ?

La jeune femme tressaillit en entendant ces paroles blessantes.

— Je m'en suis toujours souciée. C'est toi qui m'en as exclue.

Une heure plus tard, M. Rhodes se présentait à la maison. Kira assista à l'entretien. Elle tenait à tout comprendre, afin de pouvoir participer à la prise de décision. S'ils voulaient remettre leur couple sur les rails, ils devaient tout partager, y compris la gestion du ranch. Elle écouta la proposition d'EnRockies et se mordit la lèvre quand M. Rhodes donna le montant de la somme qui leur serait versée mensuellement.

Elle étudia avec les deux hommes la carte de la région. Elle apprit en même temps que Trace que l'Etat du Colorado avait déjà approuvé le projet.

— Comme je vous l'ai dit, monsieur McKane, reprit M. Rhodes, il n'y aura pas de tour sur votre propriété à vous.

— Sur ma propriété, non, mais pas très loin. Juste à côté du plateau de Roan.

— Votre propriété et celle de votre frère sont toutes deux très riches, mais l'exploitation peut être réalisée par une seule tour, que Jarrett a déjà accepté de placer sur sa parcelle.

— Et combien de temps durent les contrats de votre société ?

— Cela dépend, monsieur McKane, mais quand nous repartons, nous laissons toujours les terres dans l'état où elles se trouvaient avant les forages. Nous faisons le maximum pour protéger l'environnement, notre firme est réputée pour cela.

A cet instant, on frappa à la porte, puis Jarrett fit son apparition.

— On dirait que vous avez commencé sans moi ! s'exclama-t-il.

— Non, rétorqua son frère, c'est toi qui as commencé sans moi, et depuis longtemps.

M. Rhodes se leva.

— Je crois qu'il vaut mieux que je vous laisse vous expliquer. Nous en reparlerons, de toute façon. Voici ma carte, monsieur McKane. Bonsoir, madame McKane.

Kira reconduisit le visiteur, puis revint auprès des deux frères. Trace était en train d'interroger Jarrett d'un ton chargé de colère.

— Quand comptais-tu me le dire ?

— Pourquoi t'aurais-je dit quoi que ce soit ? Je sais que tu aurais rejeté l'idée de toute façon.

— Alors tu as essayé de me reprendre ces terres et d'accepter le projet tout seul, en sachant très bien ce que papa en aurait pensé ?

— Mais, Trace ! Le ranch ne va pas disparaître sous prétexte que l'on y fait quelques forages ! Et puis, de toute façon, papa nous l'a donné à tous les deux, non ?

— Peut-être, mais tu n'as jamais souhaité participer à son exploitation !

— Tu me vois, suer sang et eau dix-huit heures par jour sans savoir si j'arriverai à joindre les deux bouts ?

Kira écoutait, stupéfaite de l'arrogance de son beau-frère. En cet instant, elle n'aurait pas trouvé anormal que Trace jette celui-ci dehors.

— Je gagne de quoi vivre. Et puis, le bonheur ne se mesure pas seulement à l'argent.

— Pour toi, peut-être. Mais moi, j'attends autre chose de la vie, et ce contrat pourrait bien me le donner.

— A condition que j'accepte de te vendre ces terres. Or, rien n'est moins sûr !

— Fais-toi des illusions si tu veux… Mais ces terres, tu vas les perdre de toute façon. Tout le monde sait que tu n'as pas les moyens de rembourser ce que tu me dois et, tôt ou tard, la propriété me reviendra. Encore une fois, c'est moi qui vais gagner.

— J'ai d'autres moyens pour trouver de l'argent.

Jarrett eut un sourire méprisant.

— Ce n'est qu'une question de temps, Trace. Quand tu crouleras sous les dettes, personne ne voudra plus t'accorder de prêt supplémentaire. Et ce sera fini.

— Sors de chez moi, Jarrett ! Sors, et ne reviens jamais !

Jarrett se tourna vers Kira.

— Au revoir, Kira. Et n'hésite pas à m'appeler si tu as besoin de quelque chose.

Kira vint se poster à côté de son mari.

— Tu es bien la dernière personne que j'appellerais en cas de besoin.

Jarrett la fusilla du regard, puis se détourna et sortit enfin.

— Je suis désolée, Trace…, murmura la jeune femme.

— J'ai besoin de prendre l'air, rétorqua son mari en gagnant la porte que venait de franchir son demi-frère.

— Trace, attends ! Laisse-moi t'aider !

— Comment veux-tu m'aider ? Je suis sur le point de tout perdre !

Kira le regarda sortir, ne sachant que faire. Elle sentait une profonde douleur dans sa poitrine. Il avait dit « je », pas « nous ». Encore une fois, il l'avait exclue de sa vie.

Trace n'arrivait pas à avoir les idées claires. Un tour à cheval lui ferait du bien.

Dans l'écurie, il trouva Cal. Il décrocha la selle de Tonnerre, la mine sombre.

— Je vais faire un tour, bougonna-t-il.

— Qu'est-ce qui se passe, Trace ? s'étonna le contremaître en le dévisageant. J'ai vu le camion d'EnRockies et la voiture de Jarrett.

— Mon frère a essayé de me jouer un sale tour !

Il exposa la situation à Cal.

— C'est incroyable ! soupira ce dernier. Que vas-tu y faire ?

— Maintenant que je sais pourquoi il tient tant à récupérer ces terres, il est hors de question que je les lui cède.

— Alors tu vas négocier toi-même avec EnRockies ?

— Cela va à l'encontre de tout ce que souhaitait mon père.

— Mais ton père n'est plus là, Trace. Et il n'avait pas tous les problèmes auxquels tu dois faire face. Si tu veux développer l'élevage bovin sur ton ranch et t'opposer à Jarrett en plus, il va bien te falloir des capitaux !

— Que me conseillerais-tu, toi ?

— Tu as plusieurs solutions. Soit tu acceptes que je te prête l'argent que j'ai. Soit tu vends les taureaux reproducteurs. Soit tu examines les propositions d'EnRockies. Elles ne sont peut-être pas si épouvantables que ça…

Trace repensa à ce que M. Rhodes avait dit.

— Ils veulent faire des forages obliques. La tour sera sur la parcelle de Jarrett. Je ne peux pas l'empêcher de toute façon.

— J'ai l'impression que ce qui te dérange, c'est surtout le fait que ton frère fasse partie de l'affaire. Qu'en pense Kira ?

Trace haussa les épaules.

— Cela ne la concerne pas.

— Mais c'est ta femme !

— Je sais, répliqua Trace en se détournant, peu désireux d'entendre son contremaître lui faire la leçon.

Il sortit de l'écurie, mais Cal le suivit.

— Trace ! Ne te braque pas comme cela ! Ce n'est pas le moment d'être têtu !

Trace le fusilla du regard.

— Très bien, reprit Cal. Procédons par ordre : une chose à la fois. D'abord, tu vas aller demander son avis à Joel Lewis. Ils ont commencé l'exploitation sur son ranch l'année dernière, il pourra te dire comment cela se passe. A mon avis, ce serait tout de même bien mieux pour toi d'avoir cet apport d'argent supplémentaire. Cela réglerait pas mal de problèmes. Et tu pourrais lancer les projets auxquels tu tiens depuis si longtemps.

— Ne serais-tu pas employé en sous-main par EnRockies, par hasard ?

— Non, Trace, je suis juste un ami qui ne veut pas te voir tout perdre !

Trois heures plus tard, Trace n'était pas rentré. A la fois inquiète et en colère, Kira ne savait que faire. Comment osait-il disparaître ainsi ? Mais, après tout, à quoi s'attendait-elle ? Ce n'était pas la première fois qu'il agissait de la sorte, loin de là. Il l'avait depuis longtemps habituée à cette attitude de fuite.

Elle pénétra dans le bureau, qui avait toujours été le domaine réservé de Trace. Toutefois, cela ne l'arrêterait plus à présent. Elle fouilla dans les documents financiers et trouva les comptes du ranch. La vente récente des génisses laissait manifestement un bénéfice considérable, mais la jeune femme savait aussi qu'il restait un dernier remboursement à acquitter. Elle consulta la colonne des dépenses à prévoir et en découvrit le montant, dû à Jarrett fin juin.

Kira contempla le chiffre, bouche bée. Comment pourraient-ils payer une telle somme ? Et même s'ils y parvenaient, ils ne s'en sortiraient pas si elle ne reprenait pas le travail à la rentrée. Et puis, il y avait aussi les frais de l'adoption et la prise en charge médicale de Darcy à prévoir.

— Que fais-tu là ?

Kira tressaillit en reconnaissant la voix de Trace, qui se tenait dans l'embrasure de la porte. Pourquoi se sentait-elle coupable ?

— Comme tu ne veux pas me mettre au courant toi-même, je suis venue voir combien nous devons à Jarrett. Je ne savais pas que la somme était aussi importante.

— Jusque-là, les remboursements mensuels étaient raisonnables, mais c'est l'échéance finale qui est très lourde.

— Tu aurais dû m'en parler, Trace.

— C'était mon affaire. De plus, je te rappelle que nous ne nous sommes pas beaucoup parlé ces derniers mois.

Kira soupira, encaissant le choc douloureux.

— J'ai de l'argent au crédit mutuel. Utilisons-le.

— Je ne sais pas si cela suffirait. Et de toute façon, c'est ton argent.

— Non, c'est le nôtre.

Il y eut un long silence, puis Kira reprit :

— Peut-être devrions-nous parler à M. Rhodes. Tu n'as même pas écouté ce qu'il a à te proposer.

— Ce ranch est dédié à l'élevage bovin, Kira. Il en est ainsi depuis trois générations.

La jeune femme ouvrit la bouche pour protester, mais il l'arrêta.

— Quoi qu'il en soit, c'est mon problème.

Ces derniers mots atteignirent Kira en plein cœur. Trace venait de lui signifier on ne peut plus clairement qu'il ne voulait pas qu'elle fasse partie de sa vie.

Les jours suivants n'encouragèrent pas Kira à approfondir les relations avec son mari. Celui-ci passait ses soirées enfermé dans le bureau et ne montait se coucher que très tard. Leurs nuits magiques semblaient désormais appartenir à un passé lointain.

Elle avait espéré que leur chambre à coucher deviendrait un lieu de partage, où ils pourraient travailler au renouvellement de leur engagement mutuel, mais non ; Trace s'était détourné d'elle.

Les choses n'allaient pas mieux autour de la table du petit déjeuner, qu'ils continuaient malgré tout à prendre ensemble. Même Jody n'était pas à l'aise en leur présence. A tel point qu'un matin, lorsqu'elle eut besoin d'être conduite à son travail, Kira se proposa volontiers.

— Madame McKane…, commença Jody, alors qu'elles roulaient toutes deux en direction de la ville.

— Il est temps que tu m'appelles Kira.

— Kira, reprit Jody en souriant. Vous savez quoi ? Ben m'a proposé de l'épouser.

Kira dut faire un gros effort pour continuer à regarder la route.

— Ah bon ? articula-t-elle, ne pouvant y croire. Vous avez dû beaucoup discuter, alors.

Il y avait eu des soirs où elle avait entendu Jody pleurer. Elle l'avait réconfortée, tout en sachant que Jody devait elle-même trouver une solution.

— As-tu décidé ce que tu vas faire ?

— D'abord, ne pas l'épouser. Nous sommes trop jeunes et, en plus, il n'est pas amoureux de moi. En plus, nous ne serons pas ensemble, puisqu'il part à l'armée et je me retrouverai bientôt seule de toute façon.

— Et le bébé ? Tu as décidé de l'élever toi-même ?

— Je ne sais pas encore. Il faut d'abord que je trouve un logement.

— Tu peux rester chez nous aussi longtemps que tu le désires, tu sais.

— Non, ce n'est pas juste vis-à-vis de vous et de M. McKane. Cal m'aide à chercher un appartement et mon patron, au restaurant, est vraiment très gentil. Il m'a dit que je pouvais rester tant que je serai apte à travailler.

— Tant mieux. Mais cela va quand même être dur. S'il te plaît, reste au ranch, au moins jusqu'à la naissance du bébé.

— Non, je ne préfère pas. Cal a une idée, pour un logement. Il y a pas mal de travaux à faire, mais il a proposé de m'aider.

Apparemment, le contremaître avait pris Jody sous son aile.

— Je lui donnerai un coup de main pour la peinture et il paraît qu'il y a déjà quelques meubles. Et je pourrai prendre mon lit chez ma mère. C'est moi qui l'ai payé, après tout !

— On dirait que tu as tout bien préparé.

— M. McKane et vous avez été formidables en m'accueillant chez vous, mais je ne veux pas abuser de votre gentillesse. Il me faudra aussi une voiture, mais j'ai un peu d'argent de côté. Comme je suis mère célibataire, j'ai droit à l'aide sociale pour mes dépenses médicales. Et puis, Ben a dit qu'il m'aiderait.

Kira sourit. Jody avait toujours été une élève très organisée, tout cela ne devait pas la surprendre.

— Et ta mère ?

— Je vais bientôt avoir dix-huit ans, alors je n'aurai plus à lui demander quoi que ce soit. En plus, elle s'en va. On dirait que, jusqu'à présent, je l'embarrassais plutôt qu'autre chose.

Kira gara la voiture et considéra Jody avec un sourire plein d'affection.

— Si tu étais ma fille, je serais fière de toi. Tu te débrouilles comme un chef pour une fille de ton âge.

— Vous, vous étiez plus jeune que moi quand vous avez eu votre bébé, Kira. Pensez-vous avoir pris la bonne décision en le faisant adopter ?

— C'est une perte qui me pèsera toujours. Mais oui, ça lui a permis d'avoir une vie meilleure que celle que j'aurais pu lui offrir. Ce n'était pas facile, mais nécessaire.

— Je suis heureuse que vous ayez bientôt un enfant adoptif.

— Moi aussi.

— Merci de m'avoir accompagnée, Kira. Ce soir, je vais dormir chez Laura et elle me ramènera au ranch demain.

— Bien. Je suis contente que tu aies gardé le contact avec tes amies. A demain, donc.

Jody saisit son sac et descendit de la voiture. Kira repartit et s'arrêta devant le crédit mutuel des enseignants. Puisque son mari était trop têtu pour accepter de l'aide, elle allait prendre les choses en main.

Une heure plus tard, elle ressortait avec, en poche, le contrat de prêt.

En se garant devant la maison, quelques minutes plus tard, elle découvrit avec surprise Mme Fletcher à la porte. Alarmée, elle s'empressa de la rejoindre.

— Bonjour, Kira.

— Bonjour, madame Fletcher. Y a-t-il un problème ? Darcy va bien ?

— Très bien. Votre mari est-il là ?

— Je ne sais pas. Avez-vous besoin de lui parler ?

— Pouvons-nous entrer ? interrogea la femme sans répondre à la question.

Au comble de l'inquiétude, Kira ouvrit la porte et introduisit la visiteuse dans le salon.

— S'il vous plaît, dites-moi pourquoi vous êtes venue, supplia-t-elle.

— En fait, il y a du nouveau. Darcy a reçu un appel de la mère de son petit ami. Ils n'étaient pas officiellement fiancés, contrairement à ce qu'elle vous a dit, et apparemment, la mère du jeune homme ignorait l'existence de Darcy jusqu'à ce qu'elle mette en ordre les affaires de son fils. Elle se propose d'élever l'enfant.

A ces mots, il sembla à Kira que son cœur s'arrêtait de battre.

— Quoi… vous voulez dire que… ?

— Oui. J'ai vérifié. Quand Marion Clark, la mère du papa décédé, a appris l'existence du bébé, elle a contacté Darcy et lui a proposé de venir vivre avec elle. Darcy a accepté. Elles vont élever le bébé toutes les deux.

Les yeux de Kira se brouillèrent de larmes. Son rêve s'écroulait ! Mais comment pouvait-elle refuser à Darcy ce qui aurait fait son bonheur à elle quand elle avait quinze ans ?

— Je suis désolée, Kira, reprit Mme Fletcher. Je sais ce que cela représentait pour vous. Mais tant qu'un bébé n'est pas né, le risque que la mère change d'avis est toujours là. Bien sûr, je vous ai remis sur la liste d'attente, votre mari et vous.

Une autre liste. Mais cette fois, il serait trop tard pour que Trace soit le père.

Incapable d'en supporter davantage, Kira se leva.

— Merci pour tout, madame Fletcher.

— Je vous en prie. Nous restons en contact.

Une fois la visiteuse repartie, Kira monta dans la chambre d'enfant et considéra le berceau, puis le mur, où le nom de JENNA était inscrit en lettres de céramique.

Il n'y aurait pas de petite fille.

Malgré tout ce qu'elle avait vécu, elle ne s'était jamais sentie aussi seule. Aussi perdue.

10

Suivant le conseil de Cal, Trace prit son après-midi pour aller rendre visite à son voisin, Joel Lewis. Ensemble, ils partirent à cheval voir la tour de forage d'EnRockies. La société d'exploitation de gaz naturel avait construit une route d'accès à travers les pâturages de Lewis, mais c'était le seul changement notable. La tour elle-même était en partie dissimulée par les pins.

— En fait, ce n'est pas si terrible, commenta Joel. J'avais des inquiétudes au départ, mais à notre époque, quand on exploite un ranch, on a besoin de tous les revenus que l'on peut trouver. Je suis sûr que mon père n'aurait pas apprécié, tout comme le tien, mais les temps ont changé.

Obsédé par le montant de ses dettes, Trace songea que ce serait quand même plus facile de s'en sortir avec l'argent d'EnRockies.

— Alors, finalement, cet arrangement te convient ? insista-t-il.

— Ce qu'ils nous versent est bien utile pour financer les études de nos deux enfants, qui sont à l'université. Cela nous a aussi permis d'acheter une nouvelle voiture à ma femme quand la sienne a rendu l'âme. Nous sommes même partis en vacances l'année dernière et nous avons commencé à cotiser à un fonds de retraite.

Trace songea à quel point ses parents s'étaient battus pour faire du ranch ce qu'il était. Puis ses pensées se tournèrent vers l'avenir. Un avenir avec ou sans Kira ? Avec ou sans bébé ?

— Tu sais, reprit son ami, cela ne changera pas grand-chose pour toi. La tour sera bâtie sur les terres de Jarrett et la route d'accès aussi. Ils feront juste un forage sous ta propriété. Cela ne va pas beaucoup te gêner, si ?

— Je ne sais pas. Je me demande juste comment mon père aurait réagi.

— Mais il n'est plus là et maintenant, c'est toi qui te bats pour le ranch. Réfléchis. Toi et moi ne sommes pas faits pour vivre en ville, nous avons besoin de ces paysages, de ces grands espaces. Alors, si l'argent d'EnRockies peut nous permettre de rester là, ainsi soit-il ! Attends d'avoir deux ou trois enfants et tu verras que tu ne te poseras même plus de questions !

Soudain Trace comprit. Il devait songer à ses responsabilités envers Kira et l'enfant à venir. Désormais, il était mari et père, et pour de bon.

Ce contrat pour l'exploitation du gaz naturel pouvait assurer leur avenir financier, ainsi que la pérennité du ranch, et Kira n'aurait plus besoin de travailler. Il repensa aux quelques jours qui venaient de s'écouler, où il avait tout fait pour éviter la jeune femme. A présent, c'était décidé, il devait lui faire savoir qu'il ne concevait pas de vie sans elle, lui dire que, désormais, elle faisait partie de son existence et, pour cela, il commencerait par la faire participer à sa décision.

— Merci, Joel, déclara-t-il, impatient de retrouver son épouse. Tu m'as bien aidé.

— Tant mieux. On dirait que tu es décidé à poursuivre l'exploitation du ranch.

— Bien sûr. Ce métier est en moi. J'ai bien l'intention de continuer jusqu'à ce que la prochaine génération prenne la relève.

Et il allait tout faire pour convaincre Kira de rester toute sa vie à ses côtés.

Il arriva à la maison une demi-heure plus tard et croisa Cal devant l'entrée.

— Je me demandais si tu avais quelque chose de prévu pour la maison de l'ancien contremaître ? lui demanda celui-ci.

— Il y a des années que personne n'y habite plus. Je m'en sers juste pour entreposer des affaires qui me viennent de mes parents. Pourquoi, tu veux t'y installer ?

— Non, c'est pour Jody. Elle a besoin d'un logement.

— Mais ne compte-t-elle pas retourner chez sa mère ?

— Sa mère quitte la ville.

— Quoi ? Elle abandonne sa fille ?

— Jody aura dix-huit ans dans un mois. Sa mère ne veut pas s'encombrer d'une adolescente et d'un bébé. Elle s'en va avec un homme.

— Ah bon… Mais tu sais, la maison doit être en très mauvais état.

— Pas tant que cela. Il y a la plomberie à refaire dans la salle de bains et la cuisine, mais je peux m'en charger. Et il faudrait aussi un bon lessivage.

— En tout cas, je ne veux pas que Jody y habite tant que tout n'aura pas été réparé. Et pour les meubles, je suis sûr qu'il doit encore y en avoir pas mal dans le grenier.

— Je vais voir. En tout cas, merci. A présent, le plus dur sera de la convaincre de rester encore un peu chez vous.

— Kira y parviendra. A propos, est-elle à la maison ?

— Oui, elle est rentrée il y a une heure. J'ai vu que Mme Fletcher est passée aussi. Mais elle n'est pas restée longtemps.

Trace tenta de se rappeler si cette dernière les avait prévenus de sa visite. Avait-il prévu de venir ? Dans ce cas, pourquoi Kira ne l'avait-elle pas appelé ? Il se hâta vers la maison, gagné par l'inquiétude.

— Kira ?

Comme son appel restait sans réponse, il se rendit dans les différentes pièces, l'une après l'autre. Ce fut dans la chambre d'enfant qu'il trouva Kira, assise à même le sol. Avec un tournevis, elle démontait le berceau pièce après pièce.

— Kira, qu'est-ce qui se passe ?

Elle continua son travail sans lever les yeux.

— Nous n'allons pas avoir le bébé.

— Quoi ?

— Darcy a changé d'avis. Finalement, elle va l'élever elle-même.

Trace eut l'impression de recevoir un coup dans l'estomac

et sentit le souffle lui manquer. En cet instant, il s'aperçut qu'il s'était déjà habitué à l'idée d'être père.

— Oh, Kira…

Il s'avança vers elle, désireux de partager sa douleur, mais elle esquiva la main qu'il lui tendait.

— Non, murmura-t-elle en se relevant pour s'éloigner de lui. Ne me dis pas que tout va s'arranger, nous savons tous les deux que ce n'est pas le cas. Rien ne s'arrangera, Trace. Plus jamais.

Les larmes se mirent à couler sur ses joues. Elle les essuya d'un revers de main rageur.

Trace voulut la rejoindre, mais elle s'éloigna encore. La douleur le submergea alors, plus mordante encore. Perdre le bébé était déjà dur, mais perdre Kira l'était mille fois plus. Il lui semblait soudain que son monde tout entier s'écroulait.

— Mon Dieu, Kira, je sais que ça fait mal. Mais on nous avait prévenus que cela pouvait arriver. Et puis, nous sommes toujours sur la liste, non ? Nous pouvons avoir un autre bébé !

— Encore une liste ! Et après ? Nous allons attendre, espérer, et puis, on nous promettra un bébé, et il nous passera lui aussi sous le nez ! Non, je ne veux plus, Trace. Je n'en peux plus.

— Très bien. Dans ce cas, arrêtons un peu et nous verrons ensuite.

— Moi, j'arrête définitivement. Mais toi, tu n'es pas forcé d'abandonner ton rêve, Trace. Toi, tu peux avoir des enfants.

— Que veux-tu dire ?

Kira se mordit la lèvre. Comme il était difficile de prononcer ces paroles ! Pourtant, mieux valait rompre maintenant, avant qu'ils en arrivent à se détester.

— Tu peux encore avoir la famille que tu veux. La seule chose, c'est que ce ne sera pas avec moi.

— Je ne veux pas de famille sans toi.

— Et moi, je ne peux plus poursuivre ces démarches qui n'aboutissent à rien. Et je ne veux plus te faire supporter tout ça alors que tu n'y es pas obligé.

— Tu ne me fais rien supporter qui soit contre mon gré. J'ai été d'accord pour l'adoption.

— C'était un accord pour six mois ! Mais comme nous n'avons pas eu le bébé, tu es libre.

— Libre ? Alors, c'est tout ce que tu penses de notre couple ? Tu m'as juste fait revenir pour le bébé ?

Elle hocha la tête au prix d'un immense effort sur elle-même. Cela valait mieux ainsi.

Alors, Trace tourna les talons et quitta la pièce.

C'était fini.

Incapable de dormir, Trace passa la nuit à travailler. Au matin, il avait abattu pas mal d'ouvrage et il se dirigea vers la maison de l'ancien contremaître pour voir quels travaux il pourrait y accomplir. Il lui fallait s'occuper, faire n'importe quoi pour s'empêcher de penser à ce qu'il s'apprêtait à perdre.

Il se fraya un chemin parmi le désordre de la petite maison et trouva Cal occupé à poser du carrelage dans la cuisine. Là, il contempla avec stupéfaction tout ce que ce dernier avait réalisé depuis la veille.

— Tu ne perds pas de temps, dis-moi !

— Jody a besoin d'habiter quelque part ! Dis donc, tu n'as pas l'air d'avoir beaucoup dormi cette nuit ! Ça ne va pas, entre Kira et toi ?

— Nous n'allons pas avoir le bébé.

— Ah bon ? Et du coup, tu es parti ?

— Parfois, on n'a pas le choix.

— Alors tu vas abandonner Kira ?

— Elle ne fait pas beaucoup d'efforts pour me garder non plus.

— Le mariage n'est pas une guerre, Trace. C'est un dur travail, et il faut recommencer chaque jour depuis le début. Kira souffre. Et elle t'a sans doute dit des choses qu'elle ne pense pas.

— Qui es-tu donc ? Un conseiller conjugal ?

— Non, mais figure-toi que j'ai vécu à peu près la même chose. Et tu ne peux pas savoir à quel point je regrette d'avoir réagi comme je l'ai fait ! Je suis parti sans me battre et cela m'a coûté ma femme et ma fille.

— Tu as une fille ? s'étonna Trace.

— J'avais. Ce n'est plus la mienne désormais. Je l'ai abandonnée et j'ai laissé le nouveau mari de mon ex-femme l'adopter. Elle a à peu près l'âge de Jody. Crois-moi, je m'en mords les doigts tous les jours. Je ne sais pas ce que je ferais pour avoir de nouveau ma famille, mais, à l'époque, je me suis laissé aveugler par un orgueil stupide !

Ils entendirent soudain du bruit et se tournèrent vers la porte. Jody apparut, en blue-jean et T-shirt.

— Excusez-moi de vous déranger, Trace, mais il y a eu un coup de téléphone à la maison. Cela avait l'air important et Kira n'est pas là. Voici le nom et le numéro de téléphone de la personne.

— Merci, Jody.

Après le départ de la jeune fille, Trace baissa les yeux sur la feuille qu'elle lui avait laissée et y découvrit le nom de Greg Carlson, du crédit mutuel des enseignants. Il sortit aussitôt son portable et composa le numéro.

— Greg Carlson, répondit la voix masculine.

— Bonjour, monsieur Carlson, je suis Trace McKane. Vous m'avez laissé un message.

— Oui, monsieur McKane. Nous voulions vous prévenir, Mme McKane et vous, que votre prêt est accordé. J'ai besoin que vous veniez tous les deux signer certains documents pour nous permettre d'établir le chèque à l'ordre de Jarrett McKane.

Interloqué, Trace demeura sans voix. Kira avait demandé un emprunt ? Pour payer Jarrett ?

— Pouvez-vous mettre les documents de côté, demanda-t-il enfin en se ressaisissant, le temps que j'en discute avec ma femme ?

— Bien sûr. Vous avez quarante-huit heures.

— Merci, monsieur Carlson.

Il éteignit son portable.

— Mais pourquoi a-t-elle fait cela ? souffla-t-il.

— Fait quoi ? s'enquit Cal.

— Kira a souscrit un prêt pour rembourser Jarrett.

Jonah Calhoun fronça les sourcils.

— Alors, à présent, ne viens plus me dire qu'elle se fiche du ranch. Ou de toi.

11

Le lendemain matin, Trace se rendit en ville pour aller voir son frère à son bureau. Il passa sans un mot devant la secrétaire et ouvrit la porte. Jarrett était au téléphone.

La jeune femme se précipita derrière Trace, affolée.

— Monsieur, vous ne pouvez pas entrer comme ça ! s'écria-t-elle.

Mais, déjà, Jarrett avait raccroché et se levait.

— Pas de problème, Sarah. Je l'attendais.

La secrétaire sortit, dépitée, et referma la porte derrière elle.

— Eh bien, il était temps que tu viennes ! lança Jarrett.

— Je voulais avoir la satisfaction de t'annoncer moi-même que je ne te vendrai pas mes terres. Je viens de rencontrer Frank Rhodes et de signer un contrat avec EnRockies. Tu auras ton chèque à la date prévue.

Jarrett haussa les épaules.

— On ne peut pas reprocher à quelqu'un d'avoir essayé.

— Pourquoi me détestes-tu à ce point, Jarrett ? Pourquoi cherches-tu toujours à me détruire ?

— Je ne te déteste pas. Seulement, le marché de l'immobilier ne se porte pas très bien et il fallait bien faire quelque chose pour renflouer mes caisses. J'ai vu une opportunité et je l'ai saisie. C'est de bonne guerre, non ?

— Si tu m'avais parlé d'EnRockies dès le départ, nous aurions pu collaborer.

— Franchement, j'étais persuadé que tu ne voudrais rien entendre.

— C'est pourquoi tu ne m'as rien dit. Mais tu ne me dis

jamais rien, Jarrett. Nous sommes censés appartenir à la même famille et nous ne nous parlons jamais, tous les deux.

— C'est Kira qui t'a poussé à signer cet accord ? interrogea Jarrett sans répondre.

Trace se raidit. La question touchait une corde sensible. En fait, il n'en avait pas discuté avec Kira, mais il n'avait aucune envie de faire part à son demi-frère de ses problèmes de couple.

— Kira est tout à fait d'accord avec moi. Nous voulons garder ces terres et le contrat d'EnRockies est le meilleur moyen pour cela. A présent, tu vas avoir ton argent et ces terres seront à moi, sans entraves.

— Tu es marié, Trace, rien n'est uniquement à toi. Et comme tu vas avoir un bébé, tu vas avoir besoin de beaucoup d'argent.

— Il n'y aura pas de bébé.

— Ah bon ? Mais je croyais que tout était réglé ! Qu'est-ce qui s'est passé ?

— La mère biologique a décidé de garder son enfant.

« Et Kira n'a plus besoin de moi », ajouta-t-il dans son for intérieur.

— D'accord. Alors, que comptes-tu faire maintenant ?

Trace n'en savait rien et, de toute façon, il n'avait aucune envie d'en discuter avec Jarrett.

— Pour l'instant, nous accusons le coup. Kira est vraiment bouleversée.

— C'est compréhensible. Mais il y a d'autres solutions, tu sais.

Trace dévisagea son frère avec stupéfaction. Pourquoi s'intéressait-il tout à coup à lui ? Et comme il était étrange de parler de tout cela avec lui !

— Non, soupira-t-il, soudain désireux de lui ouvrir son cœur. En fait, le bébé était notre principale raison d'être ensemble. Et à présent, tout est fini.

— Rien n'est fini. Tant que Kira vit sous ton toit, tous les espoirs sont permis. Et crois-tu franchement qu'elle ait envie de partir ? A mon avis, quand une femme mise tout ce qu'elle a pour aider son mari à garder un ranch, c'est qu'elle l'aime encore !

— Comment sais-tu, pour l'argent ? Tu as parlé avec Kira ?

— Non, mais le crédit mutuel des enseignants m'a appelé pour connaître le solde exact restant dû sur le prêt que je t'ai accordé. Comme je te le disais, une femme ne risque pas tout ce qu'elle possède si elle s'apprête à quitter un homme.

— Cela s'est passé avant qu'elle apprenne que nous n'aurions pas le bébé.

— Et ensuite, ses sentiments pour toi ont disparu comme par enchantement ? Cela ne me semble guère vraisemblable.

— Tu as peut-être raison. Toujours est-il qu'il y a encore le problème du bébé. Et je ne peux rien faire pour le résoudre.

— Personne ne te demande de faire des miracles, mais accroche-toi à Kira et ensemble, vous finirez par trouver une solution. Tu auras bientôt les moyens financiers d'essayer d'autres possibilités.

Il sortit une carte.

— Quand tu seras prêt, passe un coup de fil à ce spécialiste de la fertilité. Je t'assure que cela vaut la peine d'essayer.

— Non, Jarrett. Il n'est pas question que nous revivions tout cela.

— Même pas si c'est pour Kira ? Pense à tout ce par quoi elle est passée. Et elle n'a même pas de famille vers qui se tourner. Elle mérite que tu ne baisses pas les bras.

Trace voulut contester, mais il s'aperçut que son frère disait vrai. Depuis qu'il était parti, c'était Kira qui l'avait imploré de revenir, afin de leur donner une chance d'avoir un bébé. Et de revivre ensemble.

En apprenant qu'elle avait mis au monde un enfant à l'âge de quinze ans, il s'était senti blessé qu'elle ne lui ait jamais rien dit. A cette pensée, il eut soudain une révélation : en fait, il ne lui avait jamais donné de raison de lui faire confiance. N'était-il pas parti au moment où elle avait eu le plus besoin de lui ? Comme tant de gens, avant lui, l'avaient fait ?

— Il faut que je rentre chez moi.

— Passe le bonjour à Kira.

Trace acquiesça, tout en espérant qu'il n'était pas déjà trop tard pour cela.

*
* *

— Tu ne vas pas quitter la ville ! s'exclama Michèle. Et encore moins Trace !

— C'est la seule solution, assura Kira, qui faisait les cent pas dans l'appartement de son amie. Les gens vont vouloir comprendre pourquoi nous nous séparons et je n'ai aucune envie de répondre à toutes leurs questions. Et puis, c'est la seule manière pour Trace de pouvoir repartir de zéro. Il trouvera quelqu'un d'autre, une femme qui lui donnera des enfants.

— Et toi ? Tu mérites d'avoir une vraie vie, toi aussi, Kira, avec un homme qui t'aime. Et ne me dis pas que cet homme n'est pas Trace.

— Je te ferai remarquer que, quand il a appris que nous n'aurions pas le bébé, il est parti.

— Lui as-tu laissé la possibilité de faire autre chose ?

Kira allait répondre quand elle se sentit soudain prise de vertige et dut s'asseoir.

— Tu vas bien ?

— Oui, oui… Je pense que c'est parce que je n'ai rien mangé aujourd'hui.

— Super ! Comme si tu pouvais encore perdre du poids !

Michèle disparut dans la cuisine et en revint avec un yaourt.

— Tiens, mange !

Kira avala une cuillerée de yaourt, mais son estomac la refusa et elle se précipita dans les toilettes. Puis elle revint dans la cuisine et, avec un gémissement, se pencha sur le comptoir. Michèle lui tendit une serviette mouillée.

— Est-ce que cela ne peut pas être autre chose que le manque de nourriture ?

— Peut-être une grippe intestinale. Je ne me sens pas bien depuis deux ou trois jours.

Michèle l'aida à s'installer sur le divan.

— Et Trace a toujours dormi dans la chambre d'amis depuis son retour à la maison ?

— Presque.

— Très bien. Maintenant, décris-moi tes autres symptômes.

Kira comprit soudain où Michèle voulait en venir.

— Ecoute, Michèle, non… c'est impossible ! Les médecins disent que cela serait quasiment un miracle !

— Les miracles, ça existe ! A quand remontent tes dernières règles ?

— C'est trop incroyable… Je ne veux pas m'attarder sur cette idée.

— Pas si incroyable que cela. Et il n'y a qu'un moyen de le savoir, déclara Michèle en saisissant son sac à main. Attends-moi là, je vais à la pharmacie.

Avant que Kira ait pu l'arrêter, elle était sortie.

Kira soupira. Elle n'avait aucune envie de faire un test de grossesse. Elle en avait effectué des dizaines ces dernières années et tous s'étaient révélés négatifs.

Dix minutes plus tard, on frappa à la porte. Kira alla ouvrir en pensant que c'était Michèle et découvrit Trace.

— Trace… Que fais-tu là ?

Trace ne s'attendait certes pas à ce que Kira l'accueille à bras ouverts, mais il avait quand même espéré un peu plus de chaleur.

— Je t'ai cherchée partout. Il faut que nous parlions, tous les deux.

— Tout a été dit, Trace. Ne t'inquiète pas, j'aurai quitté la maison dans quelques jours.

— Je ne veux pas que tu t'en ailles, Kira. Je veux que nous restions ensemble.

— Combien de temps, Trace ? Juste le temps de vérifier si je peux réussir à faire vraiment partie de ta vie ? articula la jeune femme.

Déjà, les larmes s'étaient mises à couler sur ses joues.

— Si on rentrait à la maison pour en parler ? suggéra Trace.

— Non, il ne faut pas… Je reviendrai prendre mes affaires quand tu ne seras pas là. Et je ne veux aucune part du ranch. Il n'a jamais été à moi.

— Si. Le ranch est à toi aussi. Tu es ma femme, Kira. J'ai eu tort de ne pas te faire participer à sa gestion.

— Non, je ne veux pas. Va-t'en maintenant, s'il te plaît, Trace.

Au moment où elle se tournait pour désigner la porte du doigt, celle-ci s'ouvrit comme par magie et Michèle entra.

— Je t'ai pris le plus récent, dit-elle en sortant une boîte de son sac, avant de remarquer le visiteur et de se figer. Oh, tu es là, Trace !

Trace baissa les yeux sur la boîte. Il en avait vu beaucoup de semblables dans la salle de bains, ces dernières années. Il regarda Kira. Enceinte ? Se pouvait-il qu'elle soit enceinte ?

— C'est une grippe intestinale, assura-t-elle d'un ton peu convaincu.

— Mais tu n'en es pas sûre.

Elle ne répondit pas.

Il la prit par le bras.

— Viens, nous rentrons à la maison.

Tout en entraînant la jeune femme vers la porte, il saisit le test au passage.

— Bonne chance, lança Michèle.

S'il voulait réparer les choses entre eux, il allait avoir besoin de bien davantage que de chance. Il allait devoir convaincre sa femme qu'il ne l'abandonnerait jamais. Quel que soit le résultat du test.

12

Trente minutes plus tard, ils arrivaient au ranch et, en silence, Trace conduisit Kira dans la salle de bains. Sans lui laisser le temps de parlementer, il posa la boîte sur le bord du lavabo, puis sortit en refermant la porte derrière lui.

Docile, Kira effectua le test, mais, sans attendre de lire le résultat, sortit dire à Trace ce qu'elle pensait de sa façon d'agir.

— Je n'apprécie pas que tu m'aies forcée comme ça. Ce test va encore nous montrer ce que nous savons tous les deux… que je ne suis pas enceinte.

Il ne réagit pas à ces paroles, demandant simplement :

— Combien de temps, pour les résultats ?

— Cinq minutes.

Kira le regarda faire les cent pas dans la chambre qu'ils avaient partagée durant leurs cinq années de mariage. Elle repensa à leurs dernières nuits d'amour. Se pouvait-il qu'ils aient conçu un enfant ? Elle frissonna, chassant cet espoir insensé.

— Va voir. Moi, je ne pourrai pas supporter une nouvelle déception.

— Rien ne dit que ce sera une déception.

— S'il te plaît, Trace, arrête…

— De toute façon, peu importe. Crois-tu que je ne t'aie ramenée ici que pour vérifier si tu étais enceinte ?

La jeune femme baissa les yeux, incapable de soutenir le regard de son mari.

— Je t'ai ramenée ici, poursuivit-il, parce que je voulais avoir une conversation en tête à tête avec toi. J'ai des excuses à te présenter.

— Des excuses ? De quoi veux-tu t'excuser ?

— D'être parti. Surtout hier. Tu avais besoin de moi et je ne savais pas quoi faire pour t'aider. Et tu ne me croiras peut-être pas, mais moi aussi, je voulais ce bébé. Je pensais à cette petite fille qui allait nous permettre de former une famille unie… Qui serait la première de la génération à venir. Je me voyais déjà en train de lui apprendre à monter, à attraper des veaux. C'était vraiment égoïste de ma part…

— Non, Trace, ce n'était pas égoïste. Nous avons tous des rêves pour nos enfants.

— Bien sûr, elle aurait peut-être voulu devenir danseuse. Mais peu importait, l'essentiel, c'était que ce bébé serait notre bébé.

— Je suis désolée, Trace. Au début, je t'ai poussé à accepter cette adoption. Nous n'étions prêts ni l'un ni l'autre à fonder une famille et à prendre la responsabilité d'avoir des enfants.

— J'étais aussi coupable que toi, protesta Trace. Tu avais un travail à plein temps, je n'ai pas voulu, en plus, te faire participer à la gestion du ranch. Mais c'était une erreur.

Kira regarda son mari droit dans les yeux. Elle savait à quel point il était dur pour lui d'admettre toutes ces choses.

— Tout ce que je voulais, c'était partager ta vie, Trace. Et ton amour pour le ranch.

— Moi, j'avais aussi besoin de partager ton passé. Si pénible qu'il ait été pour toi. Tu as eu un enfant à quinze ans, et alors ? Je ne suis pas jaloux ! Mon Dieu, Kira, tu étais si jeune ! Et ce que tu as fait était si généreux ! Tu as donné à ton fils les meilleures chances possibles dans la vie. Quel qu'en soit le prix pour toi. Tout ce que je regrette, c'est que tu ne m'en aies rien dit.

— J'ai eu tort de ne pas te faire confiance. Mais je craignais de te perdre en te confiant mon secret.

Il prit le visage de la jeune femme entre ses paumes.

— Kira, tu n'aurais jamais pu me perdre, dit-il, avant de se pencher sur sa bouche pour échanger un long baiser. Dès que je t'ai vue, reprit-il quand leurs lèvres se séparèrent, plus aucune autre femme n'a eu d'intérêt pour moi. Tu n'as pas idée du nombre de fois où je suis allé au lycée pour te voir et où je me suis arrêté à l'entrée. Et puis, je retournais au ranch en pensant qu'une femme aussi belle que toi ne pourrait que me dire non.

— Il t'a fallu treize jours pour me proposer de sortir avec toi, Trace. Treize longs jours.

— Je ne suis pas un beau parleur. Tout ce que je sais, c'est que tu es faite pour moi et que j'ai besoin de toi dans ma vie. Tu es la seule femme que j'aie jamais aimée.

Kira n'en revenait pas. Jamais Trace ne lui avait parlé ainsi. Jamais il ne lui avait ouvert son cœur et fait autant confiance. Elle le dévisagea, incapable de prononcer une parole tant l'émotion la submergeait.

— J'ai eu tort de t'exclure des problèmes du ranch, poursuivit-il. Comme ma mère ne s'y était jamais intéressée, j'ai pensé que ce serait pareil pour toi. Et quand la situation est devenue difficile, je n'ai pas voulu te donner de soucis.

— Je t'aurais aidé. Nous aurions parlé, partagé nos idées. Je sais que je travaillais de mon côté, mais cela me permettait aussi de rapporter un salaire à la maison. Et de ton côté, quand il a fallu payer mes traitements médicaux, tu n'as pas rechigné à y consacrer les revenus du ranch. C'est cela, l'entraide !

— Je suis ton mari. Il était important pour moi de m'occuper de ma femme. Seulement, je dois admettre qu'avec les frais de l'adoption et le solde du prêt à Jarrett, cela s'annonçait vraiment difficile. Et puis le crédit mutuel a appelé en disant que le prêt que tu avais demandé était accordé.

— Je savais que tu n'accepterais jamais, mais je l'ai tout de même fait pour t'éviter de tout perdre.

Trace fixa sa femme dans les yeux. Il ne l'avait jamais autant aimée qu'en cet instant.

— Tu es vraiment précieuse pour moi, Kira. Quand je suis revenu ce matin et que je ne t'ai pas trouvée à la maison, j'ai craint que tu sois partie pour toujours. Je n'ai jamais eu aussi peur de ma vie. J'ai alors compris que, sans toi, le ranch n'avait plus aucun intérêt pour moi.

— N'empêche que tu ne peux pas laisser Jarrett reprendre ces terres auxquelles tu tiens. S'il te plaît, Trace, ne sois pas têtu, accepte cet argent.

— Nous n'en avons plus besoin. Nous attendons juste une

petite signature de toi au bas d'un document et EnRockies va commencer l'exploitation sur nos terres.

— Ah bon ? Tu as accepté, en fin de compte ?

— Oui. Il est temps que nous ayons un peu de sécurité pour notre avenir.

— Notre avenir ?

— Oui, le tien et le mien. Comme je te l'ai dit tout à l'heure, je suis allé te chercher pour te convaincre de m'accorder une nouvelle chance. De nous l'accorder à tous les deux. Je te promets de ne plus jamais te quitter, Kira. Nous traverserons sans doute d'autres moments difficiles, mais nous serons ensemble. Quand tu pleureras, je te tiendrai la main. Quand tu souffriras, je partagerai ta douleur. Nous ferons face aux joies et aux peines ensemble.

— Oh, Trace…

— Je t'aime, Kira. N'oublie jamais cela.

— Je t'aime aussi, mais les enfants que…

— Je te l'ai déjà dit, Kira, les enfants seraient un plus, c'est tout. Je t'ai épousée pour que tu partages ma vie. Je crois que je dois te le prouver.

Sa bouche captura alors celle de Kira en un baiser passionné qui en disait long sur les sentiments qu'il éprouvait pour elle. Kira eut la sensation de se vider de ses forces. Ce n'était pas nouveau : depuis toujours, Trace avait le pouvoir de provoquer cette réaction. Elle approfondit le baiser.

— Dis-moi que je ne t'ai pas perdue, Kira, chuchota-t-il quand leurs bouches se séparèrent. Que tu nous donnes une autre chance.

— Oh, oui, Trace.

Il la prit dans ses bras et la déposa sur le lit, où il la déshabilla tout en continuant à l'embrasser. Il dégrafa le soutien-gorge et posa les mains sur les seins de la jeune femme, avant de se pencher pour capturer le mamelon entre ses lèvres. La jeune femme eut alors une petite réaction de recul.

— Je t'ai fait mal ?

— Non… c'est juste que… eh bien, c'est un peu sensible.

— Oh, j'oubliais ! fit Trace en se redressant. Le test !

Il voulut se lever tout à fait, mais Kira l'en empêcha.

— Non, Trace, ne gâche pas ce moment. Reste là et fais-moi l'amour.

Il acquiesça et se pencha de nouveau.

— Je te promets, Kira, qu'un jour, nous aurons un bébé. Il faudra peut-être attendre encore un peu, mais cela arrivera. Et ensemble, nous élèverons notre famille. Ici. Dans notre maison.

A ces mots, la jeune femme comprit soudain la chance immense qui était la sienne d'avoir enfin ce qu'elle avait attendu toute sa vie.

— J'ai besoin de toi, Trace. Comme tu l'as dit, tout le reste serait un plus.

Épilogue

C'était la fin de l'après-midi et Kira regardait les volontaires installer les tables et les barbecues pour la fête des terminales, organisée au ranch comme chaque année. Même si Kira avait cessé de travailler au lycée, la tradition était solidement établie et elle n'allait pas priver les élèves de ce moment très particulier qu'avaient connu les promotions précédentes.

Le lendemain, il y aurait donc une cinquantaine d'adolescents, accompagnés de leurs parents, sur le ranch.

C'était Michèle qui avait repris en main la partie de l'organisation qui se faisait au lycée. Elle avait même réussi à s'assurer l'aide de Jarrett. Tous deux semblaient être devenus très proches.

Kira tenait Nathan dans ses bras. Le bébé de sept mois commençait à grossir et on avait peine à croire qu'il ait grandi si vite.

— Je peux vous le prendre, si vous voulez.

C'était Cal qui s'était approché et souriait. Nathan tendit la main vers lui.

— Je pensais que vous étiez en train d'aider à tout mettre en place.

— Oh, ça y est, je suis bien organisé, vous savez ! De plus, j'ai promis à Jody de ramener Nathan à la maison.

Kira était fière de Jody. La jeune fille travaillait et suivait des cours à l'université tout en élevant son fils.

— Mais elle doit réviser ses examens !

— Je sais, mais elle tient à lui donner un bain et à passer un peu de temps avec lui avant de le coucher.

Kira jeta un coup d'œil à la maison de l'ancien contremaître, qui avait été remise en état. L'extérieur était couleur crème, avec des volets bordeaux, et des fleurs ornaient le pourtour de la porte. Quant à l'intérieur, il était presque parfait, Cal s'en était assuré. Il avait pris Jody et le petit Nathan sous sa protection, jouant le rôle d'oncle pour l'enfant.

— Je me fais du souci pour Jody. Elle ne dort pas assez.

— Je dors beaucoup, au contraire !

Ils se retournèrent. Jody venait de les rejoindre. Elle paraissait plus sûre d'elle et avait de bonnes raisons de l'être, avec tout ce qu'elle avait accompli en un an.

— Comment va mon grand garçon ?

— Très bien.

— Vous ai-je dit combien je vous suis reconnaissante, à vous tous ? Si vous n'aviez pas été là, je ne pourrais pas donner un bain à mon bébé chaque soir.

Cela fit couler quelques larmes, lorsque Jody et Kira repensèrent à la fête de l'année précédente.

— Tu nous récompenses de la meilleure façon !

Après ses études, Jody projetait de travailler dans le secteur social, pour aider les adolescents en difficulté.

— A travailler ainsi, renchérit Cal, tu nous rends fiers de toi.

Trop émue pour répondre, Jody sourit. Sur son visage, Kira vit défiler toutes les émotions qui se succédaient en elle. Depuis son enfance, Jody n'avait pas eu beaucoup de personnes sur qui compter. A présent, c'était le contraire.

Elle prit Nathan dans ses bras et se dirigea vers la maison. Kira adressa un petit signe d'au revoir à Nathan, qui la regardait, puis reporta son attention sur Trace, qui montait Tonnerre dans le corral. Son cow-boy. Son mari. L'homme de sa vie.

Il vint à sa rencontre. Il s'apprêtait à lui parler quand un cri d'enfant répété retentit soudain dans le haut-parleur fixé sur la barrière.

— On dirait que quelqu'un a faim, commenta Trace en souriant.

— Oui. Va prendre une bonne douche, tu en as besoin. Pendant ce temps, je vais nourrir notre fille.

Kira entra dans la maison et monta l'escalier pour gagner

la chambre d'enfant. Dans le berceau, se trouvait Jenna, âgée de quatre mois.

Elle la prit et la serra contre elle. C'était leur petit miracle. Après l'avoir changée, elle ouvrit son chemisier et lui donna le sein.

Elle ferma les yeux, repensant au jour où elle avait presque tout perdu, juste avant que Trace ne la convainque d'accorder une seconde chance à leur mariage. Ils s'étaient promis de s'aimer et de faire face ensemble à tout ce qui pourrait leur arriver.

Ils avaient oublié le test de grossesse, jusqu'à ce que Trace, bien plus tard, ne sorte de la salle de bains en le tenant dans la main.

Il était positif. Kira était enceinte.

C'était finalement arrivé ! La petite Jenna avait été conçue la nuit où Trace avait appris le passé de Kira.

La grossesse ne s'était pas bien déroulée. Dès le départ, elle avait été à haut risque et Kira avait passé les derniers mois au lit, mais elle avait tout de même porté leur fille trente-six semaines. Le bébé était né avec vingt jours d'avance, pesant à peine trois kilos.

Trace apparut soudain à la porte et demeura immobile, émerveillé par le spectacle qui lui était offert. Sa femme nourrissant sa fille. C'était une chose qu'il avait cru ne jamais voir.

— Je peux me joindre à vous ? demanda-t-il.

— Bien sûr. La douche t'a fait du bien, j'ai l'impression ! Tu sens bon.

— J'ai quelque chose de prévu, une fois que tu auras nourri Jenna.

— Je croyais que tu attendais une visite.

— Nous avons du temps. J'en aurai toujours pour notre fille et toi. Vous passerez toujours en premier, toutes les deux.

— Un bébé oblige à revoir ses priorités.

— Jenna m'a fait comprendre ce qui était vraiment important dans la vie.

Kira leva le bébé jusqu'à son épaule. Quelques minutes plus tard, Jenna se rendormait et Kira la remettait dans son berceau.

Une fois la porte de la chambre fermée, Trace attira sa femme à lui et l'embrassa.

— T'ai-je déjà dit à quel point tu es belle ?

— Oui, mais tu peux t'étendre sur le sujet !

Pour toute réponse, il l'embrassa de nouveau.

— Je t'aime.

— Moi aussi, je t'aime.

Elle poussa un soupir de contentement.

— Notre vie est parfaite.

— Oui, presque. Il n'y manque pas grand-chose, en fait... et je vais m'en occuper.

Kira se demanda ce que son mari avait à l'esprit. Il l'avait comblée de cadeaux depuis qu'ils avaient repris la vie commune.

— Que veux-tu dire, Trace ?

— C'est encore une surprise... Va prendre une douche et détends-toi. Je surveillerai Jenna.

Elle ne se le fit pas répéter deux fois. Après une bonne douche, elle se coiffa, s'habilla et retourna dans la chambre d'enfant, où Trace tenait leur fille endormie dans ses bras.

— Tu ne devais pas recevoir la visite d'un acheteur de chevaux ? demanda-t-elle à mi-voix pour ne pas réveiller le bébé.

— John Kelsey, répondit-il sur le même ton. En fait, ce n'est pas tout à fait vrai.

— Qu'est-ce qui n'est pas tout à fait vrai ?

— John Kelsey et son fils Jack ne sont pas venus pour voir des chevaux. C'est pour toi qu'ils sont là, Kira.

— Pour moi ? s'étonna la jeune femme.

Sans rien ajouter, Trace se leva, reposa la petite fille dans le berceau, puis sortit de la pièce et descendit les marches avec Kira, avant d'entraîner celle-ci au-dehors. Devant la maison, une voiture venait de s'immobiliser. Un homme d'âge mûr et un adolescent d'une quinzaine d'années en descendirent et lui adressèrent un sourire.

Kira retint son souffle en découvrant le grand garçon aux cheveux blonds frisés et aux yeux sombres. Les battements de son cœur s'accélérèrent. Ce n'était pas possible ! Après tout ce temps... Elle ne l'aurait jamais espéré, n'aurait même pas osé l'imaginer.

Ses yeux s'emplirent de larmes, qui coulèrent lentement sur ses joues. Elle se tourna vers Trace.

— Comment… ? Pourquoi… ?

— Tu le mérites, Kira. Le moment est venu pour toi de rencontrer ton fils, Jack. Et lui aussi avait envie de faire ta connaissance.

— C'est vrai ?

Kira sourit à son mari entre ses larmes. Cet homme lui avait donné tout ce qu'elle avait espéré toute sa vie. Il avait tenu sa promesse de l'aider, de l'épauler, de partager ses joies et ses peines.

Elle lui donna la main et tous deux se dirigèrent vers les visiteurs.

En couple uni.

Composé et édité par HARLEQUIN

Achevé d'imprimer en mars 2016

CPI
BRODARD & TAUPIN

La Flèche

Dépôt légal : avril 2016

Pour l'éditeur, le principe est d'utiliser des papiers composés de fibres naturelles, renouvelables, recyclables, et fabriquées à partir de bois issus de forêts gérées selon un système d'aménagement durable. En outre, l'éditeur attend de ses fournisseurs de papier qu'ils s'inscrivent dans une démarche de certification environnementale reconnue.

Imprimé en France